LILY OLIVER

Träume, die ich uns stehle

Roman

KNAUR

Besuchen Sie uns im Internet:
www.knaur.de

FSC
www.fsc.org
MIX
Papier aus verantwortungsvollen Quellen
FSC® C083411

Originalausgabe November 2017
Knaur Taschenbuch

Dieses Werk wurde vermittelt durch die AVA international GmbH
Autoren- und Verlagsagentur, München.
www.ava-international.de
Redaktion: Birgit Förster
Covergestaltung: Nele Schütz Design, München
Coverabbildung: Nele Schütz Design unter Verwendung
von Shutterstock / Katerina Izotova
Illustration im Innenteil: Mrs. Opossum / Shutterstock.com,
Le Panda / Shutterstock.com
Satz: Daniela Schulz, Puchheim
Druck und Bindung: CPI books GmbH, Leck
ISBN 978-3-426-51897-7

2 4 5 3 1

Für meine Schwiegereltern.
Danke für eure unermüdliche, liebevolle Unterstützung.

Prolog

Lara

Ich erzähle schon lange keine Geschichten mehr. Seit sie es mir verboten hat.

Aber in einer Nacht wie dieser fällt es mir besonders schwer. Dunkle Wolken hängen am Himmel, nur an einigen Stellen sind sie aufgerissen und geben den Blick auf die Sterne frei. Schneeflocken wirbeln um mich herum, sie dämpfen die Geräusche der nahen Großstadt und wispern mir im Fallen etwas zu.

Sieh nur, was du angerichtet hast.

Nein, das ist natürlich Quatsch. Es sind Schneeflocken, sie sprechen nicht. Wenn hier jemand redet, dann ich.

Ich schließe die Augen und lege den Kopf in den Nacken. Der Schnee schmilzt auf meinem Gesicht, läuft mir feucht über die Stirn. Ich wische ihn ab.

»Ist alles in Ordnung?« Eine junge Frau steht vor mir und sieht mich besorgt an.

»Ja, warum?«

Sie deutet auf meine Hände. Verwirrt strecke ich sie aus. Sie sind voller Blut.

Die junge Frau sagt irgendwas, aber ihre Stimme verliert sich zwischen den Schneeflocken. Ich starre immer noch auf das Blut auf meiner Haut. Wische mir noch einmal durchs Gesicht. Noch mehr Blut. Das kann doch nicht meins sein.

»Was ist passiert?«, frage ich. Schmerz erwacht hinter meiner Stirn. Nein, er war die ganze Zeit da. Aber jetzt frisst er sich tief in meinen Kopf, in meine Erinnerung, bis nichts mehr davon übrig ist.

»Du hast eine Platzwunde. Sieht übel aus.« Die junge Frau greift behutsam nach meinem Arm und führt mich durch das Schneegestöber. Schatten schälen sich aus der Dunkelheit, werden zu Gesichtern, weißen Flächen am Rand meines Bewusstseins.

Ein Krankenwagen taucht vor uns auf. Menschen stehen darum herum, einer macht einen Schritt auf mich zu. Ein Sanitäter? Seine dunklen Haare sind tropfnass. Seine Lippen bewegen sich. Was sagt er? Ich schüttle den Kopf. Eine Decke fällt schwer auf meine Schultern.

»Wie heißt du?«, fragt die junge Frau.

»Lara«, antworte ich, selbst überrascht, dass mir sofort ein Name einfällt. Ist es auch wirklich meiner?

»Lara.« Es klingt freundlich. »Und wie alt bist du?«

»Neunzehn?« Glaube ich.

»Hier, setz dich. Ich versorge deine Wunde.«

Wie betäubt lasse ich mich von ihr auf eine Trage drücken. »Wie komme ich hierher?«

Sie deutet auf ein Auto auf der anderen Straßenseite. Kein Schnee liegt darauf, er schmilzt sofort. Was auch immer passiert ist, ist noch nicht lange her. »Ist das deins?«

Ich kneife die Augen zusammen. Eine silberne Limousine. Nagelneu und ziemlich schlimm zugerichtet. »Noch nie gesehen.«

»Schon gut, das ist jetzt nicht wichtig«, sagt die nette junge Frau. Sie tupft an meiner Stirn herum. Ihre ruhigen, freundlichen Worte fallen um mich her zu Boden wie der Schnee, der immer noch vom Himmel kommt.

»Sollen wir irgendwen anrufen?«

Ich blinzle sie an. »Nein. Es …« Ich runzle die Stirn. »Es … gibt niemanden.« Das weiß ich ganz sicher. Nicht in meinem Kopf, sondern in meinem Herzen. Es ist so leer wie meine Erinnerung.

Ich drehe mich noch mal nach dem Auto um. Auch das ist leer, der Fahrer vielleicht schon im Krankenhaus. Was ist nur passiert?

Die Härchen in meinem Nacken stellen sich auf.

Was habe ich getan?

Thomas

Metall auf Asphalt.

Ein ekelhaftes Knirschen in meinem Kopf. Es gräbt sich in meine Gedanken, ätzt sich in meine Nervenenden, frisst alles auf. Die Wut, die Trauer und den Hass auf mich selbst.

Es tut mir so leid.

Zehn ziemlich dämliche Arten, draufzugehen.

Auto und Glatteis. Gewitter und Gratwanderung. Was waren die anderen?

Eine Sirene heult ohrenbetäubend.

Wie sieht es aus?

Nicht gut.

Hält er durch?

Ich hätte nein sagen sollen.

Nein, nein, nein, verdammt.

Zehn ziemlich dämliche Arten, draufzugehen.

Ich teste sie alle. So fühlt es sich an.

Wag es ja nicht, einfach abzuhauen, Alter.

Ich gehe, Cem. Nein, ich fahre. Weit weg, für immer.

Knirschen vervielfältigt sich zu Schmerz. Schmerz ist alles.

Und dann nichts.

Kapitel 1

Lara

Es war ein silbernes Auto ohne Fahrer. Sie haben mich gefragt, ob ich gefahren bin, aber ich habe keinen Führerschein.«

Ich erwarte, dass Martin überrascht die Augenbrauen hochzieht, stattdessen schiebt er sich nur die Brille wieder etwas höher auf die Nase und sieht mich mit seinem verständnisvollen Seelenklempner-Blick an. Versteht er denn nicht, wie wichtig diese Info ist?

»Das bedeutet, ich kann gar nicht gefahren sein.«

Seit zwei Wochen komme ich zu ihm, zweimal die Woche, so, wie der Arzt es bei der Einlieferung in die Klinik verordnet hat. Trotzdem ist da nichts Vertrautes in Martins Gesicht, die Lachfältchen an seinen Augen überraschen mich jedes Mal wieder, genau wie das Grau, das sich an den Schläfen zwischen seine blonden Haare mogelt. Vielleicht liegt es auch an seinem Büro. Es ist irgendwie zu groß, die Worte haben darin zu viel Platz, und die Fensterfront lässt zu viel herein. Und hinaus. Zwei Fotos stehen auf seinem Schreibtisch. Das eine zeigt Martin Arm in Arm mit einem schwarzhaarigen Mann, von dem anderen grinst mir ein kleines Mädchen zahnlückig entgegen. Die Fotos wirken wie ein Versuch, etwas Wärme in den Raum zu bringen. Ein ziemlich armseliger, nutzloser Versuch. Ich schlinge mir die Arme um die Schultern.

»Was bedeutet es für dich, dass du keinen Führerschein hast?«, fragt Martin, ohne erkennen zu lassen, was er darüber denkt. Dabei muss er doch eine Meinung haben. Sicher wundert er sich, denkt vielleicht, ich hatte nicht genug Geld für die Fahrstunden.

»Na ja, es ist schon komisch für jemanden in meinem Alter. Klar hat man mit neunzehn normalerweise schon den Führerschein, die anderen haben alle einen gemacht, nur ich nicht. Auf jeden Fall kann ich das Auto nicht gefahren sein. Es muss einen anderen Grund gehabt haben, dass ich dort war. Nur welchen?« Ich zermartere mir das Hirn. Wenn ich nur irgendwo in den Windungen meiner Gedanken die richtige Erinnerung finden könnte. Sie ist nicht gelöscht, das hat Martin mir erklärt. Ich kann nur nicht darauf zugreifen. Es macht mich wahnsinnig.

»So ein teures Auto überhaupt anzufassen, käme mir komisch vor, und es fahren? Nie im Leben. Ich glaube eher, dass ich dem Fahrer vors Auto gelaufen bin. Ich hoffe, ihm ist nichts passiert.« Ich sehe Martin bittend an, aber er schüttelt wie immer den Kopf. Natürlich dürfen sie mir nichts über den Fahrer sagen. Datenschutz. »Ich verstehe das ja«, rede ich weiter. »Aber es würde die Sache für mich einfacher machen, wenn ich wüsste, dass es ihm gutgeht.«

Ich krampfe die Hände in meinem Schoß zusammen. Was, wenn sie mir nur nichts sagen, weil er tot ist, und sie mich nicht damit belasten wollen? Das Auto war wirklich schlimm zugerichtet. Unfassbar, wie kaputt ein nagelneues Auto aussehen kann. Mühsam halte ich die Tränen zurück. Aber die Worte kann ich nicht zurückhalten. Sie fließen einfach aus mir heraus. Wie gestern und am Tag davor. »Es muss doch einen Grund haben, dass ich dort auf der Straße war, gerade als der Unfall passiert ist«, flüstere ich. »Vielleicht wollte ich noch schnell irgendwas einkaufen. Es ist doch die Straße mit der Tankstelle.«

Ich weiß, dass Martin mir helfen möchte, deswegen lässt er mich reden. Er hat es mir erklärt. Er will mir nichts einreden, will das, was ich sage, nicht bewerten, sondern mir die Gelegenheit geben, es selbst zu tun. Aber das macht das Chaos in meinem Kopf noch größer und die Worte, die aus mir heraussprudeln, noch drängender.

»Unsere Zeit ist bald um«, erinnert Martin mich freundlich. »Wie wäre es, wenn wir …?«

»Es war bestimmt etwas Dringendes, sonst wäre ich ja nicht im Pyjama rausgegangen«, sage ich schnell. »Aber man merkt sowieso nicht, dass es ein Pyjama ist.« An der schwarzen Hose nicht und auch nicht an dem rosa Oberteil. Es könnten auch normale Anziehsachen sein. »Deswegen habe ich mich wohl nicht umgezogen. Wenn ich mich nur erinnern könnte, was ich kaufen wollte. Man geht doch nicht einfach so zur Tankstelle. Wahrscheinlich war es so dringend, dass ich nicht auf den Verkehr geachtet habe, und der Fahrer wollte bestimmt tanken. Er hat versucht zu bremsen, und weil es so glatt war, ist er weggerutscht und in die Altglascontainer gekracht. Das klingt doch logisch, oder?« Ich suche in meinem Kopf nach Hinweisen, dass es wirklich so gewesen sein könnte. Aber da ist nichts, nur Leere. Schwarze, klebrige Leere, in der meine Erinnerungen feststecken wie in heißem Teer. »Aber ich laufe doch nicht einfach so auf die Straße. Das habe ich noch nie gemacht.« Selbst nachts, wenn keiner da ist, bleibe ich an jeder roten Ampel stehen. »Vielleicht war der Fahrer auch abgelenkt. Was, wenn er gerade auf sein Handy geschaut hat? Er hat mich angefahren und ist dann in die Altglascontainer gekracht.«

»Es tut mir leid, Lara, aber unsere Zeit ist gleich um.«

»Dann wäre nicht ich schuld, sondern er.« Ich starre Martin an. »Vielleicht war ja auch noch jemand Drittes da, oder niemand ist schuld, irgendetwas ist aufgeblitzt und hat den Fahrer abgelenkt, so dass er mich gestreift hat.« Mein Atem klingt laut in meinen Ohren. »Ich will einfach nur wissen, warum es gerade mich erwischt hat. Es muss einen Grund haben, dass ich um diese Uhrzeit im Pyjama an der Straße stand. Alles hat einen Grund. Ich muss ihn nur finden, Martin.« Meine Worte hallen in dem viel zu großen Zimmer wider. »Ich bin kurz davor, mich zu erinnern. Das spüre ich. Irgendwo in meinem Kopf ist alles da, ich muss nur …«

»Lara.« Martins ruhige Stimme reißt mich aus dem Redeschwall. »Merkst du, dass es wieder passiert?«, fragt er sanft.

Ich mustere sein Gesicht, suche nach Anzeichen von Wut. Aber nein, er ist noch nie wütend geworden. Er nicht. Noch nicht. »Was soll ich merken?«, frage ich vorsichtig.

»Denk darüber nach, was du gerade machst.«

»Ich … rede?« Ich suche in seinem Gesicht nach Bestätigung und finde keine. »Das soll man doch. Das mache ich immer so.« Wenn in meinem Kopf Chaos ausbricht, dann muss ich so lange reden, bis dort wieder Ruhe herrscht. Seit meiner Kindheit mache ich das so. Meine Mutter hat es gehasst. »So kriege ich meine Gedanken in den Griff.«

Martin sieht mich prüfend an. »Wirklich?«

Meine Wangen werden heiß. Ich denke daran, wie lange ich schon versuche, meine wenigen Erinnerungen an die Unfallnacht zu sortieren. Zwei Wochen. Besonders weit bin ich noch nicht gekommen. »Manchmal dauert es eben etwas länger.«

Martin kommentiert es nicht weiter. »Wie fühlst du dich, wenn du so unkontrolliert redest wie gerade eben?«

»Ich … ich weiß nicht.«

»Versuch mal, in dich reinzuspüren. Tut dir der Magen weh, rast dein Herz? Ist dir vielleicht schwindelig?«

»Wozu?«

»Das sind Anzeichen, auf die du achten kannst, um herauszufinden, wie du dich fühlst. Angst, Verzweiflung, Verwirrung … das wären einige Möglichkeiten.« Er sieht mich abwartend an.

»Du denkst, ich rede, weil ich mich schlecht fühle?«

»Das ist Teil deiner Krankheit. Du redest, um deine Gefühle zu übertönen.« Er schiebt sich die Brille wieder etwas höher. »Versuch mal, dich daran zu erinnern, wie oft sich deine Krankheit vor dem Unfall so geäußert hat.«

Ich zucke mit den Schultern. »Weiß nicht.« Natürlich weiß ich es, aber ich will es nicht sagen. Mehrmals pro Woche, nein, mehrmals am Tag. »Auf jeden Fall nicht so oft wie jetzt.«

»Könnte es sein, dass du dich gerade besonders schlecht fühlst wegen des Unfalls und weil du dich kaum daran erinnerst? Und deshalb kannst du im Moment gar nicht mehr aufhören zu reden?«

Ich schlucke schwer. Natürlich fühle ich mich schlecht. Ich hatte einen Unfall. Eine hübsche Platzwunde ziert meine Stirn. Fünf Stiche. Und ich weiß fast gar nichts mehr.

Trotzdem. Was er da sagt, ist Blödsinn. »Ich muss darüber reden, um herauszufinden, was passiert ist, das hilft mir beim Nachdenken. Wenn ich nur wüsste, warum ich zur Tankstelle wollte …«

»Lara.« Er plaziert es ruhig und unüberwindlich wie einen Staudamm vor meine Worte. »Lass mich dir zeigen, wie …«

»Nein, du hast doch gesagt, wir haben nicht mehr viel Zeit, und das mit der Tankstelle …«

»Ja, gerade deshalb.«

»Ich bin so kurz davor, mich zu erinnern, was genau geschehen ist. Bitte, lass mich bleiben, bis ich es wieder weiß. Nur noch zehn Minuten, ich bin ganz sicher.«

Er lässt nichts durchblicken, kein Mitleid, keinen Ärger. Nur Ruhe und Freundlichkeit. »Mein nächster Patient wartet schon. Es wäre nicht fair, das verstehst du doch? Wir haben aber noch drei Minuten, da könnte ich dir noch erklären, wie …«

Ich rutsche nach vorn, auf die Kante der Couch, bis ich fast herunterfalle. »Ich sehe es jetzt vor mir, das Auto. Ich war dort, weil ich etwas kaufen wollte, bitte, ich bin zum ersten Mal so weit gekommen …«

Martin schüttelt den Kopf. »Gestern haben wir an der gleichen Stelle aufgehört.«

Ich starre ihn an. »Aber da wusste ich das mit dem Pyjama noch nicht.«

»Der mit dem rosa Oberteil?«, fragt er.

Ich beiße mir auf die Lippen. Weiß genauso gut wie er, dass ich das nicht laut gesagt habe. Nicht heute. »Bitte, ich will doch nur reden …«

»Du solltest lernen, deinen Redefluss zu stoppen, damit wir an deiner Krankheit arbeiten können.«

Er sagt es, als ob er wüsste, was ich habe. Aber niemand weiß das. Nur dass ich zu viel quatsche und dass das nicht normal ist, das wissen sie.

Sie ist nicht normal. Sie kann nicht aufhören zu reden.

Die Worte meiner Mutter treiben auf der schwarzen Leere in mir.

»Bitte, lass mich reden«, flüstere ich. Meine Augen brennen. »Ich muss doch den Grund finden.«

»Unsere nächste Einzelsitzung ist nächste Woche, aber morgen Vormittag in der Gruppenstunde sehen wir uns ja auch.«

Ich nicke nur, nehme es kaum wahr. Stattdessen frage ich mich, ob die Bäume vor dem Fenster so ähnlich aussehen wie die bei der Tankstelle.

»Bitte denk bis morgen darüber nach, ja?« Martin steht auf, um mich zur Tür zu begleiten.

Mühsam reiße ich mich vom Anblick der Bäume los. »Über was?«

»Die Skills«, antwortet er. »Ich habe dir erklärt, dass ich mit dir ein paar Skills üben möchte.«

»Nein, hast du nicht.«

Er sieht mich merkwürdig an, dann lächelt er. »Okay, es ist vielleicht besser, wenn wir das nächste Woche in Ruhe besprechen.«

»Nächste Woche?« Wie grausam das klingt, so unendlich weit weg.

»Es wäre sicherlich hilfreich, wenn du dich bis dahin auf die aktuellen Übungen aus der Achtsamkeitsgruppe konzentrieren würdest: Gefühle spüren und erkennen. Und wenn es dir schlecht geht, kannst du jederzeit zu uns kommen, auch nachts. Es ist immer jemand auf der Station, Lara.«

Immer. Wenn ich nicht mehr nur reden will, sondern auch bereit bin zuzuhören, meint er wohl. Er winkt mich höflich durch die Tür.

Dort wartet schon Leon, sein nächster Patient. Er steht auf, aber Martin sagt ihm, dass er noch ein paar Minuten braucht, und verschwindet wieder in seinem Büro.

Ich lächle Leon an. Er lächelt gequält zurück.

Ich wickle mir eine Haarsträhne um den Finger. Manchmal hilft das, wenn ich es langsam mache. Ich schaue mir die Strähne an, nehme die braune Farbe wahr. Glänzend Kastanienbraun. So dunkel. Unnatürlich. Aber darüber nachzudenken, kann die Worte nicht in Schach halten. »Vielleicht ist das ja der Schlüssel«, sage ich zu Leon. »Ich habe so viele andere Oberteile, warum gerade das?« Ich sehe Leon an, als könnte er mir die Antwort darauf geben, warum ich an jenem Tag gerade das rosa Oberteil aus dem Schrank geholt habe. Oder aus dem Bett. Ich erinnere mich nicht mehr. Ich sehe Leon wieder an, der mich jetzt besorgt mustert. »Vielleicht hat die Farbe Rosa mich an dem Tag einfach angesprochen. Aber irgendwie bin ich sicher, dass ich mit Absicht genau das ausgesucht habe. Ich hätte doch sonst das Nachthemd mit dem Kolibri genommen. Das ist mein Lieblingsteil.«

Hinter mir öffnet sich die Tür, und Leon springt erleichtert auf, um zu Martin ins Zimmer zu gehen. Ich überlege, ihm zu folgen und Martin dazu zu überreden, dass er sich anhört, was aus mir heraussprudeln will. Doch Leon braucht Martin genauso wie ich. Es wäre nicht richtig, ihm seine Zeit zu stehlen, also halte ich mich zurück.

Martins Tür schließt sich hinter ihm, und ich starre noch eine Weile verzweifelt darauf. Wenn ich doch nur mit ihr sprechen könnte. Mit einem Stück totem Holz. Dann wäre alles so viel leichter.

Kapitel 2

Thomas

Ich trete in die Pedale. Durch ein weites Tal schraube ich mich rauf. Schroffe, weiße Stille dehnt sich vor mir aus. Endlos.

Schau nicht nach vorn, sondern auf den Trail. Denk immer nur an den nächsten Tritt.

Eiskaltes Wasser spritzt auf meine Haut. Ein reißender Fluss tobt plötzlich hinter mir. Das Tal ist verschwunden. Über mir türmt sich ein unbekannter Berg auf. Sein Gipfel hängt im Nebel.

Wo zum Teufel bin ich?

Ein Weg teilt sich vor mir. Ich muss mich entscheiden: hoch oder runter. Ein Zurück gibt es nicht, so viel ist sicher.

Natürlich will ich rauf. Aber je höher ich komme, desto lauter klappert und brummt es aus dem Nebel. Seltsam. Auf dem Gipfel sollte es leise sein.

Ich lege einen Zahn zu. Muss wissen, was da los ist.

Piep. Piep. Piep.

Stechende Töne durchschneiden die Luft. Ich verreiße den Lenker, fast stürze ich in eine Schlucht. Was ist das für ein ekelhaftes Geräusch? Ich halte mir die Ohren zu. Hebe den Kopf.

Über mir kreisen Vögel. Sicher die hässlichsten, die ich je gesehen habe. Schwarze Federn, krumme Schnäbel, lange gebogene Hälse. Mit einem gemeinen Funkeln in den Augen stoßen sie auf mich runter. Sie wollen mich nach unten treiben. Jetzt bin ich sicher, dass ich rauf muss. Ich trete fester.

Gegen das Picken der Vögel, gegen den stechenden Schmerz, gegen die Stimme, die durch den Nebel wabert.

Warum kannst du nie aufgeben?

Kapitel 3

Lara

Sie ist nicht normal.

Ich will die Erinnerung an meine Mutter tief in mir vergraben, aber sie ploppt auf wie eine leere Plastikflasche, die immer wieder nach oben schwimmt, egal, wie tief man sie unter Wasser drückt. Wenn doch die Erinnerung an den Unfall auch so einfach zurückkommen würde.

Ich schleiche durch die langen, hohen Krankenhausflure, biege um die Ecke mit dem Trinkwasserspender in der Nähe eines Wartebereichs. Mein Blick fällt durch eines der riesigen Fenster hinaus in den Garten. Eine Krankenschwester spiegelt sich im Glas. Schnell drehe ich mich zu ihr um.

»Hallo Antonia«, beginne ich und lächle sie an, in der Hoffnung, dass sie stehen bleibt.

Sie nickt mir nur zu und hastet dann weiter. Niemand hat Zeit. Aber ich muss reden, sonst finde ich nie heraus, was die dunkle Leere in mir bedeutet. Als unsere Stationsärztin mir entgegenkommt, will ich mich ihr am liebsten in den Weg werfen. Na, das wäre ja ein Schauspiel, wenn ich das wirklich machen würde. Unwillkürlich sehe ich es vor mir und muss lachen. So sehr, dass ich kein Wort herausbringe. Aus dem Wartebereich mustern mich misstrauische Blicke. Ich räuspere mich. Das hier muss ein Ende haben. Ich bin in der Psychiatrie, aber das ist kein Grund, wahnsinnig lachend durch die Gänge zu latschen, um die richtige Atmosphäre für die Besucher zu schaffen.

Ich reiße mich zusammen und gehe ganz gesittet in mein Zimmer. Anders als in Martins Büro ist es hier warm, aber nicht viel heimeliger. Die drei Betten sind zwar aus Holz, nicht aus Edelstahl wie auf der Geschlossenen, trotzdem strahlen sie die typische Krankenhausatmosphäre aus. Daran ändert auch der fröhliche rote Läufer auf dem Boden nichts, der perfekt zu den roten Deckchen auf den Nachttischen passt. Drei kleine Schreibtische sind zwischen die Betten gequetscht, einer davon ist verwaist, einer gehört mir, einer Olesja. Aber sie ist nicht da – wie so oft. Wahrscheinlich ist sie wieder mit ihrem Handy in der Klinik unterwegs, um irgendwelche Leute zu fragen, ob sie sie für ihren YouTube-Channel interviewen darf. Dabei ist sie nicht besonders wählerisch, sondern nimmt jeden, der nicht schnell genug wegläuft. Patienten, Besucher und Personal. Genau wie ich. Nur dass die Leute bei ihr ja sagen. Ich bewundere, wie sie das schafft. Immerhin redet sie fast so viel wie ich, nur auf Ukrainisch, so dass ich keine Ahnung habe, was sie den Leuten eigentlich erzählt. Aber sie hat so eine Art, so ein Lächeln, dem man einfach nicht widerstehen kann. Alle, die sie fragt, machen mit.

Fast alle.

Mein Blick fällt auf das Mikro neben ihrem Laptop. Als Olesja vor ein paar Tagen neu zu mir ins Zimmer gekommen ist, hat sie mich gleich auf den Stuhl gedrückt und wollte, dass ich etwas sage. Ich hätte ihr gern den Gefallen getan, weil ich ja sowieso immer rede, aber so funktioniert das nicht. Die Worte kommen, wann sie wollen. Und damals wollten sie nicht. Insgeheim war ich froh, denn der Gedanke, dass ihre unzähligen Follower mein verrücktes Gelaber hören, gefällt mir gar nicht.

Jetzt allerdings, da die Worte in mir nach oben drängeln, ist das Mikro doch verlockend. Aber lebloses Metall hilft genauso wenig wie totes Holz. Ich weiß nicht mal, warum. Ich brauche menschliche Ohren, die meine Worte auffangen. Sonst stauen sie sich weiter in mir und verkleben meinen Geist, bis in meinen Gehirnwindungen nichts anderes mehr Platz hat.

Ich greife nach meinem Smartphone, rufe den Browser auf und checke meine E-Mails. Wie immer quillt mein Postfach über. Lauter Benachrichtigungen über neue Artikel auf den Blogs, die ich abonniert habe. »Einmal um die Welt, ganz ohne Geld – vier Studenten mogeln sich durch.« Oder »Die spektakulärsten Gefängnisausbrüche und wie du sie nachmachen kannst, wenn du mal in die Verlegenheit kommst«.

Ein wackeliges Grinsen entkommt mir.

Ich weiß gar nicht, wo ich anfangen soll. Eigentlich kann man so viele Blogs gar nicht regelmäßig lesen. Es ist Wahnsinn, so viele zu abonnieren. Aber ich brauche jeden einzelnen. Vor allem nachts.

Ich lese weiter, auf der Suche nach etwas, das mich wirklich ablenken kann. Da. Mein Magen macht einen Satz. Ein neuer Artikel auf einem meiner absoluten Lieblingsblogs. »Schlaue Vögel und ihr Weg zur Weltherrschaft«. Und es geht sogar um den Kolibri, meinen Lieblingsvogel. Er ist das schnellste Wirbeltier der Welt, gemessen an seiner Körpergröße. Im Flug kann er die Richtung wechseln. Es ist fast unmöglich, ihn zu erwischen.

Ich rufe den Artikel auf, aber es ist zu spät. Lesen hilft nicht mehr. Eigentlich habe ich das schon vorher gewusst. Es hat noch nie richtig geholfen. Nicht, wenn die Worte schon da sind. Sie wälzen alles nieder, sogar den flinken Kolibri.

Mit zitternden Fingern rufe ich YouTube auf. Olesja hat mir ein Video per WhatsApp geschickt. Ich klicke es an. Ein ukrainischer Redeschwall hält meine eigenen Worte kurzfristig in Schach. Olesjas hübsches Gesicht mit den riesigen wasserblauen Augen kippt von einer Seite ins Bild, wobei ihre schwarzen Haare heftig hin und her schwingen. Dann ist sie weg, und ein junger Kerl in Krankenpflegermontur steht etwas verloren vor der Kamera. Sie hat ihn wohl auf irgendeinem Flur erwischt, vielleicht auf dem Weg zur Kantine.

»Äh«, macht er und fährt sich verlegen durch die dunkelblonden Haare. »Also … Ich bin Till, 22 Jahre alt und Alleinherrscher auf meiner Station.« Er grinst, als wäre er selbst überrascht von seinem eigenen Mut. Oder vielleicht denkt er auch nur, dass sowieso niemand von den Zuschauern versteht, was er sagt. Es ist ja nicht so, als könnte Olesja es übersetzen. Gegen meinen Willen muss ich grinsen. Wirklich total sinnvoll, dieser YouTube-Channel. »Natürlich nur Spaß«, sagt Till gerade. »Aber immerhin bin ich hier drinnen Alleinherrscher, und das kann ja auch nicht jeder von sich behaupten.« Er tippt sich mit dem Finger gegen die Stirn. »Bei uns ist immer was los, ständig geht irgendwo ein Alarm, und wir rennen dauernd von einem Ende der Station zum anderen. Da braucht man keinen Sport mehr, das sage ich euch. Was wir hier vor allem brauchen, ist Gelassenheit, und dafür habe ich ein ganz spezielles Rezept.« Er schließt die Augen und führt irgendwelche Bewegungen mit den Händen vor. Er will auch noch was sagen, aber ein ukrainischer Redeschwall hindert ihn daran. Oder ist es die Stimme meiner Mutter? Sie mischt sich ein, so dass ich nicht mehr weiß, ob Olesja in meinem Kopf redet oder sie. Ich seufze. Es wäre tatsächlich nicht schlecht, mal wieder für eine Weile Alleinherrscher in meinem Kopf zu sein. Aber hey, wer ist das schon?

Mein Handy piepst. Ich klicke YouTube weg, fahre über das Display, das sich merkwürdig uneben anfühlt, dafür, dass es so teuer war.

– Wo steckst du?

Ich runzle die Stirn. Sina. Kenne ich den Namen? Ja, muss ich. Schließlich schreibt sie mir auf mein Handy, da muss ich ihr wohl meine Nummer gegeben haben. Aber ihr Name liegt mir schwer im Magen und dehnt sich dort unangenehm aus, bis mir fast schlecht wird. Wenn ich nur wüsste, warum.

– Im Krankenhaus, tippe ich.

Sofort kommt die Antwort, als hätte sie darauf gewartet. Gruselig, hat sie nichts anderes zu tun?

– O nein, was ist passiert?

Meine Finger schweben über dem Display in der Luft. Ich weiß es nicht, aber das will ich ihr nicht auf die Nase binden.

Pass auf, wem du dich anvertraust.

Ich kann mir nicht erklären, woher dieser Satz plötzlich kommt, aber ich habe ihn ganz deutlich im Ohr. Als hätte das jemand gesagt, dem ich nahestand.

Ohne zu antworten, lege ich das Handy weg.

Schließlich weiß ich gar nicht, ob ich diese Sina kenne. Ich bin mir nicht mal ganz sicher, ob das hier wirklich mein Handy ist. Es ist bestimmt besser, ich antworte ihr nicht.

Das Quietschen der Zimmertür lässt mich auffahren. Die Putzfrau schiebt ihren Wagen ins Zimmer. Als sie mich sieht, weiten sich ihre Augen kaum merklich. Sie will mir offensichtlich auch nicht zuhören. Oder vielleicht ist sie immer noch traumatisiert von Olesjas Versuch, sie auf ihrem Channel vorzustellen. Ja, eindeutig. Sie umklammert ihren Wischmopp, als hätte sie Angst, dass ich ihn ihr auch entreiße, und senkt vielsagend den Kopf. Ich will Rücksicht nehmen, wirklich. Aber die Worte schwappen einfach über, ohne dass ich etwas dagegen tun kann.

»Die Polizei hat gesagt, dass ich Lara bin. Sie haben Papiere gefunden, von denen sie denken, dass sie mir gehören. Ich bin nicht sicher, ob es meine sind, aber warum sollte ich die Sachen von jemand anderem haben? Ich erinnere mich nur noch an so wenige Bruchstücke. Obwohl ich schon glaube, dass Lara mein Name ist. Trotzdem habe ich die Ärzte gebeten, niemanden darüber zu informieren, dass ich hier bin. Ich will erst selbst wieder wissen, wer ich bin, bevor jemand anders mich sieht und es mir sagt. Klingt das total bescheuert?«

Die Putzfrau seufzt. Sie tut mir leid, warum musste sie gerade jetzt reinkommen, da alles noch dringender herausmuss als sonst? Sie fängt an, den Boden zu wischen. Mit Nachdruck.

Ich schüttle den Kopf, als würden die wirren Gedanken dann

endlich an den richtigen Platz fallen. »Aber die Lara auf dem Passfoto. Sie hat auch eine andere Haarfarbe als ich. Sie wirkt ein bisschen fremd. Meine Haare sind braun, und ich kann mich wirklich nicht daran erinnern, dass sie jemals blond waren.«

Die Putzfrau brummelt etwas in ihren nicht vorhandenen Bart und wischt schneller. Was leider nur dazu führt, dass ich schneller rede. Je mehr aus mir heraussprudelt, desto mehr kommt nach.

»Und vor allem …«, fahre ich fort, »die Lara auf dem Ausweis ist einundzwanzig Jahre alt. Ich … ich bin neunzehn. Das weiß ich genau. Und wenn ich wirklich sie bin, dann bedeutet das …« Nein. Ich will es nicht aussprechen. Doch ich bin machtlos dagegen, es bricht einfach aus mir hervor. »Es bedeutet, dass ich zwei Jahre verloren habe.« Ich habe sie einfach komplett vergessen. Wie kann man nur so dämlich sein? »Wieso habe ich nicht besser aufgepasst? Das Auto hat mich sicher auch erwischt, weil ich nicht aufgepasst habe.« Ich will aufhören, aber ich kann nicht. Nicht jetzt, mittendrin.

Sie ist nicht normal. Sie kann nicht aufhören zu plappern, merkst du das nicht?

Ich rede noch mehr und noch lauter auf die Putzfrau ein, während die schrille Stimme meiner Mutter mir das Gehirn verätzt.

Sie ist krank. Oder dumm. Oder beides. Lass mich bloß nicht mit ihr allein.

Die Tür fällt ins Schloss. Ein paar letzte Worte fallen in die Einsamkeit meines Zimmers. Dann versiegt der Strom, hängt hinter meiner Zunge wie riesige Wassermassen hinter einem maroden Staudamm. Ich ringe nach Luft, aber das macht den Druck des Ungesagten auf meiner Lunge nur noch schlimmer. Es kratzt, als wäre ich erkältet, ich will husten, aber ich weiß, dass es nichts bringt. Ich springe auf, wandere im Zimmer umher. Meine Mutter redet immer noch.

Sie ist nicht normal. Lass mich bloß nicht mit ihr allein.

Ich haste zur Tür, reiße sie auf. Jemand muss mir einfach zuhören. Ein dunkelbrauner Schopf verschwindet um eine Ecke des

Flurs. Ich überlege, ihm nachzulaufen, aber das fühlt sich falsch an. Richtig falsch. Dann ist der Flur leer, hinter der Ecke, um die der Mann verschwunden ist, lauert die Dunkelheit.

Also doch ins Zimmer zurück? Nein. Verzweifelt renne ich los, folge dem Licht der Neonröhren in die andere Richtung, weg von der Ecke, in die düsteren Gänge der Klinik hinein.

Meine Mutter hatte recht. Ich bin krank. Oder dumm. Oder beides. Wie könnte ich sonst zwei ganze Jahre verlieren?

Kapitel 4

Thomas

Ich kämpfe um jeden Tritt. Die Vögel kreischen immer lauter.

Piep. Piep. Piep.

Sie bewachen den Gipfel. Ich muss ihn trotzdem erreichen. Weiter oben wird der Nebel dichter und heller. Ein Geruch hängt darin. Woran erinnert er mich?

Im Nebel höre ich Menschen. Ihre Stimmen tun in den Ohren weh. Sie mischen sich mit den ekelhaften Geräuschen der Vögel. Es ist unerträglich laut, als ob direkt neben mir jemand schreit. Ich drehe mich um mich selbst. Niemand ist da.

Wo sind sie? Ich muss sie finden.

Der Nebel wird dichter. Scharfe Schnäbel hacken nach meinem Gesicht.

Piep. Piep. Piep.

Schmerz zerfrisst meinen Schädel, bis hinein in meine Augen. Ich sehe nichts mehr. Die Vögel flattern davon. Sie denken, sie haben gewonnen. Aber da liegen sie gewaltig falsch. Blind taste ich mich weiter.

Warum kannst du nie aufgeben?

Stimmen. Dröhnen. Donnern.

Es kommt von allen Seiten. Und dann dieser Geruch. Endlich weiß ich, woher ich ihn kenne.

Ich weiche zurück. Vor dem Lärm und dem Gestank. Nach oben ist doch die falsche Richtung. Aber es gibt nur eine einzige andere Möglichkeit. Ich lasse mich fallen.

Unter mir ist Finsternis.

Kapitel 5

Lara

Mein Herz pocht im Takt meiner Schritte, die laut durch die Krankenhausflure hallen. Ich muss herausfinden, was passiert ist. Wenn ich das schaffe, muss meine Mutter doch einsehen, dass ich nicht ganz so dumm bin, wie sie denkt. Völlig außer Atem komme ich bei Martins Tür an. Er will gerade absperren.

»Hey«, schnaufe ich.

Er dreht sich um und sieht mich irritiert an.

»Ich bin etwas spät dran, ich weiß, aber …« Keuchend bleibe ich vor ihm stehen. Etwas ist falsch.

Er zieht die Augenbrauen zusammen. »Lara?«

»Ich weiß, ich bin unpünktlich, tut mir leid.«

»Ich verstehe nicht …«

»Na, unsere Therapiestunde. Ich hatte sie nicht vergessen, ich wurde nur aufgehalten.«

»Oh.« Er fixiert mich. »Du kommst zu unserer Sitzung? Jetzt?«

Ich sehe auf die Uhr. Feierabend. Mindestens. Mein Blick schweift zum Fenster. Wann ist es dunkel geworden? Es muss in der Zeit gewesen sein, die ich auf dem Zimmer verbracht habe. »Etwas später als sonst, aber … hatten wir das nicht für heute so ausgemacht?«

Er lässt die Hand mit dem Schlüssel sinken. Ich sehe die Gedanken förmlich hinter seiner Stirn kreisen, während ich einen Schritt auf die Tür seines Büros zumache. Martin lässt mich rein, legt seine Tasche auf den Tisch und sieht mir zu, wie ich mich auf das Sofa fallen lasse.

Ich schlinge die Arme um mich. »Also, das mit dem Unfall«, beginne ich.

Martin schüttelt den Kopf. »Ich möchte, dass du jetzt ganz genau nachdenkst. Warum bist du hier?«

»Na, weil unsere Stunde …« Ich verstumme. Etwas zuckt vor meinem inneren Auge vorbei. *Gestern warst du schon genauso weit.* Hat er das heute gesagt? Oder gestern? Ich schüttle den Kopf, aber es wird einfach nicht klarer. Wann haben wir darüber geredet? »Es war gestern«, sage ich zittrig. »Gestern hatten wir eine Sitzung.«

Er sieht mich ernst an. »Nein, Lara. Das war heute. Gerade erst vor etwas über einer Stunde.«

»Nein. Bestimmt nicht. Ich muss mit dir reden, ich glaube, ich weiß jetzt, wie es war. Da war eine Tankstelle. Ich wollte etwas kaufen … aber sie wollten meinen Ausweis sehen und ich wusste nicht, ob ich das wirklich bin …«

»Es ist in Ordnung, dass du gekommen bist.« Er sagt irgendetwas, aber ich nehme es gar nicht richtig wahr. »Wir können das nutzen.« Er greift in eine Schublade und holt einen Bogen Papier heraus. Er ist dunkel wie Holz.

»Ich war heute noch nicht hier.« Und er muss mir zuhören. Dafür wird er bezahlt. »Ich muss doch über das silberne Auto und den Altglascontainer sprechen. Ich will wissen, ob ich wirklich Lara bin. Bitte.«

»Ganz ruhig«, sagt er. »Lass mich dir helfen.«

Helfen. Aber nicht zuhören. *Warum tust du das?*, will ich schreien. *Du bist mein Therapeut, du musst mich anhören. Damit hilfst du mir. Aber du machst alles noch schlimmer. Warum verstehst du das nicht?*

Aber natürlich traue ich mich nicht. »Bitte, du musst mir zuhören«, ist das Einzige, was ich herausbringe.

»Das tue ich jetzt seit zwei Wochen. Und gerne auch noch länger.« Seine Stimme ist ruhig und tief. Wenn er so spricht, komme ich mir vor wie ein kleiner verängstigter Hund.

»Aber helfen kann ich dir erst, wenn du mir auch zuhörst.«

Sei still. Hör doch mal zu, verdammt. Kannst du nicht endlich die Klappe halten?

»Es wäre gut, wenn du noch mal in Ruhe darüber nachdenken würdest, ob du wirklich hier in der Klinik sein möchtest, Lara.« Es ist kein Vorwurf, einfach nur ein Vorschlag. Aber für mich klingt es trotzdem wie eine Drohung.

Verzweifelt suche ich nach einer Antwort. Die Stille bäumt sich zwischen uns auf wie ein Bär, der sich auf die Hinterbeine stellt.

»Es … es tut mir leid«, flüstere ich schließlich. »Ich wollte nicht … ich weiß nicht, ich habe die Tage verwechselt. Natürlich war ich heute schon hier«, behaupte ich. Aber es fühlt sich wie eine Lüge an. Ich erinnere mich nicht. Warum nicht? Wer sagt die Wahrheit, er oder ich?

»Lara«, sagt Martin noch mal sanft. »Bitte versteh mich nicht falsch. Wenn du an deiner Krankheit arbeiten möchtest, bin ich für dich da. Was du gerade erlebt hast, gehört dazu, aber wir können etwas dagegen tun.«

Ich will aber nichts dagegen tun. Denn das Reden ist das Einzige, was mir hilft. Ich will es ihm sagen, aber was, wenn er mich dann wegschickt? Würde er das tun? Wenn er versteht, dass meine Art die einzige ist, die für mich funktioniert, dann sicher nicht. Oder? Ich mustere ihn. Martin wird nie wütend. Er bleibt immer ruhig. Ich nehme all meinen Mut zusammen. »Die Worte müssen doch raus. Ich kann sie einfach nicht drin behalten.«

»Doch«, erwidert Martin fest. »Das kannst du. Du bist freiwillig in der Klinik geblieben, das war der erste Schritt. Du bist hier gut aufgehoben. Du hast Ruhe, dich auf das zu konzentrieren, was dir guttut. Und den Rest schaffst du auch. Lass mich dir ein Skill für den Notfall zeigen, Lara, das du ausprobieren kannst, wenn der Redefluss zu stark wird.« Er hält mir das dunkle Papier hin. Sandpapier. Soll das ein Witz sein? Wie soll mir das denn helfen? Ist er jetzt durchgeknallt oder ich?

Ich stehe auf und gehe zur Tür. Die Türklinke schon in der Hand, drehe ich mich noch mal zu ihm um. Ich glaube ihm, dass er mir wirklich helfen will. Aber auf seine Art, und die funktioniert bei mir nicht. »Ich komme zur nächsten Sitzung wieder.« Dann muss er mich anhören. Damit verlasse ich das Zimmer. Die Ruhe, die ich ihm gegenüber gerade noch an den Tag gelegt habe, ist wie weggeblasen, sobald ich den Flur betreten und einige Schritte zwischen mich und Martins Büro gebracht habe.

Ich wende mich hin und her, weiß nicht recht, wohin ich gehen soll. Ich will Luft holen, aber zwischen all dem Ungesagten in mir ist kein Platz. Mir wird schwummrig.

Ich laufe zur Stationstür und melde mich ab, um in den Garten zu gehen. Der Pfleger mustert mich prüfend, und ich bemühe mich, nicht zu hektisch nach Luft zu schnappen.

»Wenn du etwas brauchst, meldest du dich, ja?«

Ich nicke.

Er trägt mich in die Liste ein.

Auf dem Weg zum Garten piepst mein Handy, und ich hole es aus meiner Jeanstasche. Mein Finger hubbelt über das Display.

– Lara? Bitte sag mir, wo du bist. Ich komme sofort.

Wieder diese Sina. Was will sie nur? Warum lässt sie nicht locker? Und woher kennt sie meinen Namen? Bin ich doch Lara? Ist es mein Handy? Mein Herz schlägt plötzlich schneller, mein Mund wird trocken. Martin hat gesagt, ich soll mich auf das konzentrieren, was mir guttut. Aber die Nachrichten von Sina liegen mir jedes Mal schwer im Magen. Irgendwas stimmt da nicht. Es ist besser, ich blockiere sie, dann kann sie mir nicht mehr schreiben. Ich tippe auf die entsprechenden Felder meines Handys, und Sinas Nachrichten verschwinden. Aber der Unfall, der Pyjama und die Tankstelle sind immer noch da.

Ich sehe mich um, ob ich jemanden zum Reden finde. Die Wände sind hier türkis. Wo bin ich hingelaufen? In den Garten jedenfalls nicht. Es muss der Neubau des Krankenhauses sein. Ärzte und Schwestern strömen an mir vorbei. Schichtwechsel. Ich schwimme gegen den Strom, irgendwohin, ganz egal. Einen der Ärzte kenne ich, aber er bemerkt mich nicht. Vielleicht mit Absicht, weil er mir auch nicht zuhören will. Ich renne weiter, durch eine Tür, die ein Mann mir offen hält. Er trägt einen Mantel, er muss ein Besucher sein. Auf der anderen Seite ist noch eine Tür, und ich will hindurch, aber der Mann hält mich zurück.

»Händewaschen nicht vergessen«, sagt er und lächelt. »Ist mir am Anfang auch immer passiert.« Erst jetzt fällt mir das Waschbecken auf. Als ich den Mann fragen will, was er über das silberne Auto denkt, deutet er auf einen zweiten Spender neben der Seife. »Und danach benutzt du das Desinfektionsmittel.«

Ich wasche mir die Hände, weiß selbst nicht, warum. Schrubbe sie, bis sie rot sind, desinfiziere sie. Dann gehe ich zur anderen Tür wieder raus und trete neben den Fremden.

Stille umfängt mich. Aber es ist keine drückende Stille. Sie ist erwartungsvoll. Als ob sie mit Worten gefüllt werden will.

Mit meinen Worten. Ich muss sie nur herausreden, dann finde ich den Rest. Denn unter ihnen muss mein Leben verborgen sein.

KAPITEL 6

Thomas

Die Dunkelheit hier unten ist wohltuend still. Ich bin in einer Höhle. Licht fällt auf mich wie ein Schatten, nur eben hell. Es flackert, malt Bilder auf die Höhlenwand. Eine Slideshow.

Isabel lächelt. Ihr fehlt ein Zahn. Wie lange ist das her?

Die Slideshow springt weiter.

Schritte nähern sich, meine Mutter. Sie streicht mir über die Stirn. Ich habe Fieber. »Morgen keine Schule«, sagt sie. »Beide nicht.«

Isabel verzieht das Gesicht. »Aber ich schreibe einen Test!«

»Trotzdem«, antwortet Mutter. Ihre Gegenwart ist tröstlich.

Isabel wird älter. Ich auch.

Das nächste Bild. Es bewegt sich in meinem Kopf. Vater umarmt Isabel. Sie strahlt, Abifeier. Damals war unsere Welt noch in Ordnung.

Die Slideshow läuft weiter. Wir werden älter, nie jünger. Mir wird klar, was das bedeutet. Ich werde alles sehen.

Mein ganzes Leben an die Wand geworfen.

Gnadenlos.

Ich springe auf. Hier bleibe ich keine Minute länger. Lieber stelle ich mich den Vögeln.

Ich trete in die Pedale. Weg von der Höhle und der grausamen Slideshow, hinauf zum Gipfel und den anderen Menschen. Dieses Mal werde ich sie erreichen. Ich kämpfe mich nach oben, hinein in den grauen Dunst. Es klappert und brummt ohrenbetäubend.

Piep. Piep. Piep.

Flügel umflattern mich, bis ich stürze. Auf allen vieren krieche ich weiter. Schnäbel hacken nach mir. Schmerz bohrt sich in meine Augen. Wieder bin ich verloren im lärmenden Nebel.

Endlich weiß ich, wo ich bin.

In meiner ganz privaten Hölle.

KAPITEL 7

Lara

Das Atmen fällt mir schwer, Schweigen ist eine Qual.

Nur für die erwartungsvolle Stille halte ich durch. An der Seite des Fremden tappe ich über die Station, die sich bereits im Nachtmodus befindet. Licht fällt gedämpft aus den Zimmern auf den Gang, etwas heller, als ich es von anderen Stationen kenne. Am hellsten ist es im Stationszimmer, aus dem uns jemand zunickt. Ich zucke kurz zusammen, als ich dunkelblonde Haare sehe und ein Gesicht, das mir bekannt vorkommt. Es ist Till, der Pfleger aus Olesjas Video. Der Alleinherrscher der Station. Welche war es noch? Hat er das im Video überhaupt gesagt?

Der fremde Mann neben mir nickt Till zu. »Schön ruhig hier heute.«

Till starrt ihn entsetzt an und deutet auf einen Spruch, der am Schwarzen Brett neben dem Stationszimmer hängt:

»Wenn du willst, dass hier die Hölle losbricht, dann sag möglichst laut, wie schön ruhig es gerade ist. Karma ist eine Schlampe.«

Der Fremde grinst und hebt entschuldigend die Hände.

Till schüttelt übertrieben griesgrämig den Kopf. »Zu spät.«

Als der Mann weitergeht, folge ich ihm, ohne lange darüber nachzudenken. Im Vorbeigehen schaue ich in die Zimmer, sie sind ab Hüfthöhe verglast, fast komplett einsehbar. Drei Betten stehen nebeneinander, umgeben von Monitoren, Kabeln und Geräten. Die Leute in den Betten liegen. Ausnahmslos. Niemand sitzt, niemand ist wach. Nicht in diesem Zimmer. Ich gehe weiter, komme an der Zimmertür vorbei. Geräte rattern leise, immer wieder piepst etwas.

Händewaschen nicht vergessen.

Endlich ergibt es Sinn. Natürlich. Ich bin auf der Intensivstation. Und ich laufe immer noch neben dem Fremden her, sogar, als er vom Flur abbiegt.

Überrascht schaut er mich an. »Was für ein Zufall, gleiches Zimmer? Ich hab dich hier noch nie gesehen. Kommst du zum ersten Mal?«

Ich nicke. Stimmt ja auch.

»Dann musst du dich eigentlich vorn anmelden.« Er schnaubt, als würde ihm gerade etwas klarwerden. »Till hat sicher geglaubt, dass du mit mir hier bist.«

Natürlich, man darf hier eigentlich nicht einfach so reinlaufen. Aber ich kann wohl kaum zu Till gehen und mich anmelden, denn ich habe hier ja niemanden. Was soll ich ihm sagen? Dass ich wegen der erwartungsvollen Stille hier bin? Er würde mich hochkant rauswerfen. Zu Recht, sagt eine fiese Stimme in meinem Kopf.

Ich sollte gehen. Aber ich will nicht. Diese erwartungsvolle Stille ist hier irgendwo. Nicht in diesem Zimmer, wo der Mann jetzt auf ein Bett zugeht. Aber irgendwo auf dieser Station verspricht sie mir Erlösung von dem Chaos in meinem Kopf.

Ohne etwas zu sagen, verlasse ich das Zimmer wieder, der Mann denkt sicher, dass ich mich anmelden gehe. Stattdessen biege ich nach links ab, als Till nicht herschaut. Schnell gehe ich weiter, vorbei an mehreren Türen, unter anderem der zum Wartezimmer.

Ich spähe durch die riesigen Glasscheiben, bis ich in der Nähe Stimmen höre. Bevor ich richtig nachdenken kann, schlüpfe ich durch eine Tür.

Die Geräte sind hier noch lauter. Ein Pumpen, Rattern und immer wieder Piepsen. Wie können die Patienten bei dem Lärm schlafen? Aber natürlich ist das dumm. Sie schlafen ja nicht wirklich. Sie sind bewusstlos oder liegen sogar im Koma. Ich betrachte ihre blassen wächsernen Gesichter. Kann man jemandem ansehen, ob er im Koma liegt oder nur schläft? Und wenn ja, woran erkennt man das?

Till geht an der offenen Tür vorbei, ohne mich zu bemerken. Ich weiß nicht, warum ich mich verstecke. Das Schlimmste, was passieren könnte, ist, dass er mich rauswirft. Ja. Eben. Und die Worte, die immer noch in mir gefangen sind, rumoren in meiner Brust wie ein wildes Raubtier im Käfig. Ich will nicht rausgeworfen werden.

Erwartungsvolle Stille. Ich brauche sie. Ich drücke mich etwas weiter in den Schatten und warte, bis Till wieder in das Stationszimmer zurückgekehrt ist. Dann gehe ich ein paar Schritte ins Zimmer hinein.

In den Betten liegen drei Menschen, die unterschiedlicher nicht sein könnten. Eine alte Frau, in deren Falten das Leben hängt, das sie gelebt hat. Viel davon. Eine junge Frau, die sicherlich kaum älter ist als ich. Sie sieht so friedlich aus. Keine Verletzungen. Nichts. Warum ist sie hier? Die Frau neben ihr, etwa im Alter meiner Mutter, hat Schürfwunden im Gesicht. Aber die erwartungsvolle Stille kommt nicht von ihnen. Ich drehe mich um und gehe tiefer in die Station hinein.

Am Ende des Flurs wechsle ich auf die linke Seite und arbeite mich nach vorne zurück, bis ich fast wieder beim Stationszimmer angekommen bin. Verschämt husche ich von Zimmer zu Zimmer, muss mich immer wieder verstecken, werde immer wieder fast entdeckt. Nur der Gedanke an die Stille lässt mich durchhalten.

Und da, endlich, finde ich sie. Sie wabert aus dem Zimmer, das genau gegenüber dem Stationszimmer liegt. Natürlich. Das war klar. Sonst wäre es ja zu einfach. Ich gehe hinein. Nur ein Bett ist hier belegt, ein junger Mann liegt darin. Sofort weiß ich, dass er es ist.

Da ist etwas in seiner Haltung, etwas, das ihn umgibt und mich willkommen heißt. Ruhe. Freundlichkeit. Es ist albern, denn wie kann jemand, der unbewegt in seinem Bett liegt, Ruhe und Freundlichkeit ausstrahlen? Und doch ist es so. Völlig lautlos ruft er nach mir. Ja, ich bin sicher. Er ist es, der auf meine Worte wartet.

Vorsichtig nähere ich mich ihm. Ein Kopfverband verhüllt einen Teil seines Gesichts, darunter spitzen schwarze Haare hervor, Krusten durchziehen seine dunklen Brauen. Was man von seiner Haut sehen kann, ist geschwollen und zerkratzt. Es hat ihn wirklich übel erwischt.

Ich schimpfe mich eine dumme Kuh. Natürlich hat es das. Er liegt im Koma. Oder? Vielleicht ist er einfach nur bewusstlos. Auf der Intensivstation liegen ja nicht nur Komapatienten. Aber er ist so verdammt ruhig. Scheint viel weiter weg zu sein als die anderen. Vielleicht ist das die erwartungsvolle Stille. So umfassend, wie sie nur von einem Menschen ausgehen kann, der ganz tief in der Dunkelheit seines Geistes verloren ist.

Unter seiner Bettdecke, die bis zum Kinn hochgezogen ist, kriechen Kabel und Schläuche hervor und verschwinden in den Geräten an seinem Bett. Etwas pumpt geschäftig, ein Monitor piepst ab und zu leise. Sein Oberkörper hebt und senkt sich, immer wenn eines der Geräte pumpt. Im Gegensatz zu manchen anderen hat er einen Schlauch im Mund. Trotzdem erkenne ich, dass ein sanfter Zug seine Lippen umspielt. Wie es wohl aussieht, wenn er lächelt? Mein Blick fällt auf seine Ohren, die halb unter dem Verband herausschauen. Menschliche Ohren. Schöne Ohren.

Unwillkürlich lächle ich.

Er ist perfekt.

Und er kann nicht weglaufen.

Ich mache einen Schritt in seine Richtung, bleibe stehen. O Gott, er kann nicht weglaufen. Was tue ich hier eigentlich? Ich kann ihn doch nicht einfach so vollschwallen mit allem, was ich nicht für mich behalten kann.

Er liegt im Koma.

Ja. Eben. Er wird nicht genervt mit den Augen rollen, wenn ich rede, oder sagen, dass unsere Zeit um ist. Er wird nicht wütend werden oder schreien. Weil er es gar nicht mitbekommt.

Und ich … ich kann einfach nicht anders. Die Worte schmerzen in mir wie Eiswürfel, die ich zu schnell in den Mund genommen habe. Mein Herz hämmert wie verrückt. Als ob ich etwas Verbotenes tue. Das ist es wahrscheinlich auch. Noch einmal spüre ich seine Stille. Will sie füllen mit meinen verbotenen Worten.

»Es tut mir leid, aber du hast jetzt eben Pech gehabt«, flüstere ich.

Im nächsten Moment höre ich Schritte. Hastig kauere ich mich an die Wand unter der Glasscheibe zum Flur, damit die Schwester mich nicht sieht. Ich fluche leise, weil ich mir gerade ihn aussuchen musste. Ihn, dessen Zimmer sich direkt vor der Nase des Pflegepersonals befindet.

Die Schritte nähern sich. Ich sehe weiße Schuhspitzen. Nur noch einen Schritt ins Zimmer, dann müssen sie mich entdecken.

»Glaubst du, es nutzt was?« Die Frage prallt schroff von den Mauern ab. Ich presse mich noch enger an die Wand.

»Es schadet jedenfalls nicht. Und deshalb ist es einen Versuch wert.« Noch eine Frau. Ich sehe sie förmlich mit den Achseln zucken.

»Du gibst nicht auf, was?« Wärme mischt sich in den kühlen Ton der anderen.

»Das ist ganz eigennützig, damit erzielt man bessere Erfolge. Dadurch werden wir im Krankenhausrating hochgestuft und bekommen mehr Forschungsgelder«, grummelt die Frau.

»Soso.« Ihr Schnauben vervielfältigt sich in der Leere des Raums. »Das kannst du jemand anderem erzählen.«

Die Stimmen entfernen sich. Ich sitze immer noch auf dem Boden.

»Ich sollte gehen.« Ich flüstere es der Wand zu, als könnte sie mir etwas raten. Aber Mauerwerk kann das genauso wenig wie totes Holz. Ich lege eine Hand auf den Putz und streiche darüber. Kalt, so kalt. Und falsch. Unter meinen Fingern sollte es warm sein. Und weich. Ich sollte nicht allein sein. Das hat schon meine Mutter immer gesagt.

Allein bist du nichts.

Die schwarze Einsamkeit in mir dehnt sich aus. Meine Stirn sinkt gegen die Wand. Wenn ich jetzt gehe, werde ich in meinen Gedanken ertrinken.

Langsam wende ich mich dem Bett zu. »Ich kann nicht. Es tut mir leid.«

Auf Knien rutsche ich näher zu ihm, damit ich nicht so laut reden muss. Und dann erzähle ich alles, was ich unbedingt loswerden will. Von dem Unfall, von dem Pyjama und von dem Nachthemd mit dem Kolibri. Ich erzähle ihm, wie schön es schillert und dass Kolibris etwas ganz Besonderes sind, weil sie nicht nur singen, sondern auch mit ihren Schwanzfedern Musik machen können wie auf einer Harfe. Ich fülle die Stille in seinem Krankenzimmer mit meinen Worten, bis sie endlich, endlich nicht mehr in mir schmerzen. Es stört mich nicht, dass er mich nicht hört. Er ist da. Wir sind zwei. In diesem Augenblick ist das genug.

Leider hält es nicht lange an. Auf dem Gang herrscht immer wieder Hektik, und mein Herz lässt mir keine Ruhe mit seinem Pochen. Schließlich gebe ich nach, stehe auf, immer noch unruhig, immer noch ohne Antworten.

Aber dank ihm halte ich es jetzt vielleicht irgendwie aus. Bis morgen Vormittag, zur Gruppenstunde. Ja, in dieser Nacht werde ich es schaffen, allein in der Dunkelheit zu sein. Ich werde mich mit meinem Handy und meinen Blogs über die schlimmste Zeit retten können, und die Worte in Schach halten, bis ich eingeschlafen bin.

»Danke«, flüstere ich ihm zu. »Danke, dass du diese Nacht erträglich gemacht hast.« Dann schleiche ich mich davon. Mit dem anklagenden Rhythmus in meiner Brust.

Wie ein Verbrecher.

Kapitel 8

Thomas

Die Slideshow ist endlos. Sie läuft auf der Höhlenwand, in meinem Kopf und in meinen Träumen.

Isabel lächelt. Sie hat jetzt noch mehr Zahnlücken. Blumen blühen auf einer Wiese. Wespenstich. Ich nehme ihre Hand, kühle den Stich mit meinem Wasserglas. Oder tut sie es bei mir?

Hier will ich bleiben, mit Isabel auf der Wiese.

Doch die Bilder laufen unbarmherzig weiter.

Du hast jetzt eben Pech gehabt.

Nein. Pech ist Zufall. Man hat kein Pech. Man hat Schuld.

Es dröhnt um mich herum. Isabels Flugzeuge. Sie hat viele davon, ständig tritt man auf eins drauf. Aber nein, ein Spielzeug ist nicht so laut. Es ist längst kein Spiel mehr für sie.

Ich sollte gehen.

Wohin? In das Licht? Lächerlich. Es ist nicht groß genug, ist nur ein Schatten, Sonne auf einer Wiese, ein Bild auf der Höhlenwand. Man kann nicht hineingehen.

Die Slideshow springt weiter, ich bin machtlos dagegen.

Isabel schreit mich an. Vater weint. Er wird nie aufhören, zu weinen. Seine Verzweiflung drückt mich nieder, bis ich fast daran ersticke. Ich würde ihm so gerne helfen.

Ich kann nicht. Es tut mir leid.

Etwas schwirrt durch die Höhle, mitten durch Vaters tränenverzerrtes Gesicht. Ist das ein Kolibri? Sein schillerndes Gefieder überstrahlt die Bilder, so dass ich sie nicht mehr sehe.

Ich atme auf, aber die Verschnaufpause ist nur von kurzer Dauer. Der Kolibri ist fort. Und die Slideshow hat mich wieder im Griff.

Kapitel 9

Lara

Die Gruppenstunden sind immer ein Spaß. Nicht.

Aber diese hier mag ich. Morgendliche Gesprächsrunde, da kann ich reden, so viel ich will. Na ja, fast. Die anderen sind ja auch noch da.

Martin lächelt mich freundlich an, als er mich sieht, und deutet auf einen Platz neben Crazy Horse. Erleichtert, dass er mir mein plötzliches Auftauchen von gestern Abend nicht übelnimmt, lächele ich zurück.

Ich falle auf den Stuhl und nicke Crazy Horse zu. Seinen richtigen Namen kenne ich nicht. Er erwidert mein Nicken, durch die dicken Ränder seiner Nerdbrille, und streicht sich dann die Haare glatt. Ernsthaft, niemand weiß, warum er sich Crazy Horse nennt. Wahrscheinlich ist es sein Nickname im Internet. Eigentlich sieht er aus, als müsste er Detlev heißen. Er sitzt kerzengerade auf seinem Stuhl und betrachtet Martin aufmerksam. Auf den anderen Stühlen sitzen die anderen Patienten. Manche kenne ich, ein paar sind neu. Oder alt. Vielleicht waren sie nur ein paar Tage zu Hause, und ich habe sie deshalb noch nie gesehen. Ich bin ja selbst noch nicht so lange hier.

Wir haken die Vorstellungsrunde ab, und ich warte darauf, dass wir loslegen können. Endlich wieder reden. Ich lächle, als stünde ich auf einer Blumenwiese und würde mich in der Sonne drehen.

»Heute machen wir mal was anderes als sonst«, beginnt Martin.

Eine winzige Wolke erscheint am Horizont.

Aller Augen ruhen auf Martin. Niemand kaut Kaugummi oder fläzt sich in seinen Sitz. Man merkt den Leuten auch nicht an, wie durchgeknallt sie sind. Sie sehen alle völlig normal aus, keine Punker, keine rebellischen Klamotten. Nur Crazy Horse mit seinem Namen, der nicht zu ihm passt. Wir anderen sind völlig durchschnittlich. Dünn, dick, blass oder mit gerötetem Gesicht. Jeans und T-Shirt, manche in Jogginghose. Nichts an uns ist außergewöhnlich. Außer vielleicht die Tatsache, dass wir alle hier sind.

Man sieht es nicht.

Rede nicht so viel, dann sieht man es nicht. Halt einfach nur den Mund, dann merkt keiner, dass mit dir was nicht stimmt.

Unnormal zu sein bedeutet aufzufallen. Mein Blick fällt auf Francesca, ein blasses, dunkelhaariges Mädchen. Sie trägt immer langärmelige Sachen, damit keiner sieht, dass ihre Arme voller Schnitte sind. Frische und verheilte, fast verblasste und knallrote. Nein, Francesca würde nicht mal dran denken, sich auffällig anzuziehen, denn dann könnte es ja passieren, dass jemand sie sieht. Aber sie will nicht gesehen werden und würde eher sterben, als Blicke auf sich zu ziehen. Vielleicht sogar wortwörtlich. Ein Schauder überläuft mich.

Ich lächle ihr zaghaft zu, und sie lächelt scheu zurück. Einmal habe ich versucht, ihr von dem Pyjama zu erzählen, aber das hat ihr nicht besonders gut gefallen. Sie hat große Augen gemacht und sich schließlich die Ohren zugehalten, als wären meine Sätze weitere Schnitte in ihrer Haut.

»Hier. Ich hab schon alles vorbereitet.« Ich zucke zusammen und konzentriere mich wieder auf Martin, der jetzt eine Kiste mit glänzendem, buntem Papier auf einen Tisch zwischen uns stellt.

»Was soll das werden?«, fragt Crazy Horse skeptisch, und ich bin insgeheim froh, dass er mir die Frage aus dem Mund genommen hat.

»Origami«, sagt Martin fröhlich.

»Bitte erschieß mich. Jetzt.« Das kommt von Sandra. Na gut. Sie ist vielleicht ein bisschen auffällig. Manchmal. Sie hängt leicht genervt in ihrem Stuhl, trägt ein Slayer-Shirt und Katzenohren. Aber das ist nicht das Verrückte an ihr. Das ist nur Cosplay.

Martin lächelt. »Kommt schon, lasst euch mal darauf ein.«

»Was ist das für Papier?«, fragt Crazy Horse und beäugt die Bögen misstrauisch.

»Gerade frisch aus der Packung geholt«, beruhigt Martin ihn.

»Papier und Pappe sind sehr unhygienisch.«

Martin reagiert nicht darauf. Er nimmt sich ein Papier und bedeutet uns, es ihm gleichzutun. Ich greife in die Schachtel und fische ein quadratisches Stück lila Papier heraus.

»Falten wir, während wir reden? Das kann aber schwierig werden.«

»Wir falten, während wir schweigen«, erklärt Martin und lächelt mir zu.

Eine ganze Wand Gewitterwolken zieht über meiner Wiese auf. Das kann doch nicht sein Ernst sein. »Warum?« Meine Stimme zittert unter dem Druck der Worte in mir. »Wir könnten doch nebenher …«

»Ich habe euch einige schwierige Anleitungen rausgesucht, da muss man sich sehr konzentrieren.«

Er will nicht, dass ich rede. Bestimmt wegen gestern Abend. Meine Augen werden feucht. »Es tut mir leid, Martin«, flüstere ich. »Ich verspreche, ich komme nicht wieder einfach so zu dir. Ich wollte dich nicht ärgern. Aber die Worte wollten raus und jetzt … auch.« Warum bestraft er mich? Ich habe das doch nicht mit Absicht gemacht. »Ich wollte doch den anderen erzählen, was ich herausgefunden habe …«

»Das mit der Tankstelle?«, wirft Sandra ein. »Das hast du schon gestern erzählt. Und vorgestern.«

»Nein«, antworte ich langsam. »Du musst dich irren.«

»Versucht einfach mal, alles andere nicht zu beachten. Und schaut her.« Martin hat sich ein grünes Papier ausgesucht und fängt an zu falten. Nach und nach entsteht unter seinen Händen ein merkwürdiges Etwas. Als er fertig ist, hält er es uns hin und strahlt.

Verständnislose Blicke von allen Seiten. Das grüne Gebilde ist eine Art verknickte Säule.

Er runzelt die Stirn. »Kommt schon. Das erkennt man doch wohl.« Er stellt das Gebilde auf den Tisch, drückt oben drauf, und es springt in die Luft.

»Eine … Sprungfeder?«, fragt Crazy Horse.

»Eine Nachbildung dieses Olympiadingens in London?«

»Eine Spiralnudel?«

»Was soll das werden? So was wie diese Tintenkleckstests, nur mit Origami?«, will Sandra wissen.

Ich muss lachen, und sofort geht es mir etwas besser.

»Gibt euch die Farbe keinen Hinweis?«, fragt Martin ein wenig enttäuscht.

»Ein … Marsbewohner?«, versucht sich Crazy Horse.

Martin seufzt, dann muss er selbst lachen. »Ein Frosch!«

Bestätigendes Murmeln setzt ein. »Ja, also, wenn man es weiß …«

»Na gut, es ist ja auch egal, ob man es erkennt. Hier, ich zeige euch noch mal, wie man es macht.«

»Oder nicht macht.« Sandra wirft mir einen vielsagenden Blick zu.

Ein Kichern steigt in mir auf wie Kohlensäure in einem Wasserglas.

»Vielleicht ist es besser, ihr nehmt einfach etwas anderes. Hier.« Mit einem belustigten Funkeln in den Augen legt er einen Packen ausgedrucktes Papier vor uns hin.

Wir schnappen uns jeder eine Anleitung. Ich knicke, falte, streiche über das Papier, mache etwas noch mal auf und falte neu. Irgendwann bin ich fertig und sehe auf. Die anderen sind auch fertig und haben seltsame Kreationen vor sich, bis auf Sandra, die eine wunderhübsche Katze gebastelt hat.

Francesca haucht etwas, als sie es sieht.

Sandra zuckt mit den Schultern. »Muss ja nicht jeder so ein verdrehtes Hüpfdings basteln, oder?«

Martin schaut sie an und grinst. »Nein, es kommt gar nicht darauf an, was ihr faltet.« Er wendet sich an mich. »Und?«

Ich zeige ihm mein verdrehtes Etwas. Was war das noch gleich? »Ein … Vogel?«

»Äh … schön«, kommentiert er. »Genauso kunstvoll wie mein Frosch.«

Alle lachen, ich auch.

»Und wie fühlst du dich jetzt?«, fragt er aus heiterem Himmel.

Das Lachen bleibt mir im Halse stecken. Ohne es wirklich zu wollen, denke ich über seine Frage nach. Fühle, dass die Worte in mir etwas nach unten gesackt sind. Sie lauern dort noch, aber es scheint, als würde mein lila Vogel auf ihnen sitzen und sie zusammendrücken, damit sie nicht hochkommen.

»Ich … weiß nicht.«

»Besser?« Er mustert mich aufmerksam.

Langsam schwant mir Übles. »Genau wie vorher«, lüge ich.

Martin scheint nicht enttäuscht zu sein, er wendet sich ab und befragt die anderen. Während sie antworten, drehe ich den Vogel in meiner Hand. Langsam steigt Wut in mir auf. Was ist so toll daran, dass ich dafür das Reden aufgeben musste?

»Wenn man die Hände beschäftigt«, sagt Martin gerade, »und sich auf etwas konzentriert, so wie beim Falten von Origami, dann kann man damit einen Gedankenkreislauf unterbrechen. Für viele Menschen ist das ein Skill, das gut funktioniert.«

Ein Skill.

Papier raschelt, etwas schneidet in meine Haut, ich habe den Vogel in meiner Hand zerdrückt. Verdammt, er hat mir ein Skill untergejubelt! Obwohl ich gesagt habe, dass ich das nicht will, weil es bei mir nicht funktioniert.

Ich springe auf. »Die Worte sind aber immer noch da, weißt

du?«, schreie ich. »Mit solchen dämlichen Übungen drückst du sie nur noch tiefer in mich rein, dann werden sie zusammengepresst, und irgendwann explodieren sie in mir.« Ich werfe den Vogel auf den Boden und laufe nach draußen. Ein wenig von der Tür entfernt bleibe ich zittrig stehen. So was habe ich noch nie gemacht. Jemanden so angebrüllt. Ich wünschte, ich hätte es nicht getan. Aber … wie soll mir Papierfalten helfen? Was für eine Klinik ist das hier? Sind die alle durchgeknallt?

Ein leises Klicken lässt mich herumfahren.

Martin steht vor mir. »Ist alles in Ordnung?«

Ich starre ihn an. Sicher ist er wütend, weil ich ihn angeschrien habe. Aber er sieht mich nur abwartend an. »Du hast es mir untergejubelt«, sage ich leise. Irgendwie ist es lächerlich, aber ich fühle mich von ihm hintergangen.

»Es ist auch für die anderen wichtig. Aber ich habe gehofft, dass du vielleicht in die Fertigkeitengruppe kommst, wenn du siehst, dass es funktioniert. Das wäre sehr hilfreich für dich.«

Ich weiche ein Stück zurück. Er kapiert es einfach nicht. »Ich will doch nur reden.«

»Ich weiß, und das sollst du auch. Aber so, dass es dich nicht verletzt.«

Reden ist sinnlos. Hör auf damit.

Meine Augen brennen. Mit den Skills will er mich doch nur zum Schweigen bringen, damit ich ihn nicht zutexte. Er will, dass ich nur noch das sage, was gut ist. Aber gerade die Worte, die mir weh tun, müssen raus. Wenn ich nicht rede, fühle ich mich, als hätte ich eine Packung Rasierklingen verschluckt. Und die verdammten Skills sorgen dafür, dass diese Rasierklingen mich von innen heraus zerschneiden. »Nicht zu reden, tut mir weh.« Ungeduldig wische ich mir über das Gesicht.

»Es ist nicht immer einfach, zu erkennen, was einem wirklich schadet, Lara.«

»Aber du kannst das?« Meine Stimme überschlägt sich.

Er schüttelt den Kopf. »Nicht immer. Jeder Mensch ist einzigartig, und was ihn verletzt, ist es auch.«

Heißt das, er gibt zu, dass er eigentlich keine Ahnung hat, wie er mir helfen kann? Mein Mund wird trocken, und das Atmen fällt mir plötzlich schwer. Er ist mein Therapeut, wenn selbst er mir nicht helfen kann, dann kann es niemand. Worte drängen aus mir heraus, aber ich will sie nicht aussprechen, nicht vor Martin, der nicht möchte, dass ich rede. Genau wie alle anderen. Aber zu irgendwem muss ich sie sagen. Stille fällt mir ein. Herrlich beruhigende Stille an einem Krankenbett. Er ist perfekt. Und ich brauche ihn.

Jetzt.

»Darf ich gehen? Ich möchte allein sein«, lüge ich. Ich möchte nicht allein sein, oder doch: Allein mit ihm.

Martin nickt.

Ich lasse ihn stehen.

Sobald ich um die Ecke gebogen bin, renne ich los. Ich melde mich an der Pforte der psychiatrischen Station ab und laufe, bis ich wieder an der Tür stehe, hinter der sich das Waschbecken befindet. Niemand ist hier, mit dem ich reingehen kann. Verzweifelt ziehe ich an der Türklinke, aber sie gibt nicht nach. Eine Klingel fällt mir auf. Sie ist für Verwandte gedacht, nicht für Leute wie mich, die völlig Fremde volllabern wollen. Aber nein, er fühlt sich nicht fremd an für mich, sondern richtig.

Wenn ich nur irgendwie auf die Station könnte. Die Sehnsucht danach, endlich das ganze Gift aus mir herauszureden, lässt mich schließlich doch klingeln. Aber als aus der Gegensprechanlage die Frage ertönt, wen ich besuchen will, bleibe ich stumm und mache mich von dannen. Was hätte ich auch sagen sollen? Ich kenne ja nicht mal seinen Namen.

Kapitel 10

Thomas

Ein grauer Fluss fließt durch die Höhle. Sein Wasser ist spiegelglatt. Licht wirft Schatten darauf, die Bilder, die ich nicht sehen will.

Meine Mutter beugt sich über Isabel. Kitzelt sie. Kitzelt mich. Wir lachen. Ein Flugzeug zieht einen Kondensstreifen über den Himmel.

»Ich möchte fliegen, verstehst du, Bruderherz? Hoch oben über den Wolken. Die ganz großen Maschinen.«

Vater legt die Stirn in Falten. »Dahin ist es ein weiter Weg.«

»Du schaffst das.« Meine Mutter legt einen Arm um sie.

Isabel lächelt. Dann schaut sie mich an. »Ich muss lernen. Verzieh dich.«

»Komm schon, lass sie einfach.« Cem zieht an meinem Arm. Die anderen warten schon. Mit Freunden durchs Gebirge touren oder Feuer löschen lenkt mich ab.

Bis Vater das Telefon fallen lässt. Es zerspringt. Ich starre auf die Einzelteile. Ich will wissen, was passiert ist. Vater sagt es mir, und ich wünschte, ich hätte nie gefragt.

Cem nimmt mich mit auf einen Trail. Die Berge helfen.

Doch der Nebel zieht auf und vertreibt alle außer Cem. Meine Kumpels, meine Freundin, sie sind fort, und ich kann es ihnen nicht mal übelnehmen. Im Nebel hängt dieser grauenhafte Geruch. Vater wird schlecht davon. Mir auch. Cem nimmt mich mit zu dem grauen Fluss, der ein reißender Strom geworden ist.

Vergiss einfach mal alles, okay?

Cem hat recht. Vergessen ist gut. Ich stürze mich in den Fluss, damit er mich wegträgt. Aber er spuckt mich wieder aus. Zurück in die Höhle. Zurück in die Hölle.

Kapitel 11

Lara

Kurz bevor ich unser Zimmer erreiche, schlägt mir schon Olesjas fröhliche Stimme entgegen, und als ich die Tür öffne, stürzt ihr Redefluss schwallartig auf mich ein. Die Worte in mir kapitulieren, werden einfach weggeschwemmt. Ich atme tief ein, nutze die Verschnaufpause, die nicht lange anhalten wird. Höchstens, bis mein Gehirn darauf kommt, dass ich nichts von dem verstehe, was Olesja sagt, und dass es deswegen gar nicht helfen kann.

Sie hat mich bemerkt, dreht sich um, schweigt und lächelt. Sofort wollen die Worte aus mir herausplatschen wie eine Schlammlawine.

Bis Olesja das Handy hebt und mich filmen will. Ich schlucke herunter, was ich sagen wollte, lächle und winke stattdessen, komme mir vor wie ein Pinguin. Sie hält mir das Mikro hin und sieht mich auffordernd an. Ich schüttle den Kopf, dabei würde ich gerne mal mit ihr reden, aber sie hat einfach immer die Kamera an. Sogar nachts.

Immer wenn es ihr in den Sinn kommt, macht sie das, egal, wie viel Uhr es ist. Manchmal chattet sie auch mit ihren Fans oder mit Freunden auf Skype. Sie wundert sich auch nie, dass ich mich nicht beschwere. Ich glaube, für sie ist das völlig normal. Es würde sie wahrscheinlich auch nicht stören, wenn ich das tun würde. Und mir macht es nichts aus, weil es manchmal das Einzige ist, was mir hilft, einzuschlafen, wenn ich in der Dunkelheit liege, wo die Worte lauern. Wenn sie sich noch in den Schatten verstecken, dann kann ich auf Olesjas Stimme in den Schlaf gleiten. Und wenn sie bereits da sind, ist es auch schon egal.

Was sie da wohl die ganze Zeit erzählt? Und wer schaut sich das an? Was ist denn bloß so interessant daran, irgendwelche komischen Leute in einem Krankenhaus anzugucken, die lauter Zeug reden, das man nicht versteht?

Sie merkt wohl, dass ich nicht wirklich scharf darauf bin, einen Auftritt in ihrem Video hinzulegen, denn sie wendet sich von mir ab und macht allein weiter.

Olesja erzählt etwas und deutet auf sich selbst. Dann auf ihren nicht vorhandenen Bauch. Ihre Hüftknochen stehen hervor. An ihr ist kein Gramm von nichts. Kein Fett, keine Muskeln. Jetzt umfasst sie gerade ihren Oberarm mit Daumen und Zeigefinger. Ihr Arm ist so dünn, dass sogar noch ein ganz klein wenig Platz dazwischen ist. Sie lächelt und streckt die Hand dann mit Daumen hoch nach vorn.

Alle Worte sind plötzlich wie weggefegt, weil ich endlich verstanden habe, was Olesja da tut. Meine Kopfhaut kribbelt, und mir wird schwindelig. Das ist sicher nicht erlaubt. Wenn ich recht habe, dann …

Ich ziehe mein Handy raus und gebe den Namen ihres YouTube-Channels in ein Übersetzungsprogramm ein. Als ich das Ergebnis sehe, steigt mir die Galle in den Mund.

Dünn, dünner, am schönsten.

Ich habe von so etwas gelesen. Von Websites und Channels, auf denen Mädchen sich gegenseitig unterstützen, immer dünner und dünner zu werden. So lange, bis sie nicht mehr da sind.

Ob Martin wohl weiß, was Olesja da treibt? Dass sie selbst aus der Klinik noch Anweisungen an ihre Fans sendet, wie sie sich zu Tode hungern können? Wut mischt sich in mein Entsetzen. Voll super, Leute, macht es so wie ich, dann werdet ihr auch bewusstlos ins Krankenhaus eingeliefert und könnt euch das Zimmer mit einer Irren teilen, die pausenlos quatscht.

Olesja strahlt in die Kamera. Wie gerne sie zur Schau stellt, was sie schon erreicht hat. Es macht sie glücklich. So sehr, dass sie ein paar Sekunden lang vollkommen gesund wirkt.

Scham kriecht mir heiß in den Nacken. Wie kann gerade ich so über sie urteilen? Was, wenn sie – so wie ich – nicht anders kann? Vielleicht arbeitet sie mit Martin sogar schon daran und braucht jemanden, der sie davon abbringt. Ich möchte ihr gern helfen, aber ich weiß nicht, wie. Ich gehe zu ihr und fasse sie am Arm. Zögernd bedeute ich ihr, das Handy wegzulegen.

Sie schüttelt den Kopf. »Kann nicht. Ist dringend.«

Also braucht sie das Filmen tatsächlich. Sie ist davon abhängig, so wie ich davon, jemanden zu finden, der mir zuhört. Ich beiße mir auf die Lippen. »Vielleicht kann ich dir helfen.« Ich will es unbedingt. Wenigstens einem von uns.

Sie lässt die Kamera sinken. »Ich dir helfen?«

»Nein, ich will dir helfen«, erwidere ich und fuchtle dabei mit den Händen, als würde sie mich dann besser verstehen. Natürlich ist das völliger Quatsch, es führt nur dazu, dass Olesja mich verwirrt anschaut. Aber immerhin schaltet sie die Kamera aus. Dann legt sie mir eine Hand auf die Schulter, sieht mir in die Augen und sagt: »Ich immer gerne helfen.«

Na gut. Ist ja eigentlich egal, warum sie damit aufhört, ihren Fans dieses Zeug zu schicken. Wenn das Filmen für sie so ist wie für mich das Reden, dann ist jede Pause gut. Auch wenn ich mir natürlich nicht einbilde, dass ich sie dauerhaft davon abbringen kann.

Ich fange an zu reden. Sie hört mir zu, und um mir zu zeigen, dass sie mir wirklich helfen will, nickt sie immer wieder heftig oder schüttelt fassungslos den Kopf. Ich glaube, wenn ich ihr noch länger dabei zusehen muss, kriege ich ein Schleudertrauma. Die Worte werden auch nicht weniger. Nein, sie kommen immer lauter und heftiger, als wollten sie Olesja unter sich begraben. Aber mit jedem Schwall, der aus meinem Mund auf sie herniederprasselt, wird sie nur aufgeregter, fuchtelt mit den Händen, immer mehr und mehr, je lauter ich rede. Ich will aufhören, aber ich kann nicht. Ich kriege keine Luft mehr, mir wird schwindelig, und erst ein heftiger Schmerz in meinen Knien bringt mich zum Schweigen.

Schwer atmend finde ich mich auf dem Boden wieder. Olesja sieht kreidebleich auf mich herunter. Sie murmelt aufgeregt vor sich hin, ihre Augen sind weit aufgerissen. Sie hat ihr Handy in der Hand, als ob sie jemanden anrufen will.

»Tut mir leid«, stoße ich hervor. »Ich wollte dir keine Angst einjagen …« Was ist überhaupt passiert? Die letzten paar Minuten sind nur ein schwarzer Fleck in meinem Kopf. Aber es ist auch egal. Eins ist klar: Wenn Olesja und ich versuchen einander zu helfen, machen wir es nur schlimmer. Mühsam rapple ich mich auf.

»Ich dir helfen?«, fragt sie leise.

Ich lächle unter Tränen. »Nein, das kannst du nicht. Niemand kann das.« Oder? Die Sehnsucht danach, noch einmal zu ihm zu gehen, schmerzt in mir wie tausend winzige Schnitte. Aber ich komme nicht mehr an ihn ran. »Ich glaube, das bringt nichts. Martin kann dir sicher besser helfen als ich. Wir lassen uns lieber in Ruhe. Du machst weiter deine Videos, so wie das von Till, und ich …« Ich verstumme. Ob ich wohl auf dem Gefängnisblog eine Anleitung finde, wie ich in die Intensivstation reinkomme?

»Till?« Olesja horcht auf. »Till. Sehr nett.« Ihre Wangen färben sich leicht rosa, und zum ersten Mal fällt mir etwas auf, was mir gestern entgangen ist, als ich das Video angeschaut habe.

»Ich glaube, er mag dich auch.« Ganz bestimmt sogar, so, wie er in die Kamera geschaut hat.

Olesjas Miene wird traurig. »Ich ihn nicht mehr finden.«

Mein Magen macht einen Satz. Natürlich, er hat ja auf dem Video nicht gesagt, welche Station es ist. Ich lächle Olesja geheimnisvoll an. Na gut, wahrscheinlich eher aufgeregt.

»Vielleicht können wir uns ja doch helfen.«

Kapitel 12

Lara

Olesja steht mit ihrem Handy vor Till und redet auf ihn ein. Ich habe sie zur Intensivstation geführt, sie hat geklingelt. Till hat uns reingelassen, und jetzt strahlt er sie an, als würde er am liebsten den Boden unter ihren Füßen küssen. Genau wie in dem Video mit seinem Interview. Und ich, ich bin tatsächlich auf der Intensivstation. Weil Till Olesja gerne lächeln sieht.

»Kein Ding, Olesja. Von mir aus kannst du drehen. Aber nur mich, okay? Keine Patienten, keine Zimmer und so.« Er redet, als ob sie ihn verstehen könnte, und sie nickt, als wäre alles vollkommen klar. »Ich zeige dir, wie ich die Atmosphäre auf der Station reinige.« Er macht ein paar Handbewegungen in der Luft. »Das ist sehr wichtig, damit die Patienten nicht von irgendwelchen negativen Energien belastet werden, die um sie herumschwirren. All das Zeug, was die Verwandten so mitbringen, wenn sie zu Besuch kommen. Vorwürfe, Schuldgefühle, uralten Streit.« Zunächst glaube ich, dass er es ernst meint, aber dann blitzt der Schalk in seinen Augen auf. Es folgt ein Redeschwall von Olesja. Sie wirkt gelöst, nicht mehr ganz so aufgeregt. Sie hat sogar das Filmen vergessen, und erst als Till auf das Handy zeigt, fällt es ihr wieder ein. Sie grinst.

Ihnen zuzusehen lässt meine Gedanken eine Weile stillstehen, aber die erwartungsvolle Stille ist zu verlockend. Wenn Till mich nur nicht immer wieder aus den Augenwinkeln beobachten würde, könnte ich mich davonschleichen.

»Entschuldigung?« Ein älterer Mann kommt aus einem der Patientenzimmer herausgelaufen. Er schaut sich um, sieht Till und mich, dann wendet er sich an eine junge Frau, die den Gang herunterkommt. »Da ist ein Schlauch abgerissen, und jetzt ist eine Riesensauerei auf dem Boden. Können Sie mal kommen und das aufwischen?«

Hinter mir zieht Till scharf die Luft ein. Die Wangen der jungen Frau färben sich so rosa, dass man es trotz ihrer dunklen Haut gut erkennen kann. Ihre Hand zuckt zu dem Kopftuch, das sie trägt, und im selben Moment fangen ihre Augen an, wütend zu funkeln. Mein Blick fällt auf ihr Namensschild: Dr. M. Bilge, Oberärztin.

Till öffnet den Mund, wahrscheinlich, um den Irrtum aufzuklären, aber sie schüttelt den Kopf und wendet sich selbst an den Mann.

»Ich gebe einer Reinigungskraft Bescheid. Die mögen es nicht so gerne, wenn wir Ärzte uns da einmischen.« Sie lächelt betont freundlich.

Der Mann wird rot und würde wohl am liebsten im Boden versinken. Er stammelt eine Entschuldigung und lässt sich dann von Till wegführen. Die Ärztin sieht ihnen nicht nach.

Olesja zögert nur eine Sekunde, dann geht sie forsch auf die Ärztin zu und fängt an, auf sie einzureden. Kein Wunder. Wenn ich einen YouTube-Kanal hätte, würde ich jemanden, der so beherrscht und schlagfertig für sich einstehen kann, auch interviewen wollen. Die Ärztin runzelt die Stirn, hört Olesja aber weiter zu. Es ist der perfekte Moment für mich. Ich schleiche mich davon, endlich auf die erwartungsvolle Stille zu.

Nur eine Nacht ist es her, dass ich bei ihm war. Eine viel zu lange Nacht, in der ich nur durchhalten konnte, weil er zuvor alle meine Worte aufgefangen hat. Es kommt mir wie eine Ewigkeit vor. Schon als ich das Zimmer betrete, scheinen die Gedanken aus mir herauszufließen. Einfach nur, weil er dort liegt.

»Warum du?«, flüstere ich und mustere das, was ich von seinem Gesicht erkennen kann. Liegt es daran, dass er offensichtlich auch einen schlimmen Unfall hatte, fühle ich mich ihm deshalb verbunden? Oder sind wir uns vielleicht schon mal begegnet? Ich überlege, ob mir irgendetwas an ihm bekannt vorkommt. Aber die Verbände und die Verletzungen machen es unmöglich. Ich sehe mich im Zimmer um. Irgendetwas ist falsch. Und dann fällt es mir auf.

Sein Nachttisch ist leer.

In den anderen Zimmern stehen kleine persönliche Dinge auf den Nachttischen, Bilder von Angehörigen, Talismane, Andenken, Geschenke. Hier nicht. Es ist, als wäre er niemand. Als hätte er kein Leben, in das er zurückkehren kann. Genau wie ich hat er nichts, was ihn mit früher verbindet.

Meine Kehle wird eng. Er wurde brutal aus seinem Leben gerissen und bekommt offenbar keinen Besuch. Genau wie ich. Es sollte mich nicht freuen, aber es fühlt sich schön an, dass wir etwas gemeinsam haben, er und ich.

Ich räuspere mich, um den Frosch aus meiner Kehle zu vertreiben. »Tut mir leid, dass ich dich gestern so vollgelabert habe.« Meine leise Entschuldigung fließt an ihm vorbei, ohne etwas zu bewirken. Seltsamerweise stört mich das nicht. Er atmet. Er ist hier. Auch wenn er nicht reagieren kann, sind meine Worte an ihn nicht verloren. Selbst dann nicht, wenn er kein einziges davon hört. Gerade dann. Denn dann muss ich nicht darüber nachdenken, ob ich etwas Verbotenes tue. »Und ich habe mir nicht mal die Mühe gemacht, deinen Namen herauszufinden.« Beschämt schleiche ich zum Fußende seines Bettes, wo das Namensschild unter einem Plastikteil klemmt. »Thomas«, lese ich leise vor. Thomas Haller. Daneben steht auch ein Datum. Sein Geburtstag? Dann wäre der vor zwei Wochen gewesen, am Tag, an dem ich eingeliefert wurde. Oder heißt das nur, dass er am selben Tag eingeliefert wurde?

Ich rutsche wieder so weit wie möglich ans Kopfende, immer darauf bedacht, dass mich niemand entdeckt.

Mein Blick fällt auf seine Hand. Sie ist verbunden, und ein Schlauch kommt aus dem Verband. Auf dem Zeigefinger steckt eine graue Klemme, von der aus ein Kabel zu einem der Monitore führt.

»Bist ja ganz schön verkabelt. Ich wünschte, ich wüsste, was das alles bedeutet.«

Ich mustere den Bildschirm genauer. Mehrere Zahlen und Linien sind darauf zu sehen. Eins davon ist bestimmt sein Herzschlag. Den Rest kann ich mir nicht erklären.

»Ich heiße Lara«, sage ich. »Ich bin auch hier im Krankenhaus, auf der Psychiatrie. Aber niemand weiß, welche Krankheit ich eigentlich habe. Und ich bin mir nicht mal sicher, ob Lara wirklich mein Name ist. Ich weiß nur noch, dass ich Abitur gemacht habe. Aber ich studiere nicht. Ist das nicht merkwürdig? Die Polizei hat gesagt, sie haben keinen Eintrag an einer Uni gefunden. Keinen Studentenausweis.« Ich runzle die Stirn und frage mich wieder, warum ich manche Dinge so genau weiß und andere gar nicht. »Sie haben gesagt, es wäre gut, wenn ich eine Weile hierbleibe. Ich glaube, sie haben Angst, dass ich verlorengehe oder einen Schuh in die Mikrowelle stecke und einen Brand verursache.« Ich muss kichern.

Er lacht nicht. Natürlich nicht, wie sollte er auch?

»Ich habe zugestimmt. Vorerst will ich eh nicht zurück. Niemand soll es wissen.« Niemand. Mein Mund wird trocken. Warum muss ich jetzt an diese Sina denken? Ich habe sie doch extra aus meinem Leben verbannt. »Aber es wird sowieso niemand nach mir fragen. Meine Eltern …« Ich senke den Blick auf meine Hände. »Wir hatten schon ewig keinen Kontakt mehr. Seit ich ausgezogen bin.«

Wag es ja nicht, Lara! Du kannst nicht einfach gehen. Glaubst du etwa, das geht gut? Du bist krank. Damit können die Menschen nicht umgehen. Und glaub ja nicht, dass dein Vater dir hilft.

Meine Brust zieht sich zusammen.

Papa. Hilf mir. Nimm mich mit.

Aber der Schrank schließt sich um mich. So wie immer. Die Einsamkeit in mir schwappt über.

»Sie sind es gewohnt, nichts von mir zu hören. Also warum sollten sie sich Sorgen machen?« Eine Träne tropft auf meinen

Handrücken. Ich wische mit dem Zeigefinger darüber, bis die Stelle rot ist und mehr weh tut als die Leere in mir. Ich erzähle weiter. Lade alles auf Thomas ab. Immer hektischer und lauter. Ich kann nicht mehr klar denken, bin nur noch erleichtert, dass er es nicht mitbekommt. Irgendwann hört es von allein auf. Ich habe es oft genug gesagt. Zu oft. Ohne den Grund zu finden.

Ich lehne den Kopf an Thomas' Matratze, um nicht den Halt im Raum zu verlieren. Meine Finger greifen nach etwas, erwischen das Bett, das Laken. Haut.

Warme Haut unter meinen Fingerspitzen.

Ich zucke zusammen, zurück in die Wirklichkeit. Reiße meine Hand weg. Ich habe ihn berührt! Das wollte ich doch nicht. Eines der Geräte fängt wild an zu piepsen, und mir fällt auf, dass die graue Klammer nicht mehr auf seiner Hand steckt. Hastig klemme ich sie wieder an, aber es ist zu spät. Jemand kommt ins Zimmer gelaufen.

Als ich Olesjas große, wasserblaue Augen erkenne, atme ich erleichtert auf, nur um erschrocken zusammenzufahren, als hinter ihr auch Till durch die Tür kommt. Er wirft einen Blick auf mich, dann auf die Geräte und auf Thomas. Er runzelt die Stirn und öffnet den Mund, aber da hat Olesja schon wieder das Handy auf ihn gerichtet und redet auf ihn ein. Diesmal etwas leiser. Mit Händen und Füßen verständigen sie sich, Olesja gestikuliert, flüstert, hält dann inne. Ihre Handykamera zeigt jetzt auf Thomas, aber sie merkt es gar nicht, denn ihre ganze Aufmerksamkeit gilt Till. Ohne lange nachzudenken, nehme ich ihr das Handy aus der Hand.

»Was ist hier los?«

Ich erstarre mitten in der Bewegung. In der Tür des Zimmers steht eine Frau. Im Gegensatz zu den meisten anderen trägt sie keine türkise OP-Kleidung, sondern eine weiße Hose und ein weißes T-Shirt. Sie hat blonde Haare, zu einem wirren Knoten aufgesteckt, und kräftige Arme. Um ihren Hals trägt sie einen riesigen, geschwungenen, silbernen Anhänger. Sie ist ungefähr so alt wie meine

Mutter und erinnert mich auch sonst an sie. In ihrem Blick lese ich eine unmissverständliche Drohung. Die Härchen in meinem Nacken stellen sich auf.

Sie deutet auf meine Hand, in der immer noch das Smartphone liegt. »Was soll das werden?«

Langsam lasse ich die Hand sinken.

»Hallo Silke«, stottert Till, bevor ich antworten kann.

Sie mustert uns der Reihe nach mit strengem Blick, der nicht zu den vorwitzigen Haaren passen will, die sich aus ihrer Frisur drängeln. »Ich wusste gar nicht, dass es jetzt Sitte ist, hier in den Krankenzimmern zu filmen«, sagt sie mit schneidender Stimme. »Aber ich bin ja auch nicht hier angestellt, ich erfahre so was immer als Letzte. Wurde das genehmigt?« Sie wirft Olesja und mir einen bösen Blick zu. Unwillkürlich mache ich einen Schritt nach hinten.

Tills Wangen färben sich dunkel. »Die junge Dame hier dreht eine Dokumentation über das Krankenhaus für ihren YouTube-Channel.«

Die Frau, Silke, verengt die Augen und mustert mich. Sie denkt wohl, Till hätte mich gemeint, da ich das Handy in der Hand halte. »Dann hast du ja sicher die Genehmigung der Krankenhausleitung und der Oberärztin.« Sie hebt eine Augenbraue.

Ich bringe keinen Ton heraus. Selbst wenn ich sagen wollte, dass es nicht mein Handy ist, ich könnte es nicht. Aber ich würde Olesja sowieso keine Schwierigkeiten machen wollen.

Till druckst ein wenig herum, die Lippen der Frau werden zu einem immer schmaleren Strich.

»Lass mich raten. Du hast sie nicht mal gefragt, ob sie eine Genehmigung hat.«

»Na ja …«

»Nicht zu fassen.« Silke sieht mich an, als wäre ich Abschaum. Sie scheucht uns aus dem Zimmer.

»Was fällt euch eigentlich ein? Das hier ist kein Wachsfigurenkabinett«, schimpft sie, sobald wir vor der Tür sind. Sie deutet auf Thomas hinter der Glasscheibe. »Er ist ein Mensch und verdient Respekt. Es ist widerlich, einfach zu filmen und das dann hochzuladen, ohne dass sie davon wissen. Wagt es ja nicht, das noch mal zu machen. Ich will euch nie wieder mit einem Handy hier sehen.« Sie schaut Till an und schüttelt den Kopf. Er ist kreidebleich, und Olesja wirkt ein wenig grün um die Nase.

Bevor Till noch etwas sagen kann, nämlich, dass natürlich niemand vorhatte, die Patienten zu filmen, wirft sie Olesja und mir einen verächtlichen Blick zu und deutet zum Ausgang. »Eigentlich will ich euch überhaupt nie wieder hier sehen«, brummt sie noch, während sie uns nach draußen schiebt. »Aber leider kann ich das nicht entscheiden.«

Wir verlassen die Station, die Tür zur Schleuse fällt hinter ihr zu. Olesja macht ein betroffenes Gesicht. Ich halte ihr das Handy hin, und während sie zurück zu unserem Zimmer geht, bleibe ich stehen und lehne mich mit dem Rücken gegen die Tür, hinter der sich die Schleuse mit dem Waschbecken befindet. Die notbeleuchtete Dunkelheit des Krankenhausflurs rückt um mich zusammen wie die Wände einer Müllpresse. Worte entstehen in mir, viel zu schnell, viel zu viel. Verteidigungen, Rechtfertigungen, Begründungen.

Aber sie dienen nur dazu, etwas anderes zu überdecken, das ich in meinem Kopf immer noch höre. Meine Mutter hat mich Lara genannt. In meiner eigenen Erinnerung. Also muss ich es wohl sein, und wenn ich Lara bin, gehören mir auch der Ausweis und das Handy, auf dem mir Sina geschrieben hat.

Eine Gänsehaut kriecht meine Arme hinauf. »Was, wenn ich nicht Lara sein will?« Der Satz treibt ungehört in das Labyrinth der Krankenhausflure. Und irgendwann, nach langen, schrecklichen Minuten, folge ich ihm.

Kapitel 13

Thomas

Wir sitzen alle in einem Boot. Mutter, Vater, Isabel und ich. Die Sonne brennt auf meiner Haut. Es macht mir nichts aus. Ich spüre es nicht mal, es ist lange vorbei.

Wellen schlagen gegen das Boot. Es kippt.

Isabels Quietschen bringt meine Mutter zum Lachen. »Wenn das Wasser wild wird, wird es erst richtig lustig«, ruft sie.

Mein Vater greift nach ihrem Arm, er ist leicht grün im Gesicht.

»Keine Sorge, ich habe alles unter Kontrolle«, beruhigt meine Mutter ihn.

Sie wirft mir einen Blick zu, und ich nicke. Gemeinsam tauchen wir die Paddel ins Wasser. Das Boot tut, was wir wollen. Vater atmet auf. Er lächelt meine Mutter zärtlich an. »Ohne dich wäre ich verloren.«

Isabel verdreht hinter seinem Rücken die Augen. Ich muss grinsen.

Plötzlich schwillt der Fluss in der Höhle an. Sein graues Wasser schlägt brutal über uns zusammen und spült mich über Bord. Vater und Isabel sitzen allein im Boot. Sie klammern sich aneinander. Ihre vorwurfsvollen Blicke prasseln wie Hagelkörner auf meine Haut.

Warum du?

Laut hallt die Frage durch die Höhle. Das Boot verschwindet, die Slideshow hält an. Auch der graue Fluss erstarrt, gefroren in der Zeit. Alles steht still, alles ist vergessen.

Über mir flattert der Kolibri. Er singt meinen Namen.

Ich heiße Lara.

Was? Nein. Thomas, so heiße ich. Da bin ich sicher.

Der Kolibri kichert.

Nein, er ist jetzt ein Mädchen. Wow, was für eine coole Verwandlung! Sie steht am gegenüberliegenden Ufer. Ihr Gesicht kann ich nicht erkennen, aber da ist etwas in ihrer Stimme, das mich anzieht wie eine Motte das Licht. Ich mache einen Schritt auf sie zu. Ob der gefrorene Fluss mich trägt?

»Meine Eltern. Warum sollten sie sich Sorgen machen?«, fragt das Mädchen. Sie klingt schrecklich einsam. Ich würde ihr gern sagen, wie gut ich sie verstehen kann. Wenn sie nur nicht so weit weg wäre. Entschlossen setze ich einen Fuß auf das graue Wasser.

In diesem Moment bricht das Eis. Der Fluss wird zur reißenden Flut. Ein silbernes Auto schwimmt heran, rauscht in einen Altglascontainer. Die Wellen drängen in meinen Kopf. Sie treiben durch mein Gehirn, ohne irgendwo anzubranden. Auf ihnen flackert die Slideshow.

Das Mädchen ist fort.

Kapitel 14

Lara

Er ist ein Mensch und verdient Respekt.«

Die Mahnung hat sich richtiggehend in meinen Kopf gebohrt, ganz tief zwischen meine Gedanken. Das ganze Wochenende über habe ich an nichts anderes gedacht. Nicht, dass der Montag mich davon ablenken könnte, obwohl er mit Gruppenstunden und anderen Aktivitäten vollgestopft ist.

Sandra beachtet mich kaum. Sie sitzt neben mir, hat in einem Ohr einen Kopfhörer und schneidet an einer Gurke herum, die auf die Sandwiches soll. Wenn sie so weitermacht, passt die Gurke eher in Martins Origami-Sitzung. Ich versuche, sie nicht zu sehr zuzuschwallen, denn sie kann ja nichts dafür, dass man uns zusammen zum Kochen eingeteilt hat. Wir wechseln uns damit ab, gemeinsam für die anderen den Nachmittagsimbiss zuzubereiten. Das soll die Kommunikation fördern. Wenn ich Kochen nur nicht so hassen würde. Dann könnte ich mich damit vielleicht ablenken.

Schicksalsergeben greife ich nach einer Zwiebel. »Er ist ein Mensch und verdient Respekt. Das hat diese Silke gesagt. Ich glaube, sie ist eine Krankenschwester oder so was. Sie hat ja recht. Ich habe ihm meine Worte aufgedrängt, obwohl er sich nicht wehren kann.«

Du solltest dich was schämen!

Der Zwiebeldunst brennt ekelhaft in meinen Augen. »Dass er mich wahrscheinlich gar nicht hört … findest du, das macht es besser?«, schniefe ich. Diesmal möchte ich unbedingt eine Antwort, aber Sandra sagt nichts. Sie seufzt nur und schüttelt den Kopf. Der Kopfhörer fällt aus ihrem Ohr. Sie steckt ihn wieder rein. Nur einen wegen der Kommunikation. Eigentlich ist sie ganz nett, anfangs hat sie öfter mit mir gesprochen. Inzwischen denkt sie wohl, dass es nichts bringt.

»Woher weißt du, dass er dich nicht hört?«, fragt Crazy Horse aus seiner Ecke.

Ich lasse vor Schreck fast das Messer fallen. Ich hatte völlig vergessen, dass er da ist. Was wohl auch seine Absicht war. »Denkst du, er kriegt was mit?«, frage ich.

»Anscheinend nicht.« Sandra lacht. »Sonst hätte er gehört, dass ich ihm gesagt habe, er soll die Tomaten waschen. Was ist jetzt damit?«, sagt sie in Richtung von Crazy Horse.

»Ähm. Die … sind dreckig?«, erwidert er.

Sie seufzt. »Soll ich sie dir erst waschen, damit du sie waschen kannst?«

»Das wäre echt nett von dir«, gibt er unbekümmert zurück.

»Ich meinte Thomas«, werfe ich ein.

»Kenn ich nicht, aber er kann gern die Tomaten waschen, hab nichts dagegen.«

Gegen meinen Willen muss ich lachen. Kommunikation fördern. Klappt ja echt super. Aber immerhin muntert es mich etwas auf. Crazy Horse betrachtet angewidert die Tomaten. Ich erbarme mich und wasche sie ihm. »Wahrscheinlich sollte ich das nicht tun.« Vermutlich ist es Teil seiner Therapie, dass er es selbst machen soll. Aber jetzt ist es zu spät.

»Na ja, wer weiß, was sie überhaupt mitkriegen.«

Ich blinzle ihn an. »Die Tomaten?«

Jetzt lacht er. »Die Komapatienten.«

Ich lasse fast eine Tomate fallen. »Glaubst du echt, er könnte mich hören? Das wäre gar nicht gut. Wenn ich dran denke, was ich ihm alles erzählt habe.« Und in welcher Lautstärke. Mir wird ganz anders.

»Vielleicht mochte er dein Geschwafel ja«, sagt Sandra.

Auf die Idee bin ich noch gar nicht gekommen. »Könnte das sein?«, frage ich leise. Die Vorstellung gefällt mir.

Sandra zuckt die Achseln. »Männer haben die merkwürdigsten Vorlieben.«

»Sagt die Frau mit den Katzenohren.« Crazy Horses Grinsen ist ansteckend.

»Mal im Ernst. Ist es möglich, dass er es mag, wenn ich bei ihm bin?« Wenn ich nach der Leere auf seinem Nachttisch gehe, bekommt er keinen Besuch. Wäre es da nicht denkbar, dass er sich über meine Gesellschaft freut?

Sandra seufzt übertrieben. »Triff dich doch noch mal mit ihm und frag ihn einfach. Tu mir den Gefallen.« Sie hat mal wieder nicht richtig zugehört.

Crazy Horse verdreht die Augen. »Dass du da noch nicht selbst drauf gekommen bist.«

Ihn fragen. Wenn es doch nur so einfach wäre. Andererseits, was, wenn mir die Antwort nicht gefallen würde? »Was, wenn er es hasst?« Dann müsste ich mich von ihm fernhalten. Allein der Gedanke tut weh.

»Glaub ich nicht. Heißt doch immer, man soll mit ihnen sprechen.«

Ja. Aber sicher nicht so, wie ich es tue.

Hör endlich auf zu reden. Halt einfach den Mund.

Oder doch? Ich habe keine Ahnung, wie viel jemand wahrnimmt, der im Koma liegt. Was, wenn man sogar eine gewisse Lautstärke aufbringen muss, damit etwas zu ihm durchdringt? Dann würde er gerade mein Gerede mögen.

Das wäre zu schön, um wahr zu sein.

Sandras Stimme unterbricht mein Gedankenkarussell. »Gibst du mir mal 'nen Teller oder 'ne Servierplatte oder so was?«, fragt sie und hebt die Hände zum Zeichen, dass sie dreckig sind.

Crazy Horse verzieht angewidert das Gesicht.

Ich hole eine Platte aus dem Schrank und halte sie Sandra hin, aber ich lasse einen Moment zu früh los, merke noch, wie sie mir aus den Fingern rutscht. Mit einem ohrenbetäubenden Scheppern zerschellt sie auf dem Küchenboden.

Halt endlich den Mund.

Entsetzt starre ich auf die Scherben. Aber ich sehe nur meine Mutter. Und die Wut in ihren Augen. Ich stolpere rückwärts, falle fast. Ich stürze aus der Küchentür.

»Hey, was ist los?«, ruft Sandra mir nach, aber ich kann nicht antworten. Ich laufe einfach los, schwankend, durch die langen Flure. Vorbei an einer Krankenschwester, die gerade mit einem jungen Mann streitet. Ich sehe sein Gesicht nicht, nur seine braunen Haare, und er erinnert mich an einen der Sanitäter, die mich nach dem Unfall versorgt haben. Wut. So viel Wut in seiner Stimme. Ich presse mir die Hände auf die Ohren. Dunkelheit will sich um mich schließen, Schranktüren. Muffiger Geruch. Die Worte kommen laut und heftig. Sie übertönen das Hämmern.

Ich will nicht, dass du jemals wieder so eine dämliche Geschichte erzählst! Hast du mich verstanden?

Ich rette mich um eine Ecke. Renne, bis ich vor der fensterlosen Tür ankomme, hinter der sich die Schleuse zur Intensivstation verbirgt. Und Thomas. Er wird nicht wütend. Er kann mir nicht weh tun. Ich war nur zweimal bei ihm, aber er fehlt mir, als würden wir uns schon ewig kennen. Ist es albern, dass ich mich ihm hier nah fühle? Ich lege eine Hand auf das Holz, kühle meine Stirn an der glatt lackierten Oberfläche.

Mein Herz beruhigt sich langsam, aber meine Gedanken rasen. *Er ist ein Mensch und verdient Respekt,* hat sie gesagt. Sie will nicht, dass ich wiederkomme.

Aber was, wenn er es möchte? Dann wäre es doch respektvoll, seinem Wunsch nachzukommen. Oder will ich mir das nur einreden, weil ich mich so nach seiner Nähe sehne? Ratlos laufe ich vor der Tür der Schleuse auf und ab. Ich habe keine Ahnung, wie ich herausfinden soll, was er wirklich will. Nur eines weiß ich sicher: Wenn ich nicht noch mal zu ihm gehe, werde ich es nie erfahren.

Ich muss also noch mal auf die Station. Aber wie soll ich das anstellen?

Kapitel 15

Lara

Irgendwann habe ich mir einen Plan zurechtgelegt, aber ich brauche lange, bis ich mich dazu durchringen kann, ihn in die Tat umzusetzen. Er fängt damit an, dass ich klingeln muss. Letztes Mal hat Olesja das gemacht. Und beim ersten Mal der Fremde. Ich noch nie. Ich nehme meinen ganzen Mut zusammen und drücke auf das kleine Knöpfchen. Als es im Lautsprecher knackt, wird mein Mund trocken.

»Intensivstation?« Eine Frauenstimme.

»Ist Till da?«, krächze ich.

»Ja, wieso?«

Mist, kann sie nicht einfach die Tür aufmachen? »Ich würde gerne mit ihm reden.« Lügnerin. Natürlich möchte ich nicht mit ihm reden. Nach allem, was letztes Mal passiert ist, wird er mich sicher nicht reinlassen. Ich kann nur hoffen, dass die Krankenschwester mir aufmacht, ohne weiter nachzufragen.

»Ich bin nicht sicher, ob er Zeit hat. Ich schaue mal nach.« Okay. Das ist gut. Vielleicht lässt sie mich jetzt rein, damit ich drinnen auf ihn warten kann.

»Warte draußen, ich sag dir dann Bescheid.«

Das klappt ja super. Nicht. Was jetzt? Wenn sie Till findet und er rauskommt, bleibt mir nichts anderes übrig, als ihm zu sagen, warum ich hier bin.

Wenn ich doch nur ein bisschen mehr wie Olesja wäre. Sie würde es vielleicht sogar schaffen, das Personal davon zu überzeugen, dass sie unbedingt reinmuss. Ich kann so was nicht. Ich konnte ja nicht mal meinen Vater dazu bringen, mir zu helfen. Nicht ein einziges Mal.

»Er bringt gerade einen Patienten zum OP«, tönt es aus der Sprechanlage mitten in meine Gedanken.

Na prima. Jetzt schickt sie mich sicher gleich weg.

»Komm rein, du kannst hier drinnen auf ihn warten.«

Wirklich? Ich kann mein Glück kaum fassen. Der Summer ertönt, und ich wasche mir die Hände. Dann gehe ich zum Empfang. Die Schwester, die dort sitzt, lächelt freundlich und schiebt mir eine Liste hin. »Hier, trag dich ein und schreib Tills Namen da in die Spalte, wo normalerweise die der Patienten stehen.«

Ich schreibe meinen Namen auf das Papier, ohne nachzudenken. Er fließt ganz von selbst aus mir heraus. Lara Hoffmann. Wenn ich vorher nicht gewusst hätte, dass ich wirklich Lara bin, wüsste ich es jetzt. Dann schreibe ich Tills Namen in das nächste Kästchen, aber der Stift rutscht ab, als ich beim ersten l ankomme. Wenn er das sieht, weiß er, dass ich ihn sprechen wollte. Dann muss ich mir irgendetwas ausdenken.

Ich hasse es, angelogen zu werden!

Jemand schreit in meinem Kopf. Ich weiß nicht, wer, aber es klumpt sich in meinem Magen ekelhaft zusammen.

»Fertig?«, fragt die Krankenschwester. »Dann zeige ich dir das Wartezimmer.«

Aus dem ich mich wegschleichen werde, sobald sie mich aus den Augen lässt. Auf dem Weg dorthin spähe ich schon in Thomas' Zimmer. Und verschlucke mich fast an meiner eigenen Spucke. O nein. Die Frau von gestern, Silke, ist gerade bei ihm. »Was macht sie da?«, frage ich, bevor ich mich zurückhalten kann.

Die Krankenschwester sieht durch die Glasscheibe in Thomas' Zimmer. »Oh, er bekommt Physiotherapie.«

»Hier, auf der Intensivstation?«

»Damit kann man nicht früh genug anfangen. Sobald die Patienten halbwegs stabil sind, legen wir los. Dann haben sie die allerbesten Chancen.«

Eine Gänsehaut kriecht über meine Arme. Silke ist also die Physiotherapeutin. Allein der Gedanke, ihr noch mal über den Weg zu laufen, macht mich nervös. »Und … wie lange dauert das so?«, frage ich vorsichtig.

»Das kommt drauf an. Meistens zwischen zehn Minuten und einer halben Stunde.«

Na toll. Solange Silke da ist, kann ich auf keinen Fall zu Thomas. Aber je länger ich im Wartezimmer rumhänge, desto größer ist die Gefahr, dass Till mich erwischt.

»Hier ist es.« Die Krankenschwester deutet auf die Milchglastür, auf der »Wartezimmer« steht. »Ich schicke Till zu dir, sobald er zurück ist. Sollte nicht lange dauern.« Sie lächelt und denkt wohl, dass ich mich darüber freue, aber ich hoffe natürlich, dass er möglichst lange fortbleibt.

Was, wenn Till zurückkommt, bevor die Physiotherapeutin weg ist? Ich könnte ihm sagen, dass ich hier bin, um mich für das letzte Mal zu entschuldigen, und dass er als kleine Wiedergutmachung die Atmosphäre in unserem Zimmer reinigen darf. Er hätte bestimmt seine Freude daran. In diesem Zimmer waren vor uns ja schon ganz viele Patienten, die haben alles mögliche Zeug zurückgelassen. Angst, nervöse Ticks, Schuldgefühle, und dann kommt ja noch dazu, was Olesja und ich mitgebracht haben.

Ich betrete das Wartezimmer. Es ist winzig und bietet gerade so Platz für ein paar Stühle und einen Wasserspender, an dem eine Frau sich einen Becher füllt. Während sie trinkt, kontrolliert sie in einem kleinen Spiegel, dass auch ja keine ihrer blonden Haare aus ihrer Frisur hervorschauen.

Ich überlege, mich auf einen der Stühle zu setzen, aber irgendwie muss ich ja im Blick behalten, wann Silke aus Thomas' Zimmer kommt. Also laufe ich lieber vor der geschlossenen Tür auf und ab. Was natürlich nicht viel nutzt, da das Glas nicht wirklich durchsichtig ist. Mir bleibt wohl keine andere Wahl, als mich irgendwann einfach raus zu wagen und zu hoffen, dass sie weg ist. Hier zu warten, ist auf jeden Fall nicht besonders angenehm.

Nicht mal meine Hände können still sein, sie kneten die ganze Zeit an meinem Pulli herum, schlüpfen immer wieder in die Taschen meiner Jeans, fahren über das Display meines Handys, als würde mich das ablenken. Natürlich tut es das nicht, es macht die Sache fast noch schlimmer. Was, wenn ich nicht zu Thomas gelange? Dann werde ich nie erfahren, ob er es mag, wenn ich komme. Und er wird weiterhin ganz allein sein.

»Er bekommt nie Besuch«, sage ich laut.

Die Frau am Wasserspender zuckt zusammen. Etwas Wasser schwappt aus ihrem Becher, und sie dreht sich mit aufgerissenen Augen nach mir um. Offensichtlich hat sie mich erst jetzt bemerkt. Oder sie ist mir schon mal begegnet und sieht mich deshalb so an wie ein in die Enge getriebenes Tier. Ihr Gesicht kommt mir zwar nicht bekannt vor, aber das heißt nichts, so viele Leute, wie ich jeden Tag zutexte.

Ich will sagen, dass es mir leidtut, aber Wichtigeres drängt sich an der Entschuldigung vorbei über meine Lippen. »Es ist doch klar, warum jemand keinen Besuch bekommt«, flüstere ich. »Entweder hat er keine Familie, oder …« Gegen die Enge in meiner Kehle rede ich weiter. »Er bedeutet ihnen nichts. Er ist allein.«

Man braucht jemanden, der sich kümmert und alles regelt, der dich versorgt und alles wieder in Ordnung bringt. Allein bist du nichts! Gar nichts.

»Was sind das für Leute, die ein Familienmitglied nicht besuchen?«, rede ich schnell weiter. »Vielleicht haben sie einen Grund. Aber keinen, den ich verstehe. Man kann jemanden doch nicht in so einer Situation alleinlassen. Das ist … grausam.« Meine Stimme verebbt.

Die Frau zieht die Augenbrauen zusammen. Ich muss sie wirklich schon mal vollgelabert haben, sonst würde sie mich doch nicht so wütend anschauen.

»Und was weißt du schon davon?«, zischt sie.

Die Worte bleiben mir im Hals stecken.

»Du solltest nicht über etwas reden, von dem du offensichtlich keine Ahnung hast.« Sie rauscht an mir vorbei. Den halbvollen Becher knallt sie in den Mülleimer, so dass das Wasser über den ganzen Boden spritzt. Ich starre die Tropfen auf dem Boden an. Es ist nur Wasser. Keine Scherben.

Trotzdem kostet es mich Mühe, nicht einfach davonzurennen. Ich bin so weit gekommen. Thomas liegt nur ein paar Meter von mir entfernt. Jetzt werde ich sicher nicht aufgeben. Zittrig öffne ich die Tür des Wartezimmers und spähe hinaus.

Draußen steht Silke.

Kapitel 16

Lara

Ich falle fast in Ohnmacht.

Silke steht nur wenige Zentimeter von mir entfernt, mit dem Rücken zu mir. Sie schaut auf irgendetwas, was sie in der Hand hält. Wahrscheinlich eine Patientenakte.

Mit angehaltenem Atem weiche ich ins Wartezimmer zurück und verstecke mich hinter der Tür. Ich traue mich nicht, sie zu schließen. Ich hatte schon Riesenglück, dass Silke nicht gehört hat, wie ich sie geöffnet habe.

Bitte, geh weg. Durch das Milchglas sehe ich, dass sie sich in Bewegung setzt, und will schon aufatmen.

»Silke?«

Sie bleibt stehen. Mein Herz auch fast.

»Warte bitte mal.«

Die Stimme kenne ich. Das ist die Oberärztin, die so cool reagiert hat.

»Sag mal, war die Schwester von Thomas Haller diesmal bei ihm?«, fragt sie leise, aber laut genug, dass ich es verstehen kann.

»Nicht, während ich drin war. Sie wollte sicher warten, bis die Behandlung abgeschlossen ist.«

»Komisch. Ich hab sie gerade rausrennen sehen. Dann ist sie also wieder gegangen, ohne ihn zu besuchen?«

O nein. Nein, nein, nein. Die Frau im Wartezimmer war seine Schwester. Und ich habe ihr quasi ins Gesicht gesagt, wie grausam sie ist. Ich halte mir die Hand vor den Mund. Ich habe sie vertrieben. Das wollte ich nicht.

»Ja«, grummelt die Physiotherapeutin. Ihre Stimme geht mir

durch Mark und Bein, sogar wenn sie nur so ein kurzes Wort sagt.

»Sag mal, kann ich dich mal was fragen?«, redet die Ärztin weiter. »Ich wüsste wirklich gern deine Meinung. Dauert auch nicht lange.«

Genau. Besprecht etwas. Sicher müsst ihr dafür woanders hingehen. Aber natürlich bleiben sie wie angenagelt stehen. Mist.

»Du warst doch gerade bei Thomas Haller, oder? Ich würde gerne wissen, wie du seinen Zustand einschätzt.«

»Na ja«, gibt Silke schroff zurück. »Ich bin keine Ärztin, also …«

»Aber du verbringst viel mehr Zeit mit den Patienten als ich. Du machst deinen Job schon sehr lange und hast viel Erfahrung. Bitte, deine Meinung wäre mir sehr wichtig. Also, was denkst du?«

Es bleibt eine Weile still, ich höre nur das Rascheln von Papier. Vielleicht sieht sie in seiner Akte nach, die sie noch von der Therapie in der Hand hält. Irgendwann sagt sie: »Hmm.«

Wie können in einem »Hmm« so viel Zweifel und Sorge stecken?

»Sieht nicht gerade gut aus, wenn du mich fragst.«

Die Ärztin seufzt. »Ich hatte befürchtet, dass du das sagen würdest.«

»Hier, ich habe es mir aufgeschrieben. Am Anfang hat er ganz deutlich reagiert, wenn ich zur Physiotherapie ins Zimmer kam und mit ihm geredet habe. Seine Herzfrequenz ist angestiegen, und es gab gelegentlich unwillkürliche Reaktionen. Sehr leichte nur, aber immerhin. Und jetzt? Nichts mehr. Schon seit ein paar Tagen nicht.«

»Ja, ich weiß. Am Anfang haben wir bei ihm ganz deutliche Stressanzeichen festgestellt. Man hat an seiner Herzfrequenz und seinen Gehirnströmen gesehen, dass er Stimmen wahrnimmt. Bei der Visite vor allem und natürlich bei den Alarmgeräuschen von den anderen Betten. Da gab es manchmal sogar Spasmen, kaum wahrnehmbar, aber sie waren da. Ich habe selten so extreme Reaktionen bei einem Komapatienten in diesem Stadium gesehen, deshalb dachte ich …« Sie verstummt.

»Was sagen die Angehörigen?«, fragt Silke sanft. »Gibt es außer der Schwester noch jemanden, der hier war und etwas bemerkt hat?«

»Sein Vater war nur einmal kurz da und hat alles Nötige unterschrieben, aber er wirkte sehr verstört und ist verschwunden, ohne ihn zu besuchen. Soweit ich weiß, hat er die ganze Verantwortung auf die Schwester übertragen. Isabel Haller.«

Die ich vertrieben habe. Mir wird schlecht.

»Ich hatte gehofft, dass es hilft, wenn wir ihn isolieren und er seine Ruhe hat.«

»Isolieren ist immer gut, um unnötige Umweltreize auszuschalten. Und ich achte seitdem auch darauf, besonders ruhig und gelassen mit ihm zu sprechen.«

»Ja, das machen die Pfleger und Schwestern auch. Sie sind angewiesen, während der Medikamentengabe und allen anderen Behandlungen zu reden und ihm alles zu erklären, so, wie wir es immer machen. Nur bei ihm eben mit ganz besonderem Augenmerk auf die Lautstärke. Trotzdem haben wir keine Verbesserung bemerkt.«

»Hmm.«

Wieder dieses grässliche Hmm, das mir eine Gänsehaut verschafft.

»Ich verstehe das einfach nicht«, sagt die Ärztin leise. Sie klingt müde und traurig. »Nach so vielen Jahren Forschung wissen wir immer noch so wenig. Ich habe wirklich geglaubt, er hätte gute Chancen. Aber jetzt, wenn sein Zustand so bleibt … ich meine, da ist nichts mehr. Keine Reaktion, auf niemanden.«

Stille breitet sich aus. »Das heißt noch nichts«, erwidert Silke leise.

»Nein«, antwortet die Oberärztin. Aber es klingt schrecklich mutlos. »Ich wünschte nur, wir hätten schon diese reizarmen Pflegezimmer. Dann hätte er seine Ruhe gehabt, und sein Zustand hätte sich vielleicht nicht so verschlechtert. So konnten wir ihn erst isolieren, als ein Zimmer frei wurde. Aber man hat ja von Anfang an gemerkt, dass laute Geräusche ihn quälen, vor allem, wenn zu laut und zu viel gesprochen wird.«

Nein. Ich halte mir eine Hand vor den Mund. Hat sie das wirklich gerade gesagt? Laute Geräusche quälen ihn. Das heißt, ich quäle ihn. Meine Worte tun nicht nur mir weh, sondern auch anderen. Selten habe ich mein dämliches Gerede so gehasst wie in diesem Moment. Thomas, es tut mir so leid. Warum musste ich gerade an dich geraten, wo du besonders empfindlich auf Lärm reagierst?

»Ich dachte, wenn wir ihn isolieren, dann wird es besser. Ich hatte gehofft, dass es ein Erfolg wird und wir so beweisen können, dass wir unbedingt Gelder brauchen, um die Station geräuscharm umzurüsten. Aber es macht den Eindruck, als ob er tiefer ins Koma sinkt. Fast als … hätte er sich zurückgezogen, um all dem zu entkommen. Und jetzt rutscht er immer tiefer ab.«

Mit jedem Wort, das sie sagt, fällt es mir schwerer, still zu bleiben. Gleichzeitig bin ich wie gelähmt. Ich habe ihn nicht nur gequält. Ich habe ihn mit meinem endlosen Gelaber vertrieben. Tiefer hinein in seine dunkle Welt.

Hör endlich auf zu reden. Dein ständiges Gequatsche ist unsinnig. Es ist dumm.

Ich kralle die Hände in meine Haare. Es ist nicht nur dumm, sondern gefährlich. Lange kauere ich auf dem Boden, während die Gedanken in meinem Kopf unerträglich ihre Kreise ziehen. Irgendwann merke ich, dass Silke und die Ärztin weg sind. Auch ich sollte gehen. Er braucht mich nicht. Es tut ihm nicht gut, wenn ich bei ihm bin. Und vielleicht ist es sogar meine Schuld, dass er noch tiefer ins Koma gesunken ist.

Kapitel 17

Lara

Ohne mich zu verstecken, verlasse ich das Wartezimmer. Sollen sie mich doch erwischen. Sollen sie mich rauswerfen. Es spielt keine Rolle mehr. Ich kann ohnehin nie wieder zu ihm.

Ich laufe über den Gang, an seinem Zimmer vorbei, bleibe stehen. Wenigstens einen letzten Blick auf ihn will ich mir stehlen. Durch die Scheibe wirkt das Zimmer riesengroß und er schrecklich verloren darin. Niemand ist bei ihm, weil ich seine Schwester vertrieben habe. Er ist allein. Und jetzt lasse ich ihn auch noch zurück. Natürlich ist es richtig so, ich schade ihm.

Trotzdem kommt es mir vor wie Fahrerflucht. Als hätte ich etwas Schreckliches angerichtet und würde nun einfach davonlaufen, ohne mich darum zu kümmern.

Ich stehe an seinem Bett. Wie komme ich hierher? Ich weiß es nicht. Ich berühre ihn nicht. Ich habe schon genug angerichtet. Nur ein letztes Mal will ich ihn aus der Nähe betrachten.

Er sieht schon viel besser aus, der Kopfverband ist etwas kleiner, und der Schlauch hängt nicht mehr in seinem Mund. Zum ersten Mal kann ich sein Gesicht wirklich erkennen. Er hat weiche Lippen, die bestimmt wunderbar lächeln können, auch wenn die Unterlippe jetzt von einer hässlichen Narbe geteilt wird. Ich hoffe, dass sie ihm nicht weh tun wird, wenn er lacht oder spricht. Welche Augenfarbe er wohl hat? Jetzt, da ich sein Gesicht zum ersten Mal wirklich gesehen habe, spüre ich die Nähe zwischen uns noch intensiver. Es kommt mir vor, als würden wir uns kennen. Aber das ist doch albern. Ich war nur zweimal hier.

Vielleicht kennen wir uns aus einem anderen Leben. Oder

vielleicht gefällt er mir einfach nur. Er ist genau mein Typ, dunkel, ein wenig kantig, aber sehr sympathisch. Sofern man das von jemandem behaupten kann, der unbewegt herumliegt. Vielleicht ist es nur der Wunsch, wir könnten uns kennenlernen. Wenn er nicht im Koma läge und ich mal aufhören würde zu reden.

Ein Satz kommt über meine Lippen, ohne dass ich es will. »Es tut mir so leid.«

Ich wende den Blick ab, weil ich es nicht fertigbringe, ihn anzusehen. Meine Augen halten sich an den Zahlen auf seinem Monitor fest.

Ungläubig starre ich darauf.

Einer der Werte ist gerade angestiegen. Ist das …

Ich beuge mich näher zum Bildschirm. Ein kleines Herz ist daneben abgebildet. Ja, es muss seine Herzfrequenz sein.

Der Wert sinkt wieder ab.

Ist er etwa angestiegen, weil ich geredet habe? Aber nein, das kann doch nicht sein. Die Ärztin hat behauptet, er reagiert nicht auf Stimmen. Silke hat es bestätigt. Es war sicher nur Zufall. Keine Reaktion auf mich, sondern auf irgendetwas anderes, etwas in seinen Träumen?

»Thomas, hörst du mich?« Ich unterdrücke einen Aufschrei, als die Zahl wieder ansteigt. Es ist eindeutig, er reagiert auf mich. Nur auf mich? Mir wird schwindelig.

Warum habe ich mir an jenem ersten Abend gerade ihn ausgesucht? Ich hätte mich doch zu allen möglichen Leuten ans Bett setzen können. Oder immer zu jemand anderem. Aber nur bei ihm habe ich diese erwartungsvolle Stille gespürt. Ich wusste sofort, dass nur er in Frage kommt. Und jetzt ist meine Stimme die einzige, auf die er reagiert.

Ich betrachte sein Gesicht, immer noch unter dem Verband, zerkratzt und geschwollen.

»Das ergibt doch alles keinen Sinn.«

Seine Herzfrequenz steigt. Ganz eindeutig.

Heißt das, dass ihm meine Stimme gefällt? Aber er mag doch keine lauten Stimmen. Und ich bin laut. Ich schade ihm, so ist es doch. Meine Augen werden feucht. Ich will ihm nicht schaden.

Die Ärztin hat gesagt, man konnte es ihm ansehen, wenn er sich nicht wohl gefühlt hat. Spasmen. Das bedeutet Muskelkrämpfe oder so was.

»Magst du es, wenn ich mit dir rede?«, frage ich nervös und mustere ihn ganz genau. »Willst du es?« Nichts zu erkennen. Wie auch? Ich habe keinen Vergleich. Meine Brust zieht sich zusammen. Wie soll ich jemals wissen, dass ich ihn nicht störe oder sogar quäle?

»Es tut mir so leid«, flüstere ich. »Ich sollte dich in Ruhe lassen.« Wieder kann ich keine Reaktion entdecken. Aber sie hat gesagt, dass es eindeutig war. Sehr leicht, aber eindeutig. »Wenn du mir doch nur sagen könntest, was du willst.«

Seine Herzfrequenz steigt wieder etwas an. Ich starre die Zahl auf dem Display an. Wenn er meine Stimme nicht mögen würde, würde er sich dann nicht aufregen? Würde seine Herzfrequenz dann nicht noch viel mehr ansteigen?

Ich beuge mich etwas tiefer zu seinem Gesicht hinunter.

»Willst du, dass ich bleibe?« Erneut ein kleiner Anstieg.

Ich muss noch mehr sagen, richtig mit ihm reden, um ganz sicherzugehen.

»Warum gerade ich? Ist es die Frequenz meiner Stimme?«, frage ich. »Ja, das klingt plausibel, oder?« Wieder steigt die Zahl auf dem Display, aber nie sehr stark. Gerade so, dass man es merkt, jedoch nicht so, dass es einen Alarm auslöst. Und da ist noch etwas. Ganz langsam verschwindet die Linie um seinen Mund. Bedeutet das, dass er sich entspannt? Weil ich mit ihm rede? Kann das wirklich wahr sein?

Freude durchströmt mich. Er hört mich. Und nicht nur das, er mag mich. Ich weiß nicht, warum, aber ich kann gar nicht mehr aufhören zu grinsen.

Doch dann gefriert das Grinsen auf meinem Gesicht. Was, wenn meine Stimme wirklich die einzige ist, auf die er reagiert?

Er rutscht immer tiefer ab.

Tiefer in die Dunkelheit. Ich sehe mich einmal kurz um und beuge mich dann wieder zu seinem Ohr.

»Bitte bleib. Du darfst nicht gehen.«

Die Zahl steigt.

Ein Gedanke springt in meinen Kopf. Nein. Ich will das nicht denken, das ist verrückt. Aber es ist zu spät.

Solange ich rede, ist er bei mir, wenn ich aufhöre, rutscht er ab. Was, wenn meine Stimme das Einzige ist, was ihn noch hält in dieser Welt?

»Du stirbst, wenn ich aufhöre zu reden?« Meine Lippen beben. »Nein, das ist doch Blödsinn.« Trotzdem setzt es sich in meinem Kopf fest. Was, wenn es doch stimmt? Wenn es wahr wird, weil ich es gedacht habe? »Kennst du das?«, frage ich leise. »Man hat eine fixe Idee, weiß, dass sie Blödsinn ist, aber trotzdem hat man schreckliche Angst, dass sie wahr ist. Man argumentiert dagegen, will sich davon überzeugen, dass es unmöglich ist, und mit jedem Argument wird die Idee nur hartnäckiger im Kopf.«

Was, wenn er sich an meinen Worten festhalten kann? Niemand weiß alles über Koma. Die Ärztin hat ihre Ratlosigkeit offen zugegeben. Wer also könnte behaupten, dass es nicht wahr sein kann?

Je länger ich darüber nachdenke, desto überzeugter werde ich. Wenn ich schweige, wenn ich gehe, ist es für ihn vorbei.

Und selbst wenn es Blödsinn ist – sollte er wirklich nie wieder aufwachen, würde ich mich immer fragen, was gewesen wäre, wenn. Was, wenn ich geblieben wäre? Was, wenn ich mit ihm geredet hätte?

Was, wenn er der Grund dafür ist, dass ich hier bin?

Also muss ich bleiben. Ich muss mit ihm reden, damit er nicht vollkommen in der Dunkelheit versinkt. Aber nicht laut, sonst mache ich es nur schlimmer. Was für eine schreckliche, ekelhafte Ironie. Sein Leben hängt von der einzigen Sache ab, die ich einfach nicht kann.

Langsam und leise reden.

Kapitel 18

Thomas

Das ergibt doch alles keinen Sinn.

Nichts ergibt Sinn, das weiß ich schon, seit Vater das Telefon fallen gelassen hat. Jeden Tag werde ich darin bestärkt, von dieser grausamen Slideshow, aus der ich einfach nicht auftauchen kann. Will ich vielleicht gar nicht auftauchen? Aber warum?

Isabel fliegt mit einem Düsenjet vorbei. Nein, so was hat sie doch nie geflogen. Zehn Flugzeuge, die du unbedingt fliegen solltest. Blödsinn. So was habe ich nie geschrieben.

Willst du es?

Nein, ich will nicht fliegen. Wollte ich nie. Ich fahre lieber Auto oder Fahrrad. Ich wünschte, Isabel könnte das auch. Aber es ist nicht so leicht, einen Traum aufzugeben. Sie lernt immer nur. Pausenlos, ist besessen. Es liegt wohl in der Familie, denn ich bin es auch. Ich muss eine Lösung finden. Nichts anderes spielt mehr eine Rolle. Warum versteht das niemand?

»Eine fixe Idee. Etwas wird wahr im Kopf. Kennst du das?«, fragt das Mädchen mit der Kolibristimme.

Natürlich kenne ich diese fixe Idee. Ich habe sie sozusagen erfunden. Und wünsche mir jeden Tag, ich hätte sie nie gehabt.

Komm, vergiss einfach mal alles. Cem hat das immer gesagt. Jetzt ist es das Mädchen, sie ruft es, während sie aus der Höhle läuft.

Ich will ihr folgen, raus aus der klebrigen Dunkelheit. Weg von meinem Leben. Das Mädchen flüstert. Es ist angenehm wie kühler Wind auf heißer Haut.

»Willst du, dass ich bleibe?«

Ja, will ich antworten. Aber meine Lippen bewegen sich nicht.

Das Mädchen rennt davon.

Sie läuft den Berg hinauf, ich will ihr folgen. Wo ist sie hin? Isabels Flugzeuge dröhnen, ich drehe mich um mich selbst, halte mir die Ohren zu. Die schwarzen Vögel hacken auf mich ein. Wütend schlage ich nach ihnen. Sie lachen gehässig, ein ekelhaftes Geräusch. Wieder treiben sie mich nach unten. Aber ich will nicht zurück, ich will das Mädchen finden. Das Mädchen mit der Einsamkeit in der Stimme.

Die Vögel haben mich eingekreist, attackieren mich von allen Seiten. Schlagen mich blutig.

Gesang über mir, es ist das Mädchen, nein, der Kolibri. Er schwirrt zwischen den Vögeln umher. Unfassbar schnell rast er mal hierhin, mal dorthin. Er lenkt die Biester von mir ab.

Bist du irre?, will ich schreien. Lass das! Doch wieder kommt kein Ton aus meinem Mund.

Ich schlage nach den Vögeln, aber sie sind zu hoch in der Luft, eine hässliche schwarze Wolke um schillerndes Gefieder. Sie hacken, picken, kreischen.

Der Kolibri fällt mir vor die Füße.

Leblos.

Düstere Stille umschließt mich.

Ich bin wieder in meiner Hölle. Der Kolibri liegt in meiner Hand. Seine Federn sind stumpf und voller Blut. Sein Leben zerstört.

Wegen mir.

So wie immer.

Kapitel 19

Lara

Ich halte den Mund. Wortwörtlich. Ich halte mir die Hand vor den Mund, um die Worte drin zu behalten. Schon wieder hab ich laut und schnell von dem Unfall erzählt. Ich muss aber leise und langsam reden. Wenn das nur so einfach wäre.

Thomas liegt immer noch vollkommen regungslos da. Die Ärztin hat gesagt, man hat ihm angesehen, dass er es nicht mag, wenn zu laut geredet wird. Mein Magen krampft sich zusammen. Er hat sich gegen mich gewehrt, und ich war zu sehr mit mir selbst beschäftigt, um es zu kapieren.

Ich hole mein Handy heraus, um ihm etwas vorzulesen, aber schon bei der Überschrift driften meine Gedanken ab, und das Karussell in meinem Kopf beginnt sich wieder zu drehen. Vorlesen geht auf keinen Fall.

»Ich möchte dir so gerne helfen, aber ich weiß einfach nicht, ob ich es hinbekomme.« Meine Stimme schwankt.

Du kannst das nicht. Lass es einfach. Ich mache das für dich.

Ich will so gerne bei ihm sein, aber jetzt wünschte ich mir, es gäbe jemand anderen, der ihm helfen kann.

»Dumm, du bist so dumm«, schimpfe ich leise mit mir selbst. »Endlich ist dein Gequatsche mal zu etwas gut, und du kriegst es nicht hin.«

Seine Herzfrequenz steigt an, fast als würde er mich dazu ermutigen wollen, einen neuen Versuch zu starten.

Ich umklammere mein Handy etwas fester. »Also gut. Ich kann dir den Blog nicht vorlesen, aber ich kann dir ja davon erzählen. Am liebsten mag ich den Blog über Vögel. Ich schaue mir gern die Bilder an und finde es spannend, welche Fähigkeiten sie haben. Sie können so unglaublich weite Strecken fliegen. Das würde ich auch gern können. Dann wäre es viel einfacher, zu verreisen. Ich würde so gerne mal eine Weltreise machen, ein ganzes Jahr lang, mir alles anschauen, was mir über den Weg läuft.« Ich verstumme.

Du kommst niemals allein zurecht. Niemals. Vergiss es am besten gleich wieder.

Etwas lauter rede ich weiter, um die Worte meiner Mutter in meinem Kopf zu übertönen. »Ich war bisher nur einmal in einem anderen Land, glaube ich. In … Rom? Ich glaube, es war Rom. Aber ich kann mich nicht mehr daran erinnern, was dort passiert ist. Mit wem war ich da? Es ist alles so verschwommen.« Und in diesem Moment fällt mir auch ein, warum. Ich sauge scharf die Luft ein. »Ja, natürlich. Rom. Das war … am Anfang der zwei Jahre, die ich vergessen habe.« Während ich es sage, weiß ich schon, dass das ein Fehler war. Ich hätte nie von diesen zwei Jahren anfangen dürfen, denn meine Gedanken verbeißen sich darin. Wo sind diese zwei Jahre hin? Was ist geschehen? Meine Lippen fragen es immer wieder, ohne wirklich etwas zu sagen.

Und dann merke ich, dass etwas an Thomas sich verändert. Es sind nur Kleinigkeiten, die anders sind als gerade eben. Da ist ein Schatten um seine Augen, eine Linie um seinen Mund. Keine Bewegungen, keine echte Mimik. Aber er wirkt … angespannt. Oder bilde ich mir das nur ein? Ich rutsche auf Knien zu ihm hin, um es mir genauer anzusehen.

Ja, es ist eindeutig. Er sieht verkrampft aus. Das ist seine Art, mir zu zeigen, dass es ihm zu viel ist. Er fühlt sich nicht wohl bei meinem lauten Geplapper. Wie gut ich ihn verstehen kann. Ich hasse es ja selbst.

»Es tut mir leid«, flüstere ich mit belegter Stimme. »Ich gebe mir Mühe, wirklich, aber ich schaffe es nicht.« Es tut mir leid, ich kann das nicht. Ich sage es immer wieder, bis meine Lippen fast taub sind.

Ein stechender Schmerz in meiner Hand holt mich aus dem Redefluss. Ich habe sie so fest um eine Strebe des Krankenhausbettes geklammert, dass die Kante scharf in meine Haut schneidet. Endlich Ruhe.

Lange sitze ich so da, spüre den Schmerz in meiner Hand, genieße es, dass er meine Gedanken beherrscht. Dann, ganz langsam, erwache ich wie aus einer Trance.

Ich muss bei ihm bleiben. Muss reden. Aber es darf nicht mehr so aus mir hervorbrechen. Ich schaue Thomas an. Seine Hände, die wieder entspannt an den Seiten liegen, sein Gesicht, das keine harten Linien mehr aufweist. Keinen Schatten. Er scheint nicht mehr gestresst zu sein. Solange ich leise bin.

»Leise und langsam. Das hat meine Mutter auch immer gesagt. ›Sprich leiser. Schrei doch nicht so!‹ Dabei haben sie selbst immer geschrien. Ich musste ja laut reden, wie hätten sie mich sonst hören sollen?« Wieder pausiere ich. Hallt es im Zimmer nach? War es zu laut? Oder gut so?

Er reagiert nicht. Natürlich nicht, vorhin ging es auch nicht so schnell. Es dauert lange, bis man ihm ansieht, dass etwas ihm nicht guttut.

»Es wäre so viel einfacher, wenn du immer gleich reagieren würdest«, wispere ich. »Es wäre wunderschön, fast so, als würden wir uns wirklich unterhalten. Dann könntest du mir erzählen, was dir eigentlich passiert ist. Oder ich könnte es zumindest erraten. Es hat ja sicher einen Grund, dass du hier bist. Es gibt immer einen. Für alles. Natürlich, du hattest sicher einen Unfall, aber auch der hat einen Grund, den ich nicht kenne, weil ich deine Akte nicht einsehen kann. Wäre ja schön, wenn sie immer am Fußende des Bettes stecken würde wie in den amerikanischen Filmen. Dann hat jeder die Möglichkeit zu sehen, was dem Patienten fehlt. Leider ist es hier in Deutschland nicht so. Datenschutz. Und wahrscheinlich ist es in Amerika auch nur in den Filmen so.« Ein Piepen lässt mich aufschrecken. Mir wird sofort klar, dass das viel zu laut war. Thomas' Herzfrequenz ist so weit über sein normales Level gestiegen, dass sein Monitor wie verrückt piepst. Ich habe mit meinem Gerede einen Alarm ausgelöst!

Ich springe auf, starre Thomas an. »Es tut mir so leid«, flüstere ich. »Ich kann das einfach nicht.«

Dann renne ich feige davon, verstecke mich im Wartezimmer und linse um die Ecke zu Thomas' Zimmertür. Eine Schwester stürzt hinein, der Alarm verstummt. Kurz darauf kommt sie mit entspanntem Gesicht wieder aus dem Zimmer.

Erleichtert sinke ich gegen die Wand. Es geht ihm gut. So gut, wie es einem eben geht, wenn man tief im Koma liegt. Ich drehe mich um und bewege mich auf die Schleuse zu. Was jetzt? Meine Stimme ist die einzige, auf die er reagiert. Warum auch immer. Nur ich kann ihm helfen. Aber ich kann mich nicht beherrschen, wenn ich rede. Mit jedem Schritt, der mich von ihm wegträgt, wird mir schwerer ums Herz. Da ist wieder diese fixe Idee: Wenn ich nicht mehr zu ihm gehe, wird er vielleicht nie wieder aufwachen. Ich wünschte, ich könnte glauben, dass alles nur Einbildung ist und er nicht wirklich auf mich reagiert hat, sondern auf irgendetwas anderes, was ich nicht bemerkt habe. Vielleicht stimmt das auch, aber ich kann nicht sicher sein.

Ich trete aus der Schleuse. Die Worte steigen in mir hoch wie Magensäure, die mir den Mund verätzt. Hilflos wende ich mich an die nächste Person, die dort steht. Eine Frau, die verwirrt die Stirn runzelt.

»Was soll ich nur tun?«, frage ich. »Irgendwas muss ich doch tun können.« Gleichzeitig weiß ich, dass es nichts gibt.

Es ist hoffnungslos.

Kapitel 20

Lara

Wie betäubt sitze ich in der Gesprächsrunde. Sandra ist an der Reihe. Zum ersten Mal kipple ich nicht auf dem Rand meines Stuhls. Ich presse verzweifelt die Lippen zusammen und zwinge mich, nicht wie sonst ständig mit etwas herauszuplatzen. Ich muss endlich lernen, still zu sein.

Martin mustert mich gelegentlich, die anderen werfen mir irritierte Blicke zu. Es ist, als würden sie mich erst jetzt richtig bemerken. Jetzt, da ich nicht rede. Die Absurdität bringt mich zum Lachen. Sandra sieht mich mit hochgezogenen Augenbrauen an.

»Sorry«, flüstere ich in ihre Richtung. »War nicht wegen dir. Tut mir leid. Red weiter.« Ich weiß ja nicht mal, was sie gesagt hat. Ich denke immer noch die ganze Zeit an Thomas. Möchte ihm helfen. Aber ich kann einfach nicht. Natürlich nicht.

Du kannst das nicht. Versuch es am besten erst gar nicht.

Ich lege mir die Hände an die Stirn. Ich will sie nicht, diese Erinnerungsfetzen, die ungefragt in meinem Kopf aufblitzen und sich nur durch Worte verdrängen lassen. Es muss endlich ein Ende haben.

Als ich an der Reihe bin, sage ich nichts, auch wenn es mich fast umbringt.

Nach der Gruppenstunde hält Martin mich auf. »Lara? Ist alles in Ordnung?«

Was für ein freundliches Gesicht er hat. Ist mir vorher nie aufgefallen. Ohne dass ich weiß, warum, treten mir Tränen in die Augen, sie laufen über meine Wangen, über die Lippen, als wollten sie die Worte ertränken, die ständig aus mir herausfließen.

»Es hört einfach nicht auf. Ich kann nicht …« Meine Gedanken drehen sich im Kreis, meine Worte folgen ihnen. Immer lauter und heftiger, bis ich kaum noch atmen kann. Mir wird schwindelig, ich weiß nicht mehr, wo ich bin. Alles wird schwarz um mich herum. Genauso dunkel, wie es für Thomas sein muss. Thomas. Ich möchte ihm so gerne helfen. Schmerz breitet sich in mir aus.

Ein stechender Schmerz in meinen Fingerspitzen. Er reißt mich zurück. Ich schaue auf meine Hände. Sandpapier. Verständnislos sehe ich auf. Erkenne Martin und dass ich in seinem Büro auf der Couch sitze. Wie bin ich hierhergekommen? Martins Mund bewegt sich, aber ich höre nicht, was er sagt. Als wäre er ein Fernseher, dessen Ton abgeschaltet ist.

»Was … ist passiert?« Ich hebe die Hand mit dem Sandpapier. »Was ist das?«

»Eine Art Skill.«

»Das ist ein Skill?« Erstaunt starre ich das Papier in meinen Händen an. Es hat mich aus dem Teufelskreis geholt.

»Nur für den Notfall. Es hilft dir, deinen Körper zu spüren, wenn du merkst, dass du die Kontrolle verlierst oder sie bereits verloren hast. Kälte funktioniert auch, Eiswürfel oder Kühlakkus auf den Wangen. Manche Patienten legen sich kleine Steine in die Schuhe, um sich zu spüren. Unser Ziel ist allerdings, dass du so früh wie möglich verstehst, dass etwas nicht in Ordnung ist, bevor du die Kontrolle verlierst und dir mit einem weniger drastischen Skill helfen kannst.«

»Origami falten?«, frage ich.

»Zum Beispiel. Oder Sport. Denkaufgaben, Rätsel, so was kann auch gut wirken. Und irgendwann lernst du, deine Gefühle so früh zu erkennen, dass du sie einfach annehmen und verarbeiten kannst. Darauf wollen wir hinaus.«

Wieder sehe ich das Sandpapier an. Ich dachte, er spinnt, als er es mir zum ersten Mal gezeigt hat. Aber er hatte recht. Vielleicht hat er ja doch Ahnung und kann meinen Redefluss stoppen. Dann könnte ich Thomas helfen.

»Hilf mir«, flüstere ich. Schon lange habe ich niemanden mehr darum gebeten. Aber jetzt glaube ich, dass Martin es versuchen wird. »Bitte. Hilf mir. Allein schaffe ich es nicht. Ich möchte lernen, normal zu reden.«

»Was genau meinst du damit?«, fragt er.

»So wie du. Leise. Angenehm. Dann aufhören, wenn ich es will, und nicht, wenn die Worte eine Pause machen.«

Er mustert mich nachdenklich. »Es freut mich, dass du das sagst, Lara. Das ist ein sehr wichtiger Schritt.«

Erleichtert atme ich auf. »Dann bring es mir bei. Jetzt gleich. Mit den Skills oder so.«

Ich merke, wie er sich verspannt. »So schnell geht das leider nicht. Die Skills helfen dir sicherlich, den Redefluss zu unterbrechen, aber ich bezweifle, dass das Reden danach so klappt, wie du es dir vorstellst. Ich denke, dafür müssen wir den Grund für dein Redebedürfnis anpacken.«

»Nein, bitte. Ich muss es jetzt lernen.« Thomas kann nicht warten, bis ich gesund bin. Was, wenn das nie passiert? »Zeig mir irgendwelche Techniken und Tricks, wie ich kontrolliert sprechen kann. Mehr will ich nicht.«

»Ich bin nicht sicher, ob das funktioniert.« Er lässt sich in den Sessel mir gegenüber sinken und fixiert mich nachdenklich. »Du bist in den betroffenen Situationen sehr aufgeregt. Du steigerst dich in deine Gefühle hinein und betäubst sie, indem du laut bist. Wenn du lernst, deine Gefühle zu erkennen, dann …«

»Bitte«, unterbreche ich ihn. Kurz überlege ich, ihm von Thomas zu erzählen. Aber ich kann nicht. Ich muss an die Physiotherapeutin denken und daran, wie verächtlich sie mich angesehen hat. Martin zu erklären, dass ich auf die Intensivstation gehen will, um einen Komapatienten vollzulabern, weil es mir guttut, wird es sicher nicht besser machen. Er wird bestimmt nicht glauben, dass es Thomas auch hilft, und versuchen, mich daran zu hindern. »Ich … ich fühle mich so schrecklich, wenn ich andere zutexte. Ich wünsche mir so sehr, dass es aufhört. So schnell wie möglich. Bitte, wir müssen herausfinden, wie die Worte rauskönnen, ohne dass ich die Kontrolle über sie verliere.«

Mit verengten Augen mustert er mich. Ich sehe ihm an, dass er nicht glaubt, dass ich so gesund werde. Aber ich will doch nur bei Thomas sein können, ohne ihn zu quälen.

»Gut, lass mich mal überlegen. Es gibt Menschen, die vor lauter Nervosität nicht richtig atmen können. Sie lernen dann, in aufregenden Situationen zu singen. Wenn man singt, atmet man automatisch.«

Ich starre ihn an. »Ich soll singen, statt zu reden? Hast du mich schon mal singen hören?« Ehrlich, Thomas tut mir jetzt schon leid. »Ich glaube, das würde alles nur noch schlimmer machen.«

Er grinst matt. »Du musst nicht unbedingt singen, aber es geht in eine ähnliche Richtung. Hast du schon mal versucht, das, was du sagen willst, in eine Geschichte zu verpacken?«

Es ist nur eine unschuldige Frage, aber in mir zieht sich alles zusammen. »Nein, ich …« Meine Worte verklingen in der Stille zwischen uns. Geschichten sind böse. Sie sind Unsinn. Lügen, die einen von der Wirklichkeit fernhalten.

Hör auf mit deinen Lügengeschichten. Du lügst dir etwas vor! Niemand wird kommen, niemand!

Da ist wieder der Schrank. Der muffige Geruch, der mir den Atem nimmt. Nein, es sind die Worte, die mich beinahe ersticken, und das Geschrei draußen auf dem Flur, das mir auf die Lunge drückt. Es ist das laute Hämmern auf dem Holz. Die schneidende Stimme. Das Licht, das grausam in meine Augen sticht. In meinen Kopf.

Sieh nur, was du angerichtet hast mit deinen dämlichen Geschichten.

»Lara?«

Ich schrecke auf. Habe die Hände ganz fest in die Armlehnen des Sofas gekrallt. »Ich … habe schon lange keine Geschichten mehr erzählt«, flüstere ich. Und ich wollte es nie wieder tun.

»Wie hast du dich früher gefühlt, wenn du es gemacht hast?«

»Ich habe es geliebt. Es hat mich beruhigt.« Bevor ich gemerkt habe, wie die Leute reagieren. Wie wütend sie werden, weil sie es hassen.

»Dann ist es perfekt. Und es kann sogar ein Skill sein. Wenn du etwas erzählst, was nichts mit deinen kreisenden Gedanken zu tun hat. Du beschäftigst deinen Mund, musst aber gleichzeitig eine Geschichte erfinden und lenkst dich dadurch ab.«

Es klingt wirklich perfekt. So, als könnte es funktionieren. Wenn ich mich jemals dazu überwinden kann.

Kapitel 21

Thomas

Blutige Federn kleben an meiner Handfläche. Ich kriege sie einfach nicht ab, egal, wie sehr ich meine Haut schrubbe. Natürlich nicht. Man kann Erinnerungen nicht einfach abwaschen, es gibt kein Entkommen, sie drehen sich unbarmherzig im Kreis, genau wie die Slideshow.

Meine Mutter lacht. Es muss die Feier zu Isabels neuntem Geburtstag sein. Am Anfang waren wenigstens diese Erinnerungen noch schön anzusehen. Jetzt aber wird meine Seele wund davon, sie immer und immer wieder betrachten zu müssen. Der Wunsch, alles könnte wieder so sein, wie es damals war, frisst ein schwarzes Loch in meine Brust. Ich möchte mich hineinstürzen, nirgendwo mehr sein.

Das Bild soll weiterrücken, aber ich habe keine Macht über die Slides. Plötzlich rasen sie vorbei, und ich will, dass sie anhalten. Denn was danach kommt, kann ich erst recht nicht ertragen.

Mein Leben. Was bringt es, es wieder und wieder zu betrachten? Es ist nur eine Projektion auf einer Höhlenwand. Man sieht, was längst geschehen ist.

Daran kann ich nichts ändern. Nie mehr.

Ich starre auf die blutigen Federn in meiner Hand. Kämpfen hat keinen Sinn. Ich sollte aufgeben. Wärst du dann zufrieden, Isabel?

Kapitel 22

Lara

Ich kann das. Für ihn kriege ich das hin.

Ich sage es mir vor wie ein Mantra, während ich mich neben Thomas' Bett in eine Ecke kauere. Ich habe wieder nach Till gefragt, mich mit dem gleichen Trick reingeschlichen wie gestern. Es war reines Glück, dass jemand anders an der Pforte saß. Ein weiteres Mal wird es wahrscheinlich nicht klappen. Aber solange ich nicht weiß, ob ich das mit den Geschichten hinkriege, ist das vorerst egal.

Draußen ist es längst dunkel. Schon ewig versuche ich, mich zu überwinden. Es ist nicht einfach, denn immer, wenn ich gerade meine ganzen Mut zusammengerafft habe, geht irgendwo ein Alarm los, jemand läuft über den Flur oder kommt sogar ins Zimmer, um nach Thomas zu sehen. Dann muss ich mich jedes Mal verstecken, und das reißt mich wieder völlig raus. Aber jetzt ist der Schichtwechsel lange vorbei. Die Nachtschwester hat mich bei ihrer Kontrolle nicht erwischt, und ich bin nicht gestorben vor Angst. Vielleicht, nur vielleicht, schaffe ich es jetzt.

»Es ist einen Versuch wert«, wispere ich. »Komm schon, sag irgendwas.«

Hör endlich auf damit, diese unsinnigen Geschichten zu erzählen.

Dieser Satz zuckt durch meine Überlegungen wie der Blitz eines längst vergangenen Gewitters.

Ich schließe die Augen und denke an Thomas. Ihm etwas zu erzählen, ist ungefährlich, er kann nicht wütend werden. Er wird mich nicht anschreien. Für ihn kann ich es schaffen.

Ich weiß, dass es nicht gut ist, zu lange zu überlegen. Sonst verlässt mich der Mut, so wie die anderen Male. Also fange ich einfach an. Ich erzähle das Erste, was mir in den Sinn kommt. Eine Geschichte, die ich mir als Kind immer erzählt habe.

»Ich sitze in einem Verlies.«

Nein, es ist ein Schrank, ein dunkler, muffiger Schrank. Er riecht nach Lavendel. Der Geruch beißt in meinen Augen, bis sie tränen. Jemand hämmert von außen gegen die Tür.

»Da kommt ein Prinz. Aber es ist natürlich kein normaler Prinz. Eigentlich gar keiner. Was sollte ich auch mit einem Prinzen? Den könnte ich gar nicht gebrauchen. Es müsste schon ein Assassine sein oder so was.«

Hör auf mit dem Blödsinn.

Ich muss mich zwingen, weiterzusprechen. Für Thomas. »Der Assassine schleicht sich in mein Verlies, heimlich, still und leise. Er ist vermummt, man sieht ihn kaum. Nur seine Augen glänzen in der Dunkelheit. Und er zeigt mir, wie ich entkommen kann.«

Halt sofort den Mund, sonst setzt es was.

Ich schlucke und rede weiter. Lauter, schneller. »Er zeigt mir, wie ich aus Stroh ein Seil mache, und hilft mir, durch das winzige Fenster zu fliehen. Er führt mich übers Dach. Er ist gekommen, um mich zu befreien.«

Niemand wird kommen, verstehst du das nicht? Du bist allein, und allein bist du nichts wert.

Ich presse mir die Hände auf die Ohren, aber die Stimme in meinem Kopf schreit mich immer noch an.

Märchen machen es nicht leichter, die Realität zu ertragen, sondern schwerer! Schluss mit diesen dämlichen Geschichten!

Je lauter sie schreit, desto lauter erzähle ich.

Du bist ganz allein!

Nein, das bin ich nicht. Ich sitze an Thomas' Bett im Krankenhaus. Mühsam halte ich mich an seinem Anblick fest. Wie ruhig er daliegt, so friedlich. Nicht wütend. Obwohl ich sicher laut geworden bin. »Warum wollte ich zur Tankstelle?«, frage ich plötzlich.

»Ich war im Schlafanzug unterwegs, mitten in der Nacht.« Bitte nicht, ich will das nicht. Aber die Worte kommen einfach raus. »Kannst du dir das vorstellen? Zur Tankstelle. Wieso?« Alles dreht sich um mich wie eine Spirale, die hinunterführt in den Teufelskreis, aus dem es kein Entkommen gibt. Aber ich darf dem nicht nachgeben. Thomas braucht mich. Ich muss es schaffen, leise zu reden. »Und was hat dieses silberne Auto damit zu tun?«, platze ich heraus. Nein, bitte. Es muss doch aufzuhalten sein. Aber durch meine Erzählung ist alles nur noch schlimmer geworden.

Was hat Martin noch gesagt? Mach eine Geschichte aus deinen Gedanken. Mühsam ringe ich zwischen den Worten nach Luft.

»Ich bin im Schlafanzug durch die Dunkelheit gelaufen. Stell dir nur vor, jemand hätte mich gesehen. Vielleicht hat mich sogar jemand gesehen. Warum hatte ich denn nichts Richtiges an?« Ich schüttle den Kopf. Natürlich klappt es so nicht. Wie ich die Straße entlanglaufe, ist doch keine Geschichte. Da muss etwas passieren. Es ist ja etwas passiert, der Unfall. Aber das will ich doch gerade nicht erzählen. Ich sammle mich und suche einen neuen Anfang. »Ich gehe die Straße entlang. Es ist dunkel. Und da sehe ich ihn. Er steht vor mir, ein Stück entfernt, ich kann sein Gesicht nicht erkennen. Aber ich weiß trotzdem sofort, dass er es ist. Thomas.« Ich verstumme. Er ist in meiner Geschichte. Er ist einfach so aufgetaucht, es war keine Absicht. Aber es fühlt sich gut an. Richtig und sicher. Ja, bei ihm bin ich sicher. »Er steht vor mir auf der Straße im Mondlicht«, flüstere ich. »Ich … ich sehe nicht, was er anhat, oder doch … ist das … ein Krankenhausnachthemd? Ohne es zu wollen, muss ich kichern. Warum läuft er im Krankenhausnachthemd herum?

›Bist du aus dem OP ausgebrochen?‹, frage ich ihn.

Er lächelt mich an. Es ist ein nettes, sympathisches Lächeln. Dann öffnet er den Mund, aber kein Ton kommt heraus.

›Du könntest sagen, dass ich auch nicht gerade salonfähig bin in dem Schlafanzug.‹

Er runzelt die Stirn, als ob er sich fragt, ob er das wirklich sagen würde.

Ich frage mich das Gleiche. ›Oder vielleicht, dass das Krankenhausnachthemd von hinten so schön belüftet ist und du es deshalb gerne trägst‹, schlage ich vor.

Er zuckt mit den Schultern.«

Ich halte in meiner Erzählung inne und mustere Thomas in seinem Bett. Versuche, an irgendetwas festzumachen, was er in so einer Situation tatsächlich sagen würde. Aber es gibt nichts, was mir einen Hinweis geben könnte. Ich kann nicht sehen, ob er Ringe trägt oder Tattoos hat, denn die Decke liegt komplett über seinen Armen, und auch sonst verrät absolut nichts, was für ein Typ er ist.

»Er steht einfach nur vor mir auf der dunklen Straße, in seinem Krankenhausnachthemd, lächelt belustigt, als er meinen Pyjama bemerkt, nein, er runzelt die Stirn, wirkt besorgt, lacht, zuckt mit den Schultern. Verdammt!«

Heftig atmend sitze ich an seinem Bett und suche den Ausweg aus dieser Szene, die erst so schön war. Sie hat mich von meiner Mutter weggeholt. Er hat mich weggeholt. Und jetzt auf der Straße … Es hätte so lustig werden können. Oder peinlich. Aber ich weiß es, verdammt noch mal, nicht.

»Es ist der richtige Weg, das spüre ich. Du und ich in einer Geschichte. Das funktioniert, hast du es gemerkt? Ich habe ganz normal geredet und auch nicht an den Unfall gedacht.«

Seine Herzfrequenz steigt wieder ganz sanft an. Ich lächle. Ich möchte sie so gerne erzählen, diese Geschichte. Aber ich habe keine Ahnung, wer er ist. Ich weiß nicht, wie er sich verhalten würde, und es mir einfach auszudenken, fühlt sich falsch an. Nein. Wenn ich ihn einbaue, dann richtig. Ich lache bitter. Aber wie soll das gehen? Er liegt im Koma. Ich kann ihn nicht fragen.

Ich sitze lange an seinem Bett und suche nach einer Lösung, bis ich merke, wie spät es ist. Fast 23.00 Uhr. Entsetzt springe ich auf.

In ein paar Minuten wird auf der psychiatrischen Station der Kontrollgang gemacht und die Stationstür zugesperrt.

Ich schaffe es gerade noch rechtzeitig in mein Zimmer. Olesja schaut nur kurz von ihrem Computer auf, als ich reinstürze. Ich nicke ihr zu und lasse mich auf mein Bett fallen. Versuche, ein paar Blogs zu lesen. Es bringt nichts. Aber diesmal ist es nicht das silberne Auto, das meine Gedanken beherrscht. Es ist die Geschichte, die ich nicht erzählen kann, weil ich nicht weiß, wer Thomas ist. Da hätte ich endlich einen Weg gefunden, ihm zu helfen, und kann es doch wieder nicht. Ich muss lachen. Es ist ein ekelhaftes, verdrehtes Geräusch.

Es ist alles so absurd. Thomas und ich. Der bewusstlose Typ im Krankenhausnachthemd und das Mädchen im Schlafanzug, das so viel redet, dass die Leute vor ihr flüchten. Beide zusammen auf einer dunklen Straße. Nebeneinander und doch vollkommen allein. Ohne Vorwarnung steigt Schmerz in mir auf. Ich will diese Geschichte so gerne erzählen. Er braucht sie. Und ganz tief in mir drin weiß ich, ich brauche sie auch.

Kapitel 23

Thomas

Ein silbernes Auto fährt mich durch die Slideshow.

Auf einer dunklen Straße halte ich an und steige aus. Jemand steht vor mir. Mondlicht zeichnet Schatten auf ihr Gesicht.

»Warum kannst du nicht aufgeben?«, fragt Isabel.

Nein. Diese Frage hat sie mir nicht gestellt, damals auf jener dunklen, vereisten Straße vor unserem Elternhaus. Welche war es wirklich?

Sie dreht sich um.

»Warte«, rufe ich ihr nach. »Kannst du mir nicht verzeihen?«

Wenn ich das doch nur gesagt hätte. Vielleicht wäre dann alles anders gekommen. Lichter flackern, Lampen im eisigen Regen. Meine Haare kleben an meiner Stirn. Etwas läuft mein Gesicht hinunter. Es schmeckt nach Salz.

Isabel bleibt stehen, dreht sich um, fixiert mich mit ihren blauen Augen. Mutter hat immer gesagt, sie sind wie Kornblumen. Sie hat diese Augen geliebt. Der Schmerz darin brennt sich ein. In Isabels Gesicht, in mein Gewissen. Er tut uns beiden so weh, dass er mir den Atem nimmt. Mühsam ringe ich nach Luft, aber sie schneidet eiskalt in meine Lunge. Ich gehe in die Knie, auf den harten Asphalt. Isabel ist fort, sie kann meinen Anblick nicht ertragen.

»Thomas.« Sanft schwebt die Stimme zu mir herüber. Ich kenne diese Stimme. Sie fließt in meinen Körper wie reiner Sauerstoff. Der Druck auf meine Brust lässt nach. Ich stehe auf.

Es ist das Mädchen. Ich würde so gerne ihr Gesicht sehen, aber es liegt im Schatten zwischen den Straßenlaternen. Egal, sie ist hier. Sie läuft nicht weg. Das ist die Gelegenheit, sie anzusprechen.

»Schöner Pyjama«, sage ich. Na ja, nicht gerade berühmt, so als erster Satz.

»Ist das … ein Krankenhausnachthemd?« Kichernd deutet sie auf mich.

Ich sehe an mir herunter. Shit, ich trage ein Nachthemd! Und das auch noch nachts auf der Straße. Ich höre Cems Stimme in meinem Kopf. *Nicht das Verrückteste, was du je gemacht hast.*

»Bist du aus dem OP ausgebrochen?«, will sie wissen. Wegen des Nachthemds, meint sie wohl.

Ich muss grinsen. »Äh. Neuer Trend unter Mountainbikern? Viel Bewegungsfreiheit.«

Sie lacht. Nein, ich wünsche es mir nur. Ich will ihre Augen strahlen sehen. Sie soll mit ihrem Lachen die Erinnerung an den Streit mit Isabel in Schutt und Asche legen.

»Es ist der richtige Weg, das spüre ich«, flüstert das Mädchen. Sie kommt auf mich zu, und mit jedem Schritt wird ihr Gesicht dunkler. Schließlich steht sie vor mir. Sie hält mir etwas hin.

Eine Kornblume. Woher hat sie die plötzlich? Dicke Tautropfen hängen auf den Blütenblättern, der Anblick sticht wie ein Messer in meine Brust. Ich weiche zurück. Tau tropft von der Blüte, große, glänzende Tropfen, die still ins Gras fallen. Sie versacken in der dunklen Erde.

»Warum hast du das getan?«, fragt Isabel. »Warum?«

Die Kornblume verwelkt. Die Straße ist leer. Nur noch die Frage hängt über dem vereisten Asphalt. Jene richtige, echte Frage, die ich mir selbst stelle. Jeden verdammten Tag.

Warum habe ich das getan?

Kapitel 24

Lara

Thomas lächelt.

Er hat die Augen gegen die Sonne leicht zusammengekniffen und hält eine Hand schützend vor sein Gesicht. Die andere Hand liegt am Lenker seines Mountainbikes, und hinter ihm ragt eine gewaltige Bergkette in die Höhe. Auf seinem knallroten Funktionsshirt steht: »Work hard, bike harder.« Der Name seines Blogs.

Es ist fast peinlich, dass ich einen ganzen Tag gebraucht habe, bis ich auf die Idee gekommen bin, im Internet nach Thomas zu suchen. Dafür habe ich umso schneller etwas gefunden.

Schon seit Stunden sitze ich im Computerraum und lese auf seinem Blog herum. Trotzdem habe ich noch nicht ansatzweise alle Artikel geschafft. Es sind viel zu viele für einen einzigen Nachmittag, vor allem dann, wenn man sich nicht richtig konzentrieren kann. Immer wieder klicke ich zu diesem Foto von ihm in den Bergen zurück, auf dem er lächelt. Seine Unterlippe ist unversehrt, und seine schwarzen Haare sind feucht vom Schweiß. Er sieht so anders aus, und doch habe ich ihn sofort erkannt.

Thomas Haller. Kein ausgefallener Name. Trotzdem war es leicht, ihn aufzuspüren. Zuerst war ich nicht sicher, ob es klappt, und wenn ja, ob ich mehr entdecken würde als ein Facebookprofil, das nur Leute sehen können, die mit ihm befreundet sind. Aber nein, ich habe richtig viel gefunden.

Seinen Blog. Einen Instagramaccount. Dass er Sport und Journalismus studiert. Und sein Lächeln. Ein Strahlen in einem verschwitzten, zufriedenen, ehrgeizigen Gesicht. Das Gesicht von jemandem, für den der Spaß erst dann anfängt, wenn die Strecke so richtig steil wird.

»Zehn Tipps, um durchzuhalten, wenn du am liebsten rückwärts den Berg runterkippen würdest.«

Ich muss grinsen. Er sieht nicht so aus, als würde er jemals rückwärts irgendwo runterkippen.

Ich bewundere das, ehrlich. Für mich ist es schon eine Qual, wenn ich mein Fahrrad eine kleine Anhöhe raufschieben muss.

Ich lese noch einen anderen Artikel. »Fünfzehn blöde Sprüche, die du dir sparen solltest, wenn du dir einen Trail mit Wanderern teilst.« Ich klicke wieder zu dem Lächeln zurück. Mein Herz stolpert über die Fröhlichkeit in seinem Gesicht. Die Zuversicht, dass er oben ankommen wird. Die Freude darauf, es geschafft zu haben.

Ich rufe einen anderen Artikel auf. Flammen schlagen mir vom ersten Bild entgegen, einen Moment lang bin ich entsetzt, bis ich die Überschrift lese: »Elbehochufer – das Ostermekka für Pyromanen.« Was für ein bescheuerter Titel. Ich mag ihn.

Er schreibt, dass sein Freund Cem und er bei der freiwilligen Feuerwehr sind und an Ostern auf dem Elbehochufer ein riesiges Feuer neben dem anderen aufbauen. Daneben ist ein Selfie. Sie halten sich im Schwitzkasten, Sonnenbrillen auf den Augen. Hinter ihnen stapeln sich Äste bis in die Wolken. Ihre Zähne strahlen mir blendend weiß entgegen.

Ungeduldig reibe ich mir durch das Gesicht.

»Ist er das?« Sandras Stimme lässt mich auffahren. »Sieht ja ganz cool aus.« Sie beugt sich nach vorn und starrt auf den Blog. »O Gott, ist der Mountainbiker?«

Ich widerstehe dem Drang, den Laptop einfach zuzuklappen. »Ja.« Ich werfe ihr das eine Wort hin wie einen Fehdehandschuh.

Sie schubst meine Hand von der Maus und ruft einen Artikel auf, in dem Thomas mit dem Bike einen Abhang runterheizt. »Nicht schlecht. Ich mag es, wenn jemand keine Angst hat. Ziemlich sexy.«

In meinem Bauch rumort es. Sie soll ihn nicht so anschauen.

»Kommt er dich besuchen?«

»Nein«, grolle ich. Und wenn, dann würde ich es dir nicht verraten. Was denke ich da nur? Er kann mich doch gar nicht besuchen kommen. Ich starre auf das Bild, aber in diesem Moment klickt Sandra es weg. Das Foto vom Anfang ist wieder da. Das Lächeln. Und die Berge. Der endlose Himmel über ihm.

Plötzlich kann ich es nicht mehr ertragen, ihn lächeln zu sehen. Ich klappe den Laptop so heftig zu, dass Sandra zurückzuckt.

»Hey, schon gut. Ich wollte dir nicht zu nahe treten.«

Ich kann nicht antworten. Stattdessen halte ich den Kopf gesenkt, bis Sandra sich trollt.

Ich kann immer noch nicht richtig atmen. Nicht aufstehen. Dieses blendend weiße Lächeln hat sich in mein Herz gebrannt.

Ich möchte dir so gerne helfen.

Irgendwann klappe ich den Laptop wieder auf und lese weiter seinen Blog. Langsam habe ich das Gefühl, ihn ein bisschen zu kennen. Natürlich nicht richtig, aber gut genug, um ihn in eine Geschichte einzubauen, ohne dass es mir total falsch vorkommt. Wenn ich jetzt noch wüsste, worum genau es gehen soll …

Ich klicke mich durch seine Artikel. Halte inne. Finde etwas. Und es ist einfach perfekt.

Kapitel 25

Lara

Ich hasse es, mich auf die Intensivstation zu schleichen. Es fühlt sich wie lügen an. Die Leute mögen es nicht, wenn man sie anlügt. Deswegen wollte ich auch den Trick mit Till nicht noch mal benutzen. Stattdessen hänge ich mich an eine Frau dran, die jemanden besuchen will. Sie klingelt, hält mir die Tür auf, wäscht sich die Hände und geht weiter. Mit trockenem Mund warte ich in der Schleuse, bis ich einen Alarm höre. Auf der Station bricht die Hölle los. Vorsichtig stecke ich den Kopf aus der Tür. Der Flur ist verwaist, das ganze Personal ist wohl zu einem Notfall in eines der Zimmer gerannt. Sogar die Schwester aus der Anmeldung ist fort. Schnell ergreife ich meine Chance, husche über den Gang zu Thomas' Zimmer und verstecke mich sofort neben seinem Bett. Wie sehr ich mir wünsche, ich müsste das nicht tun. Diese verdammten Heimlichkeiten. Wer weiß, wie lange das noch gutgeht?

»Hauptsache, ich bin da.« Unwillkürlich schaue ich auf den Monitor. Seine Herzfrequenz steigt. »Und diesmal bleibe ich länger. Hoffentlich. Wenn es mit der Geschichte klappt.« Ich berichte ihm, dass ich seinen Blog entdeckt habe, und muss wieder an sein Lächeln denken. Ich kriege es einfach nicht aus dem Kopf. Mein Blick wandert zu seinem zerschundenen Gesicht. So unbewegt und blass. Wie gerne würde ich es so fröhlich sehen wie auf dem Foto.

»Rom«, stoße ich hervor. »Ich habe gelesen, dass du dort warst.« Ja. Rom. Der Urlaub, der am Anfang der zwei Jahre steht, die ich vergessen habe. Aber das muss ich nicht in meine Geschichte einbauen. Sie ist ja nicht wahr. Rom ist nur ein Ort, an dem wir beide schon waren, und deshalb das perfekte Setting für meinen nächsten Versuch.

»Du hast geschrieben, dass du zwar das Kolosseum mochtest und auch den Palatin, aber dass eins dir noch mehr gefallen hat: die Thermen des Caracalla. Ich habe mir deine Fotos davon angesehen, und … sie kamen mir sehr bekannt vor. Ich nehme an, dass ich auch schon mal dort war. Also … Ich versuche es mal.« Ich atme tief durch. Dann schließe ich die Augen, damit es mir leichter fällt.

»Es ist ein wunderbarer Sommernachmittag. Eine Menge Sightseeing liegt hinter … uns? Ich bin sicher nicht allein hier. Wer fährt schon allein nach Rom? Aber ich weiß nicht mehr, wer mit mir dort war, und es ist ja auch egal, also … sage ich einfach, ich war mit ein paar Freundinnen da.« Ich runzle die Stirn. Aber nein, das passt nicht. Wer sollte das gewesen sein? Habe ich überhaupt Freundinnen, mit denen ich so was machen würde? Jetzt wohl nicht mehr, denn sonst würden sie mich ja besuchen. Aber damals vielleicht. Wieso kann ich mich nicht daran erinnern? Ob man Freunde hat, ist doch wichtig … Ist am Ende diese Sina eine Freundin von mir? Nein, bloß nicht.

»Also gut«, sage ich hastig, bevor das Gedankenkarussell sich noch schneller dreht. »Sagen wir eben, ich bin allein dort.«

Allein bist du nichts.

»Nur weil es einfacher ist«, fahre ich fort. »Warum auch nicht? Das ist doch nicht schlimm. Ich verbringe etwas Zeit allein, vielleicht im Herbst nach dem Abitur? Alle anderen studieren schon, aber ich ja nicht, also … gönne ich mir auf andere Art ein bisschen Bildung. In Rom. Am lebenden – nein –, am toten Objekt. Ich komme gerade vom Palatin, habe mich mit den anderen Touristen hindurchgewälzt und bin etwas verschwitzt. Die Straße ist hier viel leerer, es sind nicht so viele Menschen unterwegs, nicht so wie beim Kolosseum, wo einfach immer Gedränge herrscht. Ich bezahle den Eintritt und betrete den langen Weg, der mitten hineinführt. Ohne die Schilder zu lesen, gehe ich durch den kleinen Park, links neben mir ragen die imposanten Gebäude der Thermen auf. Ich kann es kaum erwarten, hineinzugehen. Endlich komme ich zum Eingang. Ich lege den Kopf in den Nacken, um den Torbogen zu bestaunen. So weit über mir. ›Wunderbar‹, flüstere ich. Und knalle frontal in jemanden hinein. Ich keuche auf, stolpere zurück. ›Entschuldigung.‹ Natürlich bist das nicht du. Das wäre viel zu offensichtlich, genau in dich hineinzulaufen. Keine gute Geschichte. Der ältere Mann sagt etwas auf Französisch, das ich nicht verstehe, und geht dann weiter. Neben mir höre ich ein leises Lachen. Es klingt angenehm. Ich drehe mich um. Ein paar Meter entfernt steht ein Kerl mit schwarzen Haaren, die ihm leicht gelockt in die Stirn fallen. Er hat schöne Augen, deren Farbe ich aber leider nicht erkennen kann, und schöne, männliche Lippen. Er lächelt freundlich. Und er trägt eine Mountainbike-Montur. Nein, warte. Eine Mountainbike-Montur mitten in den Thermen? Beim Sightseeing? Aber warum eigentlich nicht? Vielleicht ist er mit dem Fahrrad hierhergekommen, hat trainiert oder macht eine Italien-Tour mit dem Mountainbike und hat dann die Gebäude der Thermen ganz plötzlich über sich aufragen sehen. Sie sind wunderschön und beeindruckend, selbst von der Straße aus. ›Du musstest einfach anhalten und sie anschauen.‹

Er mustert mich skeptisch. ›Wie bitte?‹

›Na, die Thermen.‹ Ich deute auf die Ruinen um uns herum. ›Man kann nicht einfach vorbeifahren, selbst dann nicht, wenn man mit dem Fahrrad unterwegs ist und eigentlich etwas ganz anderes vorhat.‹

Etwas leuchtet in seinen undefinierbaren Augen auf. ›Nein, kann man nicht.‹

Ich gehe weiter, ein Stückchen an ihm vorbei, betrachte die Mosaike, die noch original von damals sind. ›Man spürt hier das Leben‹, wispere ich. ›Es waren normale Menschen hier, sie haben in den Geschäften außen herum ihre Besorgungen gemacht. Haben das warme Wasser genossen, sich etwas gegönnt. Es ist so viel echter als alles andere hier in Rom. Findest du nicht?‹ Wieder lege ich den Kopf in den Nacken.

Er stellt sich neben mich und folgt meinem Blick. ›Diese hohen Decken mag ich besonders. Deshalb komme ich immer wieder hierher.‹

Ich senke den Blick und sehe in seine Augen. Merkwürdig. Noch immer erkenne ich die Farbe nicht. Es ist, als hätten sie gar keine. Vielleicht liegt es an der Nachmittagssonne, deren warmes Licht direkt hineinfällt, so dass er jetzt seine Hand davor hält.

Oder daran, dass ich deine Augenfarbe einfach nicht kenne. Das Foto auf deinem Blog hat sie nicht richtig wiedergegeben. Sie sind dunkel, nicht hell. Aber ob braun, grün oder grau? Unmöglich zu sagen.

Ich könnte nachsehen, einfach dein Augenlid anheben. Was für eine durchgeknallte Idee. Selbst für mich. Das mache ich ganz sicher nicht, keine Sorge.

Also wo waren wir? Genau. Die Thermen. Na gut, wir sind uns einig, dass sie uns gefallen. Und jetzt?

›Bist du allein hier?‹, fragt der junge Mann, den ich noch nicht nach seinem Namen gefragt habe, weil ich ihn ja kenne. Aber wenn wir uns wirklich dort zum ersten Mal begegnen würden, wäre das nicht so.

›Nein‹, antworte ich, ohne darüber nachzudenken.

Er runzelt die Stirn, sieht sich um.

Warum habe ich das gesagt? Gerade hab ich doch noch beschlossen, allein hier zu sein. Aber es fühlt sich nicht so an.

›Ich … weiß nicht genau. Und du?‹, frage ich.

›Diesmal schon.‹ Er lächelt freundlich. ›Ich bin übrigens Thomas.‹ Tom. Tommi?«

Nein. Ich glaube nicht, dass er sich anders nennen würde. Auch auf seinem Blog hat er die Artikel immer mit Thomas unterschrieben.

»›Ich bin Lara‹, stelle ich mich vor.

›Witzig, dass wir uns gerade hier begegnen‹, meint er.

›Es ist ein sehr schöner Ort dafür‹, antworte ich. Deswegen hab ich ihn ja ausgesucht.

Er wendet sich mir zu, ein wenig überrascht, doch dann tritt ein sanftes Leuchten in seine Augen. ›Ein wirklich schöner Ort, das stimmt.‹«

Meine Geschichte steht still. Mein Herz dagegen rast. Schuld ist dieses wunderschöne Lächeln, das ich seit gestern immer vor mir sehe. Und es gilt nur mir allein.

»Hey«, flüstere ich. »Warte mal. Flirtest du mit mir? So war das aber nicht gedacht.«

Ich beiße mir auf die Lippen. Nein, so war das ganz und gar nicht gedacht. Und der Gedanke, dass er mich so anschauen könnte, gefällt mir auch noch!

»Das geht nicht, wirklich nicht. Aus uns beiden könnte nie was werden. Das habe ich auf deinem Blog gesehen.«

Kapitel 26

Thomas

Bilder von Ruinen flackern über die Felsen, Rom auf der Höhlenwand. Das Mädchen klettert über die alten Gesteinsbrocken. Sie schnappt sich den Laptop, der mir die Erinnerungen zeigt. Dann zieht sie mich zu sich auf die bröckelnden Steine. Sie deutet auf ein anderes Mädchen.

»Ich habe sie auf deinem Blog gesehen«, behauptet sie. »Jedenfalls ihre Haare.«

Ich schaue mir das andere Mädchen genauer an. Sie ist blond. Ja, da war ein Foto, nur Haare vor den Ruinen. Kein Gesicht. Verrückt.

Ungeduldig zerrt sie mich weiter. Ich folge ihr in eine alte Schwimmhalle. Das riesige Gewölbe existiert nicht mehr, statt blauer Kacheln spannt sich über uns der Himmel auf.

»Wirklich schön«, raune ich und schaue dabei nur sie an.

Sie lacht. »Flirtest du mit mir?«

Hey, wenn ich mit dir flirte, würdest du es merken, würde Cem erwidern. Er kann sich so was erlauben, der alte Charmeur.

»So war das nicht gedacht«, antworte ich. Oder war sie das? Ich schüttle den Kopf. Ein stechender Schmerz pocht hinter meiner Stirn. Ich will ihn wegreiben, aber es geht nicht.

»Was machst du hier?«

Wer ist das?

Der Himmel über den Ruinen verdunkelt sich. Das Mädchen ist weg, zwischen den alten Gebäuden steht mein Vater. Er sieht so verloren aus. Seine Trauer lässt die Mauern bröckeln, und Rom verblasst. Wir sind allein in der Dunkelheit. Als ich die Hand nach ihm ausstrecke, reißt der graue Fluss ihn fort.

Ich wünsche mich zurück nach Rom. Dort sind Sonne und Lachen und das Mädchen. Dort kann ich atmen.

Piep. Piep. Piep.

Schwarze Vögel ziehen ihre Kreise.

Rom ist unerreichbar fern.

Kapitel 27

Lara

Ich starre die Ärztin an wie ein Reh, das von einem Autoscheinwerfer in Schockstarre versetzt wurde. Kein Ton kommt über meine Lippen, obwohl sich alles in mir staut. Rechtfertigungen, Ausreden und Bitten, mich nicht rauszuwerfen.

O Gott. Bitte. Lass mich bleiben.

»Wer bist du? Ich habe dich hier noch nie gesehen.« Sie fixiert mich.

Ich öffne den Mund, aber ich weiß, wenn ich jetzt was sage, kommt nur das Auto raus. Der Unfall. Der Pyjama. Ich schiebe die Hand in meine Hosentasche, in der immer noch das Sandpapier steckt. Es kratzt auf meiner Haut, ich halte mich daran fest.

»Kennst du ihn?« Die Ärztin kommt näher, sie mustert mich von oben bis unten. Ich weiche zurück, packe das Sandpapier fester und schüttle den Kopf.

»Was machst du dann hier?«

Ich schlucke heftig, um den Unfall und die Tankstelle zurückzudrängen und etwas Sinnvolles zu antworten. »Mit ihm reden«, presse ich mühsam hervor.

Sie starrt mich an. Dann schaut sie zu Thomas hinüber und zu den Geräten. Gleich wird sie mich aus dem Zimmer zerren und wütend anschreien.

»Mach das noch mal.« Es dauert eine Weile, bis die Bedeutung ihrer Worte durch ihren Befehlston zu mir durchdringt.

»Wie bitte?«, frage ich.

»Sprich mit ihm.«

Langsam drehe ich mich zu Thomas um. Mein Blick fällt auf sein

Gesicht, und ich werde ruhiger. Nur was ich sagen soll, weiß ich nicht. »Anscheinend mag er es, wenn ich rede«, flüstere ich.

Die Ärztin saugt scharf die Luft ein. »Das glaube ich jetzt nicht.«

Ich fahre zu ihr herum, aber sie ist verschwunden. Wenig später kommt sie mit Till zurück.

»Lara? Was machst du …?«

»Schau dir das an, Till!« Die Ärztin deutet auf das Display und sieht auffordernd zu mir.

»Es tut mir leid«, sage ich. »Ich wollte mich nicht reinschleichen, aber …«

»Da! Er reagiert auf sie. Obwohl sie behauptet, dass sie sich nicht kennen.« Sie geht etwas näher an Thomas heran. »Und bei mir? Da tut sich weiterhin nichts, siehst du?«

Till schaut ungläubig von mir zu Thomas und wieder zum Display. »Vielleicht ähnelt ihre Stimme der von jemandem aus seiner Familie«, meint Till.

Natürlich. Warum bin ich da nicht selbst drauf gekommen? Mein Magen krampft sich zusammen, weil sich diese Antwort irgendwie falsch anfühlt. Oder weil ich einfach nur will, dass sie falsch ist.

»So oder so. Er reagiert nur auf dich.« Die Ärztin sieht mich wieder so streng an, dass ich mir nicht sicher bin, ob das etwas Gutes ist.

»Deswegen bin ich wiedergekommen«, bringe ich heraus. Ich würde sie so gerne darum bitten, dass sie mich bleiben lässt, oder ihr irgendeinen tollen Vorschlag machen, der sie einfach überzeugen muss. Aber ich schaffe es nicht mal, ihr zu erzählen, wie ich hierhergekommen bin.

Till springt für mich in die Bresche und erklärt ihr, dass ich mit Olesja hier war und Silke mich dann bei Thomas gefunden hat. Er erklärt ihr auch, dass ich eine Patientin von Martin bin. Sicher hat er das von Olesja erfahren. Zwar bin ich froh, dass er das alles für mich übernimmt, ich weiß nur nicht, ob mir seine Schilderung helfen wird.

Ich sammle meinen ganzen Mut zusammen. »Ich mag es, mit ihm zu sprechen. Es ist ruhig hier. Und sicher. Ich glaube, es gefällt ihm auch.« Bitte, wirf mich nicht raus.

Lange mustert die Ärztin mich, legt den Finger an die Lippen. »Ja, das kann durchaus stimmen. Es ist jedenfalls ein sehr gutes Zeichen, dass er endlich wieder eine Reaktion zeigt. Vielleicht wäre es möglich, dass …«

Will sie mir etwa helfen? Meine Knie werden weich.

»Till? Hat sein Vater bei der Einlieferung die Einverständniserklärung für das Vorleseprogramm unterschrieben?«

Er nickt.

Das Gesicht der Ärztin hellt sich auf. »Ich müsste mich natürlich noch mit Martin kurzschließen, aber …«

In mir bricht alles zusammen. Ich kann nicht vorlesen. Das geht einfach nicht. Kurz überlege ich, es ihr nicht zu sagen. Sie wird nicht merken, wenn ich ihm stattdessen irgendetwas erzähle. Aber ich hasse Lügen. Sie machen alles nur schlimmer.

»Ich kann nicht vorlesen.«

Die Ärztin sieht mich verständnisvoll an. »Du kannst nicht lesen?«

»Nein, doch … ich …«

»Das ist doch kein Grund, sich zu schämen. Und außerdem nicht schlimm, viele Leute, die uns bei diesem Programm unterstützen, erzählen auch einfach von ihrem Alltag. Solange es langsam und leise geschieht …«

Es ist vorbei. Ich weiß es in dem Moment, in dem sie es ausspricht. Langsam und leise. Tränen steigen mir in die Augen.

»Das kann ich nicht«, bringe ich erstickt hervor.

Die Ärztin schaut mich überrascht an. »Wirklich? Als ich reingekommen bin, hast du ganz normal geredet. So wäre es vollkommen in Ordnung.« Sie schüttelt irritiert den Kopf. »Möchtest du denn überhaupt wiederkommen?«

Ich nicke heftig. Nichts anderes will ich so sehr.

»Okay. Dann rufe ich jetzt Martin an, wenn es dir recht ist.«

Wieder nicke ich.

Sie verlässt das Zimmer. Wahrscheinlich ist sie nur ein paar Minuten weg, aber es wirkt wie eine Ewigkeit. Als sie zurückkommt, wird mir ganz anders. »Martin meint, es geht ihn nichts an, was du in deiner Freizeit tust. Er rät dir aber, es nur zu machen, wenn du dich gut dabei fühlst. Ansonsten ist es für ihn okay, wenn ich es für richtig halte.«

Mist. Irgendwie sieht sie nicht so aus, als würde sie es für richtig halten.

»Er hat mir von deiner Krankheit erzählt. In meinen Augen spricht das nicht dagegen und in seinen auch nicht, aber er hat bestätigt, dass du manchmal recht laut wirst und es nicht merkst.« Sie wirkt ziemlich unglücklich. »Ich hatte so gehofft …«

Ich auch. So sehr.

»Aber wenn du die Lautstärke nicht unter Kontrolle bekommst, hat es keinen Sinn.«

»Hey«, meldet Till sich zu Wort. »Hast du nicht zwei von diesen Ampeln bestellt? Du könntest sie mit ihr testen.«

Ampeln? Wie sollen die mir helfen?

Die Ärztin hebt langsam den Kopf. »Ja, natürlich. Das ist die Idee. Wenn es klappt und sein Zustand sich verbessert, könnte ich das sogar als Präzedenzfall anführen, damit ich die geräuscharme Station bekomme.«

Ich möchte Till am liebsten um den Hals fallen, aber die Ärztin reagiert gar nicht.

»Aber natürlich wird es nicht immer klappen. Du wirst erst üben müssen, wirst manchmal das für Thomas erträgliche Geräuschlevel überschreiten … ich weiß einfach nicht …«

Sie schaut auf Thomas hinunter. Er liegt dort, so blass, so verdammt leblos. Ich muss an das Bild auf seinem Blog denken. Ich glaube nicht, dass sie es kennt, aber vielleicht sieht sie es trotzdem gerade vor sich. Ich kann mir nicht vorstellen, dass die Ärztin nur das Krankenhausrating verbessern will.

»Mach es noch mal«, sagt sie unvermittelt. »Damit ich sehe, ob es immer klappt.«

Ich reiße die Augen auf, und mir wird schlecht. Was, wenn es diesmal nicht funktioniert? Ich trete etwas näher an das Bett heran. »Ich … weiß nicht, was ich sagen soll.« Was, wenn er mich gerade jetzt nicht hört? Hastig blicke ich zum Bildschirm hinüber. Nichts.

O Gott, bitte. Das hier ist unsere einzige Chance.

Ich höre ein leises Geräusch. Der Blick der Ärztin ist fest auf den Bildschirm gerichtet. Die Herzfrequenz ist gestiegen. »Okay. Wir versuchen es.«

Ich würde am liebsten ausrasten vor Freude, aber ich beherrsche mich. Die Ärztin sieht mich noch einmal streng an. »Komm morgen wieder, bis dahin kann der Hausmeisterdienst die Ampel installieren. Dann testen wir, ob du damit klarkommst. Wenn es nicht gut läuft, können wir jederzeit aufhören.«

Sie meint es nicht so, aber es klingt wie eine Drohung. Die es mir nicht gerade leichter macht.

Kapitel 28

Lara

Aufgeregt krampfe ich die Hände in das Origamipapier, das Martin mir nach der Gesprächsrunde in die Hand gedrückt hat. Zum Reden war keine Zeit, unser nächstes Einzelgespräch findet erst morgen statt, dann möchte er in Ruhe über alles sprechen. Aber er hat mir Mut gemacht, und ich versuche, mich daran festzuhalten. Wenn ich nur nicht so verdammt aufgeregt wäre. Es ist das erste Mal, dass ich ganz offiziell auf die Station darf. Ich sollte mich freuen, aber die Warnung der Ärztin geht mir nicht aus dem Kopf.

Wenn es nicht gut läuft, können wir jederzeit aufhören.

Till sagt nichts, er führt mich einfach zu Thomas' Zimmer. Es hängt tatsächlich eine Ampel darin. Ich sehe Till fragend an.

»Das ist eine Dezibel-Ampel. Man kann sie auf eine bestimmte Lautstärke einstellen. Wenn es im Zimmer zu laut wird, springt die Ampel auf Rot. In anderen Kliniken hat man sehr gute Erfahrungen damit gemacht, sie geben dem Personal auf der Intensivstation einen Anhaltspunkt, wann es zu laut ist. Wir haben sie schon vor einer Weile bestellt, aber es bisher noch nicht geschafft, sie zu installieren.« Mit gekräuselten Lippen deutet er auf den Infusionsständer, an dem die Ampel hängt. »Das muss halt jetzt so gehen. Sie ist über eine App mit meinem Handy verbunden. Wenn die Lautstärke zu sehr ansteigt, werde ich gewarnt und komme hier vorbei.«

»Okay«, antworte ich nervös.

Till legt mir beruhigend eine Hand auf die Schulter. »Keine Sorge. Ich werde ein Auge auf dich haben.«

Ein Schnauben aus Richtung der Tür lässt uns herumfahren. Es ist Silke. »Warum fühlt sich das so an, als würde man den Bock zum Gärtner machen?«

Till grinst. »Pass auf, sonst komme ich und reinige bei dir mal die Aura.«

Mühsam unterdrücke ich ein Prusten. Schon die bloße Vorstellung ist zu herrlich. Dann sehe ich schnell zu Silke hinüber. Ob sie wohl Spaß versteht? Aber Till wirkt unbekümmert. Beneidenswert, wie lässig er sogar mit Silke umgehen kann. Ich hätte mich das nie getraut. Allein ihr Schnaufen, als sie sich zum Gehen wendet, bringt meinen Atem wieder auf Trab.

Till zuckt die Achseln. »Ich werde dir einen Stuhl bringen lassen, aber setze dich ja nicht direkt vor die Geräte. Im Notfall müssen wir sofort Zugang haben.« Er schaut mich jetzt streng an. »Du darfst dich nicht auf sein Bett setzen, ihn nicht berühren und auf gar keinen Fall die Geräte anfassen. Selbst dann nicht, wenn sie in Flammen aufgehen. Alles klar?«

»Niemals die Geräte anfassen«, flüstere ich nickend und merke schon, wie sich der Gedanke in meinem Kopf verselbständigt. »Oh, und der Stuhl muss immer so stehen, dass wir dich sehen können, am besten ein Stück entfernt vom Bett und den Geräten und …«

»Von ihm«, brumme ich.

Till nickt. »Tut mir leid. Aber wir haben keine Zeit, dich ständig zu überwachen. So können wir durch die Scheibe wenigstens ein bisschen achtgeben, dass alles in Ordnung ist. Genauso machen wir es bei den Vorlesern auch. Versprichst du, dass du dich daran halten wirst?«

Ich nicke. »Darf ich … hier mein Handy benutzen?« Das wäre sehr hilfreich.

»Solange du es nicht in die Nähe der Geräte bringst, ist das in Ordnung. Alles klar?«

»Ja.«

»Gut. Dann … viel Spaß!« Er grinst und verlässt das Zimmer.

Ich schließe die Augen, atme tief durch. Für den Notfall habe ich mir die Falt-Anleitungen für den Frosch und die Katze eingeprägt.

Es kann losgehen. Zum allerersten Mal ohne dass ich Angst haben muss, rausgeworfen zu werden. Ich komme vor Aufregung, Freude und Panik fast um.

»Ich bin zurück«, sage ich leise und lächle Thomas an, auch wenn er es nicht sehen kann. Seine Herzfrequenz steigt etwas an, und mein eigenes Herz macht einen Satz. Es ist, als würde er mich begrüßen. Ich setze mich auf meinen Stuhl und räuspere mich. Diesmal habe ich mir genau überlegt, was ich erzählen will. Ich hatte ja seit gestern Abend Zeit dazu.

»Ich hab mich auf deinem Blog noch mal umgesehen. Wirklich tolle Artikel. Und wo du schon überall warst …« Ich gebe zu, ich beneide ihn ein wenig darum. Aber immerhin kann ich das jetzt für meine Geschichte nutzen.

»Es ist die perfekte Sommernacht. So eine Nacht kenne ich auch, deswegen habe ich sie ausgesucht. Ich weiß nicht mehr genau, wo meine stattgefunden hat, aber ich höre in ihr das Meer rauschen. Ich stehe auf einer Klippe, nein, ich sitze. Wahrscheinlich konnte ich mal wieder nicht schlafen, die Blogs haben auch nicht geholfen, also bin ich rausgegangen ans Wasser. Die Luft ist salzig und warm genug, um im Pulli draußen zu sein, aber der Wind etwas kalt. Der Himmel über uns ist ganz klar. Jeder einzelne Stern ist zu sehen und sogar ein paar Sternschnuppen.«

Der Himmel über uns. Nicht über mir.

Warum denke ich das? Wer war bei mir? Ich schüttle den Kopf. Das ist jetzt unwichtig, die Nacht ist nur das Setting.

»Ich sitze dort, der Wind lässt mich frösteln. Und dann … kommst du. Sicher auf deinem Mountainbike, du machst eine mehrtägige Tour und bist spät dran auf dem Weg zum nächsten Lagerplatz. Du fährst vorbei, und ich sehe dir nach. Nein, du musst natürlich anhalten. Ich kneife die Augen zusammen. Mustere dich, wie du den Weg an den Klippen entlangfährst, von mir weg. Dann fällt es mir auf. Die Person auf dem Fahrrad ist eine Frau. Das bist du gar nicht. Weil du längst neben mir sitzt in jener Nacht. Ja«, flüstere ich. »Ich sehe es vor mir. Der junge Mann sitzt neben mir. Er legt den Arm um mich. Sterne spiegeln sich in seinen Augen, so dass ich die Farbe immer noch nicht erkennen kann. Die Zuneigung in seinem Blick macht mich atemlos.

›Du solltest mich nicht so anschauen‹, sagt er schroff.«

Ich zucke zusammen, halte in meiner Erzählung inne.

Meine Güte, was tue ich da? Ich habe ihm angedichtet, dass er mich mag und mit mir flirtet, schon wieder, genau wie in Rom. Aber das geht doch nicht, natürlich wird das Thomas nicht gefallen. Er hat schließlich eine Freundin. Da bin ich ziemlich sicher, ich habe ein Foto von einem blonden Mädchen auf seinem Blog gesehen. Na gut, es sind nur ihre Haare drauf, aber trotzdem. Selbst wenn er keine Freundin hätte, es kommt mir falsch vor, ihm so etwas anzudichten. Ich hatte es auch gar nicht vor. Es ist einfach so passiert.

Wahrscheinlich war es dumm, so eine romantische Nacht als Setting auszusuchen, da war es ja förmlich vorprogrammiert.

Ich ziehe mein Smartphone heraus und suche auf seinem Blog nach etwas anderem.

»Wow!«, hauche ich, als ich ein Foto von ihm auf einer Bergspitze finde. »Ist ja irre. Wie hast du das Mountainbike da hochbekommen?« Wahrscheinlich könnte ich es herausfinden, wenn ich den Artikel lese: »Wie du mit dem Bike wirklich überall hinkommst.« Aber ich will jetzt nicht lesen. Ich will erzählen. Er soll meine Stimme hören.

»Treffen wir uns halt da oben. Ist bestimmt total schön.« Ich lasse das Handy sinken und stelle mir vor, wie es wäre, sich den Wind um die Nase wehen zu lassen und diesen Wahnsinnsausblick mit eigenen Augen zu sehen. All die schneebedeckten Bergspitzen und das Gefühl, hoch über allem zu schweben. Wunderbar. »Ich gehe zu

Fuß, quäle mich die letzten Meter den Berg hinauf. Natürlich habe ich keine Übung, denn ich war noch nie in den Bergen, und schnaufe daher wie eine Dampflok. Es ist ein Wunder, dass ich es bis nach oben geschafft habe, und ziemlich unwahrscheinlich, aber das ist ja egal. Es ist meine Geschichte. Ich bin verschwitzt ohne Ende, habe sicherlich einen hochroten Kopf. Das ist gut. Vollkommen unromantisch. Ungefährlich. Er kommt auf dem Weg nach oben an mir vorbeigeradelt. Natürlich ist er gut durchtrainiert und in beneidenswerter Verfassung. Oder nein, besser nicht. Er muss natürlich auch vollkommen unsexy sein. Total verschwitzt, obwohl er durchtrainiert ist. Er riecht sicher nicht gut. Ich auch nicht. Schweiß überall. Das ist perfekt. Sein Shirt klebt an seiner Brust und an den Armen, so dass sich seine Muskeln abzeichnen. Das sieht irgendwie ziemlich gut aus. Ich kann mich kaum davon losreißen. Schnell schaue ich ihm ins Gesicht. Er grinst mich frech an. Ich räuspere mich verlegen. Sein Grinsen wird breiter. Die Haare hängen ihm feucht in die Augen, deren Farbe ich immer noch nicht kenne. Und in seinem Blick leuchtet … verdammt!«

Das gibt's doch nicht. Thomas ist wirklich genau mein Typ, und dieses Lächeln finde ich unglaublich sympathisch, aber das ist doch nicht mehr normal. Es muss doch auch gehen, ohne dass ich mich so an ihn ranwerfe.

»Also. Der Typ kommt mir entgegen. Er ist verschwitzt und stinkt, aber wem will ich was vormachen? Er sieht trotzdem toll aus. Doch ich halte mich zurück, ganz gesittet. Nicht, dass ich mich jemals trauen würden, ihn anzusprechen, selbst wenn ich es wollte. Ein paar Meter vor mir hält er an.

›Hey, ist das dein Handy?‹ Er hält mir ein Smartphone hin. ›Es lag da unten auf dem Weg. Fast wäre ich drübergefahren, hab es zu spät gesehen.‹

›Äh … ja, hab gar nicht gemerkt, dass es rausgefallen ist‹, antworte ich und nehme es entgegen.

›Danke‹, sagt er.

›Für was?‹

Er lacht. ›Ist eigentlich das, was man sagt.‹

›Oh.‹ Meine Wangen werden heiß. ›Stimmt. Also … danke.‹

›Ich hoffe, das war nicht ich‹, sagt er und deutet auf das Display.

Es ist zersprungen, so dass man die Schrift darauf nur noch schlecht erkennen kann. ›Nein, ich … ich glaube, das war schon so. Irgendwann ist es einfach so gewesen.‹

Sein leises Lachen durchdringt mich von Kopf bis Fuß. ›Klar, ich gebe auch nicht gern zu, dass mir das Ding mehrmals am Tag runterfällt. Du solltest dir mal 'ne ordentliche Tasche dafür zulegen, nicht nur so eine dünne Plastikhülle.‹

›Jetzt lohnt sich das irgendwie auch nicht mehr‹, brumme ich. Meine Finger streichen über das Handydisplay. Sieht ziemlich scheußlich aus. Aber das war doch gerade eben noch nicht so. Oder? Ich grüble. Sätze springen in meinen Kopf.

Kannst du nicht besser aufpassen?

Hastig stecke ich das Handy wieder ein. ›Vielleicht ist es ja doch gerade eben kaputtgegangen, als es mir runtergefallen ist.‹ Flehend sehe ich den jungen Mann an. Bitte. Es muss so gewesen sein. ›Kannst du nicht besser aufpassen?‹, sage ich langsam, dabei ist mir völlig klar, dass er nichts dafür kann. Ich habe es schließlich fallen lassen, selbst wenn er wirklich drübergefahren ist, war es nicht seine Schuld. Und doch ist da auf einmal diese unbändige Wut in mir.

›Verdammt, sieh nur, was du angerichtet hast! Wie dumm kann man eigentlich sein?‹, schreie ich.«

Die Ampel springt auf Rot. Die Wut verfliegt. Ich schüttle benommen den Kopf. Merke erst jetzt, wie feucht meine Hände sind und wie trocken mein Mund ist.

Was habe ich da gerade gesagt? Ich sage doch sonst nie solche Sachen. Ich habe ihn angeschrien. Dabei will ich das doch gar nicht.

Was ist nur los? Ich schaue wieder auf mein Handy, um für einen weiteren Versuch auf Thomas' Blog nachzulesen.

Till linst zur Tür herein. »Hey, die App hat mich angepingt.« Er deutet auf die Ampel, die jetzt wieder grün leuchtet. »Gibt es ein Problem?«

»Nein«, flüstere ich. »Alles in Ordnung. Ich muss nur noch etwas üben.«

Aber das sage ich nur, damit er wieder verschwindet. Nichts ist in Ordnung. Ich starre auf mein Handy. Das Display ist gesprungen. Ich kann mich überhaupt nicht daran erinnern, dass es kaputt war. An der einen Ecke fehlt sogar ein Stück vom Rahmen. Ich fahre mit dem Zeigefinger vorsichtig darüber. Die Kante ist nicht scharf, sondern abgeschliffen. Das sieht nicht aus, als wäre es gerade erst passiert. Der Pyjama kommt mir in den Sinn. Nein, nicht jetzt.

»Ich sollte besser gehen.« Ich stehe auf, schiebe das Handy wieder in meine Hosentasche. Wichtig ist doch nur, dass ich Thomas eine Geschichte erzählen kann, ohne ihn anzuschreien.

Ich sage es mir immer wieder, während ich zur psychiatrischen Station zurückgehe. Aber die ganze Zeit spüre ich unter meinen Fingern nur die gezackten Sprünge auf dem Handydisplay.

Kapitel 29

Thomas

»Sieh nur, was du angerichtet hast!«

Das hat mein Vater nie gesagt. Nicht einmal. Warum höre ich es dann jetzt? Ich will mich aufsetzen, die Augen öffnen, nachsehen, wer es war.

»Wie dumm kann man eigentlich sein!«

Nein. Niemals hat er das gesagt. Trotz allem, was vorgefallen ist. Manchmal hätte ich es mir gewünscht. Oder dass er mich anschreit. Aber er schweigt, so lange schon. Und die Stimme passt nicht zu ihm.

Wer ist das? Ich will mich bewegen, aber es geht nicht. Mein Körper ist nicht da. Panik explodiert in mir. Ich will mir an die Brust fassen, den Schmerz beruhigen, aber ich spüre meine Hände nicht. Wenn ich schreie, kommt kein Ton heraus. Es ist, als ob es mich gar nicht mehr gibt. Es muss ein Traum sein. Ein Alptraum.

»Alles in Ordnung.«

Leise Worte umschmeicheln meinen Geist. Die Stimme, die mir nicht mehr aus dem Kopf geht. Sie lässt meine Erinnerungen einfach zerplatzen, und der Alptraum verblasst.

Sie steht vor mir, niedergeschlagen und schüchtern. So ganz anders als das fröhliche Mädchen, das sie noch in Rom war.

»Was ist los?«, frage ich.

Sie antwortet nicht. Dabei würde ich sie so gerne reden hören. Komm schon, sag irgendwas. Nimm mich noch mal mit nach Rom. Lass uns beide abhauen. Irgendwohin. Ganz egal.

»Ich sollte besser gehen«, antwortet sie nur.

Nein, bitte. Aber sie ist fort.

Warum kann ich sie nie festhalten?

Kapitel 30

Lara

Angespannt betrete ich Martins Büro. Es ist das erste Mal, dass ich zu ihm ins Einzelgespräch gehe, seit ich ganz offiziell zu Thomas darf. Während ich mich auf die Couch fallen lasse, erzählt er mir irgendetwas, was ich gar nicht so richtig wahrnehme. Ich muss immer an Thomas denken und an meine Geschichte.

Er fragt danach, und ich erzähle ihm, wie ich Thomas entdeckt habe, dass er der Einzige ist, in dessen Gegenwart ich mich wirklich sicher fühle und dass er mich braucht. Am Ende tut mir alles weh, als hätte ich mein Fahrrad keine kleine Anhöhe, sondern einen monströsen Berg hinaufgeschoben. Aber es ist ein guter Schmerz, so wie Muskelkater. Als das letzte Wort verklungen ist, hebe ich den Kopf.

»Wolltest du wegen Thomas lernen, langsam und leise zu reden?«, fragt er. »Weil du ihm helfen willst?«

»Findest du das falsch?«, frage ich vorsichtig.

»Es geht nicht darum, was ich finde. Solange seine Ärztin einverstanden ist, kommt es eigentlich nur darauf an, wie du dich dabei fühlst.«

»Ich weiß nicht …«

»Überleg mal, was gerade passiert ist. Du bist reingekommen. Und dann?«

»Ich … habe geredet?«

Er nickt. »Du hast mir etwas erzählt. Leise und langsam.«

Natürlich, er hat recht. Ein vorsichtiges Lächeln breitet sich auf meinen Lippen aus. »Also … hat es mir schon geholfen. Und ich sollte weitermachen?«

»Solange es dir guttut, spricht nichts dagegen. Erzähl mir doch mal, wie du dich fühlst, wenn du dort bist.«

»Gut«, flüstere ich. »Sehr gut. Thomas, er … erwartet nichts von mir. Er antwortet nicht, würde niemals …« Sagen, dass ich dumm bin. Oder dass ich die Klappe halten soll. »Seit ich zu ihm gehe, muss ich weniger an den Unfall denken. Und es ist ein schönes Gefühl, ihm helfen zu können.«

»Siehst du, da hast du deine Antwort.«

»Es ist nur, irgendwie läuft es mit dem Erzählen nicht so rund. Ich versuche, irgendwelche Geschichten zu erfinden, aber immer, wenn ich gerade mittendrin bin, dann …« Ich stocke. Überlege, wie ich es ausdrücken soll. »Dann kippt es irgendwie.«

Martin zieht die Stirn kraus. »Was meinst du damit, es kippt?«

»Ich sage einfach Dinge, die da gar nicht reinpassen.« Thomas wird unfreundlich. Und ich gemein. »Ich weiß, das klingt bescheuert, schließlich bin ich es, die sich die Geschichte ausdenkt. Aber ich kann das nicht so richtig steuern, es kommt einfach …«

»… hoch«, beendet Martin meinen Satz. »Es kann sein, dass bestimmte Ereignisse deiner Geschichte etwas in dir anklingen lassen, weil sie ähnlich sind wie etwas, das du wirklich erlebt hast. Die Erinnerung bleibt verschüttet, aber das Gefühl, das du in dieser Situation empfunden hast, kommt wieder an die Oberfläche. Angst, Verwirrung und dergleichen. Und das baust du unterbewusst in deine Geschichte ein. Du hast doch gesagt, dass du nicht mehr so viel an den Unfall denken musst. Es kann sein, dass deine Gedanken dadurch jetzt freier sind und sich andere Erinnerungen melden.«

Andere Erinnerungen? »Aber das will ich nicht. Ich will sie in meiner Geschichte nicht haben.« Ich will mich ja gerade davon ablenken.

»Das verstehe ich, aber wahrscheinlich kannst du das nicht verhindern.«

»Was soll ich tun?«

»Lass einfach zu, dass da was hochkommt. Schreib die Erinnerungen und das, was sie in dir auslösen, in dein Gefühlstagebuch.«

Ich blinzle ihn an. »In was?«

»Dein Gefühlstagebuch. Ich habe es dir in der ersten Sitzung gegeben.«

»Okay.« Wenn er das sagt. Dann wird es wohl irgendwo in meinem Zimmer liegen. »Und da soll ich was reinschreiben, wenn ich bei Thomas bin?«

Er nickt. »Am besten immer, wenn du merkst, dass starke Gefühle hochkommen oder auch Erinnerungen. Es kann helfen, das Ganze distanzierter zu betrachten und erst mal loszulassen. Du bringst das Tagebuch dann mit, und wir reden hier in Ruhe darüber.«

»Und wenn das Aufschreiben es noch schlimmer macht?«

»Unwahrscheinlich, aber sollte das wirklich eintreten, würde ich dir raten, die Intensivstation sofort zu verlassen.«

Ja, natürlich. Seit ich weiß, dass Thomas mich hören kann, will ich auf keinen Fall mehr etwas Negatives auf ihm abladen. Nicht mein Gerede über den Unfall und ganz bestimmt keine miesen Erinnerungen.

»Solltest du das Gefühl haben, dass du mit so einer Erinnerung allein nicht zurechtkommst, dann kannst du jederzeit zum psychiatrischen Notdienst auf der Station gehen, okay?«

»Okay.« Ich merke selbst, wie niedergeschlagen ich klinge.

»Du solltest das als Fortschritt betrachten, Lara. Du denkst nicht mehr ständig an den Unfall. Deine Erinnerungen machen sich bemerkbar, das ist ein sehr gutes Zeichen.«

Sie machen sich bemerkbar. Ich grabe die Finger in meine Oberschenkel.

»Ich denke, wir können jetzt versuchen, ganz gezielt welche hervorzuholen. Dann werde ich dir zeigen, wie du damit umgehen kannst.«

Ich höre kaum, was er da sagt. Nur eins bleibt in meinem Geist hängen. Er will Erinnerungen hochholen. Mit Absicht.

Eine Vase zerschellt neben mir an der Wand. Ich zucke zusammen. Hör auf mit dem verdammten Gerede!

Aber ich will mich gar nicht an noch mehr erinnern. Die Härchen in meinem Nacken stellen sich auf, als hätte er gesagt, dass er mich bei Nacht zum Kräutersammeln auf einen Friedhof schicken will. »Ich habe noch mal über den Unfall nachgedacht«, beginne ich.

Martin mustert mich aufmerksam. »Lara, du solltest stolz auf dich sein. Du hast Fortschritte gemacht, und du wirst noch weitere machen. Aber dafür ist es wichtig, dass wir versuchen, die Erinnerungen systematisch zu erkunden.«

»Auch warum ich diesen Pyjama anhatte. Da war auch wieder die Tankstelle, und ich glaube, ich weiß jetzt, was ich da kaufen wollte.«

»Lara.«

Etwas Salziges läuft über meine Lippen und tropft dunkel auf meine Jeans. »Ich möchte lieber über den Pyjama reden.«

Ein stechender Schmerz in meinen Fingerspitzen lässt mich zusammenzucken. Sandpapier. Ich klammere mich daran fest, als wäre es ein Mauervorsprung über einem tiefen Abgrund.

»Es ist okay, Angst zu haben, Lara. Du solltest auch nicht dagegen ankämpfen. Sie ist ein Schutzmechanismus, damit die Erinnerungen nicht alle auf einmal hochkommen. Lass die Angst einfach zu.«

»Ich … kann nicht …« Ich bringe kein weiteres Wort heraus, nur mein verzweifeltes Luftholen ist in dem viel zu großen Zimmer zu hören.

»Versuch es mit der Atemtechnik, die du in der Entspannungsgruppe gelernt hast. Ganz tief einatmen. Fühl genau, wo dein Atem hingeht.«

Ich bemühe mich. Wirklich.

Fortschritte, du hast Fortschritte gemacht. Ich habe bei Thomas ruhig geredet. Nicht beim ersten Versuch, aber danach. Ich habe es geschafft, eine Geschichte zu erzählen.

Atmen. Ganz tief in meinen Körper. In den Bauch, die Fingerspitzen. In die Angst.

»Gut so.« Martins Stimme kommt von irgendwoher aus der Schwärze. »Jetzt atme ganz langsam alles heraus. Es verlässt deinen Körper. Du siehst, wie es herausfließt. Du kannst die Angst von außen betrachten.«

Okay. Das kriege ich hin. Vielleicht.

Und dann, plötzlich, ist es vorbei. Zitternd sitze ich vor Martin auf der Couch. Die schwarzen Ränder an meinem Blickfeld ziehen sich zurück.

»Das hast du sehr gut gemacht, Lara. Du kannst stolz auf dich sein.«

Stolz? Wie fühlt sich das an? Ich weiß es nicht.

»Und was den Rest betrifft, wir arbeiten nur mit den Erinnerungen, wenn du das möchtest. Du hast die Kontrolle, okay?«, sagt Martin sanft.

Ich? Wirklich? Langsam kriege ich wieder Luft. »Okay.«

»Unsere Zeit ist fast um, aber wenn es für dich in Ordnung ist, würde ich dir gerne noch erklären, wie es funktioniert. Das hilft vielleicht, die Angst zu entschärfen.«

Nur hören, wie es funktioniert? Das fühlt sich machbar an. Ich nicke.

»Man kann mit einer schönen Erinnerung anfangen, das macht es manchmal leichter. Wenn man sie wieder hervorholen will, dann versucht man zuerst, irgendeine Verbindung dazu herzustellen. Man kann nur mit Erinnerungen arbeiten, wenn irgendetwas da ist. Das kann ein Satz sein oder ein bestimmtes Gefühl. Vielleicht auch ein Ort oder eine Person. Ein Gesprächsfetzen, der dich beruhigt oder gefreut hat. Oder irgendein Bild, das du vor Augen hast, eine Landschaft, irgendetwas, mit dem du etwas Angenehmes assoziierst. Die kleinsten Bruchstücke reichen aus. Sobald du etwas Geeignetes gefunden hast, versetzt du dich hinein, bis du das Gefühl hast, diese Situation noch einmal zu durchleben. Am Anfang hörst du dann vielleicht immer nur wieder den gleichen Satz oder siehst das Gesicht der Person. Das ist okay, setz dich dabei nicht unter Druck. Wenn du dich in eine Situation hineinversetzen kannst, dann kommt die Erinnerung oft von ganz allein zurück, und du kannst sie erneut durchleben. Manchmal sind dann auch welche dabei, die mit dieser einen in Verbindung stehen. Das ist in Ordnung. Am besten lässt du es einfach zu. Hilfreich ist da auch immer das Gefühlstagebuch. Du hältst alles fest und kannst es später in Ruhe verarbeiten.« Fragend mustert er mich. »Was denkst du?«

Ich beiße mir auf die Lippen. »Was, wenn ich zwischen all dem anderen Kram keine schöne Erinnerung finde? Wenn ich einfach zu Vieles im Kopf habe, das ich nicht beiseiteschieben kann?«

»Du musst es nicht beiseiteschieben. Stell dir vor, dass alles ein einziger großer Fluss ist, und darin schwimmen auch die angenehmen Erinnerungen. Lass alles an dir vorbeiziehen, ohne es weiter zu beachten. Und wenn etwas Tolles dabei ist, dann angelst du es dir.«

Ohne es wirklich zu wollen, sehe ich es vor mir. Erinnerungsfetzen fließen vorbei wie ein rauschender Fluss in düsterer Nacht. Dann glimmt plötzlich irgendwo dazwischen etwas auf. Es ist hell, flackert, und es ist warm. Wunderschön.

»Bitte denk bis nächste Woche darüber nach, ja?«

Abwesend lasse ich mich von ihm zur Tür begleiten. »Ja«, hauche ich.

Draußen vor der Tür stehe ich einfach nur da und starre die Wand an. Aber ich sehe keine Mauer, ich sehe ein Feuer. Ein Lagerfeuer in einer Sommernacht. Mein Atem verfängt sich in meiner Kehle. Es ist eine schöne Erinnerung, eine wunderbare sogar. Eine, die mich glauben lässt, dass es vielleicht nicht ganz so schlimm ist, Lara Hoffmann zu sein.

Wenn ich jetzt das Tagebuch hätte und reinschreiben sollte, was ich fühle, würde da stehen: Aufregung. Nervosität. Ein bisschen Trauer.

Aber vor allem: Freude, Freude, Freude.

Kapitel 31

Lara

Ich muss dir was erzählen, Thomas. Etwas Tolles«, flüstere ich und sterbe fast vor Nervosität. Ich weiß nicht mal, warum, es ist ja nicht so, als könnte er darauf reagieren. Kurz ist da wieder die Trauer, aber ich lasse sie vorbeiziehen. Heute überwiegt die Freude.

Ich setze mich auf den Stuhl an Thomas' Bett. Die Ampel leuchtet grün, beinahe verheißungsvoll. Und ich weiß, heute wird sie nicht auf Rot umschalten.

»Es ist Herbst«, beginne ich leise. »Ein warmer Herbst, in dem man noch den Sommer riechen kann. Die Septembernächte tragen noch genug von der Augusthitze in sich, so dass wir ein paar letzte Abende am See verbringen. Ich rieche ein Lagerfeuer. Höre leises Lachen und Reden. Aber ich sitze nicht dort. Nein, ich … ich bin in einem Maisfeld. Das letzte Zwielicht des Sonnenuntergangs beleuchtet die Pflanzen, an denen dicke, große Kolben hängen. Ich wollte ein paar davon holen, damit wir sie über dem Lagerfeuer rösten können. Meine Freundinnen und ich.« Ja, ich habe Freundinnen in dieser Geschichte. Hatte sie damals. Kurz überlege ich, was wohl aus ihnen geworden ist, aber ich will jetzt nicht darüber nachdenken. »Alex weiß nicht, dass ich nicht gern im Dunkeln allein bin. Jenny schon, sie hat besorgt geguckt, aber ich habe ihr zu verstehen gegeben, dass ich es schaffen werde. Ich habe ja zu tun im Maisfeld. Da bin ich vor all den beängstigenden Worten in meinem Kopf sicher.

Ich greife nach einem der Kolben, will ihn gerade umknicken, als ein Knacken hinter mir mich erstarren lässt. Das Blut rast durch meine Adern. Was war das? In der Dämmerung suche ich nach einem Hinweis, dass es ein Tier war oder der Wind. Aber zwischen den anderen Pflanzen formt sich ein Schatten.

Ich halte die Luft an. Bleibe ganz starr stehen, in der Hoffnung, dass er mich übersieht. Ich wage es nicht einmal, die Hand von dem Maiskolben zu nehmen.

Da dreht er sich plötzlich um. Etwas leuchtet weiß in den letzten Resten des sterbenden Tageslichts. Augen. Ein Gesicht. Zähne? Ich reiße den Mund auf, will schreien, aber er legt einen Finger an die Lippen. Er. Man sieht an seiner Silhouette, dass es ein Kerl ist. Deutlich größer als ich, mit breiten Schultern. In letzter Sekunde halte ich mich zurück und sehe fragend in die Dunkelheit. Lange harren wir beide bewegungslos aus, er mit dem Finger an den Lippen, ich mit der Hand am Maiskolben. Schließlich richtet er sich auf, so dass ein wenig Sonnenuntergangslicht auf sein Gesicht fällt. Er bemerkt meine Hand. Hastig nehme ich sie runter, aber er lächelt schon spöttisch. ›Sieh an. Maiskolben klauen.‹

Verdammt. Ist er etwa der Sohn des Bauern oder so was?

›Ich … äh, nein, ich bin nur hergekommen, um …‹

›Maiskolben zu klauen. Gib es ruhig zu.‹ Er kommt ein paar Schritte näher.

Unwillkürlich weiche ich zurück. ›Äh, nein, ich … ich wollte sie … streicheln.‹

Seine Verwirrung ist so herrlich, dass ich kichern muss.

›Wirklich‹, rede ich weiter. ›Sie sind so schön weich, du weißt schon, die Haare unter der Schale. Ich mag das total. Ich mache das jeden Herbst. Herumlaufen und die Maiskolben streicheln, weil es sich so toll anfühlt.‹

Immer noch sieht er mich entgeistert an. ›Das … das ist … unglaublich‹, sagt er, als würde er gleich zugeben, dass es ihm genauso geht.

›Ja, nicht?‹ Ich grinse erleichtert, weil es funktioniert hat.

›Ja.‹ Er nickt. ›Das ist wirklich die unglaublichste Ausrede, die ich je gehört habe.‹

›Oh.‹ Das Grinsen rutscht mir aus dem Gesicht.

Der Typ sieht mich streng an. ›Du kommst jetzt mit mir. Der Bauer wartet da vorn, und er mag Diebe gar nicht. Und ich werde dafür sorgen, dass …‹ Ein Lächeln schleicht sich auf sein Gesicht. ›Er dich nicht erwischt. Komm schon.‹ Er drückt mir ein paar Maiskolben in die Hand, die er gerade noch hinter seinem Rücken versteckt hatte. Dann packt er mich am Arm.

Aber ich rühre mich nicht vom Fleck. ›Unmöglich‹, schimpfe ich.

Etwas zerknirscht schaut er mich an. ›Ja, ich weiß, aber …‹

›Das ist wirklich die unmöglichste Anmache, die ich je gehört habe.‹ Dann nehme ich seine Hand und laufe los. Wir stolpern durch die Maispflanzen, über die Erdklumpen, die wir jetzt kaum noch sehen können. Am anderen Ende der Reihe stürzen wir aus dem Maisfeld, gerade als der Bauer um die Ecke gelaufen kommt. Er brüllt etwas und fuchtelt in der Luft herum.

Diesmal nehme ich die Hand des Jungen und zerre ihn in den kleinen Streifen Wald neben dem Maisfeld. Wir laufen, bis wir nicht mehr können und keuchend zu Boden sinken. Der See glitzert in erträglicher Entfernung, und an seinem Ufer leuchtet ein Lagerfeuer. Ich sollte wohl zurück zu meinen Freundinnen gehen, aber irgendetwas hindert mich daran, aufzustehen. Ich liege im hohen Gras auf dem Rücken, die Maiskolben neben mir, und über uns flackern die ersten Sterne.

Ich greife mir einen der Maiskolben und streichle über die langen Haare. Das seidige Gefühl auf meiner Haut entlockt mir ein Seufzen.

Er lacht leise. Ein tiefes, wunderbares Geräusch, das etwas in mir anrührt. ›Du hast ja echt nicht gelogen.‹

Ich lasse den Maiskolben sinken. ›Nein, habe ich nicht. Auf so eine bescheuerte Idee kommt man nur, wenn sie wahr ist. Obwohl ich nicht rumlaufe und Mais streichle, also normalerweise. Aber ich mag, wie er sich anfühlt.‹ Ich halte ihm den Maiskolben hin. ›Hier. Versuch es mal.‹

Er hebt fragend eine Augenbraue. Als er die Hand ausstreckt und über den Mais streicht, verstehe ich, warum. Er kann den Maiskolben nicht anfassen, ohne gleichzeitig meine Haut zu streifen. Was ich gesagt habe, klang wie eine Einladung, mich zu berühren. Mit angehaltenem Atem erspüre ich jedes winzige Kribbeln, das seine Fingerspitzen in meine Haut zeichnen. Es vermischt sich mit dem Gefühl der seidigen Haare und der kühlen Körner auf meiner Handfläche zu einem sehnsüchtigen Ziehen in meinem Bauch. Schnell nehme ich meine Hand weg.

›Ich weiß nicht mal, wie du heißt‹, stoße ich hervor. ›Ich bin Lara.‹

›Thomas.‹ Seine Stimme klingt ein wenig heiser. Und in seinen Augen ist wieder dieser Blick.«

Diesmal lasse ich es zu. Ich erlaube, dass sein Lächeln mein Herz flattern lässt und seine Berührung tausend Schmetterlinge in meinem Bauch weckt. Ich wehre mich nicht dagegen, dass die Luft zwischen uns knistert, als er sich auf einen Arm stützt und auf mich heruntersieht, als würde er mich gleich küssen wollen. Nein, diesmal ändere ich meine Geschichte nicht.

»Mit heißen Wangen setze ich mich auf. ›Ähm. Meine Freundinnen fragen sich bestimmt schon, wo ich bleibe. Es ist ewig her, dass sie mich zum Maisholen geschickt haben. Danke, dass du mir geholfen hast.‹ Während ich nach den restlichen Maiskolben greife, höre ich wieder, wie der Bauer geschimpft hat. Seine Wut ballt sich in mir zusammen. ›Es ist doch nicht so schlimm, wenn wir ein bisschen was von dem Mais nehmen, oder?‹, frage ich. ›Es sind ja nur ein paar Kolben. Eine Kleinigkeit.‹ Aber wenn das stimmt, warum regt sich der Bauer dann so auf?

Thomas schweigt, schließlich sagt er: ›Nichts ist jemals eine Kleinigkeit.‹

Ich halte inne und starre auf den Maiskolben in meiner Hand. ›Nein‹, flüstere ich. Oft sind es gerade die Kleinigkeiten, die sich zu einer großen Sache aufsummieren. ›Gott, ich fühle mich total schlecht. Ich meine, das ist lächerlich, alle klauen Mais. Das Wild frisst auch welchen. Das kalkuliert der Bauer doch ein, aber …‹

›Lass mich raten. Du kriegst jetzt keinen Bissen mehr davon runter.‹

Ich schüttle den Kopf. ›Ich dachte nur gerade, wenn der Mais in einem Laden gelegen hätte, dann hätte ich ihn ja auch nicht geklaut, und … wo ist der Unterschied? Der Mais gehört jemandem, der ihn verkaufen muss, um sich seinen Lebensunterhalt zu verdienen. Und ich … ich bin doch kein Dieb, also warum …? Aber nein, ich sollte mich nicht so aufregen, jeder macht es. Das ist kein echter Diebstahl … es ist einfach nicht das Gleiche. Ich tue so was doch nicht, bestimmt hab ich das nicht getan. Nein, du hast die Maiskolben geklaut, meiner hängt noch an der Pflanze …‹

Eine Hand legt sich warm auf meine und reißt mich zurück in die Wirklichkeit. Thomas' Hand. Seine Wärme dringt in meine Haut, so wie vorhin sein Lachen und das Kribbeln seiner Fingerspitzen. Ich halte inne, um es noch deutlicher zu spüren.

Die Worte zerfallen in mir.

Aber dann sehe ich es. Wir haben vier Maiskolben. Thomas hatte nur zwei. ›Nein‹, flüstere ich. ›Das ist unmöglich. Ich weiß noch genau, dass ich ihn habe stehen lassen. Ich tue so was nicht, ich habe zwar darüber nachgedacht, aber das war ich nicht …‹

›Hey‹, unterbricht Thomas sanft meinen Redeschwall. Er lächelt, und seine Hand liegt immer noch auf meiner. Er ist mir so nah, dass die Worte keine Chance haben, gegen seinen wunderbaren Geruch nach Wald und Erde und ein bisschen … Maschinenöl? Allein seine Nähe sorgt für Stille in meinem Kopf.

›Ich weiß nicht mehr genau, wo die ganzen Maiskolben herkommen, aber es ist doch auch egal, oder nicht?‹, sagt er, und ich weiß genau, dass er das nur tut, um mich zu beruhigen. Trotzdem lächle ich. Es ist nett von ihm, dass er nicht versucht, mir seine Wahrheit aufzudrängen.

›Lass uns zurückgehen‹, schlägt er vor.

›Dein Lagerfeuer oder meins?‹, frage ich, obwohl ich lieber noch weiter hier sitzen würde.

Er lacht wieder dieses wunderbare Lachen. ›Meins ist jedenfalls gleich da vorn, falls du mitkommen willst.‹

Es ist verlockend. Sehr sogar. Vielleicht merken die anderen ja gar nicht, dass ich schon so lange weg bin. Aber wenn doch, werden sie sich Sorgen machen. Und ich habe die Tasche mit meinem Handy beim Feuer gelassen. Ich seufze. ›Ich glaube, ich sollte zu meinem Lagerfeuer gehen.‹ Bedauernd hebe ich die Schultern und verabschiede mich. Aber sobald meine Füße mich von ihm wegtragen, frage ich mich, was ich hier eigentlich mache. Ich mag ihn. Seine Berührung geistert immer noch über meine Haut. Und er hat etwas geschafft, was vor ihm noch niemandem gelungen ist. Er hat mich aus meinem Redefluss gerissen. Ohne lange darüber nachzudenken, drehe ich mich um. ›Thomas? Warte!‹

Er bleibt stehen. In der Dunkelheit höre ich es nur daran, dass seine Schritte nicht mehr im Gras rascheln. ›Ich würde mich sehr freuen, wenn du mit an mein Feuer kommst.‹

Das Grillenzirpen kommt mir unheimlich laut vor, beinahe so laut wie das Pochen des Blutes in meinem Kopf. Bitte, sag ja.

›Okay.‹ In seiner Antwort schwingt ein Grinsen mit. ›Ich gebe nur schnell den anderen Bescheid.‹ Das Display seines Handys blitzt im Dunkeln auf, als er seinen Freunden eine Nachricht schreibt. Dann kommt er auf mich zu. Die Maiskolben rutschen ihm fast aus dem Arm. ›Hier, hilf mir mal.‹

›Super. Dann kann ich sagen, ich habe einen Maiskolben getragen.‹ Er lacht schallend. Als wüsste er, worauf ich anspiele. Auf meinem Arm, dort, wo er mich berührt hat, erwacht wieder das Kribbeln. Und es wandert hinauf bis zu meinem Herzen.«

Ich verstumme. Zum ersten Mal seit langem ganz von selbst. Ohne dass mich jemand dazu zwingt, ohne dass meine Worte mich erschrecken oder die Ampel rot wird. Ich schweige, weil ich das Gefühl genieße, das Thomas in mir geweckt hat.

Ich betrachte ihn ganz genau. Ich weiß, er kann nicht antworten, aber gerade heute hoffe ich, dass er wirklich alles versteht, was ich ihm erzähle.

»Siehst du es auch so genau vor dir wie ich?«, frage ich leise. »Erinnerst du dich daran?« Ich halte mir eine Hand vor den Mund, um nicht zu laut einzuatmen. »Es ist nicht länger eine Geschichte, die ich mir ausdenke. Es ist alles wahr. Ich war dort, in jenem Maisfeld, und du auch. Du hast mich wirklich an der Hand genommen, mich beruhigt. Und dann mein Herz dazu gebracht, schneller zu schlagen.«

In mir erwacht eine Ahnung von Glück.

Dann wird mir bewusst, wo ich bin. Bei Thomas im Krankenzimmer, auf der Intensivstation. Er liegt immer noch im Koma. Ob er jemals aufwachen wird, ist ungewiss.

Aber dieses zarte Flattern in mir ist so unglaublich wunderbar, dass all das keine Rolle spielt. Denn was ich gerade erzählt habe, ist alles echt. Wir haben das wirklich erlebt, er und ich. Und egal, was die Zukunft bringt, niemand kann uns das nehmen.

»Verstehst du? Es ergibt alles einen Sinn. Dass wir am gleichen Tag eingeliefert wurden. Dass ich einfach nicht anders kann, als aus all meinen Geschichten unsere Liebesgeschichte zu machen. Aber vor allem«, ich halte inne, »dass du gerade auf meine Stimme reagierst.«

Ich lächle ihn unter Tränen an, und in seinem stillen, blassen Gesicht lese ich die Wahrheit. Warum habe ich so lange gebraucht, um sie zu erkennen? Ich hätte es doch sofort wissen müssen. Schon als ich sein Zimmer betreten und diese unglaubliche Nähe zwischen uns gespürt habe. Mein Verstand weigert sich, es zu verstehen. Trotzdem spreche ich es aus. Denn mein Herz hat es mir von Anfang an gesagt.

»Du bist mein Freund.«

Kapitel 32

Thomas

»Du bist mein Freund.«

Habe ich eine Freundin? Ich suche nach ihr. Ein Feuer lauert mir auf. In der Dunkelheit glitzert Wasser. Cem hebt sein Bier, ich nicke ihm zu.

Rauch. Flammen. Nein. Es ist ein anderer Geruch.

Chemisch. Mein Leben lang werde ich diesen Geruch nicht vergessen. Mutter ist so blass, ihr Atem so laut. Dann ist es schrecklich still. Ich renne, bis das Feuer wieder da ist. Cem. Und das Bier.

Ich hasse dich! Die Worte meiner Schwester hallen in meinem Kopf wider. *Ich werde dich immer hassen für das, was du ihr angetan hast. Konntest du sie nicht einfach in Ruhe lassen?*

Ich falle neben Cem auf den Baumstamm und trinke hastig. Der Alkohol steigt mir zu Kopf und schwemmt Isabel aus meinem Gehirn.

»Hey, Mann, was ist los?«

»Isabel.« Cem weiß alles, trotzdem ist er noch hier. Nicht mal meine Besessenheit konnte ihn vertreiben.

Flaschen klappern gegeneinander. Feuer brennt. Ohne Cem wäre ich verloren.

Irgendwann springe ich auf. Plötzlich will ich unbedingt Mais holen. Jemand muss es ja machen.

Dummerweise kommen meine Erinnerungen mit. Ich renne in das Maisfeld, um sie abzuhängen, aber sie verfolgen mich wie grausame Schatten zwischen den Pflanzen. Nein, warte. Da ist wirklich jemand.

Ein Mädchen. Der Sonnenuntergang überstrahlt ihre Gesichtszüge, aber ich weiß, dass sie es ist. Ich warte jeden Tag auf sie.

»Entführ mich«, flüstere ich.

»Dein Feuer oder meins?«, fragt sie frech.

Der letzte Rest der zusammengeklumpten Erinnerungen in mir löst sich auf, als sie meine Hand nimmt. Sie zieht mich zu ihrem Feuer. Zu ihren Freundinnen.

»Einen interessanten Maiskolben hast du da mitgebracht, Lara. Für wen von uns ist der gedacht?«, fragt eine.

Lara grinst. »Hände weg. Der gehört euch nicht.« Dann wird sie knallrot.

Das ist meiner.

Hat sie das laut gesagt?

Ich muss lachen. Ihre Wangen werden noch dunkler. Sieht ziemlich niedlich aus. Glaube ich. Es ist im flackernden Feuerschein echt schwer zu erkennen.

Ihre Finger sind warm und weich. Ich schließe meine fest darum. Sie lächelt mich an. Wahrscheinlich denkt sie, diese Nacht kann ein Anfang sein.

Schon lange schaut mich niemand mehr so an. Ohne schlechte Nachrichten und ohne Wut im Blick.

Mühsam lächle ich zurück. Vergiss das alles. Genieß den Moment. Jetzt, hier am Lagerfeuer. Die Augen des Mädchens strahlen. Ich will vergessen. Aber ich darf nicht. Ich bin nicht frei für einen Neuanfang.

Das Feuer ist heruntergebrannt, und es dauert lange, bis mir klarwird, dass ich überhaupt nicht am Waldrand sitze. Lara ist fort. Kein Bier. Kein Cem, nur die Schuld ist noch da. Sie verfolgt mich, egal wohin ich fliehe.

Du bist mein Freund.

Ja, ich hatte eine Freundin. Ich weiß noch, was sie gesagt hat, bevor sie gegangen ist:

Ich will dich nie wiedersehen.

Kapitel 33

Lara

Ich weiß zwar nicht mehr, was in den zwei Jahren passiert ist, die ich durch den Unfall vergessen habe, aber das macht nichts. Es kommt jetzt bestimmt alles zurück. Wir können es gemeinsam neu entdecken, du und ich. Ist das nicht toll?«

Natürlich antwortet er nicht. Ich stehe auf und gehe zu seinem Bett. Gerade jetzt will ich ihm wenigstens ein bisschen näher sein. »Auf jeden Fall bin ich ziemlich sicher, wie der Unfall abgelaufen ist, auch wenn ich mich noch nicht genau erinnere. Du bist gefahren, ich saß auf dem Beifahrersitz. Es war furchtbar glatt, deswegen ist das Auto weggerutscht und in den Container gekracht. Du konntest nichts dafür, niemand hat Schuld. Es war ein Unfall.«

Ein Unfall, der mich meine Erinnerung gekostet hat und ihn … Meine Augen werden feucht. Ich würde so gern seine Hand nehmen. Das letzte bisschen Abstand zwischen uns überwinden und seine Lippen auf meinen spüren. Aber trotz allem, was ich jetzt weiß, traue ich mich nicht. Ich widerstehe sogar dem Drang, seine Wange zu berühren und über den dunklen Schatten zu streichen, der daraufliegt. Bartstoppeln. Er wurde heute noch nicht rasiert.

Nur eins erlaube ich mir. Ich beuge mich zu ihm hinunter, schließe die Augen und sauge seine Nähe in mich auf. Sie ist so wunderbar vertraut. Eine Träne läuft meine Wange hinunter und über meine Lippen, tropft auf seinen Mund. Ein salziger Kuss, der doch keiner ist.

Ich bin nicht mehr allein. Ich habe jetzt ihn.

»Wir sind nicht mehr allein«, flüstere ich. »Seit jener Nacht am Lagerfeuer nicht, denn das war die Nacht, in der wir uns kennengelernt haben.« Zum ersten Mal, seit ich Thomas im Krankenhaus wiedergefunden habe, ist mein Herz leicht. Es wird jetzt einfach sein, die Geschichte zu erzählen, denn sie ist wahr. Sie gehört uns, und alles, was ich tun muss, ist, mich zu erinnern. »Deswegen konnte ich dir keine Geschichte darüber erzählen, wie wir uns in Rom kennengelernt haben oder am Meer, weil wir uns da bereits kannten. Wir waren zusammen dort. Und ich weiß wieder, wie wir uns in Rom begegnet sind. Erinnerst du dich noch? Ich habe auf deinem Blog ein Foto von meinen Haaren gesehen. Auf dem einen Bild, das du von den Thermen des Caracalla gepostet hast, ganz am Rand. Das blonde Mädchen, das bin ich. Auf dem Foto in meinem Ausweis sieht man, dass ich mal blond war. Ich erinnere mich noch nicht an alles, aber ich bin sicher: Das war unser zweites Treffen. Und ich weiß auch wieder, dass ich mit meinen Freundinnen in Rom war.« Die mich nie anrufen, nie nach mir fragen und keine Nachrichten schicken. Diese Sina war die Einzige, die sich seit dem Unfall bei mir gemeldet hat, aber ich weiß genau, dass sie nicht zu meinen Freundinnen gehört. Sie fühlt sich in der Gruppe, die um das Lagerfeuer saß, wie ein Fremdkörper an. Nein, sie war nicht dort. Ich will sie dort auch nicht. Am besten streiche ich sie aus meinem Gedächtnis.

Ich atme tief ein. »Ich bin mit zwei Freundinnen in Rom. Wir haben gerade das Kolosseum hinter uns gelassen und sind unserem Plan entsprechend unterwegs zu den Thermen des Caracalla. Während die anderen lachend und schwatzend auf den Eingang zulaufen, muss ich immer wieder an das Lagerfeuer denken. Es will mir einfach nicht aus dem Kopf. Er ist gegangen. Einfach so. Dabei dachte ich, er fände mich auch nett. Aber es ist dumm, so enttäuscht zu sein. Er ist nur irgendein Typ, mit dem ich ein paar Minuten am Lagerfeuer verbracht habe.

Unwillkürlich kräuseln sich meine Lippen. Ein Typ zum Maiskolbenstehlen. Aber dann ist er einfach in der Dunkelheit verschwunden und kam nicht wieder. Nicht mal verabschiedet hat er sich. Und seitdem hat mein Herz einen kleinen, winzigen Riss. Wirklich albern. Ich sage meinem Herzen jeden Tag, wie dumm das ist. Wir haben uns nicht mal geküsst. Kaum geredet. Und doch … da war etwas in seinem Blick, das irgendwie … richtig war. Und das Wissen, dass ich ihn nie wiedersehen werde, ist schrecklich falsch.

›Hey, na? Hängst du immer noch deinem Maiskolben nach?‹ Jenny hakt sich bei mir unter.

Ich muss lachen. ›Ein wenig.‹

›Wenn es vorherbestimmt ist, seht ihr euch wieder.‹

Ich verdrehe die Augen. ›Auf so was verlasse ich mich nicht.‹

›Aber ich. Stellvertretend für dich. Und jetzt komm, die Thermen sind der Knaller. Ich war schon mal da. Superschön. Ich muss gleich mal ein Foto für Instagram machen. Am besten machen wir ein Selfie!‹ Sie zerrt mich am Arm hinter sich her.

›Ja, schon gut.‹ Gern lasse ich mich mitziehen. Ich will mir ja den Urlaub nicht verderben. Ich wünschte nur, ich wüsste, wo ich ihn finde, wenn ich wieder zu Hause bin. Auf jeden Fall werde ich noch einmal in den Wald gehen, dorthin, wo das Lagerfeuer war, um zu sehen, ob ich irgendeinen Hinweis entdecke. Mit der dummen, heftigen Hoffnung in der Seele, ihn dort zu treffen, auf der Suche nach mir.

Wir brauchen gefühlte drei Stunden für das Selfie, weil wir dauernd in Lachen ausbrechen, jemand die Augen zuhat oder sich auf dem Bild nicht gefällt. Jenny und Alex beraten noch, wann sie das Foto posten wollen, aber ich hab genug. ›Ich geh schon mal vor‹, rufe ich ihnen zu. Die gewaltigen Mauern, denen man schon von außen ansieht, dass es keine Stockwerke gibt, sondern nur einen einzigen, unglaublich hohen Raum, verschlucken mich. Ich gucke nach oben, laufe vorwärts – und knalle frontal in jemanden rein, so dass es mir den Atem nimmt.

Eine französische Schimpftirade prasselt auf mich herunter, während ein Mann vor mir sich bückt und sein Handy aufhebt. Er ist mindestens fünfzig, und kaum hat er das Handy in der Hand, guckt er schon wieder aufs Display. Lachen steigt in mir auf, während ich weitergehe und die Therme begutachte.

›Immer diese alten Leute. Kleben mit der Nase auf dem Display. Keinen Sinn mehr für das echte Leben.‹

Ich drehe mich um. Und erstarre. Der Typ mit den … ›Maiskolben?‹, rutscht es mir heraus.

›Du kannst auch Thomas sagen.‹ Er grinst.

›Aber … wie …?‹

›Mit dem Zug. Und du?‹ Er grinst immer noch, meine Verwirrung scheint ihn diebisch zu freuen.

›Ich … äh … Flugzeug.‹

Wenn es vorherbestimmt ist, seht ihr euch wieder.

Ich schüttle den Kopf. An so was glaube ich nicht mal als Element einer Geschichte. Es muss einen Grund haben, dass er hier ist. Alles hat einen Grund.

›Warum bist du hier?‹, frage ich und beäuge ihn misstrauisch.

Er zuckt die Schultern. ›Ich hab euch über Rom reden hören, und da ich noch nicht recht wusste, wohin meine nächste Tour gehen soll, dachte ich, ich guck mal hier vorbei.‹

Sein schelmisches Lächeln verschlägt mir die Sprache. Er ist wegen mir hier? Er ist nach Rom gekommen, in der Hoffnung, mich hier zu treffen? ›Du …‹, beginne ich, aber es bleibt mir im Halse stecken.

›Ich habe einen Mountainbike-Blog, da schreibe ich auch über Touren und so. Und als ihr Rom erwähnt habt, dachte ich, dass ich da schon lange mal hinwollte, und bin hergekommen.‹

›Oh.‹ Natürlich. Das ergibt viel mehr Sinn. Wir haben ihn zu der Reise inspiriert. Deswegen ist er hier.

›Verstehe. Was für ein Zufall, dass wir uns hier treffen.‹

›Ja, das konnte man vorher nicht ahnen.‹

Ich versuche, die Enttäuschung zu verdrängen. Was spielt es für eine Rolle, warum wir uns hier begegnet sind? Wichtig ist nur, dass wir beide hier sind und dass er sich ganz offensichtlich freut, mich zu sehen. Hätte ja auch anders laufen können. Nachdem er einfach gegangen ist, ohne sich zu verabschieden und ohne nach meiner Handynummer zu fragen.

›Hey, das gibt's doch nicht!‹ Jenny und Alex umzingeln uns und begrüßen Thomas. Sie erwähnen nicht, dass ich viel zu oft von ihm geredet habe, aber die vielsagenden Blicke, die sie sich und mir zuwerfen, verraten es ihm auch so.

Ich räuspere mich. ›Die Thermen, Mädels‹, sage ich. ›Ein Wunder der Antike und so. Die sind doch das Wichtige hier.‹ Unter Thomas' amüsierten Blicken scheuche ich sie weiter, durch den nächsten Torbogen. Jenny geht an mir vorbei und zwinkert mir zu. ›Siehst du?‹

Als ich mich umdrehe, steht Thomas vor mir, hat sich angeschlichen wie ein Panther in der Dunkelheit des Dschungels. Und ich bin die Beute. Ist es wirklich Zufall, dass er gerade jetzt hier ist? Hastig schlüpfe ich an ihm vorbei, zurück zu einem Stück Boden, das noch mit dem Originalmosaik bedeckt ist. Ich muss mich nicht umsehen, um zu merken, dass Thomas mir folgt. Bevor er sich neben mich stellt, beugt er sich zu mir. ›Es war natürlich hilfreich, dass ich wusste, wann ihr nach Rom fahren wolltet‹, sagt er unbekümmert und mustert dann geflissentlich die Fliesen.

Sogar im Profil bemerke ich das Lächeln, das an seinen Mundwinkeln zupft. Und in meinem Bauch flattert es plötzlich ganz wunderbar.«

Ich stocke und blicke zu Thomas. Es fällt mir schwer, aus jenem wunderbaren Moment in den Thermen des Caracalla zurückzukommen und statt seines frechen Lächelns sein blasses, unbewegtes Gesicht zu sehen. Es verschwimmt vor meinen Augen. Ich wische mir über das Gesicht. Tränen bringen jetzt keinem was. Dann versuche ich, wieder in die Geschichte hineinzufinden.

Kapitel 34

Thomas

Die Thermen des Caracalla sind der Wahnsinn. Wenn ich könnte, würde ich hier wohnen. In ihren bröckeligen Mauern hängen Leben und Vergangenheit. Zwischen den hohen Bäumen des Parks wabert die Musik des letzten Open Airs.

Vor mir steht ein blondes Mädchen. Ich weiß ihren Namen nicht mehr, dabei sollte ich ihn kennen. In meinen Händen halte ich mein Smartphone. Warum habe ich damit fotografiert? Ich benutze doch sonst meine Kamera. Vielleicht hatte ich sie vergessen.

Zwei Mädchen kommen dazu. »Hey, Lara, die machen hier gleich zu.«

Lara. Das war ihr Name.

»Okay, ich komme gleich. Geht schon mal vor.«

Sie lächelt. Es sieht schön aus, glaube ich. Ja, ihre Stimme klingt nach einem wunderbaren Lächeln.

Dann wendet sie sich mir zu. »Bringst du mich zum Ausgang?«

»Klar.« Ich will mein Handy in meine Tasche stecken. Die Tasche einer Stoffhose. Normalerweise trage ich eine Cargohose zum Radfahren. Egal.

»Machst du bitte ein Foto?« Ich drücke ihr mein Handy in die Hand, und unsere Finger streifen sich.

Ich zucke zurück. Sie auch. Unsere Blicke verschmelzen. Sie wirkt atemlos.

»Das Foto?«, frage ich heiser.

»Von uns?« Ihr Lachen lässt die Sonne heller strahlen.

Ja. Gerne. Aber ich fürchte, so weit sind wir noch nicht. Leider. »Von mir mit den Thermen. Für meinen Blog.«

Es klickt mehrmals. Der Wind weht ihre Haare ins Bild.

»Ups, tut mir leid!«

»Macht nichts«, beruhige ich sie.

Sie schaut die Fotos an. Löscht vielleicht die schlechten und macht dann noch mehr.

»Ich würde gern eine Weltreise machen«, sagt sie.

»Ja! Mit dem Bike einmal um die Welt und darüber bloggen, das wär's.« Wäre auch zu zweit ganz nett. Ich räuspere mich.

Sie öffnet den Mund, als wollte sie sagen, dass sie sofort dabei wäre. Stattdessen verdüstert sich ihre Miene, und sie schweigt. Vielleicht traut sie sich nicht?

In diesem Moment rufen die anderen nach ihr. Sie drückt mir das Handy in die Hand. »Sorry, ich muss los.«

»Hey! Warte. Ich würde dir gerne noch mal zufällig begegnen.« Ich laufe ihr nach. »Wie wäre es mit San Sebastiano?«, rufe ich ihr noch hinterher. »Skelette und Gräber gehen doch immer.«

Aber Rom hat sie bereits verschluckt.

Kapitel 35

Lara

»Warum gerade diese Katakomben?«, fragt Jenny. ›Und warum müssen wir jetzt schon hier herumhängen? Wir sind viel zu früh, die letzte Führung läuft noch.‹

›Es sind die schönsten Katakomben in Rom, sie sind genau so, wie man sich das immer vorstellt, mit Knochen und dunklen Erdgängen und so‹, erwidere ich und versuche, mir nicht anmerken zu lassen, warum ich wirklich herkommen wollte. ›Außerdem ist da draußen ein total niedliches Café. Ich hab gedacht, da könnten wir ein bisschen ausspannen.‹

Jenny prustet los. ›Du bist so eine schlechte Lügnerin. Ausspannen. Im Café. Glaubst du echt, wir kennen dich so schlecht?‹

Sie gucken mich mit hochgezogenen Augenbrauen an. Ich seufze. ›Okay, okay. Es ist nur … ich bin ein bisschen verzweifelt. Es ist jetzt drei Tage her. Ich hab ihm meine Nummer in sein Handy gespeichert, als ich die Fotos gemacht habe, und dachte, er würde sich melden, aber er hat sie wohl nicht gefunden.‹

›Oder du hast nach dem Eintippen nicht auf Speichern gedrückt.‹

Ich denke darüber nach. Zuzutrauen wäre es mir. ›Egal. Die Katakomben von San Sebastiano waren das Einzige, was er mir gegenüber erwähnt hat‹, erkläre ich. ›Und es ist wirklich kein Opfer, denn sie sind die schönsten in ganz Rom, heißt es. Wir hätten sie so oder so besucht. Wir … sind nur vielleicht etwas länger hier als nötig.‹

Alex verdreht die Augen. ›Als ob er gerade zufällig jetzt hier auftauchen würde. Wie unwahrscheinlich ist das denn?‹

›Ich weiß‹, flüstere ich. ›Ich will auch nicht zu lange warten. Lasst uns einfach ein bisschen im Café sitzen und quatschen, und dann machen wir noch die Führung. Wenn er bis dahin nicht aufgetaucht ist, verschwinden wir wieder. Okay?‹

Alex stöhnt leicht genervt. ›Mann, ich bin doch nicht nach Rom gekommen, um hier in einem Café zu vergammeln.‹

›Ich weiß. Tut mir leid. Vielleicht hast du recht. Es ist ja auch nicht so wichtig. Ich kenne ihn schließlich gar nicht.‹ Aber er ist extra zur gleichen Zeit wie ich nach Rom gefahren.

›Was ist denn so toll an ihm?‹, fragt Alex. Es interessiert sie wirklich, aber gleichzeitig höre ich die Ungeduld in ihrer Stimme.

Etwas hilflos sehe ich Jenny an. Ich habe ihr alles erzählt. *Thomas hat es geschafft, mich aus* meinem *Redefluss zu reißen. Er war der Erste, der die Worte gestoppt hat. Einfach so, nur durch seine Nähe.* Aber Alex kennt mich nicht so gut, sie weiß nichts von meinem Problem, und ich will nicht, dass sie es erfährt.

Wenn du den Mund hältst, sieht man es dir nicht an.

›Manchmal fühlt man es halt einfach‹, wirft Jenny ein. ›Außerdem ist es doch romantisch, eine Sommerliebe in Rom.‹

Dankbar nicke ich ihr zu.

Alex zuckt die Schultern. ›Na gut, mir soll's recht sein. Aber dafür gehen wir heute Abend in diesen Club, den ich ausgesucht habe.‹

Ich verziehe das Gesicht. ›Gut, das ist wohl fair.‹

›Du kannst ja zu Hause bleiben, wenn es dir nicht passt‹, sagt Jenny und lächelt, aber Alex fällt ihr ins Wort: ›Auf keinen Fall! Zu zweit sind wir viel zu wehrlos, wir müssen mindestens zu dritt sein, damit sich blöde Typen nicht an uns rantrauen. Du kommst mit. Immerhin hocke ich ja auch mit dir hier rum, obwohl ich lieber woanders wäre.‹

›Schon gut, Jenny, Alex hat recht, und ich komme gern mit, auch wenn die Musik dort nicht so mein Ding ist.‹

Wir setzen uns in das Café und warten, aber er taucht nicht auf. Natürlich nicht. Irgendwann kann ich sie nicht länger hinhalten, wir kaufen Karten für die nächste Führung und gehen zum Eingang der Katakomben.

Alex schüttelt den Kopf. ›Tut mir leid, dass es nicht geklappt hat, Lara. Wirklich.‹ Sie meint es ernst. Sie ist nicht der Typ für Schadenfreude.

Ich versuche, mir meine Enttäuschung nicht anmerken zu lassen. Immerhin besteht noch die Möglichkeit, dass er meine Telefonnummer in seinem Handy findet, sofern ich sie wirklich gespeichert habe. ›Nicht schlimm. Ist ja nicht so, als hätte ich mich unsterblich in ihn verliebt oder so. Und die Chance, ihn gerade heute um diese Zeit hier zu treffen, ist so gering, warum hätte das klappen sollen?‹

›Weil ich seit drei Tagen jeden Tag herkomme?‹

Ich erstarre mitten im Schritt. Ich kenne ihn kaum, trotzdem weiß ich sofort, dass es seine Stimme ist. Langsam drehe ich mich um. ›Du bist hier. Tatsächlich. Wirklich und wahrhaftig.‹

›Ja, bin ich.‹ Er grinst jungenhaft. Ich kann den Blick nicht davon abwenden.

›Zur nächsten Führung bitte jetzt eintreten!‹, ruft jemand hinter uns.

›O Mist, jetzt haben wir gerade Karten gekauft.‹

›Macht nichts, ich besorg mir eben auch noch eine.‹

Während wir mit dem Guide schon auf die Treppe nach unten zugehen, sprintet Thomas zur Kasse. Er drängelt sich frech vor die Wartenden und kommt schließlich angelaufen, gerade in dem Moment, in dem wir durch das schmiedeeiserne Tor verschwinden und die Stufen nach unten beschreiten, hinein in die Finsternis der Katakomben, nur beleuchtet durch das schwache Licht kleiner Wandlaternen.

Er schließt zu mir auf, und als ich stehen bleibe, deutet er nach unten. ›Ich folge dir.‹

›Sogar in die Dunkelheit?‹

›O ja.‹ Unter den belustigten Blicken von Jenny und Alex beugt er sich ein wenig zu mir. ›Und das, obwohl du nicht mal unsterblich in mich verliebt bist.‹ Er haucht es in mein Ohr, so dass die anderen es nicht hören.

Ich sollte rot werden, weil er mich ertappt hat, aber ich bin zu beschäftigt damit, das Kitzeln seines Atems auf meiner Haut zu erfühlen. Es lässt meinen Magen Achterbahn fahren.

›Tut mir leid, aber da musst du dich schon etwas mehr anstrengen, damit ich mich unsterblich in dich verliebe‹, hauche ich. ›Maiskolben mit mir zu klauen und mich in den Thermen des Caracalla zu treffen reicht nicht aus.‹

Er lacht leise. ›Ist das eine Herausforderung?‹ Sein Gesicht ist meinem immer noch ganz nah, und ich fürchte, dass ich jetzt doch rot geworden bin. Ausnahmsweise bin ich froh über die Dunkelheit. Thomas bleibt immer bei mir, aber nicht so nah, dass es aufdringlich ist. Ganz oft steht jemand zwischen uns, und eine Frau geht sogar weg und macht Platz, als ich sie ansehe.

›Wow, du kannst ja mörderisch gucken‹, raunt Thomas mit einem Grinsen.

Was ist das nur an ihm, was mir so gefällt? Es muss doch einen Grund haben.

Irgendwer ist immer schuld.

›Alles hat einen Grund‹, flüstere ich in die Dunkelheit der Katakomben und atme tief durch. In der stickigen warmen Luft wird mein Kopf nicht klarer. Sie riecht zu sehr nach Schrank.

Anstatt in dummen Geschichten zu versinken, stell dich lieber der Realität. Sieh nur, was du angerichtet hast!

Mein Atem geht schneller, Worte stauen sich in mir. Ich stütze mich mit der flachen Hand an der Wand des schmalen, düsteren Gangs ab.

›Alles hat einen Grund‹, murmle ich. »Ich muss ihn nur finden.« Dann wird alles gut.

›Lara? Alles in Ordnung?‹ Thomas steht vor mir und sieht mich besorgt an. ›Die Luft ist hier ganz schön stickig.‹

Ich kann nichts erwidern, denn die falschen Worte würden sich vordrängeln. Bitte nicht vor ihm. Nicht noch mal.

Was stimmt mit dir nicht, Herrgott noch mal? Kannst du nicht einfach still sein? Warum musst du dauernd reden?

›Alles hat einen Grund‹, wiederhole ich.

Thomas sieht mich fragend an.

Meine Augen brennen, weil ich weiß, dass ich es nicht mehr zurückhalten kann. Ich werde reden. Und er wird mich für vollkommen durchgeknallt halten. Und dann wird er froh sein, dass ich keine Handynummer von ihm habe, und einfach verschwinden.

›Wir müssen ihn nur finden‹, fahre ich gepresst fort. Hilflos sehe ich Thomas an. ›Den Grund. Dass wir uns in den Thermen begegnet sind, kann doch kein Zufall sein, oder?‹

Erst als Thomas meine Hände nimmt, merke ich, dass ich sie nach ihm ausgestreckt habe. Seine Finger schließen sich um meine und seine Körperwärme vereint sich mit der unerträglichen Hitze der Katakomben. Er beugt sich nach vorn, bis sein Mund meinen fast berührt. Seine plötzliche Nähe bringt alles zum Stillstand.

Sogar meinen Redeschwall.

Ich verharre in der Vorahnung seines Kusses. Die Sehnsucht danach, seine Lippen auf meinen zu spüren, zieht bis in meine Seele, und doch verlange ich nicht nach mehr. Dieser Moment vor dem Kuss ist viel zu berauschend, um ihn jetzt schon aufzugeben. Mit wild klopfendem Herzen koste ich ihn aus, solange ich kann. Thomas scheint es ähnlich zu gehen, denn er küsst mich nicht, sondern legt nur irgendwann seine Stirn an meine. Der aufregende Rausch lässt nach, zurück bleibt Geborgenheit. Und in meinem Kopf herrscht endlich Stille.

Thomas hat die Worte besiegt.

›Sie sind weg‹, sagt er.

›Ja‹, flüstere ich. ›Die Worte sind weg.‹

›Nein. Die anderen sind weg.‹ Er lacht leise. ›Und das Licht ist auch aus. Das haben wir ja prima hinbekommen.‹

›Mist, und jetzt?‹ Panik überrollt mich. Die Gänge hier sind unheimlich weitläufig, sie sind nicht abgesperrt, und nur die, die während der Führung benutzt werden, sind beleuchtet, wenn jemand hier unten ist. Doch jetzt ist alles um uns herum dunkel, unmöglich zu sagen, welche Gänge zum Ausgang führen. Und selbst wenn wir vorn ankommen, ist der Ausgang verschlossen. Das Licht wird wohl zwischen den Führungen abgeschaltet.

Zwischen den Führungen.

›Oh‹, sage ich erleichtert. ›Macht nichts. Wir müssen einfach nur auf die nächste Führung warten.‹

›Ja.‹ Etwas durchbricht die Finsternis. ›Und falls es dir zu gruselig wird … wir haben hier zwar kein Netz, aber immerhin etwas Licht.‹ Das Leuchten des Handys fällt auf einige Totenschädel, die hinter uns in einer Vertiefung in der Wand liegen. Thomas räuspert sich. ›Vielleicht ist es ohne doch besser.‹

Er richtet das Handy auf den Boden, damit wir sehen, wo wir uns hinsetzen können, dann macht er es wieder aus. Wir lassen uns an der Wand entlang nach unten sinken, meine Schulter berührt seine. Ich sollte mich wohl darüber aufregen, dass wir hier festsitzen, aber mein Gehirn ist noch zu sehr mit dem Beinahekuss beschäftigt. Er hat meine Worte ausgelöscht.

›Wie hast du das gemacht?‹, frage ich.

›Was gemacht?‹, will er wissen und lacht. ›Das warst doch du. Gib's zu, das war Absicht. Diesen Schwächeanfall hast du doch inszeniert, damit wir zurückbleiben und deine Freundinnen sich nicht beschweren, wenn sie noch etwas länger warten müssen.‹ Ich höre ihm an, dass er es lustig findet und cool, dass ich mir nehme, was ich will.

Wenn es nur die Wahrheit wäre. Ich kann mir nicht nehmen, was ich haben möchte. Das konnte ich noch nie. Irgendwie dachte ich, er hätte verstanden, was mit mir los ist. Ich kämpfe die Enttäuschung in mir nieder. Er hat mich beruhigt, das ist alles, was zählt. Schon zum zweiten Mal ist ihm das gelungen.

Das Dumme ist nur, irgendwann werde ich ihm sagen müssen, dass mit mir etwas nicht stimmt. Ich zucke zusammen, als seine Hand meine streift, nur ganz sachte, kleiner Finger an kleinem Finger. Wir verhaken sie ineinander, und ich genieße es, in so einer winzigen Berührung ein solch verheißungsvolles Versprechen zu finden. Die Dunkelheit zwischen uns flirrt von all den zukünftigen winzigen Momenten, die auf uns warten. Ich werde es ihm sagen müssen. Aber erst wenn wir an einen Punkt kommen, an dem es eine Rolle spielt.

Kapitel 36

Thomas

Das Gefühl ihrer Lippen auf meinen ist so real. Und das, obwohl wir uns damals in den Katakomben nicht wirklich geküsst haben. Oder? Ich versuche, mich zu erinnern, aber bevor es mir gelingt, erzählt Lara schon weiter.

»Ob ich wohl auf einem meiner Ausbruchsblogs Ideen finden würde, die uns hier raushelfen könnten?«

»Ausbruchsblogs?«

»Ja, da wird beschrieben, wie man aus jedem Gefängnis der Welt entkommen kann. Ist echt spannend. Einer meiner Lieblingsartikel ist: Zehn Arten, eine Leiter zu benutzen, auf die du nie gekommen wärst.«

Wenn ich könnte, würde ich grinsen. Erst Mais streicheln und jetzt das? Sie ist wirklich vollkommen durchgeknallt.

»Auch Situationen, aus denen man fliehen können wollte, werden beschrieben.«

»Was denn für Situationen?«

»Zum Beispiel, wenn man mit jemandem in den Katakomben verlorengeht«, neckt sie mich. »Oder wenn man von der Polizei abgeführt wird.«

»Ah. Also so das übliche Alltagszeugs.«

Ihr Lachen ist ansteckend. So lange, bis es sich zwischen den erdigen Wänden der Katakomben verliert und zu einem leisen Wispern wird. »Wäre es nicht schön, wenn es für alles so eine Anleitung gäbe? Dann könnte man einfach abhauen.«

»Allerdings«, gebe ich zurück.

Ich wüsste einige Situationen, aus denen ich gerne entkommen würde. Meine eigene, ständige Dunkelheit. Meine Hölle. Aber dafür würde ich auf dem Blog sicher keine Tipps finden.

Gedankenverlorenes Schweigen hüllt uns ein. Wovor sie wohl flüchten will? Sind wir schon so weit, dass ich sie das fragen kann?

»Allerdings gefällt es mir hier eigentlich gerade ganz gut«, flüstert sie, bevor ich zu einem Ergebnis komme.

Ist sie wirklich mit mir hier? Wenn ich die Hand ausstrecken will, passiert nichts. Wenn ich die Augen öffnen will, sehe ich nichts. Etwas pocht in meinem Kopf. Mein Herz. Schlägt es in meiner Brust? Ich fühle es nicht.

Aber ihre Berührung ist so lebendig in meinen Gedanken. Ihre schmalen Finger in meiner Hand. Hat es wirklich so stattgefunden? Wäre es sonst so echt in mir?

Licht flammt auf.

Verwirrt schaue ich auf die Uhr. Es ist noch zu früh für die nächste Führung.

»Hey, da seid ihr ja.« Der Guide grinst auf uns herunter. »Ist ja eigentlich verboten, die Hauptgänge zu verlassen, aber ich verrate euch nicht, wenn ihr für euch behaltet, dass ich euch verloren habe.«

Wir folgen ihm an die Oberfläche, wo ihre Freundinnen schon warten.

Sie wollen natürlich alles wissen.

Lara verrät ihnen nichts, ihre roten Wangen tun es für sie.

»Wir haben hier schon genug Zeit vertrödelt«, beschwert sich ihre Freundin.

Nein, so kommt es mir nicht vor und ihr auch nicht. Ihre Augen sagen es mir, über die Köpfe ihrer Freundinnen hinweg.

»Die Zeit ist wie im Flug vergangen«, sagt sie.

»Skelette und Gräber gehen eben immer«, antworte ich.

Sie lacht. Nein, ich lache. Wir lachen beide. Sie schließt die Augen gegen die Sonne. Ich stehle mir einen Kuss von ihrer heißen Wange. Ganz nah an ihrem Mundwinkel.

»Oh!«, macht sie.

Wenn wir doch nur allein wären.

»Ich würde dich gerne wiedersehen.« Wir sagen es gleichzeitig, aufgeregt. Überrascht sieht sie mich an.

»Das wollte ich schon in den Thermen. Ich bin dir sogar nachgelaufen, aber ihr wart schon weg.«

Ein Grinsen breitet sich auf ihrem Gesicht aus. »Das hättest du dir sparen können. Ich habe meine Nummer in dein Handy gespeichert.«

»Ach so?«

»Wir sind schon jeden Abend verplant«, wirft sie hastig ein. Es tut ihr leid, mir auch. Aber ich verstehe ihr Dilemma. Es ist uncool, mit Freunden zu verreisen und sie dann wegen jemand anderem zu versetzen. Cem macht das dauernd. Das nervt tierisch.

»Nur ein Abend«, sage ich, »deine Freundinnen werden Verständnis dafür haben.« Was soll das? Will ich sie jetzt doch überreden?

Cem lacht in meinen Gedanken.

Ich kann mich doch zu Hause mit ihr treffen. So lange werde ich es gerade noch aushalten. »Hier, die Karte von meinem Blog. Meine Handynummer ist auch drauf. Ruf mich an, wenn du es dir anders überlegst.« Verdammt. Was soll das? Das wollte ich gar nicht sagen. »So eine Gelegenheit muss man doch nutzen.« Das auch nicht. »Das erste Date in der Ewigen Stadt.« Na gut, das klingt toll. Und nach Verführung.

»Na, immerhin redest du nicht um den heißen Brei herum.«

Du hast mich ja nicht gelassen.

Sie legt den Kopf schief. »Ich finde es eigentlich nicht richtig, immerhin hatte ich schon was anderes ausgemacht, aber ein Date in Rom …«

»Ein Nachtspaziergang in der Villa Borghese …«, locke ich sie.

»Ich verspreche nichts.«

»Aber ich. Ich verspreche dir, dass du es nicht bereuen wirst.« Ich hauche es in ihr Ohr.

Sie erschaudert. »Das ist unfair.«

Ist es. Hab ich wirklich so sehr versucht, sie zu überreden?

»Das ist nur deine Schuld«, höre ich mich sagen. »Du bringst mich dazu.«

Die Worte schlagen wie ein Blitz zwischen uns ein. Doch kein Donner folgt darauf, sondern nur Schweigen.

Kapitel 37

Lara

Das ist nur deine Schuld. Du bringst mich dazu.«

Die Worte kommen aus meinem eigenen Mund, nicht aus seinem. Sie hängen zwischen uns in der Luft, über Thomas' bewegungslosem Körper, zwischen dem chemischen Geruch der Intensivstation und dem Pumpen der Maschinen.

Ein Alarm in einem anderen Zimmer piepst dazwischen.

Das ist nur deine Schuld. Alles hat einen Grund. Du bringst mich dazu.

Warum habe ich ihn das sagen lassen? Es scheint so überhaupt nicht zu ihm zu passen. Meine Erinnerungen sind immer noch so bruchstückhaft, und ich fülle sie mit dem auf, was ich auf seinem Blog finde. Den Rest muss ich mir ausdenken. So wie diese Sätze. Ich bin mir ziemlich sicher, dass er sie zu mir gesagt hat. Aber vielleicht nicht dort in Rom, an jenem wunderschönen Nachmittag in der flirrenden Hitze über der Via Appia Antica. Diese Sätze passen nicht zu dem, was er mir wenige Sekunden zuvor ins Ohr geflüstert hat.

Ich verspreche dir, dass du es nicht bereuen wirst.

Die Worte, die vor Verheißung nur so bebten, und sein Wunsch, mich bald wiederzusehen. Es waren diese Worte, die mich haben ja sagen lassen. Sie haben dazu geführt, dass ich Alex und Jenny verärgert, mich ausgeklinkt, sie allein auf die Piste geschickt habe, obwohl ich wusste, dass Alex Angst davor hat, nur zu zweit unterwegs zu sein.

Du bist schuld.

Vielleicht stammt das auch gar nicht von Thomas, sondern von Alex. *Du bist schuld, wenn uns etwas passiert.* Möglicherweise hat sie mir diesen Satz entgegengeschleudert. Gegangen bin ich trotzdem, ich erinnere mich an jenen Abend deutlicher als an viele andere Augenblicke aus Thomas' und meiner Geschichte.

»Ich war dort, Jenny und Alex nicht«, sage ich leise.

»Über der Piazza del Popolo geht die Sonne unter, und die Abendhitze und der Smog färben den Himmel in ein besonders intensives Rot. Am anderen Ende der Stadt ragt der Petersdom aus dem Häusermeer, und die sinkende Sonne strahlt hinter seiner Kuppel wie ein riesiger Heiligenschein.

Ja, ich war dort. Denn manche Momente kann man nur beschreiben, wenn man sie selbst erlebt hat. Und dieser Sonnenuntergang über der Ewigen Stadt ist so einer. Thomas steht neben mir, sein Handrücken berührt meinen, und als die Sonne ganz hinter Rom verschwindet, stehlen seine Finger sich in meine Hand, als hätte er nur auf den Schutz der Dunkelheit gewartet. Freude macht sich in mir breit.

Das erste Date in Rom. Das muss doch etwas Besonderes sein. Ich drehe den Kopf, um Thomas anzusehen. Er fixiert mich mit seinen Augen, deren Farbe ich immer noch nicht benennen könnte.«

Wie konnte ich seine Augenfarbe vergessen? Es versetzt mir einen Stich. Dass ich so viele andere Dinge nicht mehr weiß, verzeihe ich mir. Aber wie kann man nicht wissen, welche Farbe die Augen haben, in die man so oft hineingeschaut hat? Es muss sich einem doch ins Gedächtnis brennen, in die Seele, ins Herz. Der Blick des Menschen, den man liebt.

Meine Hände verkrampfen sich ineinander.

Das ist nur deine Schuld.

Ja, denn ich habe ihn vergessen. Und große Teile von mir selbst. Abgehackt atme ich ein. Der Wunsch, Thomas' Berührung zu spüren, seine Haut auf meiner, schmerzt plötzlich in mir. Aber ich darf ihn immer noch nicht anfassen. Doch wer würde es schon merken, wenn ich mir nur einen winzigen Moment stehlen würde? Nur um zu spüren, dass wir immer noch zusammengehören?

Ich stehe auf, bin schon fast an Thomas' Bett, als Till vorbeihetzt. Er wirft einen Blick zu uns hinein, und sofort weiche ich etwas zurück. Nein. Lieber nicht. Was, wenn es jemand sieht? Dann erlauben sie mir sicher nicht, zurückzukommen. Das kann ich nicht riskieren.

Ich überlege, zu gehen, aber ich will nicht. Nicht, während Thomas und ich hoch über Rom an der Schwelle zur Villa Borghese stehen. Langsam setze ich mich wieder auf meinen Stuhl.

»Die Bilder brennen sich so eindrucksvoll in meine Netzhaut, dass ich weiß, ich werde sie nie vergessen. Thomas fotografiert neben mir für seinen Blog. Manchmal sieht er unsicher zu mir herüber, und ich frage mich, ob er gerne ein Foto von mir machen möchte. Ich hätte auf jeden Fall gerne eins von ihm.

›Wie wäre es mit einem Selfie?‹, stoße ich hervor. ›Mit uns beiden.‹ Meine eigene Courage überrascht mich. Wahrscheinlich liegt es an ihm. Er gibt mir das Gefühl, alles zu ihm sagen zu können.

Er nickt. ›Aber schnell, solange noch Licht da ist.‹ Wir stellen uns mit dem Rücken zum Petersdom auf und richten unsere Handys auf uns, so dass wir uns doppelt von den Bildschirmen entgegengrinsen, einmal von seinem und einmal von meinem. Ich stelle mir vor, wie es wäre, ihn jetzt einfach zu küssen, ohne Vorwarnung, und davon ein Selfie zu machen. Tu es, sage ich mir. Komm schon. Aber ich traue mich natürlich nicht. Wir lassen unsere Handys sinken, unsere Blicke treffen sich.

Thomas fixiert meine Lippen, und mein Herz schlägt so rasant, dass es mir die Sprache verschlägt. Wir haben uns schon einmal fast geküsst, erst heute Nachmittag. Wir wollen es beide, aber es ist noch viel zu früh für diese Art von Kuss. Ich schlucke mühsam und wende mich ab, um Rom im letzten Dämmerlicht zu bewundern.

Als orange Dunkelheit sich über die Stadt gelegt hat, steht

Thomas auf. Wir gehen einen hell erleuchteten, breiten Weg entlang, hinein in die Parkanlage der Villa Borghese. Abseits der Straße ist es dunkel, keine Lampen erhellen die schmaleren Pfade. Die Vorstellung, einen von ihnen zu nehmen, reizt mich und jagt mir gleichzeitig einen Schauer über den Rücken.

›Tut mir leid wegen vorhin‹, flüstert Thomas.

Ich gebe es auf, zwischen den Bäumen etwas erkennen zu wollen, und sehe ihn an. Was tut ihm leid? Dass er mich nicht geküsst hat? Oder dass er es beinahe getan hätte?

›Ich wollte dich nicht drängen. Ich hoffe, deine Freundinnen sind nicht allzu verärgert.‹

Ich verziehe das Gesicht. ›Ehrlich gesagt waren sie ziemlich sauer. Aber sie werden sich wieder einkriegen, mach dir keine Sorgen.‹

Schuld zuckt über seine Miene. ›Tut mir leid. Wirklich. Es ist nur …‹ Er verstummt. Schüttelt den Kopf.

›Was?‹, will ich wissen. Er wirkt plötzlich traurig, und ohne darüber nachzudenken, schiebe ich meine Hand in seine. Wieder ist da dieses angenehme, vertraute Gefühl.

›Das letzte Mal habe ich zu lange gezögert. Und … als ich mich doch durchgerungen habe, da hatten ihre Freundinnen sie schon davon überzeugt, sich nicht mit mir einzulassen. Das wollte ich vermeiden, verstehst du?‹

Wie dumm, dass mir das einen Stich versetzt. Natürlich hatte er vor mir schon mal eine Freundin.

›Ich wollte einfach nur sichergehen, dass mir das nicht noch mal passiert. Nicht bei dir.‹ Er lächelt, und das Stechen in meiner Brust zerfließt zu aufregender Wärme.

›Jenny und Alex würden so was nie tun.‹ Doch ich denke daran, wie Alex gefragt hat, was an Thomas so besonders ist, und wie sie darauf gepocht hat, dass wir gehen.

›Ich habe das nicht so im Griff seit damals, weißt du? Also … ich hoffe einfach, du nimmst es mir nicht übel.‹

›Nein, natürlich nicht‹, erwidere ich, ohne zu zögern. Immerhin … kann man das wirklich Drängen nennen? Nein. Er hat nur angedeutet, was er sich wünscht, und ich habe gespürt, dass es mir genauso geht. Das hat rein gar nichts mit Bedrängen zu tun.

›Danke. Komm, ich will dir was zeigen.‹

Er zieht an meiner Hand und führt mich zwischen die Bäume einen kleinen Abhang hinunter, in die stockdunkle Finsternis.

Kurz darauf befinden wir uns auf einer Wiese, so viel erkenne ich, und ich höre Wasser plätschern. Es muss ein Teich in der Nähe sein oder ein kleiner Bach. Nur leider ist davon nichts zu sehen. Thomas zieht mich zu einer Bank, auf die wir uns setzen, um den Ausblick zu genießen. Den nicht vorhandenen.

›Ähm … schön?‹

›Na ja‹, kommt es gedehnt durch die Finsternis zu mir zurück. ›Das war irgendwie anders geplant.‹

Ich kann nicht anders, ich muss kichern. ›Sorry, ich will dich nicht auslachen oder so, aber du dachtest bestimmt, der Mond würde auf das Wasser scheinen, es würde silbrig glitzern, und dieser perfekte, romantische Moment wäre es wert, dass ich meine Freundinnen verärgert habe.‹

In der Dunkelheit sehe ich seine Zähne weiß aufleuchten. ›Ich hätte vielleicht vorher nachschauen sollen, wie der Mond so steht und wann er aufgeht.‹

Wir sitzen eine Weile schweigend nebeneinander. Ich fühle seine Nähe, sein Knie, das meins fast berührt. Als er sich ein wenig zu mir neigt, beschleunigt sich mein Atem. Ich müsste ihm nur ein wenig entgegenkommen, damit er mich küsst. Ich wünschte, er würde es einfach tun, dann müsste ich nicht überlegen, ob es der richtige Moment ist. Oder soll ich es tun? Was ist nur so schwierig daran, sich diesen Kuss einfach zu nehmen?

Ob es daran liegt, dass ich ihn gar nicht wirklich kenne? Die Härchen in meinem Nacken stellen sich auf. Dann schimpfe ich mich eine dumme Kuh. Was soll schon passieren? Psychopathen und Serienkiller gibt es viel seltener, als einen die Medien glauben lassen. Dass er der freundliche Typ von nebenan ist, gut geeignet als Freund, ist viel wahrscheinlicher.

Alles hat einen Grund. Dass wir hier sind. Dass der Mond nicht zu sehen ist. Dass er neben mir sitzt. ›Alles hat einen Grund‹, flüstere ich. Nein, nicht schon wieder. Nicht jetzt.

›Alles okay?‹, fragt er.

›Ja. Es ist nur … wirklich dunkel.‹ Und ich hasse die Dunkelheit. Sie riecht muffig, selbst hier draußen. Sie schmeckt nach altem Lavendel und hallt wider vor lauten Worten. Thomas drückt meine Hand. Eine winzige Geste, die mich in den Augenblick zurückholt. Ich wünsche mir so sehr, dass er mich küsst. Aber in diesem Moment stecken so viele Erwartungen, so viele Möglichkeiten. Sie alle stehen zwischen uns und kreisen in meinem Kopf.

Hastig drehe ich mich weg.

Du bist dumm. So dumm.

Es ist doch nur ein Kuss.

Warum tut meine Brust plötzlich so weh? Ich rutsche von der Bank ins feuchte Gras. Rolle mich zusammen. Thomas ist nicht da.«

Die Geschichte versiegt in mir. Sie stoppt einfach so. Ich sitze auf der Intensivstation. Draußen vor dem Fenster ist der Himmel so düster wie der Schmerz in meiner Seele. Denn ich weiß jetzt, warum der Moment so schwer zu überwinden ist.

Ich schaffe es nicht, es zu erzählen, weil ich es nicht mehr weiß. Egal, wie sehr ich mich bemühe, ich erinnere mich nicht, wann es passiert ist und ob er es war oder ich, der den ersten Schritt gemacht hat. Verzweiflung steigt in mir auf. Das kann doch nicht sein.

Den ersten Kuss vergisst man doch nicht.

Kapitel 38

Thomas

Lara liegt im feuchten Gras am Ufer eines kleinen Teichs. Ich liege halb auf ihr. Die Lichter der Stadt sind weit entfernt. Kein Mond scheint über uns, nur ihre Augen glänzen wie Sterne. Ich streiche mit dem Daumen über ihre Lippen. Sie sind so weich.

Wir sind nicht mehr allein.

Ich will sie küssen, aber sie zittert. Ist ihr kalt? Ich presse sie an mich. Ein Fehler, denn jetzt spüre ich sie noch mehr. Ihre Brustwarzen drücken sich hart gegen mich. Sie nicht zu berühren wird zur Qual.

Langsam senke ich den Kopf. Meine Lippen streifen ihre ganz sanft. Ich schmecke nur Kälte. Aber ich will sie schmecken. Warum kann ich es nicht?

Sie dreht den Kopf weg. »Es tut mir leid.«

Bitte, rede nicht so, das klingt nach Abschied. Ich ziehe sie an mich, fast erdrücke ich sie. Trotzdem kann ich sie nicht festhalten.

Wieder bin ich allein mit den Schatten.

Ich halte jemand anderen im Arm. Isabel weint, und ich streiche ihr über die Haare. Es fühlt sich komisch an. Sonst hat sie immer mich getröstet. Immerhin ist sie die Ältere.

»Warum musste es gerade Mama treffen? Ich weiß nicht, was ich tun soll.« Trauer und Angst kriechen aus ihren Worten. Kriechen an mir hoch.

Ich weiß nicht, was ich tun soll. Also musst du es wissen.

Nein. Bitte verlang das nicht von mir. Hilflos sehe ich mich nach Vater um, aber sein Blick ist leer. Die Einzelteile des Telefons liegen vor ihm auf dem Boden. Ein Anruf von meiner Mutter.

Der Krebs ist zu weit fortgeschritten. Sie können nichts mehr tun.
Manche Worte verändern alles. Sie zerstören Leben.
Auch meins. Und das von Isabel.

Kapitel 39

Lara

Es ist Wochenende. Gott, wie ich das hasse. Es ist die schlimmste Zeit überhaupt. Martin hat frei. Auch die Gruppenstunden fallen aus. Nur der Notfalldienst ist da. Und dass man den ersten Kuss vergessen hat, ist wohl kaum ein Notfall.

Seit vorgestern habe ich alles Mögliche versucht, um mich zu erinnern, habe auf meinem Handy die Fotos anschauen wollen, die ich in Rom gemacht haben muss, aber der Ordner für Fotos war komplett leer. Dabei bin ich mir sicher, dass ich dieses Handy in Rom schon hatte und damit fotografiert habe.

Ich habe sogar auf Instagram nach meinen Bildern gesucht, aber ich konnte noch nicht mal meinen Account finden. Stundenlang habe ich alles Mögliche ausprobiert, aber die Fotos und der Account waren wie vom Erdboden verschluckt. Und außer bei Instagram war ich nirgendwo angemeldet.

In mir krampft sich alles zusammen, wenn ich daran denke. Nicht nur, weil ich immer noch keinen Anhaltspunkt für den Kuss habe. Ich war so glücklich, als ich auf die Idee gekommen bin, dass ich ja die Fotos noch haben müsste. Und auch das Selfie, das ich in Rom von Thomas und mir gemacht habe. Diese wunderschöne Erinnerung an unser Leben vor dem Unfall ist nun für immer verloren, und ich habe keine Ahnung, wieso. Vielleicht sollte ich Sandra fragen, ob sie mir helfen kann, die Daten zurückzukriegen. Inzwischen weiß ich, dass sie der Hacker ist, oder besser gesagt die Häckse – so nennt man das, hat sie mir erklärt –, und nicht Crazy Horse, wie man hätte vermuten können. Der steht einfach nur auf alte Western.

Aber Sandra fährt am Wochenende immer nach Hause, und ich habe keine Nummer von ihr. Olesja bleibt. Sie filmt oder lernt Deutsch mit einer App. Jetzt streift sie gerade im Park umher und hat mich gefragt, ob ich mitkommen will. Ich habe abgelehnt, weil es so kalt ist, dass einem fast der Atem im Mund gefriert. Aber dann wusste ich nicht, was ich mit mir anfangen soll, und bin doch rausgegangen, um sie zu suchen. Wo ist sie nur?

Ich vergrabe meine Nase tiefer in meinem Schal und sehne mich nach Thomas. Aber ich kann erst wieder zu ihm und weitererzählen, wenn ich zusammenbekomme, wie der Abend in der Villa Borghese wirklich verlaufen ist. Wenn mir nur jemand helfen könnte. Aber niemand ist da. Olesja ist wie vom Erdboden verschluckt. Wie groß ist dieser Park?

In einiger Entfernung läuft jemand zwischen den Bäumen entlang. Ein Typ in einem langen schwarzen Mantel. Er hat die Schultern hochgezogen und trägt eine Mütze.

Kann doch nicht sein, dass ich Olesja nicht finde. Ich drehe mich ein paarmal um mich selbst. »Olesja?«, schreie ich. Keine Reaktion. Es ist albern, aber es fühlt sich an, als hätte sie mich allein gelassen.

Allein bist du nichts.

Der Typ im Mantel kommt über den gewundenen Pfad am See in meine Richtung.

»Olesja«, rufe ich noch mal. Wieder nichts. Wenn ich nur wüsste, wo ich noch suchen soll. Die Dämmerung hat eingesetzt, und die Wege im Park sind nicht beleuchtet, was es auch nicht gerade einfacher macht.

»Hey, alles okay?«

Ich zucke zusammen. Der Typ im Mantel ist bei mir angekommen. Sein Gesicht ist unter braunen Haaren und einem Schal versteckt. Seine Stimme dringt gedämpft durch den Stoff.

Ich verenge die Augen. Irgendwie kommt er mir bekannt vor. »Kennen wir uns?« Und dann fällt es mir ein. Die braunen Haare.

Der Sanitäter vom Unfallort. Der Streit auf dem Gang. »Ich hab dich schon mal hier gesehen. Nur dein Gesicht noch nie.«

»Das ist gut.«

»Warum ist das gut?«, frage ich, während ich weiter nachdenke. Er könnte auch ein Pfleger sein.

»Ich will nicht, dass irgendwer mein Gesicht sieht.«

Jetzt wird mir alles klar. »Dann bist du wohl einer von uns?«

»Du meinst, ein Durchgeknallter?« Er lacht, es klingt dumpf durch den Schal.

Ich lache mit. »Genau. Einer von Martins Patienten?«

Er nickt. »Bist du gern hier?«

»Abgesehen vom Wochenende.«

»Wird manchmal echt einsam, oder?« Seine Augen blitzen durch die Haare. »Wenn du jemanden zum Reden brauchst …«

Kälte frisst sich durch die Jeans. Ich fange an, von einem Bein aufs andere zu wippen. Ich würde gern reingehen, ich will nicht mit diesem Typen reden. Ich will zu Martin. Aber der ist nicht da.

»Ich bin auf der Suche nach dem ersten Kuss«, fange ich an. »Ich habe ihn vergessen.« Die Nacht hat sich jetzt vollkommen um uns geschlossen. Zwischen den Bäumen hindurch kann ich die Lichter der Klinik nur noch ganz entfernt sehen. Auch mein Atem ist kaum noch sichtbar, obwohl er immer schneller wird. »Ich glaube, ich sollte doch reingehen.«

»Wie du willst. Aber ich hätte dir gern geholfen. Ich weiß ja, wie das ist.«

Verzweifelt schaue ich zur Klinik zurück. Mist. Ich hatte gehofft, er würde mit mir zurückkommen. Wir könnten drinnen reden. Aber er geht tiefer in das kleine Wäldchen hinein.

»Wie kann man nur den ersten Kuss vergessen?«, flüstere ich in die Dunkelheit. »Ich bin mir so sicher, dass er in jener ersten Nacht passiert ist.«

»Was ist mit dem zweiten Kuss?« Der Typ ist stehen geblieben.

Ein paar Meter Finsternis liegen jetzt zwischen uns. Seine Frage lauert zwischen den Bäumen wie ein knurrender Wolf. »Erinnerst du dich an den?«

Ich durchforste mein Gehirn, aber da ist nichts. Zitternd atme ich aus. »Nein. Ich verstehe das einfach nicht. Jetzt, wo ich mich an meinen Freund erinnern kann, warum kommt da nicht einfach alles zurück?«

Schweigen. Unwillkürlich schlinge ich mir die Arme um die Schultern.

»Erinnerst du dich denn sonst an sehr viel?«

Ich schnaube. »Nein, gar nicht. Aber jene Nacht … ich habe sie so klar vor Augen. Wir sind durch den Park gegangen, haben geredet.«

»Worüber?«

»Über …« Ich stocke. »Ja. Worüber?«

Ich keuche auf, als der Typ plötzlich wieder direkt neben mir steht. »Spinnst du?«, fahre ich ihn an.

»Tut mir leid, ich bin wohl kein guter Therapeut.«

Sofort habe ich ein schlechtes Gewissen. Ich hätte ihn nicht so anfahren dürfen. Er kann ja nichts dafür, dass er nicht Martin ist. Und wer weiß, was für eine Krankheit er hat. Muss was ziemlich Heftiges sein, wenn er so gar nicht gesehen werden will. Noch krasser als das, was Francesca hat, die sich aus lauter Verzweiflung ritzt, um sich abzulenken von allem, was sie durchgemacht hat.

»Na ja«, erwidere ich langsam. »Zumindest weiß ich jetzt, dass ich vergessen habe, worum es in unserem Gespräch ging.« Wenn ich in mich hineinhorche, fühlt es sich an, als hätte ich einen Bogen darum gemacht. Ich erschaudere. Wenn das stimmt, dann verbirgt sich darin vielleicht etwas, was ich nicht erzählen will.

»Lara? Bist doch gekommen.«

Ich fahre aus meinen Gedanken hoch. Drehe mich einmal um mich selbst. »Olesja?« Sie steht hinter mir auf dem Weg. Erleichterung durchströmt mich. Endlich ist sie da. Ich stürze auf sie zu und falle ihr um den Hals.

Leicht überrumpelt schließt sie die Arme um mich und klopft mir auf den Rücken, bis ich mich etwas verschämt von ihr löse. »Sorry.«

»Alles gut?«, fragt sie.

Ich sehe mich um. Der Typ ist weg. »Ja«, antworte ich langsam. Bis auf die Tatsache, dass sich immer noch alles um mich dreht. Was versteckt sich nur in dieser Erinnerung?

Kapitel 40

Lara

Mir ist immer noch schwummrig, als wir in unserem Zimmer ankommen. Ich kann mir nicht erklären, warum. Der Rand meines Blickfelds zieht sich zusammen wie düstere Wolken vor einem Sturm, und mir wird langsam, aber sicher übel von dem Teufelskreis meiner Gedanken. Ich sehne mich nach Thomas, aber natürlich kann ich in so einem Zustand nicht zu ihm gehen. Ich könnte mich niemals beherrschen, die Ampel wäre die ganze Zeit rot. Olesja versucht wirklich alles, um mich abzulenken. Sie hat inzwischen mitbekommen, dass Blogs mir manchmal helfen, also stellt sie mir ihren Laptop vor die Nase und schaut mich fragend an. Sie weiß nicht, dass es längst zu spät dafür ist. Trotzdem tippe ich etwas ein. »Work hard, bike harder«. Thomas' Blog.

Ich starre auf die Startseite, auf das Foto von ihm auf seinem Bike. Ich erinnere mich daran, wie er den Arm um mich gelegt hat und seine Stirn an meine, wenn es mir schlecht ging. Für einen kurzen Moment lässt das Zittern etwas nach. Unwillkürlich greife ich nach der Maus, die Olesja neben den Laptop gestellt hat, und fange an, auf dem Blog herumzusuchen. Der Mauszeiger bebt, meistens muss ich mehrmals auf einen Link klicken, bevor es funktioniert. Aber dann finde ich einen Artikel, der so gut passt, dass ich die Überschrift zweimal lesen muss, bevor ich glaube, was da steht.

»Wie du negative Gedanken so richtig fertigmachst.«

Ich rufe den Artikel auf. Thomas schreibt, dass er sich manchmal schlecht fühlt, ohne zu wissen, warum. Erleichterung überkommt mich, weil ich nicht die Einzige bin, der es so geht. Da steht auch, dass es ihm manchmal schwerfällt, aus seinen Gedanken auszubrechen. Und dass das normal ist. Er schreibt nicht, was für Gedanken ihn quälen. Nur dass es oft Kleinigkeiten sind, die sich aufsummieren. Ich erinnere mich, dass er darüber auch in einem anderen Artikel geschrieben hatte. Und hier steht: »Nichts, was einen belastet, ist jemals eine Kleinigkeit.« Zwischen den Zeilen lese ich eine unterschwellige Traurigkeit und manchmal auch ein bisschen Wut. Ich habe den Eindruck, dass er sich wegen irgendetwas Vorwürfe macht. Ob er irgendwann schon mal mit mir darüber geredet hat und ich es bloß nicht mehr weiß? Weil ich alles vergessen habe, sogar unseren ersten Kuss?

Mein schlechtes Gewissen ballt sich in mir zusammen, und ich muss mir mehrfach sagen, dass ich ihn ja nicht mit Absicht vergessen habe und auch nicht das, was er mir anvertraut hat.

Ich betrachte das Foto über dem Artikel, ein Selfie, das er von sich gemacht hat. Er schaut ernst, irgendwas beschäftigt ihn, das sehe ich ihm an. Ich hoffe, ich bekomme irgendwann wieder die Chance, ihm zuzuhören und für ihn da zu sein.

In dem Artikel gibt er einige Tipps. Ihm scheint besonders gut zu helfen, sich richtig auszupowern. Sport bis zur Besinnungslosigkeit. Ich glaube ihm das sogar, aber leider bringt mich das nicht weiter. Es ist Nacht, selbst wenn ich wüsste, welchen Sport ich machen sollte, wäre das um diese Uhrzeit wohl kaum möglich. Ein bisschen besser geht es mir aber. Die Tatsache, dass ich nicht die Einzige bin, die ihren kreisenden Gedanken so wehrlos gegenübersteht, tröstet. Und das Wissen, dass auch Leute, die nicht krank sind, solche Probleme haben, macht mir Mut.

Ich scrolle mich durch weitere Artikel. Aber inzwischen habe ich tatsächlich fast alles auf seinem Blog gelesen. Nur eine Serie ist noch übrig, die mich bisher nicht interessiert hat.

»Du brauchst nur dein Bike, sonst nichts.«

Da gibt es Einträge wie »Fast ohne Gepäck über die Alpen« oder »Grill dir dein Steak doch einfach auf den Speichen«. Ich muss allein schon wegen der Titel grinsen. Vielleicht hätte ich doch früher mal reinschauen sollen. Ein Artikel zieht meine Aufmerksamkeit auf sich, weil er im Wesentlichen aus Fotos besteht. »Wie du aus einem Bike ein Zelt baust.« Ich klicke darauf, und ein Bild von Thomas erscheint. Entweder hat es ein Freund von ihm gemacht oder er mit dem Selbstauslöser. Auf jeden Fall steht er irgendwo mitten im Wald, bewaffnet mit seinem Bike, einem Rucksack und einer Regenjacke. Ich glaube im Leben nicht, dass er daraus ein Zelt bauen kann. Ich klicke die Slideshow weiter.

Tatsächlich ist auf dem nächsten Foto etwas zu sehen, was irgendwie einem Zelt ähnelt. Man könnte zumindest den Oberkörper darin unterbringen, was ja im Sommer vielleicht ausreichen würde. Ich klicke das nächste Foto an. Das Gebilde aus dem Foto zuvor ist zusammengebrochen. Thomas grinst schief. Es ist ansteckend. Unter dem Bild befindet sich ein Hinweis zu weiteren Blogeinträgen:

»Wie du aus deinem Bike ein Zelt baust, das stehen bleibt.«

»Wie du aus deinem Bike ein Zelt baust, das stehen bleibt, auch wenn ein leichter Wind weht.«

Und:

»Wie du unter freiem Himmel schläfst.«

Ich kann nicht anders, ich muss lachen. Ich liebe es einfach, dass er seinen grandiosen Misserfolg so cool verwertet. Wenn ich nicht schon seine Freundin wäre, würde ich ihn spätestens jetzt kennenlernen wollen. Und mit jedem Wort, das ich lese, liebe ich ihn etwas mehr.

Der Mauszeiger fängt wieder an zu zittern. Ich würde mich so gerne an den Kuss erinnern. Ich muss einfach. Aber selbst wenn ich wüsste, wie, die Worte in mir lassen es einfach nicht zu. Thomas und sein Blog haben sie eine Weile in Schach gehalten, aber jetzt kommen sie wieder hoch. Ich wünschte, ich könnte auch einfach in die Berge fahren und mir die Seele aus dem Leib radeln.

»Lass es raus«, schreibt Thomas. »Lass einfach alles raus.« Es erinnert mich an etwas, das Martin gesagt hat. Ich springe auf, gehe zu meinem Nachttisch und ziehe die Schublade hervor. Ja, tatsächlich, dort ist das Tagebuch. Es ist vollkommen leer. Ich nehme mir einen Stift und setze mich auf mein Bett. Eigentlich kann ich mir wirklich nicht vorstellen, dass das was bringen soll, aber eine bessere Idee habe ich nicht. Also halte ich fest, was ich fühle, wenn ich an den Kuss denke. Und kann selbst nicht fassen, dass es so einfach aufs Papier fließt:

Hilflosigkeit.

Und jetzt weiß ich auch, warum. Martin hat es mir erklärt. Wenn man bewusst Erinnerungen hervorholt, kann es sein, dass auch welche zutage treten, die damit zusammenhängen.

An dem Abend mit dem ersten Kuss muss irgendetwas passiert sein, das mich schrecklich hilflos macht, so sehr, dass ich Angst davor habe, mich daran zu erinnern.

Wenn ich Thomas weiterhin unsere Geschichte erzählen will, damit er meine Stimme hört und nicht wieder tiefer ins Koma sinkt, dann gibt es nur eine Möglichkeit: Ich muss mich dieser Erinnerung stellen.

Kapitel 41

Lara

Als ich bei Thomas ankomme, ist gerade die Physiotherapeutin da und arbeitet mit ihm. Sie hat seine Decke ein Stück zurück geschlagen. Seine Arme und Beine sind nackt! Sofort falle ich rückwärts wieder aus dem Zimmer. Er trägt gar keins von diesen Kliniknachthemden. Natürlich nicht, wahrscheinlich wäre das für die Pflege viel zu aufwendig. Er braucht es ja unter der Decke auch nicht, und weil die sonst immer bis zum Kinn hochgezogen ist, ist es mir nicht aufgefallen.

Ich drehe mich um, so dass ich in den Flur schaue statt durch das Glas auf sein Bett. Es kommt mir nicht richtig vor, ihn fast nackt zu sehen. Es ist, als wäre er mir schutzlos ausgeliefert. Dabei haben wir doch sicher schon mal miteinander geschlafen. Ich versuche, diese Erinnerung aufzuspüren, aber sie ist unauffindbar. Genau wie der erste Kuss. Oder vielleicht habe ich wirklich noch nie Sex gehabt, Thomas ist mein erster Freund. Der Gedanke macht es leichter.

Als die Physiotherapeutin das Zimmer verlässt, senke ich den Kopf, damit ich ihren vernichtenden Blick nicht sehen muss, und schlüpfe an ihr vorbei zu Thomas.

»Hey«, begrüße ich ihn und setze mich auf den Stuhl. Seine Herzfrequenz bleibt gleich. Das liegt daran, dass es immer etwas dauert, bis er reagiert, oder daran, dass das Wort so kurz ist. Ich weiß das. Warum fühlt es sich trotzdem so an, als wäre er enttäuscht von mir?

»Tut mir leid, dass ich letztes Mal einfach so verschwunden bin und das ganze Wochenende über nicht mehr hier war.« Ich fixiere das Display, als würde mein Leben davon abhängen. Als die Herzfrequenz langsam steigt, atme ich auf. »Ich wollte dich nicht so lange allein lassen, ich wäre lieber hergekommen. Aber jetzt … jetzt weiß ich, was ich zu tun habe.« Fürchte ich. Ich muss ausprobieren, was Martin mir geraten hat. Zulassen, dass die Erinnerung, die mir dieses ekelhafte Gefühl von Hilflosigkeit gibt, hochkommt und an mir vorbeifließt. Hoffentlich mit Überschallgeschwindigkeit. Damit ich danach mit unserer schönen Geschichte weitermachen kann. Ich atme tief durch, dann lege ich direkt los. Je schneller ich es hinter mich bringe, desto besser. »Wir sind in Rom, gehen durch den Park, nein, wir stehen. Ganz nah voreinander. Wir beide spüren den Kuss auf unseren Lippen, als wäre er wirklich passiert und man hätte ihn uns wieder weggenommen. Beide sind wir atemlos und enttäuscht. Ich weiche seinem Blick aus, kann nicht zugeben, wie sehr ich es mir wünsche und wie falsch es sich gleichzeitig anfühlt. Ich höre, dass sein Atem schneller geht, dass er sich sammelt. Wie gern er mich geküsst hätte.

›Komm, lass uns hier verschwinden‹, sagt er schließlich. Seine Stimme klingt heiser.

Dankbar lasse ich mich von ihm zurück über den Hügel auf die beleuchtete, breite Promenade führen, die die Villa Borghese teilt. Hier sind noch viele Menschen unterwegs, zwischen die wir uns jetzt mischen.

›Um ehrlich zu sein, komme ich mir ziemlich bescheuert vor‹, murmelt Thomas irgendwann.

Es versetzt mir einen Stich. Natürlich, ich habe ihm Signale gesendet, dass ich geküsst werden möchte, und es ihm dann doch nicht erlaubt. ›Weil der so romantisch geplante Abend jetzt hier auf diesem nicht ganz so romantischen Weg endet?‹ Ich schiebe die Hände in meine Hosentaschen und ziehe die Schultern hoch. Sicher wird er jetzt gleich sagen, dass er mich nach Hause bringen wird.

›Wer behauptet denn, dass er schon endet?‹ Die Überraschung in seiner Stimme ist echt. ›Willst du …?‹

›Nein‹, unterbreche ich ihn hastig. ›Ich dachte nur, weil du meintest, dass du dir bescheuert vorkommst.‹

Er zuckt mit den Schultern. ›Tue ich auch. Ich bin extra nach Rom gefahren, um dich hier zu treffen, obwohl ich so gut wie gar nichts über dich weiß.‹

Erleichterung breitet sich in mir aus und bringt mich zum Lächeln. ›Das ist wirklich ziemlich bescheuert.‹

›Hey!‹ Er hebt übertrieben empört eine Augenbraue.

›Ich bin so froh, dass du das gemacht hast‹, flüstere ich. ›Ich dachte vorhin selbst, wie merkwürdig es ist, dass …‹ Ich verstumme. Dass man sich den Kuss von jemandem so wünschen kann, den man gar nicht kennt. Oder vielleicht gerade deswegen? Weil in so einem Kuss unendlich viele aufregende Möglichkeiten schlummern, solange man noch nicht genau weiß, wer der andere ist?

›Dass man mit einem völlig Fremden eine halbe Stunde in dunklen Katakomben sitzen kann, ohne sich etwas zu erzählen? Weil Worte manchmal unnötig sind?‹

›Ja, genau‹, antworte ich, zittrig vor Glück, weil es ihm genauso geht. ›Manchmal braucht es keine Worte.‹ Nur Nähe. Vielleicht entsteht daraus ja unser erster Kuss. Ganz ohne ein Gespräch. Hoffnungsvoll sehe ich ihn an. Und dann überwinde ich mich. Ich nehme meine Hand aus der Tasche und halte sie ihm hin.

Er greift danach, streichelt meine Finger. Dann hebt er sie an seinen Mund und haucht einen Kuss darauf. Ich möchte sterben. Hier und jetzt. So schön fühlt es sich an.

›Ich würde trotzdem gerne mehr über dich erfahren.‹

Kannst du nicht einfach weiter meine Hand küssen? Irgendwann wird daraus bestimmt ein richtiger Kuss. Auf keinen Fall will ich ihm etwas über mich erzählen. Er soll ruhig weiterhin unendlich viele Möglichkeiten in mir sehen und nicht ahnen, wie es wirklich wäre, mit mir zusammen zu sein. Ich schlucke gegen die Enge in meiner Kehle an und setze ein wackeliges Lächeln auf. ›Klar. Warum nicht? Aber du fängst an.‹

Er nickt. ›Das ist nur fair. Im Schnelldurchgang oder die Langversion?‹

›Gib mir erst mal die Kurzzusammenfassung, damit ich weiß, ob es überhaupt Sinn hat, dass wir das Date fortsetzen. Wenn nicht, da vorn an der Straße ist eine Bushaltestelle, da kannst du mich absetzen.‹ Ich zwinkere ihm zu.

Er lacht sein sympathisches Lachen. ›Okay, aber danach musst du mir deine Kurzzusammenfassung geben, damit ich weiß, ob es Verschwendung war, extra für dich nach Rom zu kommen.‹

Mein Lächeln zerbricht an der Angst, er könnte das wirklich denken, wenn er erst einmal mehr über mich weiß. Zum Glück merkt er es nicht, sondern fängt schon an:

›Also, ich bin dreiundzwanzig Jahre alt, studiere Sport und Journalismus und verdiene mit meinem Mountainbikeblog ein bisschen Geld. Außerdem wohne ich mit meinem Freund Cem in einer schrecklich unordentlichen WG.‹

›Du verdienst mit dem Blog Geld? Echt? Das geht?‹

Er verzieht das Gesicht. ›Im Großen und Ganzen. Ich habe Sponsoren, Hersteller von Bikes und Outdoorkram. Manchmal jobbe ich nebenher, vor allem in den Semesterferien, um das Geld für meine Touren zusammenzukriegen. Man wird nicht reich, aber man kommt über die Runden.‹

›Dann muss dein Blog aber ganz schön beliebt sein.‹ Schon seit er ihn heute Nachmittag erwähnt hat, brenne ich darauf, ihn mir anzusehen, aber ich habe kein Datenroaming.

›Ich hatte Glück, hab ’ne Nische gefunden. Eine Mischung aus Fotografieren und Touren mit dem Mountainbike. Ich berichte, welche Wege sich gut eignen und Spaß bringen. Manchmal gibt es auch Challenges für Gruppen und so. Kommt ganz gut an.‹

›Wenn ich im Hotel wieder WLAN hab, muss ich mir den Blog unbedingt mal anschauen.‹

›Ja, solltest du. Immerhin sind deine Haare schon drauf.‹

›Wie bitte?‹

›Das Foto von heute Nachtmittag. Ich fand es ganz witzig, mal zu gucken, was für Kommentare da kommen.‹

›Ähm, was meinst du damit?‹

›Die Leute werden sich fragen, mit wem ich da unterwegs bin, wo ich doch sonst immer allein durch die Weltgeschichte gondle. Nur mein Mountainbike begleitet mich.‹

›Oh.‹ Jetzt werde ich doch wieder rot. Schnell wende ich das Gesicht ab. ›Ich weiß nicht, ob ich das lesen will.‹

›Keine Sorge‹, sagt er schnell. ›Das ist nur freundliches Geplänkel, weiter nichts, und man sieht ja dein Gesicht nicht. Sonst hätte ich das sicher nicht gemacht, ohne dich zu fragen. Aber es bringt Kommentare, wenn man hin und wieder was Persönliches einfließen lässt. Die Sensationsgier der Meute, du verstehst.‹

Er grinst, und ich kann nicht anders, als mit einzufallen. Er sieht mich abwartend an, und ich weiß, dass er jetzt meine Kurzzusammenfassung hören will. Aber ich verstehe seinen Blick mit Absicht falsch. ›Na gut, das klingt so weit ganz nett. Nicht langweilig, nicht spießig und nicht zu durchgeknallt. Du kriegst noch eine Chance bis zur nächsten Bushaltestelle.‹

›Zu durchgeknallt? Geht das überhaupt?‹, fragt er.

Zum ersten Mal fällt mir auf, was auf seinem T-Shirt drauf ist. Eine gigantische Fledermaus, die sich wohl für einen Drachen hält und auf dem Schiefen Turm von Pisa herumturnt. Er bemerkt meinen Blick.

›Wahrscheinlich nicht‹, sage ich.

›Und du …?‹

›Aber das reicht mir noch nicht‹, fahre ich hastig fort, bevor er mich nach meiner Kurzzusammenfassung fragen kann. ›Was ist sonst so bei dir los? Hast du Geschwister? Familie?‹

Er schüttelt den Kopf, als ob er darüber nicht reden will.«

Ich schrecke auf. Ich war zu tief in der Geschichte versunken, um daran zu denken, dass ich sie erzähle. Natürlich kann er mir nichts über seine Familie berichten. Denn ich kann ihn ja nur das sagen lassen, was ich über ihn weiß. Ich habe bloß ein winziges Detail auf seinem Blog gefunden, und das kannte ich bereits. Er hat eine Schwester. Und die hat er seit zwei Jahren nicht mehr erwähnt.

»Oder es wirkt nur so, als ob er nicht darüber reden will, denn jetzt tut er es doch. ›Ich habe eine Schwester‹, sagt er langsam. ›Aber die sehe ich nur selten.‹

›Warum?‹, erkundige ich mich.

Er zuckt mit den Schultern.

Ob sie zerstritten sind? Möglich wäre es. Es ist ja schon komisch, dass Geschwister sich so aus den Augen verlieren. Oder es liegt nur daran, dass er in einer anderen Stadt studiert und sie einfach nicht die Möglichkeit haben, sich öfter zu sehen. Aber würde er sie dann nicht ab und an in seinem Blog erwähnen?

›Wie sieht es bei dir …?‹, beginnt er.

›Sport zu studieren, stelle ich mir schrecklich anstrengend vor‹, werfe ich hektisch ein.

Thomas lacht nicht. Er sagt auch nichts. Stattdessen bleibt er stehen und dreht mich zu sich. Die Wärme seiner Hand wird mir nur zu bewusst. Sein Blick ruht auf mir, und da ist ein warmes Leuchten in seinen Augen, dasselbe, das er schon in den Thermen hatte.

›Ich werde niemals denken, dass es Verschwendung war, für dich hierherzukommen‹, sagt er leise. ›Ganz egal, was du mir erzählst oder ob du mir überhaupt etwas erzählst.‹

›Ist es so offensichtlich?‹, frage ich zaghaft.

›Ziemlich.‹

Ich senke den Blick. ›Tut mir leid.‹

Er zieht mich zu sich, so nah, dass mir sein Geruch in die Nase steigt. Aufregend, frisch und ein klein wenig nach Öl von seinem Bike. ›Es muss dir nicht leidtun.‹ Seine Lippen berühren beinahe meine. Ich schließe die Augen, öffne den Mund. Lade ihn förmlich ein.

Sein Atem streift meine Haut. ›Nicht hier‹, flüstert er rau. ›Auch wenn du es mir wirklich schwer machst.‹

›Bitte‹, flehe ich. ›Es ist doch egal, wo wir sind oder wer uns sieht.‹ Wenn ich ihn nur endlich finde, unseren ersten Kuss.

Er legt seine Stirn an meine. ›Aber es ist nicht egal, ob es der richtige Moment ist. Das hier … fühlt sich falsch an.‹«

Stille senkt sich über das Krankenzimmer. Ich habe Thomas meine eigenen Worte in den Mund gelegt. Es fühlt sich falsch an, auch wenn ich es ganz unbedingt will. Mir wird klar, dass ich mich schon wieder zu drücken versuche. Aber das geht nicht. Wenn ich will, dass Thomas und ich diesen Weg zusammen weitergehen können, wenn ich im düsteren Abgrund meiner Erinnerung unseren ersten richtigen Kuss finden will, muss ich mich der Wahrheit stellen. Oder sie zumindest ein Stück weit ans Licht lassen.

Wie sehr ich mir wünsche, Thomas könnte wirklich meine Hand halten.

Ich brauche dich so sehr.

Auch dieser Moment ist vorbei, und als wir unseren Weg fortsetzen, klammere ich mich ganz fest an seine Hand. Wir laufen über eine breite Straße, auf der um diese Uhrzeit nur wenige Autos fahren, weg von der Buslinie. Ich nehme all meinen Mut zusammen.

›Du willst meine Kurzzusammenfassung?‹

Thomas drückt meine Hand. ›Du musst nicht.‹

Ich lächle gequält. ›Ich fürchte doch, wenn das mit dem Kuss jemals klappen soll.‹

Er runzelt verwirrt die Stirn, aber ich übergehe es.

›Gut, also, ich bin neunzehn Jahre alt, wohne noch bei meinen Eltern.‹ Ich verziehe das Gesicht. ›Leider. Jenny und Alex sind kürzlich in eine WG gezogen, und ich wäre auch gern dabei, aber …‹

Meine Mutter wollte es nicht.

Du bist schuld, dass er weg ist. Wag es nicht, mich jetzt alleinzulassen!

›Aber?‹ Thomas' sanfter Tonfall lockt mich aus der Finsternis. ›Meine Eltern glauben, ich komme allein nicht zurecht.‹ Das ist die Untertreibung des Jahrhunderts. Ein so kleiner Teil der Wahrheit, dass es fast schon eine Lüge ist.

Er schnaubt. ›Typisch Eltern, die denken immer, man kommt ohne sie nicht klar.‹

Bei mir ist das anders, will ich sagen, aber ich wollte ihm ja erst erklären, dass mit mir was nicht stimmt, wenn ich glaube, dass es eine Rolle spielen könnte.

Er drückt meine Hand, und in seinem aufmunternden Lächeln sehe ich so vieles, was ich mir immer gewünscht habe.

Wem will ich etwas vormachen? Es spielt längst eine Rolle.

›Und was machst du sonst, studierst du?‹, fragt er. ›Oder machst du eine Ausbildung?‹«

Entsetzt fahre ich aus der Geschichte hoch. Hier ist es, ich bin ganz sicher. Dies ist die Stelle, die ich nicht erzählen wollte. Damals nicht und jetzt auch nicht. Aber ich weiß immer noch nicht, warum. Ich klammere mich an die Stuhllehne und hefte die Augen ganz fest auf die Ampel, damit ich ja nicht übersehe, falls sie rot wird.

»›Nein, ich … ich mache nichts.‹ Gar nichts.

›Warum nicht? Wartest du auf einen Studienplatz?‹

Ich wünschte, ich könnte ja sagen, aber es ist ein deutliches Nein, das sich in meinen Gedanken formt. Und darunter die Worte meiner Mutter, die alles erklären.

›Nein‹, entgegne ich zittrig. ›Weil … meine Eltern …‹

›… dagegen waren?‹, beendet er meinen Satz. ›Aber warum?‹

›Es gibt einen Grund‹, flüstere ich. ›Ich wollte eigentlich Mediendesign studieren oder Architektur.‹ Aber …

Du bist krank. Oder dumm. Oder beides. Jemand, der so krank ist wie du, der kann keine Ausbildung absolvieren oder gar studieren. Wie soll das gehen?

Ich rede ja nicht immer so viel, habe ich meiner Mutter leise geantwortet. Vor allem nicht, wenn ich von zu Hause weg bin, aber das habe ich mich nicht zu sagen getraut.

Reden, es geht doch nicht ums Reden! Es geht darum, dass du ständig Sachen vergisst. Du weißt nicht mehr, was man dir gesagt hat. Du weißt manchmal nicht mehr, wo du bist. Du verlierst Stunden, manchmal Tage und hast dann keine Ahnung mehr, was passiert ist. So jemand kann doch nicht arbeiten. Wie stellst du dir das vor?«

Bebend sitze ich auf dem Stuhl neben Thomas' Bett. Das ist es also, was mich so hilflos macht. Ich rede nicht nur, ich vergesse auch immer wieder Dinge. Nicht erst seit dem Unfall, sondern schon vorher. Und ich hatte es vollkommen verdrängt. Deswegen wollte ich diese Stelle nicht erzählen, weil sie mir brutal vor Augen führt, wie krank ich wirklich bin. Und dass ein normales Leben für mich wahrscheinlich unmöglich ist.

Ich keuche und presse mir die Hand auf den Mund. Am liebsten würde ich abhauen, damit sich meine ganze verdammte Hilflosigkeit nicht in einem ekelhaften Redeschwall über ihn ergießt. Aber ich will nicht.

Ich habe Thomas schon einmal kurz vor dem Kuss hängen lassen. Und mich auch. Wir haben ihn uns beide hart verdient, und ich bin nicht bereit, jetzt darauf zu verzichten. Nicht jetzt, wo ich mich ohnehin so mies fühle.

Ich lasse die Hand sinken und erzähle vorsichtig weiter. »›Meine Mutter meint es nur gut.‹ Es ist keine Antwort auf seine Frage, aber die kann ich ihm auch nicht geben. Es ist zu spät. ›Es gibt einen Grund.‹ Verzweifelt sehe ich ihn an. Bitte, denke ich, bring die Worte wieder dazu, in mir zu zerfallen. So wie heute Nachmittag. Ich spüre sie schon auf meinen Lippen, so schrecklich viele. Mein Blick fällt auf seinen Mund.

Endlich weiß ich, wohin die Geschichte führen muss.

Ich gehe auf die Zehenspitzen und lege ihm die Arme um den

Hals. Ich zögere nur kurz, denn ich weiß mit absoluter Sicherheit, dies ist der richtige Moment. Ich nähere mich Thomas, fühle seinen Atem, wünsche mir mehr. Nicht weil ich ihn wirklich küssen will, sondern weil sein Kuss die Worte zum Schweigen bringt.

Es fühlt sich falsch an, und doch ist es richtig, weil es genau so passiert ist. Ich schließe die Augen und berühre seine Lippen mit meinen. Wieder ist da dieses zarte Flattern in mir, wieder lösen sich die Worte zu unbedeutenden Buchstaben auf, die niemandem mehr weh tun. Doch diesmal hört es damit nicht auf. Thomas legt die Arme um mich und zieht mich etwas fester an sich, behutsam, als hätte er Angst, mich zu verschrecken. Ebenso vorsichtig vertieft er den Kuss, nimmt meine Lippen in Besitz, bis ich sie ganz leicht für ihn öffne und ihn einlasse. Auch jetzt ist er sanft und zärtlich, und doch lauert darunter eine Leidenschaft, die mich innerlich beben lässt.

Ja, es ist richtig, dass ich ihn jetzt küsse. Denn der Grund hat längst an Bedeutung verloren. Jetzt zählt nur noch, dass er mich umschlungen hält. Seine Zärtlichkeit lässt mich alles vergessen, vor allem die Angst, er könnte denken, es hätte sich nicht gelohnt, mir nach Rom zu folgen.

Ich fühle mich sicher und geborgen, zum ersten Mal seit unendlich langer Zeit. Oder zum ersten Mal überhaupt.«

Ich tauche aus dem Kuss auf, mit den Fingerspitzen an den Lippen. Es fühlt sich an, als wäre er gerade erst passiert und nicht schon ewig her. Die Geborgenheit umhüllt mich immer noch, Thomas' Nähe, die mich vor allem zu schützen scheint. Ohne darüber nachzudenken, stehe ich auf und nehme seine Hand. Ich streiche über seine kühlen Finger, obwohl es verboten ist.

Ich kann einfach nicht anders. Ich muss ihn spüren, muss fühlen, dass er noch da ist. Ich mustere sein Gesicht, seine Lippen. Gerade noch lagen sie auf meinen. Gerade noch waren wir in Rom.

»Das hier ist nicht echt«, flüstere ich. »Das Krankenhaus, meine

Krankheit und du … in diesem Bett. Das sind nicht wir, hörst du?« Eine Träne läuft mir über die Wange. Die ganze Sehnsucht, die mir in diesem Moment das Herz zerreißt, fließt damit aus mir heraus. »Ich weigere mich, das hier zu akzeptieren. Es ist nur ein böser Traum, und wir werden erwachen, du und ich. Und dann fahren wir noch einmal nach Rom, wir werden noch einmal den Sonnenuntergang über dem Petersdom erleben und uns noch einmal dort küssen.« Ich wische mir ungeduldig über das Gesicht. »Immerhin haben wir uns gefunden, trotz meiner fehlenden Erinnerung und obwohl du nicht mal nach mir suchen konntest. Wir gehören zusammen. Was wir hatten, war … perfekt. Und das wird es auch wieder sein.«

Ich drücke seine Hand. Sie bleibt bewegungslos.

Natürlich. Warum sollte auch ein Wunder geschehen, nur weil ich ihm sage, dass wir zusammengehören?

»Ich gebe nicht auf, niemals. Das verspreche ich dir. Egal, wie vielen Erinnerungen ich mich noch stellen muss und wie weh das tun wird. Ich werde uns beide aus diesem Alptraum aufwecken.«

Wenn ich es nur oft genug sage, vielleicht wird es dann wahr.

Kapitel 42

Thomas

Ich werde uns beide aus diesem Alptraum aufwecken.

Wie gerne möchte ich Lara antworten, aber ich bringe kein Wort heraus. Natürlich nicht, so einfach entkommt man einem Alptraum nicht. Er macht einen sprachlos.

Auch Vater konnte nur schweigend Mutters Hand halten während der Chemotherapie. Mit jeder Behandlung wurde nicht nur sie blasser, sondern auch er und Isabel immer müder.

Meine Mutter streicht ihr besorgt über die Wange. »Du solltest nicht so oft kommen, Isabel. Du musst doch lernen.«

»Ich möchte bei dir sein.« Solange es noch geht. Isabel sagt es nicht, aber es steht ihr ins Gesicht geschrieben. »Vielleicht sollte ich die Ausbildung abbrechen, um mehr Zeit zu haben. Es ist so eine lange Fahrt hierher, und ich möchte …« Ihre Stimme versagt ihr den Dienst.

»Bitte mach das nicht«, erwidert Mutter leise. »Du hast dein Leben lang dafür geschuftet, Pilotin zu werden. Ich will nicht, dass dieser verdammte Krebs noch mehr zerstört.«

Dieser verdammte Krebs. Das Geschwür in Mutters Lunge beißt sich in unserem Leben fest. Es zerfrisst alles, bis Isabel und ich nachts auf einer vereisten Straße stehen und uns anschreien, weil uns nichts anderes mehr übrigbleibt.

Ich lasse ihre Vorwürfe auf mich einprasseln. Sie sind leichter zu ertragen als die, die ich mir selbst mache. Bis sie sich vermischen und es unerträglich wird.

Als ich mich umdrehe, rutsche ich aus. Dämlicher Alptraum. Natürlich will er nicht, dass ich mich vom Fleck bewege. Cem streckt mir die Hand hin. Ich greife danach, aber er ist viel zu weit weg.

Neben mir explodiert etwas, ein Alarm, laut und aufdringlich, ein fieser, stechender Ton. Mein eigenes Herz dröhnt in meinen Ohren.

»Alles okay.«

Nichts ist okay. Die vereiste Straße ist immer noch da. Und über ihr hallen die Vorwürfe wider. Ich bin ihnen ausgeliefert. Den Geräuschen, den Stimmen, dem Piepsen. Wenn ich mir doch nur die Ohren zuhalten könnte.

Dann ist es plötzlich ruhig. Viel zu ruhig.

Lara? Du musst mir alles erklären. Nur du redest so, dass ich es verstehe.

Wo bist du nur?

Und wo, verdammt noch mal, bin ich?

Kapitel 43

Lara

Es ist leicht, großmäulig zu behaupten, dass man sich einer Sache stellen will, wenn man ihr gerade nicht ins Auge blickt. Aber jetzt sitze ich vor Martin in seinem Büro, und er redet über irgendetwas. Ich sollte ihm sagen, dass ich bereit bin, an den Erinnerungen zu arbeiten, so, wie er es vorgeschlagen hat, aber mein ganzer Mut von gestern ist wie weggewischt.

»Lara?«

Ich schrecke auf. »Entschuldige, was hast du gerade gesagt?«

Er mustert mich eindringlich. »Ich habe dich gefragt, wie es dir geht.«

»Oh. Ja. Gut. Also … ich …« Los. Sag es. Jetzt. »Gut.«

Na, das hast du ja toll hinbekommen.

Er sieht auch nicht wirklich überzeugt aus, aber er bohrt nicht nach. »Hast du darüber nachgedacht, ob du an deinen Erinnerungen arbeiten möchtest?«, fragt er.

Mein Gehirn will ja sagen, aber mein Mund bewegt sich lange nicht. »Mit welcher würden wir anfangen?«, frage ich schließlich.

»Man beginnt normalerweise mit der intensivsten oder belastendsten Erinnerung, weil diese meistens zentral für alles andere ist und sich vieles auflöst, wenn man sie bearbeitet hat.«

»Und das wäre bei mir …?«

Du bist krank. Oder dumm. Oder beides.

Das nicht. Bitte. Alles, nur das nicht.

»Ich denke, der Unfall.«

Erleichtert atme ich auf. Ich ahne ja schon, wie er abgelaufen ist, auch wenn vieles immer noch im Dunkeln liegt. Ich weiß immer noch nicht, warum ich nicht das Nachthemd mit dem Kolibri anhatte oder warum ich überhaupt im Pyjama unterwegs war, aber das lässt sich sicher irgendwie erklären.

»Okay«, antworte ich leise.

»Wirklich?«, fragt Martin fast überrascht.

Ich muss lächeln, wenn auch wackelig. »Ja.«

»Möchtest du sofort anfangen?«

Ich nicke.

»Erzähl mir von jenem Abend«, bittet Martin mich. »Was siehst du? Es ist nicht schlimm, wenn es Lücken gibt.«

»Es ist alles so … diffus. Ich sehe mich, wie ich in dem Schlafanzug aus dem Haus laufe. Ich … gehe zum Auto. Steige ein. Wir fahren los. Dann sind da plötzlich Lichter und Sirenen.«

»Okay. Das ist einiges, damit können wir arbeiten. Der Schlüssel sind meistens die Gefühle. Probier mal, dich zu erinnern, wie du dich gefühlt hast, kurz bevor du ins Auto gestiegen bist.«

»Ich weiß nicht.« Wahrscheinlich unbeschwert, weil ich mit Thomas irgendwohin wollte?

»Lass es einfach an dir vorbeiziehen, versuch nicht, mit Hilfe deines Verstandes darauf zu kommen, sondern versetz dich in den Moment hinein und spüre ihn.«

»Ja, gut.« Ich schließe die Augen. Sehe meine Hand auf dem Griff der silbernen Autotür. Sie zittert. Ich reiße die Augen wieder auf. »Angst«, flüstere ich. »Ich hatte Angst.« Sie steigt heftig in mir auf, genauso echt wie damals. Aber warum hatte ich Angst? Das passt doch nicht.

»Gut. Atme langsam. Lass die Angst zu. Sie ist alt. Du betrachtest sie nur rückblickend. Du bist hier sicher.«

Ich schaue auf meine Hände. Martin hat mir ein Origamipapier in die Hand gedrückt und lächelt mich auffordernd an. Ich falte, bis meine Gedanken sich beruhigt haben.

»Möchtest du weitermachen?«

Nein. »Ja.« Ich will diese Angst in mir loswerden, und ich weiß, sie wird sich nur auflösen, wenn ich herausfinde, was damals passiert ist.

»Wo bist du, als das Auto in den Container kracht?«

»Ich … auf dem Beifahrersitz?«, gebe ich unsicher zurück.

»Und was liegt vor dir, wenn du auf die Straße schaust?«

Ich lasse mir die Erinnerung noch einmal durch den Kopf gehen. »Da ist … nichts.«

Ich durchsuche die Bilder, lasse sie langsam an mir vorbeiziehen, aber das Ergebnis bleibt gleich. Die Straße ist leer.

»Du warst also im Auto, jemand anderen hast du nicht gesehen.«

»Ich erinnere mich nicht, aber ich weiß genau, dass ich nicht gefahren bin, ich habe keinen Führerschein.« Ein bisschen was von der alten Wut kommt wieder hoch. Warum kapiert er es nicht endlich? Ich kann nicht gefahren sein. Ich versuche, mehr zu sehen, aber ich schaffe es nicht. Es ist, als würde ich in meinem Kopf gegen eine unüberwindliche Mauer laufen.

»Vor dir auf der Straße war nichts. Niemand, der dich abgelenkt hat. Niemand, der einen Unfall verursacht hat.«

Mir wird eiskalt. »Was willst du damit sagen?«

»Ich habe nur aufgezählt. Die Schlüsse musst du selbst ziehen.«

Die Gedanken kreisen in meinem Kopf. Ich habe niemand anderen im Auto gesehen. Und vor mir auf der Straße war nichts. Ich bin ohne Grund mit voller Wucht in den Altglascontainer gerast. Und endlich verstehe ich, was er meint. »Nein«, flüstere ich. »So war das nicht. Ich war nicht allein. Ich kann gar nicht Auto fahren. Er war bei mir. Er saß am Steuer. Vielleicht ist ein Reifen geplatzt oder da war Eis auf der Straße …« Bittend schaue ich Martin an.

»Es ist nicht immer leicht, der Wahrheit ins Auge zu blicken, aber du schaffst das. Versuch, dich hineinzuversetzen. Nimm die Gefühle an, die dabei entstehen.«

Ich hatte Angst, wollte weg. Ich war allein. Das Auto ist ohne Grund in den Container gekracht. Aber … nein. Das kann nicht sein. Oder? Die Worte drängen aus mir heraus, sie schlagen in Wellen über mir zusammen. »So war das nicht. Ich … nein … so was würde ich nie tun.«

Er lässt mich reden, gibt mir schließlich Sandpapier. Und als ich endlich schweige, spricht er aus, was ich nicht sagen kann.

»Du hattest Angst, bevor du ins Auto gestiegen bist. Du erinnerst dich nicht, dass irgendetwas den Unfall ausgelöst hat. Könnte es möglich sein, dass du dich danach gesehnt hast, allem ein Ende zu setzen?«

Stumm starre ich Martin an. »Du meinst, ich wollte mich umbringen?«

»Es ist nur eine Möglichkeit«, antwortet er leise, aber ich höre es kaum.

Ich gehe zurück in die Erinnerung. Sehe das Auto. Der Altglascontainer rast auf mich zu. Nein. Das wollte ich nicht. Oder? Ich springe auf. Gehe auf und ab. Wollte ich mich umbringen? Nein, das fühlt sich nicht richtig an.

Plötzlich wünsche ich mir, ich hätte nie auch nur darüber nachgedacht. Denn jetzt weiß ich nicht mehr, was die Wahrheit ist.

»Warum hast du das gesagt?« Ich bringe die Worte kaum heraus. »Dass ich nicht gefahren sein kann, war das Einzige, was ich sicher wusste.« Meine Worte sind so von Tränen durchsetzt, dass ich sie selbst kaum verstehe.

»Wusstest du es, oder hast du es nur aus der Tatsache geschlossen, dass du keinen Führerschein hast?« Es ist eine ganz normale Frage, aber in diesem Moment hasse ich ihn dafür. »Warum willst du mir einreden, dass ich mich umbringen wollte?«

»Ich habe dich nur geführt.«

»Nein. Das mit dem Selbstmord war deine Idee. Und dabei hast du vorher noch behauptet, ich muss die richtigen Schlüsse selbst ziehen. Ich! Nicht du.« Mein Atem geht so hektisch, dass ich kaum noch sprechen kann.

»Es war nur ein Vorschlag«, erwidert Martin, immer noch ganz ruhig. Dass er trotz allem so cool bleibt, dämpft die Angst in mir ein wenig. »Es ist nur eine Möglichkeit von vielen. Ich habe sie dir angeboten, weil du selbst anscheinend zu diesem Schluss gekommen bist. Lara, möchtest du dich wieder setzen? Dann können wir in Ruhe darüber sprechen.«

»Nein. Ich … ich möchte gehen«, stoße ich hervor. »Ich will nicht mehr.« Nicht mehr darüber nachdenken, ob es vielleicht wahr sein könnte.

»Das ist natürlich deine Entscheidung. Allerdings würde ich dir eher raten, zu bleiben und das nicht so offen stehen zu lassen.«

Ich schüttle den Kopf, finde mich auf dem Gang wieder. Ich fühle nichts. Es ist, als würde ich allein durch ein Vakuum schweben.

Worte kommen in mir hoch und verkleben meine Gedanken. Diesmal wehre ich mich nicht, ich bin froh, dass ich nicht mehr klar denken kann. Denn ich weiß zwar nicht, ob ich mich wirklich umbringen wollte. Nur eines weiß ich ganz genau: Alles hat einen Grund. Aber welchen Grund sollte ich gehabt haben, mich umbringen zu wollen?

Kapitel 44

Thomas

Stimmen schwirren durch meinen Kopf. Sie graben sich zwischen die Erinnerungen an Mutter, die blass im Krankenhausbett liegt. Isabel, die ihre Prüfung verhauen hat. Und Vater, der mir die Schuld an allem gibt.

Manchmal sind die Stimmen aufgeregt wie Isabels. »All das Geld, und für was?«, brüllt sie. »Wofür, Thomas?«

Ich erkläre es nicht noch mal. Ich habe es ihr schon tausend Mal gesagt. Sie weiß, wofür. Und dann wieder frage ich mich, ob ich es selbst weiß.

Eine der Stimmen klingt wie Vater. Aber dann wieder doch nicht. Ich weiß nicht mal, ob ich ihn hören will.

Nur Lara will ich hören. Ihre Stimme löst keine Schuldgefühle in mir aus.

»Thomas«, vernehme ich es leise neben mir. Es ist nicht Lara, sondern Isabel. »Wie konnte das nur passieren?« Mitleid und Hass mischen sich in ihrer Stimme zu einem merkwürdigen Tonfall, der nach Gänsehaut klingt. Ist das wieder eine Erinnerung?

»Ich wünschte …« Sie verstummt zwischen all den anderen Geräuschen. »… ich könnte die Zeit zurückdrehen.«

Das wollte ich damals schon. Damit es wieder so wird wie früher. Auf der Wiese und im Boot.

»Gott, was bin ich nur für ein Mensch?« Ihre Stimme bricht. »Selbst jetzt kann ich dir nicht verzeihen. Ich kann nicht mal drüber nachdenken.«

Das weiß ich doch, Isabel. Du hast es mir ins Gesicht geschrien. Damals, als du mir das erste Mal gesagt hast, dass du mich hasst.

»Lass sie, die beruhigt sich schon wieder.« Cem. »Hattest du nicht vor, einen Blog anzufangen?« Er wusste schon immer, wie er mich ablenken kann. Aber irgendwann konnte auch er nicht mehr helfen.

Nicht an jenem letzten Tag bei jenem letzten Streit.

Ja, die Zeit zurückdrehen, das wär's. Dann könnte ich doch noch nein sagen.

Kapitel 45

Lara

Als ich auf der Intensivstation ankomme, drehen sich meine Gedanken immer noch um den Unfall und ob es wahr sein könnte, was Martin vermutet. Ich kann es kaum erwarten, meine Geschichte weiterzuerzählen und diesem ätzenden Teufelskreis endlich zu entkommen. Was für ein Glück, dass ich Thomas habe. Ohne ihn wäre ich verloren.

Doch als ich bei seinem Zimmer ankomme, höre ich Stimmen. Ungeduldig bleibe ich auf dem Gang stehen, direkt neben der Tür. Hoffentlich gehen die Leute bald.

»Was denken Sie, Doktor Bilge?« Eine Frauenstimme lässt mich aufhorchen. Das muss Thomas' Schwester sein.

»Es sieht etwas besser aus«, antwortet die Ärztin zuversichtlich. »Er reagiert wieder auf uns, wenn wir mit ihm sprechen.«

Er reagiert wieder? Auch auf andere Menschen? Das bedeutet, es geht bergauf! Endlich! Ich möchte die ganze Welt umarmen. Es hat ihm also anscheinend wirklich geholfen, dass ich mit ihm geredet habe. Ein merkwürdiges, zartes Ziehen rührt sich in mir, etwas, das mich gleichzeitig traurig und fröhlich macht. Ich versuche zu erkunden, was für ein Gefühl es sein könnte, indem ich mir vorstelle, es auf die Seite meines Tagebuchs zu schreiben, bis ich es schwarz auf weiß vor mir sehe. Hoffnung. Er hat zwar nur einen kleinen Fortschritt gemacht, aber den hat er gemacht, seit ich bei ihm bin. Wer weiß, was noch alles möglich ist, wenn ich ihn weiterhin besuche? Jetzt kann ich es noch weniger erwarten, zu ihm ins Zimmer zu gehen, aber das wäre ziemlich unhöflich, solange seine Schwester noch da ist. Also wippe ich ungeduldig auf den Zehenspitzen, während ich neben der Tür warte.

»Hat er das nicht von Anfang getan?« Der barsche Ton lässt mich zusammenzucken, obwohl ich so weit entfernt stehe.

»Es gab eine Phase, da hat er keinerlei Reaktion gezeigt.« Bewundernswert, wie freundlich sie bleibt, nachdem sie so angeschnauzt wurde. »Wir nehmen an, dass er sich aufgrund der Lautstärke sozusagen tiefer in das Koma zurückgezogen hat. Deswegen haben wir ihn isoliert.«

Jemand seufzt. »Bitte, seien Sie ehrlich. Diese Reaktionen, das bedeutet doch nichts. Das heißt doch nicht, dass er aufwacht, oder?«

»Nein. Und selbst wenn, hat er noch einen langen Weg vor sich, aber wir tun alles, um seine Chancen zu verbessern. Frühreha, Physiotherapie, alles nach den neuesten Erkenntnissen …«

»Reha? Gott, das ist doch alles …« Sie verstummt für eine Weile. »Ich will diese Rehamaßnahmen nicht. Kann ich das unterbinden?«

Ich höre das Entsetzen aus dem Schweigen der Ärztin bis hierher. Es mischt sich mit meinem eigenen. Wie kann sie wollen, dass er keine Reha bekommt?

»Die Frührehabilitation ist äußerst wichtig. Viele Angehörige lassen die Patienten extra in Kliniken verlegen, die sich darauf spezialisiert haben.«

»Nein. Ich bin für ihn verantwortlich, solange er sich in diesem Zustand befindet, also kann ich das doch sicher untersagen?«

Wieder fassungsloses Schweigen.

Warum will sie es nicht? Ich würde am liebsten ins Zimmer reinplatzen und ihr die Meinung sagen. Aber natürlich würde ich mich das niemals trauen.

»Er hat keine Patientenverfügung, daher sind wir auf die Aussagen der Angehörigen angewiesen, um herauszufinden, was er wollen würde. Wenn Sie der Meinung sind, dass er selbst auch so entscheiden würde, dann … vielleicht. Aber warum sollte er keine Therapie wollen?«

Es dauert lange, bis sie antwortet, und ich verstehe kaum, was sie sagt, so leise spricht sie. »Er hasst es, angefasst zu werden. Das war schon immer so.«

Ich versuche mich zu erinnern, ob das stimmt, aber natürlich finde ich nichts. Meine Zeit mit ihm ist immer noch ein zu großer schwarzer Fleck.

»Wann haben Sie mit den Maßnahmen angefangen?«, fragt Isabel Haller leise.

»Wir beginnen damit, sobald die Patienten stabil genug sind. Wenn möglich, direkt nach der Notfallversorgung.«

»Vielleicht hat ihn ja das tiefer ins Koma getrieben.«

Die Ärztin denkt anscheinend tatsächlich darüber nach. »Die neuesten Forschungen deuten eher auf das Gegenteil hin. Ich würde ganz unbedingt dazu raten …«

»Sie müssen meine Entscheidung respektieren. Sie dürfen ihn nicht einfach behandeln, nur weil er im Koma liegt und sich nicht dagegen zur Wehr setzen kann.« Ihre Stimme ist jetzt schrill.

»Natürlich, Frau Haller.« Sie klingt erstaunt und ein wenig schockiert. »Wir müssen die Patienten aber umlagern, damit sie keine Liegestellen bekommen, und die Schmerzmedikation …«

»Ja, natürlich«, sie räuspert sich. »Er soll keine Schmerzen haben. Alles, was unbedingt nötig ist, soll gemacht werden, aber nur das. Ich glaube wirklich, dass das in seinem Sinne ist.«

Das Zittern in ihrer Stimme straft ihre Worte Lügen. Sie klingt überhaupt nicht so, als wäre sie sich sicher. Eher habe ich den Eindruck, als hätte sie nie mit ihm über solche Themen gesprochen. Aber warum verhält sie sich dann so? Ich kann mir nicht vorstellen, dass Thomas das wollen würde. An jedem seiner Blogartikel erkennt man, dass er keine Schwierigkeiten scheut. Er würde kämpfen, um jede noch so kleine Chance. Wie kann sie ihm das verweigern? Meine Kehle wird eng. Das darf sie nicht. Und ich darf das nicht zulassen.

Ich schrecke auf, als Isabel Haller und Doktor Bilge das Zimmer verlassen. Ich sollte darauf hinweisen, dass ich anderer Meinung bin. Vielleicht würde es helfen.

Isabel Haller geht an mir vorbei. Ihr Blick fällt auf mich, und sie runzelt ungnädig die Stirn. Bestimmt erinnert sie sich an meinen unmöglichen Auftritt im Wartezimmer.

Mühsam hole ich Luft. *Komm schon, sag etwas.* Ich bin seine Freundin. Er braucht mich. Aber ich habe zu viel Angst, dass mir die falschen Dinge über die Lippen kommen würden und ich alles noch viel schlimmer machen würde. Ich suche in ihrem Gesicht nach Ähnlichkeit mit Thomas, aber der strenge Zug um ihren Mund hat nichts mit seinem frechen Lächeln gemeinsam.

»Was hast denn du hier zu suchen?«, zischt sie. Sie erinnert sich also wirklich noch an mich. Und ich bin immer noch nicht in der Lage, etwas zu erwidern. Zu sehr kämpfe ich mit Entschuldigungen, Vorwürfen, Eklärungen.

Sie wendet sich an die Ärztin. »Ich dachte, Sie kontrollieren, wer hier reinkommt.«

Der Blick der Ärztin zuckt zur Ampel. Die rot ist. Sie schiebt uns ein wenig von der Zimmertür weg.

»Thomas spricht sehr gut auf die Stimme dieser jungen Dame an, deshalb sitzt sie jeden Tag für eine gewisse Zeit an seinem Bett und erzählt ihm etwas. Seit wir das machen, reagiert er auch wieder auf andere Menschen.« Bevor die Ärztin weiterreden kann, wird sie von einem Alarm in ein anderes Zimmer gerufen.

Isabel Haller kommt auf mich zu. »Wer bist du, und was willst du von meinem Bruder?«, fragt sie misstrauisch.

»Ich bin Lara«, bringe ich endlich mühsam hervor. »Seine Freundin.«

Sie lacht. Es ist ein fieses, gehässiges Geräusch. »Ganz sicher nicht. Ich kenne dich jedenfalls nicht.«

»Doch, wirklich. Wir sind uns nur noch nie begegnet.« Glaube ich.

Sie schnaubt. »Wirklich? Du willst mir weismachen, du seist seine Freundin?«

Ich nicke stumm.

»Was soll das werden?« Sie baut sich drohend vor mir auf. »Machst du einen auf *Während du schliefst?* Das kannst du vergessen. Wir werden dich nicht in die Familie aufnehmen, und du kannst auch nicht den anderen Bruder haben, denn es gibt keinen! Und jetzt verschwinde.«

Was sie sagt, tut weh, es zerrt an den Worten tief in mir, aber ich konzentriere mich auf das, was Martin mir beigebracht hat. Hastig hole ich ein Stück Papier aus meiner Hosentasche und fange an, daran herumzufalten. Es hilft ein wenig. »Vielleicht hat er es nur nicht erzählt«, flüstere ich. Es hat sicher einen Grund, dass er seine Schwester so lange nicht auf seinem Blog erwähnt hat. Vielleicht hatten sie Streit. »Vielleicht … hat er nie Gelegenheit gehabt, von mir zu erzählen …«

Isabel wird bleich. Offensichtlich habe ich ins Schwarze getroffen. Sie starrt mich lange an, dann lässt sie mich einfach stehen und geht zurück ins Zimmer. Ich bleibe an der Tür.

Trotzdem entgeht mir nicht, wie sie ihn ansieht. Als wäre er ihr größter Feind. Hass glänzt in ihren Augen. Und doch sehe ich, dass dazwischen auch Zuneigung schlummert. Ein Kloß bildet sich in meiner Kehle. Was ist nur zwischen ihnen vorgefallen?

Auf dem Weg nach draußen bleibt sie ganz nah bei mir stehen. »Ich will nicht, dass du noch mal herkommst«, zischt sie, ohne mich anzusehen. »Hast du mich verstanden?«

Mir wird schwindelig. Ich öffne den Mund, um ihr zu erklären, dass er mich braucht, aber schon wieder liegt mir nur zusammenhangloses Zeug auf der Zunge.

»Er braucht Ruhe, deshalb haben sie ihn isoliert. Ich frage mich wirklich, was sie sich dabei gedacht haben, dich mit deinem nervösen Geplapper hier reinzulassen.«

Ich will erwidern, dass ich schon Fortschritte gemacht habe und leise reden kann, wenn ich bei ihm bin. Dass er mag, was ich ihm erzähle. Aber alles, was ich zustande bringe, ist: »Bitte, er muss doch wieder aufwachen.«

Ihre Augen bekommen einen harten Glanz. »Es ist besser, wenn er nie wieder aufwacht. Es … es wäre am besten, wenn er einfach sterben würde.« Sie keucht leise, hält sich erschrocken die Hand vor den Mund. Aber sie nimmt nicht zurück, was sie gesagt hat.

Wie gelähmt stehe ich da und starre sie an. Das kann sie doch nicht ernst meinen, oder?

Aus dem Augenwinkel sehe ich eine Bewegung. Silke, die Physiotherapeutin, ist neben uns stehen geblieben. Ihr Entsetzen sagt mir, dass sie jedes einzelne Wort mit angehört hat. Ich warte auf eine Schimpftirade aus ihrem Mund. Hoffe fast darauf. Er ist ein Mensch und verdient Respekt, etwas in der Art. Stattdessen wird ihre Miene etwas weicher. »Es ist nicht leicht, mit dieser Situation zurechtzukommen, da ist es normal, dass man solche Gedanken hat, aber …«

»Ja«, unterbricht die Schwester sie. »Und es ist schwer genug, ohne dass sich alle einmischen.« Sie geht auf Doktor Bilge zu, die gerade aus einem der Zimmer kommt. »Ich will nicht, dass dieses Mädchen hier noch mal zu ihm gelassen wird.« Sie wirft mir einen missbilligenden Blick zu, dreht sich um und geht.

Die Ärztin sieht ihr schockiert nach. Irgendwann erwacht sie aus ihrer Starre. »Es tut mir so leid, Lara. Aber wenn sie es verbietet, dann müssen wir uns daran halten.«

Wie gelähmt versuche ich zu begreifen, was gerade geschehen ist. »Ich … ich kann nicht wegbleiben. Er braucht mich.« Und ich brauche ihn.

Die Augen der Ärztin glänzen verräterisch. »Es tut mir furchtbar leid. Komm, ich bringe dich raus.«

»Jetzt gleich? Ich war heute noch gar nicht bei ihm. Ich muss zu ihm. Bitte.«

Sie wendet das Gesicht ab, räuspert sich. »Ich habe noch etwas Dringendes zu erledigen, bevor ich dich zum Ausgang bringen kann. Ich bin gleich zurück. Fünf Minuten«, flüstert sie. Dann ist sie fort.

Atmen tut plötzlich weh. Ich drehe mich um und renne zu seinem Bett. Am liebsten möchte ich zu ihm unter die Decke kriechen. Er soll mich festhalten, und ich will mich an ihn klammern.

»Es tut mir so leid«, hauche ich. »Ich wollte etwas sagen, wirklich. Aber wenn mich deine Schwester so anschaut … Ich bin so dumm, dass ich nicht mal für dich die richtigen Worte finden kann.«

Verzweifelt beuge ich mich zu ihm runter, bis mein Gesicht seinem ganz nah ist. Wenn ich ihn nicht wiedersehen darf, brauche ich mich auch nicht mehr an die Regeln zu halten. Ich gebe ihm einen Kuss. Ganz sanft, direkt auf seine Lippen. Ich erwarte, dass sie sich leblos anfühlen, aber sie sind weder kalt noch starr, sondern warm und weich. Bis auf die raue Kruste, die immer noch seine Unterlippe teilt.

Ich lege meine Stirn an seine. »Du musst aufwachen, Thomas. Wenigstens ein bisschen. Genug, um deiner Schwester zu beweisen, dass du kämpfen willst. Ich schaffe das nicht allein. Bitte. Komm zurück zu mir.«

Lange verharre ich so bei ihm. Als ich Schritte höre, springe ich auf. Die Physiotherapeutin steht in der Tür und mustert mich. Zum ersten Mal nicht so, als würde sie mir am liebsten den Hals umdrehen.

Als ich zum Stationszimmer gehe, um mich abzumelden, höre ich laute Stimmen aus dem Raum.

»Das kommt leider vor. Manche Angehörige haben Angst, dass man mehr kaputt macht als hilft, wenn man in diesem Stadium schon mit den Rehamaßnahmen anfängt.«

»Du hättest den Ausdruck in ihren Augen sehen sollen. So … unerbittlich. Sie hat gesagt, es wäre gut, wenn er sterben würde.«

»Es ist nicht leicht für sie. Gib ihr etwas Zeit.«

»Er hat aber keine Zeit. Jeder Tag zählt. Ich bin mir nicht mal sicher, ob wir uns an ihre Anweisungen halten müssen. Wir müssen doch so handeln, wie es seinen Wünschen entspricht, nicht ihren.«

»Aber wenn sie behauptet, dass er es so wollen würde, was willst du dann machen?«

»Sie klingt nicht so, als wäre sie sich absolut sicher. Wenn ich Zweifel daran habe, dass sie seine Wünsche kennt, muss ich dann trotzdem …?«

»Die Rechtsabteilung wird prüfen, ob wir uns über die Wünsche der Angehörigen hinwegsetzen dürfen, wenn wir davon ausgehen, dass dies im besten Interesse des Patienten ist. Falls irgendetwas schiefläuft mit seiner Behandlung und wir uns nicht korrekt verhalten haben, kommen wir in Teufels Küche. Bis das geklärt ist, solltest du dich dem Wunsch seiner Schwester beugen.«

»Das heißt, ich muss auch Lara wegschicken, obwohl ihm ihre Besuche offensichtlich guttun? Und ihr selbst auch, habe ich den Eindruck.« Etwas knallt auf den Tisch. »Das ist doch … wir könnten zwei Menschen helfen und dürfen es nicht. Ehrlich, manchmal hasse ich meinen Job.« Die Ärztin kommt raus und stürmt an mir vorbei. Ihr Blick fällt auf mich, aber sie sagt nichts, sondern schüttelt nur den Kopf und geht weiter. Ich sehe ihr nach mit einem dicken Kloß im Hals. Irgendwie habe ich wohl gehofft, sie würde einen Ausweg für uns finden.

Ich wende mich noch einmal um, aber die Physiotherapeutin steht im Gang wie eine Walküre. Ich lege mir die Fingerspitzen an die Lippen, dorthin, wo mein Mund gerade noch auf seinem lag. Was, wenn es das letzte Mal war, dass ich Thomas sehen durfte?

Kapitel 46

Thomas

»Es wäre am besten, wenn er einfach sterben würde.«

Redet Isabel von mir? Ja, natürlich.

Stirb, du Blödmann.

Wahrscheinlich hat sie recht. Ich sollte einfach verrecken. Vielleicht würde es dann wenigstens ihr besser gehen.

»Bitte, er muss doch wieder aufwachen.«

Lara. Ihre Nähe leuchtet in der Dunkelheit. Wenn sie da ist, ist es wie eine kleine Atempause. Ich spüre sie in meinen Armen. Sehe den Sonnenuntergang. Ich weiß nicht mehr, wo wir waren, Worte festzuhalten fällt mir schwer. Nur meine Lippen erinnern sich an ihren Kuss.

Schritte trampeln vorbei. Es piepst. Ich höre Stimmen. Aber nur ihre zählt. Lara. Wo ist sie? Nach ihr zu suchen, kommt mir vor, wie blind durch giftigen Nebel zu kriechen. Geräusche, Getrampel, Metall auf Stahl. Ein Knall. So vieles treibt durch meine Dunkelheit. Haltlos, so wie ich.

»Ruhig, ganz ruhig.«

»Die Unruhe ist normal.«

»Er hat Fieber.«

Heute keine Schule.

»Das legt sich bald wieder. Mach dir keine Sorgen, wir kümmern uns um dich.«

Isabel schreit mich an: »Verzieh dich in dein Zimmer und stirb, du Blödmann.« Da war sie dreizehn. Mutter hat noch gelebt. Nach Mutters Tod hat Isabel nie mehr gesagt, dass ich sterben soll.

Bis jetzt.

War das echt? War sie wirklich hier? Und wo ist hier überhaupt? Gottverdammt, ich halte das nicht mehr aus. Warum redet Lara nicht mehr?

Etwas treibt auf der Oberfläche meiner Erinnerung.

Ich will nicht, dass du noch mal herkommst. Hast du mich verstanden?

Isabel. Sie hat Lara weggeschickt, den einzigen Menschen, der meine Hölle erträglich macht.

So sehr hasst sie mich.

Kapitel 47

Lara

Einen Moment stehe ich einfach nur da, mit geschlossenen Augen und hängenden Armen. Die Worte toben in mir wie ein Orkan, mischen sich mit dem, was Thomas' Schwester gesagt hat, treiben mein Herz in einen Panikrhythmus.

Ich will nicht, dass du noch mal herkommst.

Wie ein eingesperrtes Tier laufe ich im Kreis. Meine Knie sind weich, und mein Blickfeld wird immer kleiner. Jeder Atemzug sticht in meiner Lunge. Was passiert mit mir? Wie von selbst wandert meine Hand in meine Hosentasche und zieht ein zerknittertes, regenbogenfarbenes Papier heraus. Ich nehme jede Nuance in mich auf, spüre jede scharfe Kante, die ich falte. Es hilft ein wenig. Genug, dass ich in Richtung der psychiatrischen Station gehen kann. Auf Martins Büro zu.

Meine Hände falten weiter, auch als das Licht auf den Gängen ausgeht. Nur die Notausgangschilder leuchten noch. Kurze Zeit später zittert eine Fledermaus in meinen Fingern. Ich fühle mich besser. Allerdings nicht so gut, dass ich freiwillig darauf verzichten könnte, mit Martin zu reden. Ich lege einen Zahn zu, damit ich ihn noch erwische, bevor er Feierabend macht.

Kurz vor seinem Büro kommt mir jemand entgegen. Unwillkürlich dränge ich mich an die Wand. Die Fledermaus rutscht mir aus den Fingern.

»Hey, alles okay?« Es ist eine Männerstimme, sie klingt gedämpft.

Ich will mich noch mehr in die Schatten drücken, er soll verschwinden. Aber dann hebe ich doch den Kopf.

Schnell wendet er sich ab.

»Ach, du bist es«, platze ich heraus. »Der andere Durchgeknallte aus dem Park.«

Er lacht. Es hallt durch den ganzen Gang. Sympathisch, lustig und trotzdem will ich eigentlich nur, dass er sich in Luft auflöst.

»Geht es dir nicht gut?«

»Ich muss zu Martin.« Es klingt wie: Hau endlich ab! Gleichzeitig ist da etwas in seinen Worten, was irgendwie tröstlich wirkt. Er hat eine wirklich schöne Stimme. Soweit ich das durch den Schal beurteilen kann, den er sich offensichtlich wieder über den Mund gezogen hat.

»Er ist schon weg, sorry. Kann ich dir helfen?«

»Ich fürchte, nein.«

»Bist du sicher? Im Park hat es zwar nicht so toll funktioniert, aber wenn du willst ...«

Lauernde Dunkelheit. Und Worte, die mich zerfressen wollen.

»Nein, das wird ganz sicher nichts bringen.« Es ist keine Lüge. Und im gleichen Moment weiß ich auch, dass es mir nicht helfen wird, mit Martin zu reden. Ich brauche Thomas.

Er ist mein Freund.

Mein Herz nimmt seinen Panikrhythmus wieder auf.

Was, wenn sie mich nie wieder zu ihm lassen? Die Angst verätzt mich von innen, denn auch Martin könnte nichts gegen die Anweisung von Thomas' Schwester ausrichten. Aber ich muss eine Möglichkeit finden, zu Thomas zu gelangen. Egal wie.

»Hey, warte mal.« Die angenehme Männerstimme klingt jetzt weiter entfernt.

Überrascht stelle ich fest, dass ich schon fast an der Ecke angekommen bin. Ich bin losgelaufen, zurück zur Intensivstation, ohne es zu merken.

In der Dunkelheit kommt der Durchgeknallte auf mich zu. Er hat sich die Mütze tief ins Gesicht gezogen, obwohl ich sowieso kaum etwas erkennen könnte. Er will wirklich absolut nicht gesehen werden. Was für ein Leben muss das sein? Und warum ist er so geworden? Wärme breitet sich in mir aus. Er ist wirklich genauso kaputt wie ich.

»Hier, falls du es dir anders überlegst.« Er drückt mir eine kleine Karte in die Hand. Darauf steht nur eine Handynummer und ein Nickname: Jobe. »Ich skype nicht, kein Video-Chat oder so was. Aber wenn du mal jemanden brauchst, der per WhatsApp für dich da ist, dann …«

Ich starre die Karte an, ohne so recht zu wissen, was ich damit anfangen soll. Am liebsten würde ich sie in den Müll werfen. Aber diese Stimme. Irgendetwas hat sie an sich, das zumindest ein paar der Worte aus dem Orkan in meinem Inneren entfernt.

»Danke.« Ich nehme die Hülle von meinem Handy ab und stecke das Kärtchen dahinter.

»Kein Problem. Wir Durchgeknallten müssen doch zusammenhalten.« Dann verschwindet er den Gang hinunter.

Das Atmen fällt mir wieder etwas leichter, sobald er weg ist und ich mich auf den Weg zur Intensivstation machen kann. Ich muss unbedingt zurück zu Thomas. Wenn ich nur wüsste, wie ich es anstellen soll.

Kapitel 48

Lara

Seit Tagen schon schleiche ich um die Intensivstation herum. Ohne Thomas kann ich kaum etwas mit mir anfangen. Vor lauter Sehnsucht nach ihm habe ich wieder angefangen, Leute auf dem Flur zuzutexten. »Ob er mich wohl vermisst?«, frage ich die Frau, die jeden Tag auf die Intensivstation kommt. Sie steht lange vor der Tür, bevor sie klingelt, als müsste sie sich jedes Mal erst sammeln. Sie hat sich an mich gewöhnt und lässt es über sich ergehen. Manchmal lächelt sie sogar.

»Sie behaupten, dass sein Zustand sich gebessert hat. Vielleicht … hört er sogar, was ich sage. Und fühlt etwas dabei. So wie ich. Ein warmes Gefühl, als meine Lippen seine berührt haben. Dieses Flattern im Magen, wie wenn man von ganz hoch hoben nach ganz tief unten fällt. Wenn ich nur wüsste, ob er mich verstehen kann. Er muss doch wieder aufwachen. Das geht schon so viele Tage so. Das muss doch einen Grund haben.« Aus Gewohnheit greife ich in meine Tasche und will ein Blatt Papier herausziehen, doch dann überlege ich es mir anders. Ich muss mich nicht mehr beherrschen. Es bringt eh nichts mehr.

»Er hört dich bestimmt.«

Ich fahre zusammen. Es ist das erste Mal, dass sie mit mir spricht. »Gib nicht auf.« Dann klingelt sie und geht durch die Tür. Erstaunt blicke ich ihr nach.

Ich tigere weiter vor dem Eingang auf und ab. Es ist sinnlos, aber es gibt mir das Gefühl, in seiner Nähe zu sein. Dann nehme ich all meinen Mut zusammen.

Ich klingle und frage nach Till. Mit ihm kann ich sprechen, das kriege ich hin. Ich habe noch nie gesehen, dass er die Geduld verloren hat. Es dauert eine Weile, bis er sich vor mir aus der Tür quetscht und sie hinter sich fest ins Schloss drückt.

»Hey, Lara, wie geht es dir?« Seine bemühte Fröhlichkeit versackt in der Belanglosigkeit seiner Worte.

»Nicht so gut«, antworte ich und lächle ihn zaghaft an. »Eigentlich gar nicht gut.«

Till senkt den Kopf und starrt auf seine Hände. »Hör mal, Lara …«

»Wie geht es Thomas?«, unterbreche ich ihn, bevor er sagen kann, dass er mir nicht helfen darf.

»Gut, ja wirklich.«

Warum meidet er dann meinen Blick? Warum sagt er mir nicht ins Gesicht, dass Thomas mich nicht braucht?

»Wirklich? Dann macht er weiter Fortschritte?« Ich weiß nicht, welche Antwort ich mir erhoffe. Will ich wirklich hören, dass es ihm gutgeht, vielleicht sogar besser, obwohl ich seit Tagen nicht bei ihm war? Meine Kehle wird eng. Mein Gott, wie schrecklich, sich zu wünschen, dass es ihm schlechtgeht, nur damit ich die Gewissheit habe, dass er mich vermisst. Aber nein, ich will ja nicht, dass es ihm schlechtgeht. Ich wünschte nur, es würde mir bessergehen. Ich wünschte, ich könnte bei ihm sein.

»Ich muss jetzt weitermachen.« Till greift nach dem Türgriff der Schleuse und hält gleichzeitig seinen Ausweis an einen Scanner. Das Türschloss klickt, und er zieht die Tür auf.

»Warte! Bitte, lass mich zu ihm. Lass mich nur durch die Scheibe schauen, damit ich sehe, dass es ihm gutgeht. Ein einziges Mal würde reichen.« Was für eine grandiose Lüge.

»Das geht nicht. Seine Schwester hat es doch verboten …«

»Aber während der Nachtschicht bemerkt es doch niemand, oder? Ich verspreche auch, mich unauffällig zu verhalten. Komm schon, bitte.«

»Auch während der Nachtschicht sind hier genug Leute, die wissen, dass du nicht da sein darfst.«

»Aber so wenige, dass du mich verstecken könntest, oder nicht?«

»Ich darf das nicht, tut mir leid. Die Vorschriften …«

Ich weiß, es ist unfair, ihn so zu bedrängen, aber wenn nicht mal er mir hilft, wird es niemand tun. »Glaubst du, seine Schwester hat recht damit, dass er die Reha nicht will?« Und mich auch nicht? Meine Stimme schwankt.

»Es tut mir wirklich leid. Wenn ich das entscheiden dürfte …«

»Du bist doch der Alleinherrscher der Station«, es soll witzig sein, aber es klingt grauenhaft verzerrt und falsch. Er schaut mich mitleidig an, schüttelt den Kopf und verschwindet in der Schleuse.

Wie betäubt starre ich auf den blitzblanken Türknauf. Ich lege meine Hand darauf und wackle daran, obwohl ich genau weiß, dass das nichts bringt. Langsam sinkt die Gewissheit in meine Knochen, dass es vorbei ist. Ich rutsche an der Wand nach unten, lege meinen Kopf auf die Knie und schlinge meine Arme um meine Beine.

Ich weiß nicht, wie viel Zeit vergeht. Leute betreten und verlassen die Intensivstation, die Dunkelheit vor den Fenstern wird immer vollkommener.

»Du mir helfen?«

Ich schrecke auf. Olesja steht vor mir, sie hält mir ihr Handy hin.

Ich schnaube. »Ganz bestimmt nicht. Ich helfe dir nicht dabei, irgendwelchen armen Mädchen zu zeigen, wie sie sich so lange weghungern können, bis sie gar nicht mehr da sind. Vergiss es.«

Olesja runzelt die Stirn. »Weghungern?«

»Verhungern. Deine Follower. Sie verhungern.«

Olesja wird kreidebleich. Dann schüttelt sie heftig den Kopf. »Nein, nicht verhungern! Meine Follower nicht sterben!«

Wut steigt plötzlich in mir auf, so unvermittelt, dass ich überhaupt nicht weiß, woher sie kommt. Sie reißt mich einfach mit sich fort. Ich springe auf. »Natürlich sterben sie! Weil du ihnen zeigst, wie man es am besten macht. Findest du vielleicht auch, dass es besser wäre, wenn sie einfach sterben würden?« Ich halte mir die Hand vor den Mund. Ich weiß genau, dass meine Wut nicht Olesja gilt. »Es tut mir leid«, flüstere ich. »Es ist nur …«

Er darf nicht sterben. Sie sollen nicht aufhören, ihn zu behandeln. »Wozu sind Vorschriften überhaupt gut, wenn sie dazu führen, dass einem Menschen nicht geholfen wird? Was, wenn sie kein Schlupfloch finden? Wenn ich die Einzige bin, die ihm überhaupt noch helfen will? Ich muss zu ihm zurück, ganz egal, wie.«

Ich spüre etwas Schweres auf meinen Schultern und dann Wärme. Olesja hat mich an sich gezogen und redet leise auf mich ein. Es sind ukrainische Worte, die ich nicht kenne, aber ich verstehe sie trotzdem. Und langsam, ganz langsam sackt die Wut aus mir heraus. Zurück bleibt nur noch Scham.

»Tut mir leid, du kannst ja nichts dafür.«

»Meine Follower nicht sterben«, sagt sie leise. »Nicht mehr. Nie mehr.«

»Ja, schon gut. Ich weiß, du machst das nicht mit Absicht. Du kannst einfach nicht anders, ich versteh das.« Genauso, wie ich tief in mir drin irgendwie verstehe, dass Till und die Ärzte nicht anders handeln können. Mein Verstand versteht es. Nur mein Herz, das zerbricht daran.

»Nein.« Sie öffnet den Mund, verdreht die Augen, sucht händeringend nach Worten. »Ich hier«, versucht sie es noch mal. »Helfen.«

»Ich wünschte, du könntest es.«

Wieder schüttelt sie heftig den Kopf, dann fängt sie an, auf ihrem Handy herumzutippen. Irgendwann hält sie es mir hin, und ich sehe eine Seite eines Onlinewörterbuchs.

In der einen Spalte steht ein ukrainisches Wort, daneben »Glück«.

»Ich hier. Gluck.«

Verdammt, was will sie mir bloß sagen? »Du bist hier?«

Sie tippt sich mit dem Zeigefinger auf die Brust. »Gluck.«

»Du hast Glück, weil du hier bist?«

Wieder nickt sie so heftig, dass ich Angst habe, sie könnte sich das Genick brechen. »Ich habe Gluck.« Sie ruft ihren YouTube-Channel auf und deutet auf die Anzahl ihrer Follower. »Die nicht. Sie nicht hier. Aber ich.« Sie schiebt das Handy in ihre Jeanstasche, hebt dann eine Hand und umfasst mit Daumen und Zeigefinger ihren Oberarm. Sie drückt ihre Finger fest hinein, lässt dann locker. »Siehst du? Die Leute hier mir helfen.«

Das Blut sackt mir aus dem Kopf und mir wird schwindelig. Endlich verstehe ich, warum sie sich vor die Kamera stellt und auf ihren viel zu dünnen Bauch deutet.

»Du willst ihnen gar nicht zeigen, wie sie sich noch mehr runterhungern können? Du zeigst ihnen, dass du schon zugenommen hast, seit du hier bist? Dass es dir bessergeht?« Meine Stimme schwankt.

»Follower nicht hier. Sie sind allein. Haben niemanden. Ich habe Klinik. Nette Leute, die helfen. Ich zeige ihnen Videos von netten Leuten.«

»O Mann. Ich dachte, ich wüsste, warum du all das machst. Aber ich lag völlig falsch. Sorry.«

Olesja lächelt und drückt meinen Arm. »Nicht schlimm. Alles okay. Ich zeige meinen Followern nette Leute in der Klinik. Ich zeigen, dass sie Hilfe kommen. Wenn sie vertrauen. Wenn sie wollen. Aber das nicht so leicht in Ukraine. Nicht so wie hier. Also ich geben … Tipps. Und gebe gute Schwingungen von Schwestern und Ärzten. Nach Hause.«

Ich muss lächeln. »Gute Schwingungen … das hat sicher Till gesagt, oder?«

Sie nickt. »Till. Sehr nett. Sehr gute Vibes für zu Hause.« Sie zupft etwas Unsichtbares aus der Luft. »Gute Atmosphäre.« Sie grinst.

Es ist schön, dass die guten Vibes von Till Olesjas Followern helfen. Ich wünschte nur, sie könnten auch Thomas helfen.

»Hey.« Olesjas Stimme klingt jetzt sanft wie von einer Mutter, die ihr Kind streichelt. »Du auch vertrauen. Sie wollen helfen. Alle. Okay? Du musst fragen. Mache ich auch.«

Gerade habe ich ja gefragt. Aber ich habe bei Till nichts ausrichten können.

»Du jetzt besser?«

Ich nicke und wische mir übers Gesicht. »Woher wusstest du, dass ich hier bin?«

»Till«, sagt sie nur.

»Till?« Scham krallt sich in meinen Magen. Er hat getan, was er konnte. Es ist nur eben nicht genug. Trotzdem bin ich dankbar.

»Danke, dass du gekommen bist«, flüstere ich.

Als Antwort streckt sie die Hand aus, damit ich mit ihr zurück zu unserem Zimmer gehe. Aber erst muss ich wissen, dass jemand für Thomas kämpft.

»Komm, bitte, Lara. Lass mich helfen.«

Ich drücke ihre Hand. »Das hast du schon. Danke.« Ich weiß nicht, wie sie es gemacht hat, aber die tiefe, bodenlose Verzweiflung in mir, die bis zum Rand mit scharfkantigen Worten gefüllt war, ist ein bisschen abgeebbt. Olesja vergewissert sich, dass sie mich wirklich allein lassen kann, dann geht sie. Ich setze mich wieder an die Wand und denke über ihre Worte nach. *Du auch vertrauen. Sie wollen helfen.*

Wenn es doch nur die Wahrheit wäre.

Jemand kommt über den Flur, und ich schrecke auf. Ich kauere mich noch mehr zusammen, als ich den Blick der Physiotherapeutin auf mir spüre.

»Du solltest nicht hier herumsitzen.« Sie runzelt die Stirn und sieht mich lange an. Zorn blitzt in ihren Augen auf, und ich möchte mich am liebsten in irgendeine Spalte verkriechen. »Es ist eine Schande!«, stößt sie plötzlich hervor. »Wenn ich könnte, wie ich wollte …« Sie schüttelt den Kopf. »Es geht ihm besser, das heißt, irgendwas ist richtig gelaufen in den letzten Tagen. Wenn wenigstens weiterhin jemand mit ihm reden würde …«

Überrascht sehe ich sie an. Das klingt ja fast, als ob sie findet, dass man mir erlauben sollte, weiter zu ihm zu gehen. Hastig stehe ich auf, bevor sie in der Schleuse verschwinden kann.

Komm schon. Frag sie. Ich mache einen kleinen Schritt in ihre Richtung. Mir wird schwindelig. Wenn ich jetzt den Mund öffne, kommt sicher keine Frage heraus, sondern nur wirres Gelaber. Verdammt, reiß dich zusammen. Für ihn. Du kannst das.

Aber die Tür fällt bereits ins Schloss. Verzweifelt starre ich sie an. Dann höre ich plötzlich ein Rumoren und ein leises Grummeln.

»Schon wieder ein neuer Seifenspender. Ständig müssen die was Neues ausprobieren. Sie sollten lieber mal die Flügeltür reparieren, durch die man die Betten auf die Station schiebt. Der Kartenscanner, mit dem man sie öffnet, ist seit Wochen kaputt.« Sie schnaubt entrüstet. »Für alles ist Geld da, aber dafür nicht. Dabei könnte jeder reinkommen, der weiß, dass man nur auf den Schalter drücken muss. Und wir können ja nicht immer alles im Blick behalten, ständig sind irgendwelche Notfälle, nein, da kann uns wirklich keiner einen Vorwurf machen.«

Dann herrscht Ruhe.

Entgeistert starre ich ihr hinterher. Hat sie da gerade gesagt, dass sie es übersehen wird, wenn ich mich reinschleiche? Und mir noch einen Tipp gegeben, wie ich es anstellen kann? Gerade sie, die mich anfangs immer vertrieben hat, hilft mir jetzt? Einfach so, ohne dass ich sie darum bitten musste?

Sie wollen helfen. Alle. Olesja hatte doch recht. Ich kann mein Glück kaum fassen.

Ich renne zu der Tür hinüber, aber dort angekommen, zögere ich. Darf ich mich einfach über den Willen seiner Schwester hinwegsetzen? Kann ich wirklich sicher sein, dass Thomas sich anders entscheiden würde, als sie denkt?

Noch eine Weile laufe ich vor der Tür der Intensivstation hin und her. Ich vermisse Thomas so unglaublich. Aber ist es richtig, zu ihm zu gehen? Und die Physiotherapeutin riskiert etwas für mich. Darf ich das zulassen?

In meinem Inneren wartet ein neuer Teufelskreis darauf, dass jemand vorbeikommt, den ich damit zutexten kann. Ein dunkelhaariger Mann geht in einiger Entfernung den Flur entlang. Er kommt näher. Es ist der Durchgeknallte, oder? Was macht der denn hier?

Ich könnte mit ihm reden. Er hat es angeboten.

Aber warum sollte ich das tun, wenn ich auch Thomas haben kann? Plötzlich ist es ganz leicht. Thomas geht es besser, seit ich ihn besuche. Meine Stimme hilft ihm. Bedeutet das nicht, dass er kämpfen will?

Ich drehe mich um, renne zu der großen Tür. Ich drücke auf den Schalter, der normalerweise nur funktioniert, wenn man eine Codekarte gegen einen Sensor hält. Die Tür öffnet sich.

Ich mache einen Schritt über die Schwelle. Noch einmal werfe ich einen Blick zurück auf den Gang. Der Typ kommt immer näher. Mein Herz klopft wie verrückt, beinahe panisch. Es ist falsch. Und trotzdem fühlt es sich richtig an. Schnell schlüpfe ich durch die Tür.

Sicherheit. Ja, obwohl ich gar nicht hier sein dürfte, legt sich ein Gefühl der Geborgenheit um mich. Bevor ich es mir anders überlegen kann, schleiche ich mich am Personal vorbei.

In Thomas' Zimmer angekommen, wird mir klar, dass ich nicht länger auf dem Stuhl sitzen darf, und ich kann mich auch nicht an die Wand unter dem Fenster zum Flur drücken, das hat schon am Anfang nicht funktioniert. Aber was soll ich dann tun? Ich muss möglichst nah zu ihm hin, damit mich niemand hört. Hastig sehe ich mich im Zimmer nach einer anderen Möglichkeit um.

Plötzlich nähern sich Schritte auf dem Gang, und bei mir brennt eine Sicherung durch. Ich stürze auf Thomas' Bett zu und krieche zu ihm unter die Decke.

Kapitel 49

Thomas

O Gott, was mache ich hier?«

Etwas dringt durch die Dunkelheit. Es lässt sie an den Rändern ausfransen. Durch Licht, nein, Wärme. Oder … was ist das? Ein Kitzeln?

Ich will es noch mal fühlen. Wärme und ein Kribbeln, so was spürt man nicht in Träumen. Man hört, man sieht, aber man spürt doch nichts. Aber die Wärme ist da, genau wie die Stimme.

Laras Silhouette taucht vor mir auf, sie ist umgeben von Farben und Licht wie die Aufnahme einer Wärmebildkamera.

Erleichterung durchströmt mich. Kann man lächeln, ohne ein Gesicht zu haben? Und jemanden zärtlich berühren ohne eine Hand? Vielleicht reicht es, wenn ich es mir ganz intensiv vorstelle. Ja, ich streiche ihr ein paar vorwitzige Strähnen aus der Stirn und bilde mir ein, dass ich sie an meinen Fingerkuppen spüre. Sie schmiegt sich an mich, und ihre Haare kitzeln auf meiner Haut, als ich meine Nase darin vergrabe.

»Hast dir ja ganz schön Zeit gelassen«, sage ich heiser. Mist. Es sollte cool klingen, damit sie nicht merkt, wie viel Angst ich hatte, dass sie nie wiederkommt. Immerhin hat Isabel sie von hier verbannt, damit ich alleine bin. Wenn ich nur wüsste, wo genau »hier« eigentlich ist.

»Wie hast du es geschafft, in meinen Alptraum einzubrechen?«, frage ich.

Zehn Arten, eine Leiter zu benutzen, auf die du nie gekommen wärst.

Natürlich, was sonst?

»Ich kann nicht lange bleiben«, wispert sie mir verschwörerisch zu. »Sie dürfen mich nicht finden.«

Ich schließe meine Arme fester um sie. Diesmal lasse ich sie mir nicht wegnehmen. »Ich sorge dafür, dass du nicht erwischt wirst.« Ziemlich großspurig von mir, so was zu versprechen, immerhin weiß ich nicht mal, vor wem sie auf der Flucht ist. Es gibt auch keinen Ort, an dem ich sie verstecken könnte. Hier ist absolut nichts außer uns beiden.

»Das ist so schrecklich verboten«, haucht sie. Ihre Lippen bewegen sich an meinem Hals. »Aber es fühlt sich so schön an. Fast wie früher.«

Früher. Bevor das alles passiert ist. Oh, Lara, ich halte es in dieser komischen Zwischenwelt nicht mehr aus.

»Ich will am liebsten für immer so bleiben«, flüstert sie.

Ich weiß nicht, ob ich mit Ja oder Nein antworten soll. Ich wünsche mir nichts so sehr wie das Ende dieses grausamen Traums. Aber wenn sie ein Teil davon ist, was passiert dann mit ihr, wenn ich aufwache?

Kapitel 50

Lara

Seit ich unter seine Decke gekrochen bin, versuche ich krampfhaft, mich so hinzulegen, dass mich keiner sieht, und gleichzeitig nicht aus dem Bett zu fallen. Die Vorstellung ist doppelt grausig, weil ich wahrscheinlich all seine Schläuche mitreißen würde, und das mag ich mir nicht mal ausmalen. Ich schmiege mich ganz eng an ihn, damit niemand merkt, dass zwei Leute unter der Decke liegen. Da ich mich an irgendwas festhalten muss und es da wirklich nur ihn gibt, liegt meine Hand auf seiner nackten Brust. Ich berühre ihn, und er kann mir nicht mitteilen, wenn er es nicht mag. Was ich hier mache, ist total falsch. Aber seine Nähe tut so unglaublich gut, und es ist so wahnsinnig lange her, dass ich den Herzschlag eines anderen Menschen gespürt habe. Trotzdem, ich muss damit aufhören.

Wenn ich nur wüsste, ob der Arzt schon weg ist, der eben draußen vorbeigelaufen ist. Dann könnte ich unter der Decke hervorkommen. Aber das Problem, dass ich weder auf dem Stuhl noch auf dem Boden sitzen kann, bleibt ja bestehen. Also bleibe ich, wo ich bin, und schmiege mich an ihn, wie ich es früher immer getan habe, als er nur geschlafen hat und noch nicht im Koma lag.

Damals habe ich meinen Kopf immer an seinen Hals gelegt, aber auch das geht jetzt natürlich nicht, denn man würde es sofort sehen. Also bette ich meinen Kopf seitlich an seine Brust. So höre ich immerhin sein Herz noch besser schlagen. Ich schließe die Augen und konzentriere mich nur auf dieses wunderbare Geräusch.

Das alles hier ist nicht wahr.

Wir liegen bei ihm zu Hause auf dem Bett. Cem ist nebenan und klopft auf seiner Gitarre herum. Thomas hält mich im Arm. Er ist eingeschlafen. Aber ich bin hellwach, bin so glücklich, neben ihm zu liegen, an einem Ort, der nicht mein Elternhaus ist. Hier kann ich all das vergessen, in seinem kleinen WG-Zimmer, das ich nicht mehr genau in Erinnerung habe. Ich habe nur ein Bild davon auf seinem Blog gefunden.

Ich liege in seinen Armen und träume von Rom. Wie wir uns verabschiedet haben. Ausgemacht haben, dass wir uns zu Hause sofort wiedersehen. Wie ich am Flughafen auf ihn gewartet habe. Oder war es am Bahnhof? Egal. Die Tage danach verschwimmen in meiner Erinnerung zu einem Rausch aus Glück und Aufregung, Streit mit meinen Eltern, belustigten Kommentaren von den Mädels.

Wir haben uns geküsst, lange und ausgiebig. Wie von selbst wandern meine Finger über seine nackte Brust, fahren zärtlich seine Muskeln nach. Und zucken zurück, als sie auf Plastikteile treffen, die an seiner Haut kleben.

Wir sind nicht bei ihm zu Hause. Liegen nicht in seinem Bett. Und er wird nicht jeden Moment aufwachen, sich auf den Ellenbogen stützen und mich zärtlich küssen. Er wird mir auch nicht vorschlagen, dass wir unbedingt irgendwann noch mal gemeinsam nach Rom fahren müssen und dass ich mitkommen soll, wenn er nächste Woche nach Spanien fährt.

Spanien.

Ich hatte vergessen, dass er mit mir dorthin wollte. Nur wir beide. Und ich hatte auch vergessen, wie sehr ich es mir gewünscht habe.

Ich kann nicht. So oft habe ich ihm das gesagt. Und noch öfter habe ich versucht, meine Mutter zu überreden, mich fahren zu lassen.

Wie dumm bist du eigentlich? Du fährst ganz sicher nicht, schlag dir das aus dem Kopf.

Das will ich ja. Aber die Stimme meiner Mutter ist zu schrill, um sie aus meinen Gedanken zu vertreiben. Sie schneidet sich in mich hinein, bis ich nichts anderes mehr höre. Das Verlangen, selbst so laut zu reden, bis sie einfach darunter verschwindet, ist kaum zu ertragen. Ich unterdrücke es, so gut ich kann. Ich darf Thomas keine schlechten Erinnerungen aufbürden. Am besten wäre es wohl, wenn ich gehe, aber ich schaffe es nicht, mit dieser grausamen Vergangenheit allein zu sein. Verzeih mir, Thomas. Ich presse mich enger an ihn und drücke mein Gesicht in die Matratze. Kein einziges Wort will ich davon auf ihm abladen, auch wenn die Stimmen weiterhin in mir rumoren und ich nun alles vor mir sehe.

»Du gehst nicht, schlag dir das aus dem Kopf.«

»Bitte, Mama, ich bin neunzehn Jahre alt, ich kann selbst …«

»Du bist krank.«

Ich schlucke schwer. »Ich kann doch nicht mein Leben lang zu Hause bleiben.«

»Natürlich nicht, deswegen habe ich dich ja schon nach Rom fahren lassen, obwohl es ein großes Risiko war.« Und weil ich monatelang an sie hingeredet habe. Ich musste ihr versprechen, dass ich sie alle paar Stunden anrufe. Und am Ende war es Jennys Mutter, die sie überzeugt hat, weil sie ihr nicht ins Gesicht sagen wollte, dass sie mich trotz aller Sicherheitsmaßnahmen nicht fahren lassen will. »Ein paar wenige Tage in Rom mit deinen Freundinnen, von denen du eine seit dem Kindergarten kennst, sind etwas ganz anderes als zwei Wochen in Spanien mit einem fremden Mann.«

»Ich komme schon klar.«

»Hast du es ihm gesagt?« Sie geht auf mich zu, und ich widerstehe dem Drang, zurückzuweichen. Ich bin jetzt erwachsen. Ich wiederhole es wie ein Mantra. Sie baut sich vor mir auf. »Los, sag schon. Hast du ihm erklärt, was mit dir los ist?«

»Ich …«

»Weiß er, wie kaputt du wirklich bist?«

Du bist so dumm. Ich möchte mir am liebsten die Hände auf die Ohren pressen. »Das …«, beginne ich.

Sie unterbricht mich mit einem harten Glanz in den Augen. »Raus damit. Weiß er es?«

Hektisch schnappe ich nach Luft. Er darf es niemals erfahren. Sonst will er mich vielleicht nicht mehr.

Allein bist du nichts. Merk dir das.

»Glaubst du wirklich, du könntest es ihm verheimlichen? Auf einer langen Reise wie dieser? Nur mit ihm?«

Ich will nicht weinen. Nicht vor ihr. Nie wieder. Aber sie hat recht. Wie soll das funktionieren?

»Was, wenn er es herausfindet, weil du ihn einfach vergisst oder mitten in der Nacht aufwachst und nicht mehr weißt, wo du bist? Was glaubst du wohl, was er dann von dir denkt?«

»Bitte, hör auf …«

»Es kann doch überhaupt nicht funktionieren, siehst du das denn nicht?«

Nicht weinen. Irgendwie gelingt es mir.

Trotzdem nimmt sie mich in den Arm. Sie packt mich und presst mich an sich.

»Ich will doch nur nicht, dass er dir weh tut«, flüstert sie. Ihre Stimme schwankt, hat nichts mehr von der harten Unerbittlichkeit. »Wenn er es herausfindet, lässt er dich im Stich. Und dann bist du ganz allein dort. Du musst hierbleiben. Das bist du mir schuldig.«

Sieh nur, was du angerichtet hast.

Ich falle tief hinein in die schwarze Dunkelheit von Mutters Gedanken, die sie immer quälen.

Was, wenn sie recht hat und er mich auf Dauer nicht ertragen kann, mit meinem Gequatsche und meiner Krankheit?

Ich kriege keine Luft. Es ist unerträglich heiß hier. Ich reiße den Kopf hoch. Luft strömt unter die Bettdecke. Und ich weiß wieder, wo ich mich befinde.

Meine Finger streicheln verzweifelt über Thomas' nackte Brust, zwischen den Kabeln und Plastikteilen hindurch. Wieder ist da dieses Gefühl, dass ich kein Recht dazu habe, obwohl er mein Freund ist. Trotzdem höre ich nicht auf. Nur heute, nur dieses eine Mal will ich uns diese Nähe erlauben. Nach allem, was geschehen ist, habe ich nicht die Kraft, uns das zu verweigern. Sanft streichle ich ihn. Wie sehr ich mir wünsche, dass er es spürt. Irgendwo, ganz tief in seinem endlosen Traum.

Thomas, du bist hier. Warst immer da. Ohne dich bin ich nichts.

»Du musst aufwachen. Du kannst nicht für immer im Koma bleiben. Dieses verdammte Krankenhaus darf nicht unsere Realität werden. Wir müssen hier raus. Bitte, komm zu mir zurück. Ich brauche dich.«

Kapitel 51

Thomas

Du kannst nicht für immer im Koma bleiben. Du musst aufwachen.«

Was redet sie da? Man kann aus einem Koma nicht einfach erwachen, nur weil man es will. Ich möchte lachen, aber es bleibt mir in der Kehle stecken, dehnt sich dort aus, bis mir die Luft wegbleibt. Atmen. Kann ich das? Luft holen? Nein.

Es wäre besser, wenn er einfach sterben würde.

Was bedeutet das alles? Koma? Aufwachen? Geräusche im chemischen Nebel.

»Bitte, reg dich nicht so auf.« Wieder nagt Laras Wärme leuchtend an meiner Dunkelheit. »Wenn der Alarm losgeht, kommen sie und werfen mich raus. Ich darf doch gar nicht hier sein. Du musst dich beruhigen.«

Ich tue alles, damit du bleibst. Auch mich zu beruhigen. Zeig mir nur, wie es geht.

»Erinnere dich an unseren Kuss.«

O Lara, denkst du wirklich, dass mich das beruhigt?

Kapitel 52

Lara

Ich renne, so schnell ich kann.

Immer wieder lege ich meine Finger auf meine Lippen, als könnte ich seinen Kuss dort festhalten, wenn ich ihn schon nicht festhalten kann.

Du bist krank. Er wird dich verlassen. Wenn er es herausfindet, lässt er dich im Stich.

Ohrenbetäubend hallt es in mir wider, wird lauter, mit jedem Schritt, der mich wegträgt von ihr und hin zu ihm. Sie hat recht, ich kann nicht mit ihm nach Spanien gehen. Ich könnte niemals ertragen, wenn er mich so anschaut, wie sie es tut. Und wenn er jemals so mit mir reden würde, würde ich sterben.

Du bist krank und dumm. Halt endlich den Mund.

Lieber lasse ich ihn alleine gehen, auch wenn es mich innerlich zerreißt. Gestern habe ich es ihm gesagt. Wir haben uns verabschiedet, haben uns ein letztes Mal geküsst, aber er wollte es nicht akzeptieren. Ich warte auf dich, bis zum letzten Moment, hat er geantwortet. Es war so schwer, nicht schwach zu werden, aber ich hatte mir vorgenommen, zu meiner Entscheidung zu stehen. Bis meine Mutter ins Zimmer kam.

Es ist gut, dass du bleibst. Daraus kann ohnehin nichts werden. Und wenn er wiederkommt, hat er dich längst vergessen.

Wie viel Macht ein paar Worte haben. Ich fühle jedes einzelne in meiner Brust, obwohl ich so schnell laufe, dass der Atem rauh in meiner Lunge brennt. Was, wenn sie recht hat? Dann will ich ihn wenigstens noch ein allerletztes Mal sehen.

Bitte, bitte sei noch da, flehe ich mit jedem verzweifelten Schritt.

Denn der letzte Moment ist längst verstrichen. Schon vor einer halben Stunde wollte er fahren.

Als ich um die Ecke biege und Thomas neben seinem Auto stehen sehe, zittern meine Knie vor Erleichterung und geben fast nach. Er stürzt auf mich zu, reißt mich in seine Arme und drückt mich fest an sich. Er küsst mich auf die Lippen, bevor er sanft mit den Fingerspitzen meine Haare aus meinem Gesicht streicht.

›Du bist gekommen‹, flüstert er.

Ich presse mich an ihn. ›Du bist noch da.‹

›Ich konnte mich einfach nicht durchringen, ohne dich zu fahren.‹ Er fixiert mich mit diesen wunderschönen, farblosen Augen. ›Wo ist dein Koffer?‹

Mein Herz zieht sich zusammen. ›Ich habe keinen.‹ Keinen Koffer, keine Handtasche, nichts. Nicht mal eine Jacke. Nur meinen Geldbeutel in meiner Jeans.

Ich weiß, dass er ahnt, was es bedeutet. Aber er will es nicht einsehen, genau wie ich. ›Das ist gut, mit leichtem Gepäck zu reisen ist sowieso viel vernünftiger.‹ Er lächelt schief. Es zerrt an meiner Seele.

›Ich kann nicht mitfahren. Das sage ich dir schon seit Wochen.‹

Weiß er eigentlich, wie kaputt du wirklich bist?

›Ja‹, antwortet er sanft. ›Aber du hast mir nie erklärt, warum.‹

Ich würde ihm so gerne die Wahrheit sagen. Über die Worte, die mich von innen heraus zerfressen. Sie sammeln sich schon wieder wie Säure in meinem Bauch, steigen hinauf in meine Kehle und wandern über meine Zunge zu meinen Lippen.

›Alles hat einen Grund‹, flüstere ich verzweifelt.

Er lacht leise. ›Da bin ich sicher. Ich sehe dir doch an, wie gerne du mitfahren würdest.‹

Natürlich hat er es gemerkt, denn ich sage es ihm mit jedem Atemzug, jedem Kuss und jedem Seufzen. Nur mit den Lippen kann ich es einfach nicht. ›Meine Mutter‹, stottere ich. ›Sie will nicht, dass ich fahre.‹ Nur mühsam halte ich die anderen Worte zurück, die kranken, die er niemals hören darf. ›Ich halte das nicht mehr aus.‹ Verzweifelt drehe ich den Kopf, so dass meine Lippen die von Thomas streifen. Ich lege ihm die Arme um den Hals und ziehe ihn zu mir herunter, bringe ihn dazu, mich zu küssen.

›Dann lass nicht zu, dass sie weiterhin so mit dir umgeht.‹ Seine Worte sind rauh und drängend in unserem Kuss.

›Ich weiß nicht, wie.‹ Wie soll ich mich widersetzen, wenn sie doch recht hat?

Du bist dumm. So dumm.

Ich zittere so sehr, dass unser Kuss zerbricht. Thomas streichelt meinen Rücken.

›Lara, denkst du …?‹ Er verstummt.

›Was?‹

›Wenn ich das jetzt sage, dann glaubst du vielleicht, ich tue es nur, damit du mit mir kommst. Und das will ich nicht.‹

›Bitte, du kannst mit mir über alles sprechen.‹

Er holt tief Luft. ›Ich glaube, du solltest von ihr weg. Möglichst lange. Sie tut dir nicht gut. Merkst du nicht, wie mies sie dich behandelt?‹

Wut schießt in mir hoch. Woher kommt sie? Ich will meine Mutter verteidigen. Sie hatte es nicht leicht, will ich sagen. Sie will nur mein Bestes. Aber allein die Vorstellung, zu ihr zurückzugehen, schnürt mir die Luft ab.

›Komm mit mir, Lara‹, lockt er. ›Lass mich dich von ihr wegbringen.‹

Seine Worte sinken tief in meine Seele.

So oft habe ich mir gewünscht, dass jemand kommt und mich wegholt. Stundenlang habe ich es mir laut gesagt. Bis meine Kehle wund war.

Und dann, plötzlich, wird mir etwas klar.

›Mein Gott, ich war so dumm.‹ Meine Stimme überschlägt sich fast. ›Ich hätte doch schon längst merken müssen, …‹ Dass es mir in seiner Gegenwart bessergeht und dass die Worte gar nicht rausmüssen, solange er bei mir ist. Vielleicht bringt er sie ja sogar dauerhaft in mir zum Verstummen, wenn ich nur lange genug mit ihm zusammen bin.

Er küsst mich sanft auf die Lippen, so unendlich zärtlich, dass es in meiner Seele schmerzt. ›Komm mit mir, Lara‹, raunt er. ›Lass mich dich verwöhnen, bis du alles vergessen hast.‹

Ich schließe die Augen. ›Das klingt wunderbar.‹

›Ist das ein Ja?‹

›Ich … ich glaube schon.‹

Er lacht leise. ›Du glaubst?‹

›Ich habe keinen Koffer dabei, keine Sachen, nichts.‹

›Das Einzige, was du wirklich brauchst, ist dein Personalausweis, für alles andere finden wir eine Lösung.‹

Wenn er wüsste, wie sehr ich darauf hoffe, dass er wirklich für alles eine Lösung hat. Sogar für meine Krankheit.

Während das silberne Auto uns rasend schnell den Bergen näher bringt, mustere ich Thomas' Profil. Es wird nicht einfach werden, ihm meine Krankheit zu verheimlichen, bis ich sie losgeworden bin. Schon die lange Fahrt wird eine Herausforderung, mit all diesen Worten im Bauch und der Angst, er könnte es doch erfahren. Sein Blick zuckt für einen winzigen Moment zu mir, und dieses warme Lächeln erscheint in seinen Augen.

Lass mich dich verwöhnen. Noch nie hat jemand so etwas zu mir gesagt. Ich werde es für immer tief in meinem Herzen tragen. Die Worte in mir verebben, die Angst trocknet aus. Zurück bleibt nur Glück.

Und ein winziger Zweifel.

Kapitel 53

Thomas

Berge kommen rasend schnell auf uns zu. Zehn ziemlich dämliche Arten, draufzugehen. Glatteis. Ich will den Lenker herumreißen.

Kann mich nicht bewegen. Ich ertrage das nicht mehr, blind zu sein in dieser Dunkelheit. Ich will meine Schwester nicht immer wieder sagen hören, dass ich doch einfach verrecken soll. Ich will aufstehen und ihr ins Gesicht schreien: Ich weiß, was ich angerichtet habe! Ich werde es mir nie verzeihen. Bist du jetzt zufrieden?

»Thomas.« Verzweiflung drängt sich zwischen Isabel und mich. »Bitte, beruhige dich, denk an … Spanien. Versuch dich zu erinnern …«

Das will ich aber nicht. Ich will nicht zuhören, sondern endlich wissen, was mit mir los ist.

»Ich erzähle auch weiter …«

Nein, verdammt. Sag mir, wie ich hierhergekommen bin. Und vor allem, wie ich hier rauskomme. Ich bin ins Auto gestiegen, wollte in die Berge fahren. Dann war ich hier. Kann nur hören. Sehe nichts, spüre nichts. Nein. Nicht nichts. Ein leichtes Kitzeln irgendwo an meiner Seite. Manchmal vielleicht.

Ich will schreien, aber ich kann nicht.

»Hast du gerade …? Nein, ich muss mich getäuscht haben. Aber doch … Hast du … gestöhnt? Oder bilde ich mir das nur ein?«

Das Kitzeln wird stärker.

»Nein. Ich muss mich verhört haben. Natürlich machst du das nicht. Du hörst mich wahrscheinlich gar nicht und weißt auch nicht, dass ich hier bin.«

Doch, ich höre dich. Ich weiß, dass du hier bist. Was ich nicht weiß, ist, ob du echt bist. Ich weiß ja nicht mal, ob es mich selbst wirklich gibt. Wie weit geht der eine Alptraum, und wo fängt ein ganz anderer an?

»Ich sollte besser gehen. Du regst dich viel zu sehr auf. Vielleicht bin ich dir zu nah.«

Nein, bitte geh nicht. Bleib und weck mich endlich auf.

»Mist, der Alarm.«

Das Kribbeln wird deutlicher. Ein Druck an meiner Seite? Ist sie das etwa? Ich halte ganz still und lausche.

Piep, piep, piep.

»Er ist heute wirklich unruhig.«

»Meinst du, das hat etwas zu bedeuten?«

»Schwer zu sagen. Vielleicht, vielleicht auch nicht.«

»Bloß keine Hoffnungen, was?«

Ein Grunzen. »Scheint alles in Ordnung zu sein. Vielleicht nur ein Alptraum.«

Schritte entfernen sich.

»Schon gut, ich bleibe ja. Das ist es doch, was du mir sagen willst, oder? Jedes Mal, wenn ich andeute, dass ich gehen muss, fängt dein Herz an zu rasen. Ich spüre es unter meiner Hand. Wie sehr ich hoffe, dass du mich bemerkst.«

Aber das tue ich doch! Du bist das Einzige, was mir nicht sofort entgleitet.

»Denk an Spanien. Stell es dir vor. Du und ich, nur wir beide.«

Spanien. Ja. Koma, Krankenhaus, Unfall. Spanien. Nur wir beide. Ich klammere mich daran. Lass uns nach Spanien fahren. Mit den Bikes durch die Pyrenäen. Ich war dort mit meiner Freundin. Ihre Lippen waren weich und ihre Worte zärtlich. Nachts ein Zelt, tagsüber … schreckliche Hitze. Nur Himmel vor uns. Über uns.

Wir sitzen im Auto. Sie schaut immer wieder auf ihr Handy, dann plötzlich zu mir. »Wie lang dauert die Fahrt?«

»Das hängt davon ab, wie gut wir durchkommen. Einen, vielleicht zwei Tage?«

Sie wird leicht grün um die Nase. »So lang?«

»Wird dir beim Autofahren schlecht?«

Sie sieht aus, als würde sie gleich ins Handschuhfach kotzen.

»Nein, es ist nur … Das ist so eine weite Strecke. Und ich kann dich gar nicht beim Fahren ablösen. Ich habe keinen Führerschein.«

Wie kann man ohne Führerschein überleben? Ich will es fragen, aber ich rede schon weiter. »Macht nichts. Ich kann fahren.« Klar, markier ruhig den Macker. In Wirklichkeit bist du doch immer froh, wenn du nach vier oder fünf Stunden auch mal abgelöst wirst. »Wir legen dann eben öfter eine Pause ein.«

»Hmmm«, macht sie. Sie windet sich auf dem Sitz, starrt zum Fenster hinaus. Sieht mich an. Hilflos. Nein. Verzweifelt.

Sie nimmt meine Hand und presst sie gegen ihre Lippen. Mit geschlossenen Augen küsst sie meine Finger, als wäre es mein Mund.

Shit. Bin ich froh, dass sie mein Gesicht jetzt nicht sehen kann. Fahren. Auf die Straße schauen. Leichter gesagt als getan. Ihre Lippen sind so feucht auf meinem Handrücken, ihr Atem so heiß auf meiner Haut.

»Was machst du da?«, frage ich rauh.

»Ich?« Ihre Augen sind aufgerissen. »Nichts.«

Ein merkwürdiges Geräusch dringt aus meinem Mund. Ein Schnauben, nein, ein leises Stöhnen. Wenn sie den Blick zwischen meine Beine senken würde, könnte sie sehen, dass das alles andere als nichts ist, was sie da tut.

»Mir war nur langweilig«, behauptet sie. Ihre roten Wangen verraten ihre Lüge.

»Sollen wir eine Pause machen? Zur … Ablenkung?« Souverän. Total souverän und unauffällig.

»O ja, bitte!« Da. Kein bisschen unauffällig. Sie auch nicht.

Ein Rastplatz, ich setze den Blinker. Lara atmet auf. Sie springt aus dem Auto und läuft auf eine Wiese. Endlich hat das Warten ein Ende.

Kapitel 54

Lara

Ich umklammere Thomas' Hals so fest, dass ich einen Moment lang Angst habe, ich könnte ihn tatsächlich ersticken. Aber natürlich ist das Blödsinn. Er erstickt eher an meinen Küssen, so wild sind sie.

Nimm die Worte. Nimm sie endlich. Alle, die sich während der Fahrt in mir aufgestaut haben, bis mir davon schlecht geworden ist. Es ist, als würde ich sie aus meinem Mund in seinen legen, damit er sie für mich runterschluckt. Irgendwo ganz hinten in meinem Kopf ist mir bewusst, dass das falsch ist, aber es wird ja nicht immer so bleiben. Je öfter er mich vor einem Ausbruch bewahrt, desto seltener werden sie passieren. Da bin ich sicher. Ich muss nur irgendwie bis dahin durchhalten, ohne dass er etwas merkt.

›Vielleicht war es doch keine so gute Idee, anzuhalten‹, flüstert Thomas rauh.

Mein Atem geht viel zu schnell, und das liegt nicht mehr nur an all den unausgesprochenen Worten. ›Warum?‹

›Vielleicht wäre es besser gewesen, so schnell wie möglich am Ziel anzukommen.‹

Ich spüre, wie mir die Hitze in die Wangen steigt. Und wie erregt er ist. Merkwürdigerweise macht mir das keine Angst. Im Gegenteil. Der Gedanke, dass ich es bin, die so eine heftige Reaktion in ihm hervorruft, gefällt mir.

›Wir haben ja das Auto‹, flüstere ich und erschrecke fast vor meiner eigenen Courage. Habe ich das wirklich gerade gesagt? Und vor allem, will ich das wirklich? Beinahe ängstlich sehe ich zu Thomas auf und warte darauf, was er erwidern wird. Die Hoffnung, dass er ja sagt oder mich einfach wortlos zum Auto zieht, mischt sich mit der Angst, dass er genau das tun könnte.

›Nein, nicht hier.‹ Er sagt es, als gäbe es keine Diskussion.

›Warum nicht?‹, frage ich, auch wenn ein Teil von mir unglaublich erleichtert ist.

›Weil du es so doch bestimmt nicht willst.‹

Ein warmes Gefühl breitet sich in meiner Brust aus. Er kennt mich schon so gut, obwohl wir erst so kurz zusammen sind. ›Woher weißt du, was ich will?‹, necke ich ihn.

»Vertrau mir, ich weiß es«, antwortet er einfach. Er sagt es mit einer Selbstsicherheit, die mein Herz zum Rasen bringt und gleichzeitig meine Gedanken beruhigt. Ich lächle ihn an und nicke, während er mich vorsichtig zum Auto zurückführt. Es fühlt sich gut an, mich ihm anzuvertrauen.

›Wir müssen uns eben beide noch etwas gedulden.‹

Verlegen greife ich wieder nach meinem Handy und fluche, weil der Akku natürlich immer noch leer ist. Wie soll ich denn jetzt Jenny oder Alex um Rat fragen, wie ich mich jetzt verhalten soll?

›Hast du ein Ladegerät fürs Auto?‹

›Keins, das für dein Handy passt. Tut mir leid.‹

Mist. ›Kein Problem, das ist sowieso eine ganz dumme Angewohnheit.‹ Ich lächle verzagt und packe mein Handy weg. Im Moment geben die Worte Ruhe. Er hat sie weggeküsst, und sein Kuss brennt immer noch auf meinen Lippen. Als würde er Wache halten, damit sie mir nichts anhaben können. Irgendwie schaffe ich das, solange er bei mir ist.

›Ich habe noch gar nicht so lange ein Smartphone, aber man gewöhnt sich so schnell dran. Mein Vater hat es mir geschenkt, damit ich etwas habe, wenn ich unterwegs bin.‹ Etwas, das mir hilft, im Dunkeln die Worte in Schach zu halten. Seitdem benutze ich es immer, wenn ich das Licht nicht anlassen kann, weil ich Jenny nicht stören will und Alex nicht merken soll, was mit mir los ist.

›Für die Reise nach Rom?‹

Ich schlucke schwer.

Es tut mir leid, hat Papa gesagt. Ich weiß, er meinte es ernst. Und auch wenn in meinem Kopf nichts mehr ist, keine einzige Erinnerung, wie es genau dazu kam, weiß ich noch, dass ich im Schrank gelandet bin. Es ist dunkel dort, muffig, und ich hasse es. Weil die Worte in mir dann noch lauter sind. So laut, dass ich ihr Geschrei nicht mehr höre.

Sieh nur, was du angerichtet hast.

Ich halte mir die Hand vor den Mund.

›Alles okay?‹ Thomas. Er sitzt neben mir. Ich bin im Auto. Oder am Krankenhausbett?

›Ja, alles okay. Ich habe nur …‹ Was hatte er mich gefragt? Ach ja. ›Papa hat mir das Handy für die Romreise gegeben.‹«

Ein Geschenk, hat er gesagt. Aber wir beide wussten, dass es nicht stimmt. Es war Bestechung.

Kapitel 55

Lara

Den Rest der Fahrt denke ich an seinen Kuss, wenn die Worte zu schlimm werden. Manchmal greife ich nach seiner Hand und lege meine Finger darum, jederzeit bereit, sie wieder an meine Lippen zu heben und zu küssen. Auch wenn er mich dann wieder so anschaut, als wäre ich vollkommen durchgeknallt. Vorhin hat es geholfen, nicht so gut wie ein richtiger Kuss, aber das neue aufregende Gefühl seiner Haut auf meinen Lippen, sein wilder Geruch in meiner Nase, hat die Worte in mir zurückgedrängt und etwas ganz anderes geweckt. Es zieht voller Sehnsucht in meinem Unterleib, wenn ich nur daran denke. Auch Stunden später noch, als wir endlich in Spanien ankommen.

Trotzdem sind die Worte in den letzten Minuten vor der Ankunft wieder stärker geworden. Es sind jetzt andere, die mich nicht so sehr quälen, die ich aber trotzdem loswerden will. Ich will mit Jenny sprechen, will wissen, was sie tun würde, wenn jemand wie Thomas sie mit so einem dunklen Verlangen im Blick ansieht, während er um das Auto herum auf einen zukommt.

Als er vor mir steht, lächelt er mich an, und mein Magen macht einen Satz. In seinen Augen liegt jetzt etwas Neues, von dem mir ein wohliger Schauer über den Rücken läuft. Etwas Raubtierhaftes, das mich an die Dunkelheit im Schlafzimmer denken lässt. Von der ich nicht weiß, wie ich sie ohne mein Handy überstehen soll. Reflexartig hebe ich es hoch. ›Ich brauche eine Steckdose und ein Ladegerät. Meins hab ich nicht dabei. Hast du vielleicht hier irgendwo noch ein passendes rumliegen?‹

Thomas nimmt mir das Handy aus der Hand. Ich lasse es zu, in der Annahme, dass er es für mich aufladen will, sofern er im Haus ein passendes Ladegerät findet. Aber er beugt sich zu mir runter, so dass sein Atem mein Ohr streift, und raunt: ›Ist das denn jetzt wirklich wichtig?‹

Etwas in mir genießt die Art, wie sein Atem heiß auf meiner Haut kitzelt. Das sanfte Ziehen zwischen meinen Beinen wird stärker, aber ich kann nur an die Dunkelheit denken, die ich irgendwie überstehen muss, ohne auszuflippen. Und wenn ich auch nur die geringste Chance darauf haben will, brauche ich mein Handy.

›Ja‹, gebe ich zittrig zurück. ›Bitte jetzt.‹

Seine Lippen berühren meine Schläfe. ›Wäre es nicht viel schöner ohne diese Dinger? Wir könnten doch eine Weile auf sie verzichten.‹

›Nein!‹, gebe ich entsetzt zurück. ›Ich brauche mein Handy, ich muss …‹

Seine Augen leuchten auf, als ob ihm die Idee richtig gut gefällt. »Ich weiß, dass es nicht leicht sein wird. Und wenn du es wirklich brauchst, dann darfst du es dir natürlich holen. Aber fändest du es nicht auch schön, einfach mal nur zu zweit zu sein? Nur du und ich. Ohne die ständigen Nachrichten, ohne dass dauernd jemand was von uns will?«

Stumm sehe ich ihn an, während die Gedanken in meinem Kopf verrücktspielen. Zwar könnte ich meine Freundinnen nicht per WhatsApp um Tipps im Umgang mit Kerlen anflehen, aber meine Mutter könnte auch nicht anrufen. Und ich würde nicht mal wissen, ob sie es versucht hat. Vielleicht wäre es sogar möglich, sie für eine Weile zu vergessen.

›Das klingt sehr schön‹, gebe ich zögerlich zurück. Das Aber liegt mir auf der Zunge, und doch spreche ich es nicht aus.

Thomas steckt mein Handy in seine Jackentasche. ›Siehst du? Ich weiß eben, was du eigentlich willst.‹ Er zwinkert, und ich muss lachen.

›Lässt du mich nachher nur schnell deins benutzen, um zu Hause Bescheid zu geben? Damit sich niemand Sorgen macht?‹

›Sicher.‹ Dann geht er zum Kofferraum und holt seine Tasche heraus. Ich folge ihm zum Haus und überlege für einen kurzen Moment, ob es wohl ein Sofa gibt, auf dem ich schlafen kann, damit ich nicht neben ihm liegen muss und er es nicht merkt, falls ich die Dunkelheit nicht aushalte. Aber wir sind das erste Mal zusammen im Urlaub. Das kann ich schlecht bringen. Ich könnte höchstens behaupten, dass ich noch nicht so weit bin, mit ihm in einem Bett zu schlafen, aber nach heute Nachmittag würde er mir das kaum glauben. Und außerdem wird er mich nicht anfassen, wenn ich es nicht will. Das weiß ich. Ich vertraue ihm.

An der Haustür bleibt er stehen und wartet, bis ich zu ihm aufgeschlossen habe. Dann öffnet er die Tür einen Spaltbreit. Als ich an ihm vorbei hineingehen will, beugt er sich zu mir und stiehlt mir einen Kuss, der alle Ängste in mir zunichtemacht. Vielleicht brauche ich das Handy ja wirklich nicht.

Thomas führt mich durch das kleine Haus, einmal durch alle Räume. Das Wohnzimmer nimmt das ganze Erdgeschoss ein. Es ist nicht riesig, aber doch luftig, und die Fenster auf allen vier Seiten geben einem das Gefühl, direkt in der Meeresbrandung zu stehen. Normalerweise müsste man sich wie auf dem Präsentierteller fühlen, doch der Strand ist menschenleer, und andere Häuser sind nicht in Sichtweite. Von der luxuriösen offenen Küche aus kann man auf das Wasser schauen.

Thomas muss meinen Blick bemerkt haben, denn er lächelt, streicht über die marmorne Arbeitsplatte und sagt: ›Wenn man schon Gemüse schnippeln muss, kann man dabei wenigstens eine gute Aussicht haben.‹

Ich muss grinsen. ›Ich hoffe, du erwartest nicht, dass ich hier Gemüse schnipple.‹

›Wieso, bist du nicht gut darin?‹

›Doch, total gut, ich kann mir perfekt mit einem Gemüsemesser die Fingerkuppe abschneiden.‹

Thomas’ Mundwinkel zucken verräterisch, als er auf mich zukommt und einen winzigen Kuss auf meinen Finger haucht. ›Dann überlässt du das eben mir. Ich mache das gerne.‹

Mein Atem beschleunigt sich. ›Kochen?‹

›Dich umsorgen‹, flüstert er rauh. ›Du hast jetzt mich.‹

Ich schließe die Augen und lasse mich von seinen Worten durchdringen. Als er sich noch enger an mich drängt, schlage ich die Augen wieder auf. ›Du kannst kochen?‹, frage ich, um zu verhindern, dass er mich hier und jetzt auf den Tresen hebt und mich auf ganz andere Art umsorgt.

Er hebt wissend eine Augenbraue, sagt aber nichts dazu. ›Klar, warum nicht?‹

›Keine Ahnung, ich hätte dich nicht so eingeschätzt, dass dir so was Spaß macht‹, stammle ich und merke selbst, wie albern das klingt. Warum sollte jemand, der mit dem Mountainbike durch die Berge tourt, nicht auch Spaß daran haben, in der Küche zu stehen? Trotzdem, irgendwas ist daran merkwürdig. ›Hast du nicht mal gesagt, dass du nicht kochen kannst?‹«

Ich halte inne und liege abwartend neben Thomas im Bett, als würde ich darauf hoffen, dass er meine Frage beantwortet. Natürlich bleibt er stumm. Aber jetzt fällt es mir wieder ein, es stand in seinem Blog. Er hat geschrieben, wie sehr er die spanische Küche liebt und dass er sich wünscht, er könnte kochen, wenigstens ein kleines bisschen, um sich ab und zu selbst ein paar »geile Tapas« zuzubereiten. Da stand sogar etwas davon, dass er in der Küche zwei linke Hände hat. Ob ich mich vielleicht falsch erinnere? Aber dieser Dialog über das Kochen ist einer der wenigen Momente, die ich ganz genau vor mir sehe. Vielleicht, weil ich ihn so unglaublich mochte. Neben allem anderen, was passiert ist, war dieses Gespräch in der Küche so normal und so schön. Noch nie zuvor hat mir jemand gesagt, dass er mich umsorgen und für mich kochen will. Es kam mir damals so vor, als würde er mich in seine Zuneigung einhüllen.

Ich schüttle den Kopf. Wie dumm, sich an so was aufzuhängen. Er hat in seinem Blog eben untertrieben. Ein gutes, vielleicht sogar raffiniertes, aber normales Essen zuzubereiten, ist ja etwas anderes, als spanische Tapas originalgetreu nachzumachen. Und es passt zu ihm, lieber zu untertreiben, als mit seinen Fähigkeiten anzugeben. Ich schiebe den Gedanken beiseite.

»Thomas führt mich weiter durchs Haus. Neben der Küche gibt es im Erdgeschoss noch eine gemütliche Sitzgruppe aus weißen Sofas und Sesseln, auf denen kuschelige graue Decken liegen und von denen aus man einen wunderbaren Blick über den Strand hat. Dahinter führt eine Treppe nach oben. Thomas geht darauf zu und streckt mir die Hand entgegen. Ich ahne schon, wohin es geht, und ich zögere, bevor ich meine Hand in seine lege.

Es gibt wirklich nur ein einziges Schlafzimmer, das wie ein kleiner Turm über dem restlichen Haus thront und durch eine gewundene Treppe zu erreichen ist.

›Das war mal ein Dachboden, früher gab es nur das Erdgeschoss, das in mehrere winzige Zimmerchen unterteilt war. Aber so fanden wir es schöner.‹

Es ist wirklich wunderschön. Wie gebannt sehe ich durch das große Fenster hinunter aufs Meer. Vom Schlafzimmer aus sind die Wellen anders als vom Wohnzimmer. Irgendwie wuchtiger. Gewalttätiger.

Thomas legt einen Arm um mich. Ich zucke zusammen.

›Hey, alles in Ordnung?‹

Ich nicke nur. Immer noch starre ich auf die Wellen, deren Blau von hier oben viel düsterer wirkt als von unten. Oder vielleicht bilde ich mir das nur ein, weil der Himmel über dem Meer inzwischen ein Stückchen dunkler geworden ist. Dunkler. Alles wird gut. Du wirst sehen. Vertrau ihm. Er wird die Worte in Schach halten, selbst in der Dunkelheit.

›Ja, es ist nur so überwältigend hier.‹

›Einzigartig, nicht wahr? Man kann sich glücklich schätzen, wenn man eine Familie hat, die so ein Haus besitzt.‹

Zum ersten Mal frage ich mich, wie das eigentlich zusammenpasst. Er hat ja gesagt, dass er Geld mit seinem Blog verdient, und als er mich gefragt hat, ob ich mit ihm nach Spanien fahre, habe ich nicht darüber nachgedacht, wie wir hier wohnen würden. Aber jetzt kommt es mir seltsam vor, dass er so ein tolles Haus zur Verfügung hat. In so einer Lage. Mit so einer Einrichtung. Und es gehört seiner Familie. Die kein Geld hat.

›Ja‹, sage ich gedehnt. ›Das kann man wohl. Aber sag mal, wolltest du nicht eigentlich eine Fahrradtour machen? Und ich habe da auch noch irgendwas von einem Zelt im Kopf.‹

Er lacht. ›Vielleicht nächstes Mal. Für dieses Mal ist es mir lieber, wenn wir es etwas bequemer haben.‹

Obwohl er es ganz ohne anzüglichen Tonfall gesagt hat, schießt mir die Hitze in die Wangen. Bequemer. Aha. Hastig wende ich mich ab und laufe auf die Treppe ins Wohnzimmer zu. ›Ich bin am Verhungern. Ich hoffe, du hast irgendwas da.‹

Natürlich hat er das nicht. Statt für mich zu kochen, bringt er mich in ein winziges Restaurant in Salamanca. Die Tapas sind großartig, aber als ich die Preise sehe, verschlucke ich mich fast an meinem Schafskäse. Thomas besteht darauf, mich einzuladen, und ich gebe nach, obwohl mir dabei unwohl ist. Das Haus gehört seiner Familie, es ist vielleicht schon lange in ihrem Besitz, und vielleicht ist es gar nicht so viel wert. Aber wenn er sein Geld mit seinem Blog verdient, kann er es sich bestimmt nicht leisten, mich in so ein teures Restaurant auszuführen.

Sicher kann er es sich auch nicht leisten, mir neue Sachen zu kaufen, aber er tut es trotzdem. Und er wirkt auch nicht, als wäre das eine große Sache für ihn. Merkwürdig. Trotzdem erlaube ich ihm, mir das Nötigste zu kaufen, weil ich ja wirklich gar nichts dabeihabe, und nur unter der Voraussetzung, dass ich ihm später alles zurückzahle. Auch wenn ich noch keine Ahnung habe, wie ich das anstellen soll.

Zurück im Haus am Strand nimmt er mir meine neue Jacke ab. ›Danke, es war wirklich schön und das Essen unglaublich. Aber … du weißt, dass ich auch mit Pommes und einem Burger zufrieden gewesen wäre.‹

Er hängt unsere Jacken an die Garderobe und kommt dann langsam auf mich zu. ›Du vielleicht, aber ich nicht.‹

›Ich wusste gar nicht, dass du so ein Leckermaul bist.‹

›Ach nein?‹ Sein Blick ruht auf meinen Lippen, als wären sie das Köstlichste, was er je in seinem Leben gesehen hat.

Mein Herz stolpert über diesen Ausdruck in seinen Augen. Er senkt den Kopf, und seine Lippen streifen vorsichtig meine. So oft haben wir uns schon geküsst, und doch ist es immer noch neu und aufregend. Ich liebe sein zärtliches Vorfühlen, bevor er mich richtig küsst. Es ist wie eine sanfte Einladung, eine süße Warnung, dass er gleich jede Rücksicht fallen lassen wird. Sein Kuss wird fordernder, und er drängt mich sanft gegen die Wand. Sofort ist das Ziehen in meinem Unterleib wieder da. Ich lege die Arme um seinen Hals. Ich will ihn ganz spüren. Seinen Körper an meinem, überall.

Seine Fingerspitzen wandern unter mein Shirt und ziehen eine kribbelnde Spur über meinen Bauch. Wo er vorhin auf dem Parkplatz aufgehört hat, macht er jetzt umso wilder weiter. Er schiebt seine Hand nach oben und liebkost durch den Stoff meines BHs meine Brust. Ich keuche auf, als er mit dem Daumen über meine Brustwarze fährt.

›Lass uns ins Schlafzimmer gehen‹, flüstert er heiser.«

Ich verstumme. Nachdenklich sitze ich an seinem Bett und überlege, ob das so stimmt. Sind wir hochgegangen? Ja, er wusste ja, dass es mein erstes Mal sein würde, und hatte schon darauf verzichtet, im Auto über mich herzufallen. Also hätte er doch sicher nicht die paar Meter zum Schlafzimmer gespart. Trotzdem kommt es mir nicht ganz richtig vor. Vielleicht hatte er das Gefühl, dass ich noch nicht wirklich bereit war, vielleicht habe ich irgendetwas gesagt, das ihn dazu brachte, doch noch abzuwarten.

»Ich bin viel zu verwirrt, um eine klare Antwort zustande zu bringen. ›Ich, ich … ich weiß nicht …‹, stammle ich.

Sofort lässt er von mir ab. Er streichelt mir über die Haare und küsst mich sanft auf die Stirn. ›Schon gut, wir haben ja Zeit.‹ Die Worte wirken gezwungen, als ob er sie unter großer Anstrengung sagt, trotzdem lächelt er. ›Du bist sicher müde, ich auch, es war ein langer Tag. Wahrscheinlich sollten wir einfach schlafen.‹

Er wartet meine Antwort nicht ab, sondern geht einfach vor, die kleine Treppe hinauf, zeigt mir ein winziges Bad, das zum Schlafzimmer gehört, und wartet dann, bis ich mich bettfertig gemacht habe. Als wir nebeneinanderliegen, sehe ich zu ihm hinüber, und das Herz schlägt mir bis zum Hals. Was jetzt? Wird er dort weitermachen, wo wir vorhin aufgehört haben? Oder sollte ich es vielleicht tun? Will ich es denn? Dann sollte ich den Anfang machen. Vielleicht wartet er darauf. Ich halte seinen Blick fest, lausche auf die Wellen, die wütend gegen den Strand rauschen. Sage nichts.

Thomas hebt eine Hand, und mir stockt der Atem. Aber er fährt mir nur über die Wange und lächelt. ›Schlaf gut.‹

Ich lächle zurück, bis er das Licht löscht.

Dunkelheit senkt sich über uns, verschluckt mich. Ich halte mich an der Bettdecke fest. Nur langsam gewöhnen sich meine Augen an das Schwarze um mich herum, und ich schimpfe mich eine dumme Kuh, weil ich nicht daran gedacht habe, wie unglaublich finster es hier sein würde. Viel dunkler als in jeder Stadt. Ich lausche auf Thomas' Atem neben mir und auf die Wellen und versuche zu vergessen, dass da Worte in mir sind. Er hat sie weggeküsst. Sehr ausgiebig, hat sie mir einfach von den Lippen genommen. Und doch spüre ich, wie sie schon wieder in meinem Magen kitzeln.

Glaubst du wirklich, dass du deine Krankheit vor ihm verheimlichen kannst? Wie dumm bist du eigentlich?

Ich presse die Augen zusammen und sehne mich nach meinem Handy. Aber ich weiß nicht einmal, wo es ist. Thomas hat es in seine Tasche gesteckt, und seitdem habe ich es nicht mehr gesehen. Und selbst wenn ich es finden würde, wäre der Akku immer noch leer.

Ich überlege, nach seiner Hand zu greifen und an ihn heranzurutschen, damit er mich küsst und vielleicht mehr draus wird. Aber immer noch weiß ich nicht, ob ich es wirklich schon will, dieses Mehr. Ich sollte mich nicht so anstellen. Wenn es die Worte in mir auslöscht und mir hilft, die Dunkelheit auszuhalten, was spricht dann dagegen?

Alles hat einen Grund.

Aber weshalb lasse ich lieber die Worte in mir mächtiger werden, als Thomas ein Zeichen zu geben, dass ich seine Nähe brauche? Ich zucke zusammen, als ich seine Finger auf meiner Hand spüre. Sie schließen sich um meine. Nichts weiter. Als ob er merkt, dass ich allein nicht zurechtkomme. Wieder steigt diese Wärme in mir auf.

Du hast jetzt mich.

Doch es reicht nicht.

Ohne darüber nachzudenken, entreiße ich ihm meine Hand, springe auf und laufe aus dem Schlafzimmer hinunter ins Wohnzimmer. Bei der Haustür hat er mich eingeholt. Er hält mich am Arm fest und zieht mich an seine Brust.

Ohne etwas zu sagen, küsst er mich mit einer plötzlichen Wildheit. Er überspringt einfach den zärtlichen Teil, den ich vorhin so mochte. Ich spüre, wie die Worte mir die Kehle verätzen. Obwohl er mich küsst, steigen sie in mir auf und wollen raus. Nein. Ja. Du hast jetzt mich. Alles hat einen Grund.

Zitternd klammere ich mich an Thomas, so fest ich kann. Ich will, dass er mich noch härter küsst, bis er alles besiegt hat, was ich sagen könnte. Als die Worte endlich fort sind, stöhne ich leise. Immer noch zitternd, keuchend.

›Ganz ruhig‹, flüstert er in mein Ohr. Er streichelt meinen Rücken und meine Haare. ›Es ist meine Schuld, dass du Angst hast, ich hätte vorhin nicht aufhören sollen. Natürlich hat das deine Nervosität gesteigert.‹

Es klingt so plausibel. ›Wenn ich doch nur wüsste, was richtig ist.‹ Meine Stimme ist leise, beinahe tonlos.

Wieder zieht er mich an sich und tröstet mich. Sein dumpfer Herzschlag unter meinem Ohr beruhigt mich.

›Das musst du nicht. Ich weiß es für uns beide.‹ Dann nimmt er mich an der Hand und zieht mich langsam zur Treppe.«

Kapitel 56

Thomas

Wenn ich doch nur wüsste, ob das so richtig ist.« Laras Stimme überschlägt sich.

Nein, hör nicht auf. Erzähl mir mehr davon, wie nahe wir uns gekommen sind. Ich will alles wissen. Alles vor mir sehen. Deine geröteten Wangen, deine glänzenden Augen. Ich bin dort. Am Meer. Ich spüre deine warme Haut unter meinen Fingern, so echt, als würde es gerade passieren.

Was für eine Macht sie hat. Sie holt mich hier raus, nur mit ihrer Stimme. Sie lässt mich vergessen, was ich nicht wahrhaben will. Wie schafft sie das nur?

»Es fühlt sich so falsch an. Ich glaube, es ist damals passiert, gleich in jener ersten Nacht, aber würde man sich daran nicht erinnern? Andererseits hatte ich an den ersten Kuss auch keine Erinnerung. An so vieles nicht.«

Ich möchte sie in den Arm nehmen. Ihr noch mal sagen, dass sie jetzt mich hat. Ich kann es nicht. Sie hat mich nicht. Verdammt, wie ich es hasse.

»Aber wenn ich sicher bin, dass es passiert ist, sollte es sich doch richtig anfühlen. Ich sollte noch genau wissen, wie zärtlich du warst und wie sehr ich mit jeder deiner Berührungen gemerkt habe, dass meine Zurückhaltung dumm war. Mit jedem deiner Küsse habe ich gespürt, dass ich es die ganze Zeit wollte. Du hast es nur vor mir gemerkt. Und ich war sogar froh, dass du mir die Entscheidung abgenommen hast.«

Stille.

Da sind nur das Kribbeln und die Wärme in mir. Ihre Wärme.

Ich würde dich so gerne halten, Lara. Du bist der einzige Mensch, dessen Leben ich nicht zerstört habe. Denn wenn du mich hassen würdest, wärst du nicht hier und würdest mir sicher nicht von uns erzählen. Du hältst zu mir, du hast dich nicht wie alle anderen vertreiben lassen von meiner Besessenheit. Wie sehr ich mir wünsche, dass du echt bist und nicht nur Teil meines Traums. Und gleichzeitig habe ich vor nichts so sehr Angst. Denn wenn du echt bist, ist es meine Hölle auch.

Kapitel 57

Lara

In mir ist alles schwarz.

Seit ich gestern gegangen bin, versuche ich, mich an unsere erste gemeinsame Nacht zu erinnern, aber sie ist nur ein einziger dunkler Fleck. Warum?

Hilflos sehe ich Thomas an. Wenn er es mir doch nur sagen könnte. Es kommt mir vor, als hätte sich, seit ich bei ihm unter der Decke war, irgendetwas an seiner Ausstrahlung verändert. Liegt er nicht mehr ganz so starr da? In dem Artikel, den ich gelesen habe, klang es, als könnte man die Körper von Komapatienten darauf trainieren, Berührungen wieder wahrzunehmen. Aber so schnell geht das doch bestimmt nicht. Ich will nur glauben, dass meine Nähe ihm gutgetan hat, weil ich es dann rechtfertigen könnte, noch einmal zu ihm unter die Decke zu kriechen. Es gibt nichts, was ich mir gerade sehnlicher wünsche. Aber es ist falsch und verboten, und das Risiko ist viel zu groß, mit den ganzen Schläuchen, die an ihm dranhängen. Letztes Mal hatten wir großes Glück, dass nichts passiert ist, und wenn etwas schiefgeht, könnte ich mir das nie verzeihen. Trotzdem tut der Wunsch nach seiner Nähe richtig weh in mir. Ich schlinge mir die Arme um die Schultern. »Wenn du mir nur sagen könntest, dass du es auch willst.«

Seine Herzfrequenz steigt an. Aber das heißt nur, dass er immer noch meine Stimme mag. Ich schließe meine Finger um Thomas' Hand. Wenigstens diese kleine Berührung will ich uns stehlen. Währenddessen beobachte ich sein Gesicht ganz genau. Gibt es denn gar keine Anzeichen dafür, dass er mich auch wieder spüren will? Wenn er es überhaupt kann. Seine Gesichtszüge wirken entspannt. Entspannter als noch gerade eben? Verdammt, ich weiß es einfach nicht.

Ich horche auf, ob jemand den Gang entlangkommt, aber alles ist ruhig. Trotzdem sollte ich mir überlegen, wo ich mich notfalls verstecken kann. Auf der anderen Seite von Thomas' Bett ist der Vorhang, der seinen Bereich von dem anderen trennt. Ich ziehe ihn ein Stück zu, so dass ich mich dahinter verbergen könnte. Nicht ideal, aber weniger gefährlich, als mich wie ganz zu Anfang einfach auf der anderen Seite an die Wand zu drücken. Ich knie mich auf dieser Seite neben sein Bett, jederzeit bereit, sofort in Deckung zu gehen.

»Ich erinnere mich immer noch nicht daran, was genau in jener Nacht passiert ist. Ich sehe nur vor mir, wie ich am Morgen danach aufgewacht bin, geweckt vom Meeresrauschen und vom Geräusch der Badezimmertür. Thomas kommt splitterfasernackt ins Zimmer. Ich widerstehe dem Drang, das Gesicht abzuwenden. Wie albern, ich habe diese Nacht alles an ihm kennengelernt, warum also sollte ich ihn mir nicht ansehen? Er ist ziemlich durchtrainiert, aber auf eine drahtige Art, sehr muskulös, eben wie jemand, der ohne Probleme mit dem Fahrrad Berge rauffährt. Auf seiner Haut glänzen noch ein paar verirrte Wassertropfen von der Dusche, und das Spiel seiner Brustmuskeln nimmt mir den Atem.

Als er meinen Blick bemerkt, hebt er spöttisch eine Augenbraue, sagt aber nichts. Stattdessen lässt er sich neben mich aufs Bett fallen, rutscht zu mir unter die Decke und haucht mir einen sanften Kuss auf die Lippen.

›Die letzte Nacht war der Wahnsinn.‹ In seinen Worten schlummert eine Leidenschaft, die mich erschreckt. Er glaubt also, dass es etwas ganz Besonderes war. Und ich habe alles vergessen. Hilflos sehe ich zu ihm auf. Er verengt die Augen, fragt sich wahrscheinlich, warum ich nicht antworte. Aber verdammt, ich will ihm nichts vormachen. Dazu mag ich ihn viel zu sehr. Wenn ich ihm sage, dass ich mich überhaupt nicht erinnern kann, denkt er vielleicht, dass es mir nichts bedeutet hat oder dass es doch nicht mein erstes Mal war. Dann könnte er glauben, dass ich ihn angelogen habe. Panik steigt in mir auf, und sie bringt Worte mit sich. Aber sie dürfen niemals aus mir raus.

›Ähm‹, mache ich verzweifelt und überlege händeringend, wie ich zumindest eine Ahnung davon bekommen könnte, was letzte Nacht geschehen ist. ›Meinst du … könnten wir vielleicht … könnten wir das wiederholen? Ganz genauso wie gestern?‹

Er zieht die Augenbrauen zusammen. ›Du willst also, dass ich deine Erinnerung auffrische?‹

Entsetzt starre ich ihn an. Hat er mich etwa durchschaut? Ich nicke langsam.

›Das nehme ich als Kompliment.‹

Ich muss wohl ziemlich entgeistert gucken, denn er beugt sich zu mir herunter, bis ich seinen Atem heiß an meinem Ohr fühle. ›Glaubst du mir jetzt, dass ich weiß, was du willst?‹

Bevor ich etwas erwidern kann, küsst er mich, lässt seine Hände über meinen verschlafenen Körper wandern. Mit seinen Fingerspitzen weckt er meine Haut aus ihrem Traum, zieht mit seinen Lippen eine feuchte Spur über meine Brust und umschließt schließlich meine Brustwarze. Seufzend bäume ich mich ihm entgegen, ziehe ihn halb auf mich, während er nach einem Kondom greift und sich schon zwischen meine Beine drängt. Diesmal fühlt es sich richtig an, als er langsam in mich eindringt. Vollkommen richtig, ihn in mir zu haben. Als er sich in mir bewegt, ist es, als hätte es meine Zweifel von letzter Nacht nie gegeben. Wie gerne würde ich ihn fragen, ob es gestern auch so war, aber natürlich darf ich das auf keinen Fall. Meine Augen werden feucht. Wenn ich mich nicht von allein erinnere, werde ich niemals wissen, was gestern Nacht passiert ist.

Er hält inne, küsst meinen Augenwinkel, küsst zärtlich die Träne fort, die mir über die Schläfe läuft. ›Hey. Was ist los? Tue ich dir weh?‹

Ich schüttle den Kopf. ›Nein. Also, vielleicht doch.‹ Ich lächle, aber als ich sehe, wie er besorgt das Gesicht verzieht, rede ich schnell weiter. ›Es tut weh in meiner Brust, weil es so schön ist, kennst du das?‹

Es ist fast lächerlich, wie sehr ich mich davor fürchte, dass er nein sagt. Es ist so ein wunderbares Gefühl, und ich wünsche mir so sehr, dass wir es teilen können. Als er mit dunklen Augen nickt, atme ich erleichtert aus. Und als er mich wieder küsst, weiß ich, dass die Worte von jetzt an Ruhe geben werden.

Später liege ich erschöpft in seinen Armen, sein regelmäßiger Herzschlag vereint sich mit dem Meeresrauschen und dem Schreien der Möwen zu einer eigenartigen Symphonie. Eine Symphonie, die uns allein gehört.

Auch als wir nach dem Abendessen am Strand spazieren gehen, barfuß in der Brandung, höre ich sie noch. Thomas hält meine Hand, und meine Zehen graben sich in den feuchten Sand.

›Ich bin so froh, dass ich für dich nach Rom gefahren bin, Lara.‹ Der Wind mischt sich mit seinen heiseren Worten.

Ich lächle zaghaft. ›Auch wenn das wirklich völlig verrückt war?‹

›Na ja‹, sagt er gedehnt, ›so verrückt war das gar nicht. Als ich vom Lagerfeuer weggegangen bin, habe ich deine Freundinnen noch über eure Pläne sprechen hören. Unter anderem darüber, wann ihr welche Sehenswürdigkeit besichtigen wollt.‹

›Das heißt, es war überhaupt kein Zufall, dass wir uns dort begegnet sind?‹

›Nein. War es nicht.‹

›Warum hast du mir das nicht gesagt?‹

Er lacht. ›Um wie ein liebestoller Idiot dazustehen?‹

Ich muss grinsen. ›Ein charmanter liebestoller Idiot.‹ Ich denke darüber nach, was das bedeutet. ›Es hatte also doch einen Grund, dass wir uns begegnet sind. Alles hat einen Grund. Einfach alles.‹ Schnell beiße ich mir auf die Zunge.

Eine Weile antwortet er nicht, und ich denke schon, dass er mich vielleicht nicht gehört hat. Aber dann bleibt er stehen. Der Wind reißt an seinen schwarzen Haaren. Die Sonne verleiht ihnen einen braunen Schimmer, der mir vorher noch nie aufgefallen ist. ›Glaubst du das wirklich? Du meinst, dass wir uns getroffen haben, war so etwas wie Schicksal?‹

›Nein, nicht Schicksal. Schicksal ist auch nur eine Art von Zufall, den wir nicht in der Hand haben. An so etwas glaube ich nicht.‹

Was er mir gerade erzählt hat, beweist es. Ich sollte froh sein, weil ich die ganze Zeit recht hatte. Stattdessen steigt Angst in mir auf.

Es gibt immer einen Grund, und irgendwer ist immer schuld.

Das Rauschen der Wellen scheint sich in meinem Kopf zu vervielfältigen. Ich muss etwas falsch gemacht haben. Deswegen habe ich die letzte Nacht vergessen. Bevor ich die Beherrschung verliere und in den Teufelskreis gesogen werde, stürze ich mich auf Thomas und küsse ihn.

›Ist alles in Ordnung?‹, fragt er besorgt.

›Ja. Alles gut.‹ Ich weiche seinem Blick aus, aber er fasst mich an beiden Schultern und wartet, bis ich ihn anschaue. Da ist etwas Dunkles in seinem Blick. Etwas wie Schmerz.

›Lara? Ich … ich möchte dich um etwas bitten.‹

›Was?‹, frage ich vorsichtig.

›Lüg mich nie an‹, sagt er leise. ›Ich ertrage es nicht, wenn mir jemand etwas vormacht.‹

Das schlechte Gewissen explodiert so schlagartig in mir, dass mir davon schlecht wird. ›Thomas, ich … ich kann nicht …‹

›Du vertraust mir nicht.‹

Ich schlucke schwer. ›Wir kennen uns doch kaum, und …‹

›Natürlich, du hast recht.‹ Er schüttelt den Kopf und lächelt, aber es wirkt gezwungen. Er lässt mich los und geht mit großen Schritten weiter. Ich laufe ihm nach. Nur mühsam kann ich aufschließen. ›Thomas …‹

›Ich wollte dich nicht drängen. Vergiss es einfach, okay?‹, sagt er halb über die Schulter, ohne stehen zu bleiben. ›Komm, da vorn ist etwas, was ich dir zeigen möchte …‹

›Bitte warte! Es tut mir leid, ich …‹

Jetzt bleibt er doch stehen. Er sieht auf seine Füße, schüttelt erneut den Kopf. Dann sieht er auf, nimmt meine Hand und küsst meine Handfläche. ›Mir tut es leid. Ich hätte das nicht sagen sollen, es war ein schwacher Moment. Vertrauen braucht Zeit, und du … solltest nicht ausbaden müssen, dass ich …‹ Er verstummt.

›Dass du was?‹

Er wendet den Blick direkt hinein in die untergehende Sonne, als würde er es willkommen heißen, dass sie unerträglich in seinen Augen schmerzt. ›Bitte, lass uns einfach nicht mehr darüber reden. Meine Vergangenheit sollte keine Rolle spielen.‹

›Wie meinst du das?‹ Irgendetwas, was er mal erwähnt hat, lauert am Rande meines Bewusstseins, aber ich kriege es nicht zu fassen. Ich lege eine Hand an seine Wange. ›Du kannst mir alles sagen.‹

Er zögert lange, die Sonne ist schon beinahe im Meer versunken, als er endlich antwortet: ›Aber nur, wenn du mir im Gegenzug versprichst, dass du dich deswegen nicht verpflichtet fühlst, dich mir auch anzuvertrauen.‹

›Ich verspreche es.‹

Er nickt. ›Meine letzte Freundin … sie hat ständig irgendwelche Freunde getroffen, war dauernd auf Partys und ganz oft ohne mich unterwegs. Ich hab mir nichts dabei gedacht, warum sollte man immer aufeinanderhocken? Aber dann habe ich sie eines Nachts erwischt. Betrunken, mit einem anderen. Ich hab ihr geglaubt, dass es nur ein Ausrutscher war, ich wollte es glauben, ich habe sie damals wirklich geliebt, weißt du, und ich wollte sie nicht verlieren. Aber dann hat sie es wieder getan und wieder. Es hat lange gedauert, bis ich herausgefunden habe, wie systematisch sie mich hintergangen hat.‹ Er wird immer leiser, bis der Lärm der Wellen seine Stimme fast verschluckt. ›Die ganze Zeit hatte ich das Gefühl, sie verheimlicht mir was, und ich hatte recht. Deswegen … macht es mich wahnsinnig, wenn ich vermute, dass jemand mir nicht alles sagt.‹ Er sieht mich wieder an, hinter ihm erfasst die Nacht den Ozean. ›Vor allem, wenn es jemand ist, den ich so unglaublich mag. Jemand, den ich …‹

Das Wort, das er nicht sagt, hängt zwischen uns wie ein Leuchtfeuer auf einer einsamen Klippe. Und ich weiß nicht, ob ich hingehen und mich daran wärmen oder davor davonlaufen will.

›Es tut mir leid‹, flüstere ich. Es geht im Tosen des Wassers unter.

›Ich erwarte nicht, dass du mir alle deine Geheimnisse verrätst, nur weil ich einen Knacks habe.‹ Es schmerzt in meiner Brust, wie sehr er sich wünscht, dass ich ihm vertraue, aber es nicht von mir verlangen will.

›Auch wenn du es nicht erwartest, ich tue es trotzdem. Denn ich … mag dich auch sehr.‹ Wie froh ich jetzt über die Dunkelheit bin. Man kann kaum noch den Horizont erkennen. Und auch nicht meine Nervosität. ›Denn du bist nicht der Einzige, der einen Knacks hat, und ich … ich sollte endlich ganz offen zu dir sein.‹ Weil es schon seit jenem atemberaubenden Beinahekuss in den Katakomben eine Rolle spielt. Und weil es eine zu schreckliche Lüge wäre, es ihm noch länger zu verheimlichen. ›Aber du musst mir auch etwas versprechen.‹ Ich bringe es kaum heraus, so sehr zittern meine Lippen. ›Du darfst mich nicht hassen, weil ich dich angelogen habe.‹«

Kapitel 58

Thomas

Lügen. Wer hat sie wem erzählt?

»Ich wollte es dir nicht vorenthalten«, beginnt Lara zaghaft, »aber ich habe es einfach nicht über mich gebracht ...«

»Etwas zu verheimlichen, kann auch eine Lüge sein.«

Warum klinge ich so wütend? Ich kriege davon selbst eine Gänsehaut. So bin ich doch nicht, oder?

So warst du schon immer!, zischt Isabel in meinem Kopf. *Egoistisch und rücksichtslos.*

»Ich wollte nur, dass es zwischen uns normal ist«, flüstert Lara.

Wie gut ich sie verstehe. Aber ohne die Wahrheit kann es keine Normalität geben. Ich habe es ausprobiert. So oft habe ich behauptet, dass ich nur lange genug suchen muss, um eine Lösung zu finden, die Mutter helfen wird. Als es so weit war, habe ich meine Zweifel verheimlicht. Und dann habe ich es noch schlimmer gemacht. Nichts war danach mehr normal und schon gar nicht so wie früher.

»Das Meer ist so wunderschön«, wispert Lara in meine Gedanken. Ich stehe mit ihr am Strand. Gewaltige Wellen tosen auf uns zu und spülen die ganzen verdammten Lügen fort. Meine und auch Laras. Ich nehme ihre Hand und lächle sie an.

Du kannst mir alles sagen, Lara. Ich werde dich nicht hassen. Ich werde dich höchstens noch mehr dafür lieben, weil du dich mir anvertraust. Ich öffne den Mund, um ihr genau das zu sagen. »Red schon«, herrsche ich sie stattdessen an.

Nein, sie hat es mir brutal in den Mund gelegt. Oder? Sie erzählt, was wirklich zwischen uns passiert ist. Was sie mich jetzt tun lässt, habe ich wirklich irgendwann gemacht. Es ist unmöglich, es rückgängig zu machen.

»Ich bin krank«, bricht es aus ihr heraus.

»Krank?« Alle Wut ist aus meiner Stimme verschwunden. Da ist nur noch Panik. Und ein einziges Wort tobt in meinem Geist. Endstadium. »Nein«, flüstere ich.

»Keine Angst«, erwidert sie hastig. »Ich sterbe nicht. Aber da sind Worte in mir, die einfach rauswollen. Ich kann nicht aufhören zu reden, und manchmal vergesse ich sogar, was passiert ist. Ich verliere ganze Stunden oder Tage. Wie dumm. Dumm.« Ihre Verzweiflung hängt zwischen den Worten, so laut wie der Nachtwind über dem Meer. »Bitte versteh, was ich sage, ohne dass ich es aussprechen muss.«

Ich verstehe es. Du hast mich vergessen. Uns. »Unsere erste gemeinsame Nacht.«

»Ich kann mir selbst nicht erklären, wie ich so was vergessen kann.« Sie klingt schrecklich niedergeschlagen. »Es tut mir leid.«

Mir auch. Alles verschwimmt. Ihre Augen, ihre weichen Haare, ihre wunderbare Haut. Ich will sie berühren, aber sie entgleitet mir. Auch ich verliere Dinge. Zeit. Laras Geschichte. Nicht überallhin kann ich ihr folgen. Manchmal verirre ich mich in der Slideshow oder im Nebel.

Fühlt es sich für dich auch so an, Lara?

»Jetzt weißt du es.«

Sie wirft es über die Hecke in mein Gedankenlabyrinth. Was weiß ich? Wo war ich?

»Meine Mutter hat mich von Arzt zu Arzt geschleift, aber niemand konnte uns sagen, was für eine Krankheit ich habe.«

Atme, Lara, bitte atme.

»Sie wollte nicht, dass ich mit dir fahre.«

Da sind wieder die Wellen. Diesmal reißen sie uns beide fort. Ich versuche, für Lara ruhig zu bleiben, aber meine Wut auf ihre Mutter schwimmt auf Laras Wortwellen. Sie werden zur Sturmflut, die ich nur durch eins aufhalten kann. Indem ich Lara küsse. Sie stürzt sich in den Kuss, wird selbst zur Sturmflut. Ich sollte sie beruhigen. Stattdessen drücke ich sie nieder, bis sie erleichtert aufgibt. Endlich steht ihre Welt still, das Meer ist wieder spiegelglatt. Sie seufzt, ich küsse sie. Alles löst sich zwischen unseren Lippen auf. Ihre Lügen, meine Wut, nichts steht mehr zwischen uns.

»Ich habe Angst, nach Hause zu gehen«, sagt sie irgendwann.

»Ich finde, du solltest zu mir ziehen«, antworte ich.

Überrascht schweigen wir. Was für eine verrückte Idee. Wir zwei zusammen in meinem winzigen Zimmer? Was wird Cem dazu sagen?

»Willst du das wirklich?«

»Ja.« Ich wünsche mir nichts so sehr, wie sie für immer bei mir zu haben. »Platz ist genug.« Guter Witz.

»Ich weiß nicht …«

»Lass mich dich wegbringen von deiner Mutter.«

»Das wäre so schön«, flüstert sie schließlich.

Ich ziehe sie an mich und verliere mich in ihr. Zwischen Sternenhimmel und Brandung, zwischen Sand und Dünengras. So etwas kann keine Illusion sein und auch nicht nur ein Traum. Ich bin mir sicher. Alles ist echt. Lara, die Geschichte, unsere Erinnerungen.

Und auch meine Hölle. Was immer das bedeutet.

Ich klammere mich an sie, so fest, dass es weh tun muss. Sie keucht entsetzt auf. Dann ist sie plötzlich fort. Was ist passiert?

Alles hat einen Grund. Irgendwer ist immer schuld.

Verdammt, was habe ich getan?

Kapitel 59

Lara

Wie von Sinnen renne ich über den Gang. Zuerst zum Stationszimmer. In der offenen Tür bleibe ich stehen, schwer atmend und unfähig, etwas zu sagen.

Till sieht mich an wie ein verschrecktes Kaninchen. »Lara! Was machst du denn hier?«

Ich hole tief Luft. »Thomas«, stoße ich hervor.

In diesem Moment bricht neben uns die Hölle los. Ein Alarm piepst hektisch, und ein paar Lampen leuchten auf. Till wirft mir einen entschuldigenden Blick zu und hetzt davon.

»Warte!« Ich laufe ihm nach, bis ich in der Tür des Zimmers stehe, aus dem der Alarm kommt. Die Oberärztin ist schon am Bett des Patienten und kümmert sich um ihn. Was soll ich jetzt tun?

Ich muss doch sofort mit jemandem sprechen. Ich warte noch eine Sekunde, dann laufe ich wieder los. Schaue in jedem Zimmer nach, ob irgendwo jemand ist, der mir helfen kann, und erstarre schließlich mitten im Schritt, als ich die Physiotherapeutin entdecke. Will ich sie wirklich ansprechen? Ihr verächtlicher Blick liegt mir immer noch schwer im Magen. Doch ich habe keine Wahl.

Ich räuspere mich.

Silke hebt den Kopf, und sofort verfinstert sich ihre Miene. Ich muss mich mühsam daran erinnern, dass sie auf unserer Seite ist. Sie hat mir schließlich gezeigt, wie ich mich auf die Station schleichen kann. Trotzdem ist es unendlich schwer, den Mund aufzukriegen, wenn sie mich so anschaut. »Er hat meine Hand gedrückt.«

Sie starrt mich nur lange an. Versteht sie denn nicht, was das bedeutet? »Bitte, Sie müssen es sich ansehen. Jetzt gleich.«

Sie lässt langsam den Arm ihres Patienten sinken, seufzt und kommt auf mich zu. Gleich wird sie mich anschreien. Wird mir sagen, dass sie mich nur auf die Intensivstation gelassen hat, weil sie dachte, dass ich mich verantwortungsbewusst verhalten würde und Thomas nicht anfasse. Ich muss schlucken.

Sie bleibt stehen, die Hände in die Hüften gestemmt, und legt den Kopf schief. »Wie hat er deine Hand gedrückt?«

Ihre ruhige Freundlichkeit erwischt mich kalt. Mit allem hätte ich gerechnet, aber damit nicht, und ich brauche ein wenig, um die richtigen Worte zu finden.

»Es war so ein Zucken, seine Finger haben sich um meine geschlossen, es ging ganz schnell, dann war es vorbei.« Wieder durchlebe ich diesen unglaublichen Moment. Er hat meine Hand gedrückt, genau an der Stelle in meiner Geschichte, an der ich gesagt habe, dass ich zu ihm ziehen will. Das kann doch kein Zufall gewesen sein.

»Aha«, brummt sie. Sehr aufgeregt wirkt sie nicht. »Das ist sicher eine unbewusste Reaktion.«

Die Freude in mir gefriert zu starrer Enttäuschung. »Heißt das, das ist nur ein Reflex? Es hat nichts zu bedeuten?« Natürlich nicht. Wie konnte ich auch hoffen, dass er aufwacht? Das käme einem Wunder gleich. Und ich glaube nicht an Wunder.

Märchen machen es schwerer, die Realität zu ertragen. Nicht leichter.

Vielleicht tut Hoffnung das auch, und ich habe Thomas und mir nur geschadet, indem ich immer wieder hergekommen bin. Ich habe uns beiden Hoffnung gemacht, die uns nichts bringen wird als Schmerz.

Silke taucht aus ihren Gedanken auf und mustert mich, ein tröstliches Lächeln in den Mundwinkeln, das ich ihr nie zugetraut hätte. »Es bedeutet etwas. Ganz sicher. Nur …« Sie scheint ihre Worte genau abzuwägen. »Es zeigt, dass er wahrscheinlich nicht mehr ganz so tief im Koma liegt. Vielleicht sogar gar nicht mehr.«

Mein Herzschlag explodiert bis hinauf in meine Kehle, so dass ich kaum sprechen kann. »Er wacht auf? Ja? Das heißt es doch.«

»Na ja. Das kann es heißen. Oder auch nicht. Es ist alles nicht so einfach, weißt du? Dass er solche Reaktionen zeigt, ist gut, er ist möglicherweise auf dem richtigen Weg. Die Ärzte werden ihn sich morgen ansehen und dann entscheiden, wie es weitergeht.«

Ich traue mich kaum zu fragen. »Wie könnte es denn weitergehen?«

»Wenn er wirklich aus dem Koma rauskommt, dann gibt es ein paar Therapieansätze, mit denen man ihm dabei helfen kann, und ...« Sie verstummt, und ihr Gesicht zieht sich zusammen wie Wolken vor einem Sturm.

Sicher denkt sie an das Gleiche wie ich. Nämlich dass er keine Therapie bekommen wird, weil seine Schwester behauptet, dass er das nicht will. »Das ist nicht richtig«, flüstere ich. »Wieso darf sie das? Man muss ihm doch helfen, wenn er aufwacht ...«

Die Physiotherapeutin grummelt etwas, das ich nicht verstehe. »Ich mache jetzt besser weiter.«

»Nein, bitte, können Sie sich ihn nicht ansehen? Vielleicht macht er es noch mal.« Oder er ist sogar ganz aufgewacht. Allein. O nein, ich habe ihn allein gelassen, gerade jetzt. Ohne eine Antwort abzuwarten, drehe ich mich um und laufe zu seinem Zimmer zurück. Ich höre meinen eigenen Atem unnatürlich laut, viel zu schnell, viel zu hoffnungsvoll.

Im Zimmer angekommen, mustere ich ihn. Er bewegt sich nicht. Ich mache noch einen Schritt auf ihn zu, um ihn genauer zu betrachten. Seine Augen sind geschlossen, sein Gesicht ist immer noch wächsern und bleich. Mit hängenden Armen bleibe ich an seinem Bett stehen.

»Dass er nicht mehr so tief im Koma ist, bedeutet nicht unbedingt, dass er aufwacht. Nicht so, wie du es dir wahrscheinlich vorstellst.« Leise Worte, Mitleid. Silke ist hinter mich getreten.

Ich presse die Lippen aufeinander und nicke. »Ich verstehe.« Aber in Wirklichkeit verstehe ich gar nichts.

Sie seufzt. »Koma ist eine Art der Bewusstseinsstörung, die schwerste, aber es gibt noch andere. Wenn jemand die Hände bewegt oder die Augen öffnet, können das Zeichen dafür sein, dass er aus dem Koma herauskommt, aber bevor er wirklich aufwacht, also bei Bewusstsein ist, durchläuft er noch weitere Stadien. Häufig andere Bewusstseinsstörungen wie das Wachkoma.«

»Wachkoma?«, flüstere ich. »Das klingt … schrecklich. Heißt das, man kriegt alles mit, kann sich aber nicht bewegen?«

»Nein, das ist das Locked-in-Syndrom. Das ist ein großer Unterschied. Wachkoma-Patienten sind nicht wirklich bei Bewusstsein, nicht so wie du und ich. Das vermutet man jedenfalls. Patienten mit Locked-in-Syndrom schon.«

»Könnte er das auch haben?«

»Möglich.«

»Und wenn nicht? Wenn er im Wachkoma ist oder eine dieser anderen … Bewusstseinsstörungen hat, was dann? Kann er mich dann überhaupt hören?«

»Es ist sehr schwer zu beurteilen, wie viel die Patienten wirklich mitbekommen. Viele Komapatienten berichten davon, dass sie Stimmen gehört haben, Geräusche, sie erinnern sich manchmal sogar an ganze Gespräche, die an ihrem Bett geführt wurden, und man konnte hinterher auch beweisen, dass die Gespräche so stattgefunden hatten. Patienten im Wachkoma sind auch noch nicht wirklich wach. Auch wenn man vermutet, dass sie hören und denken können, Träume haben und vielleicht einiges von ihrer Umwelt mitbekommen. Sie können keine bewussten Entscheidungen treffen, nicht konkret reagieren, sie sind nicht wirklich bewusst anwesend, verstehst du?«

»Ich … glaube schon.«

»Das Wachkoma ist ein Stadium, das viele Komapatienten beim

Aufwachen durchlaufen, kürzer oder länger. Aber viele … bleiben auch im Wachkoma stecken. Für immer.«

Ihre Worte sacken bleischwer in meinen Körper. »Und woran merkt man das?«

Sie zuckt die Schultern. »Anhand einiger Anzeichen kann man eine Einschätzung vornehmen und eine Wahrscheinlichkeit bestimmen. Es gibt dafür ausführliche Checklisten, die die Ärzte sicher morgen mit ihm abarbeiten werden. Aber in den meisten Fällen müssen wir abwarten. Therapie hilft. Familie, Ansprache. All das ist wichtig.«

Therapie hilft. Schon wieder die Therapie, die er nicht bekommen wird.

»Was du verstehen musst: Koma ist nur ein Symptom, keine Krankheit. Es ist eine Schutzreaktion des Körpers als Folge davon, dass jemand sehr schwer verletzt ist. Die Ursachen können ganz unterschiedlich sein. Ob jemand aufwacht oder nicht und ob er sich erholen kann, hängt davon ab, wie schwer sein Gehirn wirklich geschädigt ist und welche Teile betroffen sind.«

»Ich verstehe«, erwidere ich, und diesmal stimmt es. Auch wenn es noch so schwer zu akzeptieren ist.

»Mit den Patienten zu reden, bringt enorm viel.« Ist da Zuneigung in ihrem Blick? »Und auch Berührungen sind sehr wichtig. Sie helfen ihnen, ihren Körper wieder wahrzunehmen. Aber natürlich spielt das in diesem Fall keine Rolle. Denn du darfst ja gar nicht hier sein. Wenn ich hier irgendetwas zu sagen hätte, würde ich dich rauswerfen.« Jetzt sieht sie mich wieder grimmig an. Ich weiche ein Stück zurück, in der Angst, dass sie mich am Arm packen und zum Ausgang zerren wird. Aber stattdessen dreht sie sich um und verlässt das Zimmer. »Aber ich bin ja nicht hier angestellt. Wie gut, dass er nicht mehr mein Patient ist. Ich werde Dr. Bilge eine Nachricht hinterlassen, dass sie ihn sich noch mal ansehen soll, aber sonst … Es geht mich nichts an, wer sich in seinem Zimmer aufhält, und ich habe ja auch keine Ahnung, wer sich vorn angemeldet hat.« Sie zuckt mit den Schultern und verschwindet dann.

Entgeistert blicke ich ihr nach. Dann steigt plötzlich Dankbarkeit in mir auf, so heftig, dass meine Knie zittern und ich mich an Thomas' Bett festhalten muss. Sie hat mich nicht rausgeworfen und wird mich nicht verraten. Wenigstens eine Person ist auf unserer Seite.

Ich bleibe so lange, bis mir fast die Augen zufallen. Ich halte seine Hand und erzähle ihm immer wieder von dem Tag, an dem er mich gebeten hat, zu ihm zu ziehen. Von der ersten Nacht in seiner Wohnung, in der wir wirklich gar nicht geschlafen haben. Aber auch die bringt ihn nicht dazu, noch einmal meine Hand zu drücken. Ich versuche, mich davon zu überzeugen, dass es kein Zufall war. Dass es nicht nur eine einmalige Sache war, sondern dass es eben dauert, bis es noch mal passiert. Weil es ganz langsam vorangeht.

Aber es ist unendlich schwer, es ganz tief in mir drin wirklich zu glauben.

Kapitel 60

Lara

Schlaflos.

So ist meine Nacht. Ich liege im Bett und male mir aus, wie Thomas aufwacht, die Augen öffnet und mich anschaut. Er kann noch nicht richtig sprechen, seine Lippen bewegen sich langsam, aber an dem Leuchten in seinen Augen erkenne ich, dass er weiß, wer ich bin. Und dann sagt er meinen Namen. Es fühlt sich so verdammt echt an, wie er vor mir in seinem Bett sitzt. Seine Finger drücken meine, und er lächelt dieses unglaublich sympathische Lächeln. Seine Haut ist so warm auf meiner, sein Lächeln so tief in meinem Herzen.

Doch jedes Mal drängen die Worte mich zurück in die finstere Wirklichkeit. Ich will mich wieder hineinträumen in jene mögliche Zukunft, die so schön ist, dass sie mich den Unfall vergessen lässt. Aber stattdessen sehe ich nur die Gegenwart. Wie ich an seinem Bett sitze, seine Hand in meiner, aber er immer noch bewegungslos daliegt. Er ist nicht bei Bewusstsein, hat noch nie meinen Namen gesagt, und plötzlich bin ich überzeugt davon, dass er es auch nie tun wird. Ich versuche noch einmal, ihn mir wach und fröhlich vorzustellen, aber es gelingt mir nicht mehr. Fast so, als gäbe es diese Zukunftsmöglichkeit plötzlich nicht mehr. Sie ist nicht mehr da, weil ich gedacht habe, dass sie unmöglich ist. Entsetzt fahre ich aus meinem Bett auf. Plötzlich hellwach.

»Nein«, flüstere ich. »Ich will das nicht.« Aber ich kann den Gedanken nicht mehr loswerden. Er verselbständigt sich in meinem Kopf zu einer fixen Idee. Die Worte schlagen über mir zusammen wie eine riesige Flutwelle. Ich kämpfe verzweifelt dagegen an, versuche, an die Oberfläche vorzudringen, aber sie drücken mich unbarmherzig nieder.

Das Tagebuch fällt mir ein, doch meine Hände zittern zu sehr, um einen Stift zu halten. Vielleicht sollte ich zuerst Thomas' Blog lesen, um mich etwas zu beruhigen, doch schon die Überschrift verschwimmt vor meinen Augen. Das Smartphone gleitet mir aus den Fingern. Mit einem lauten Knall schlägt es auf dem Boden auf. Die Hülle springt ab.

Ich rutsche aus dem Bett, nehme das Smartphone in die Hand und versuche die Hülle wieder draufzubasteln. Eine Karte fällt mir entgegen.

»Jobe« steht darauf.

Verständnislos starre ich auf das Wort, bis mir wieder einfällt, dass das der Nickname dieses merkwürdigen Typen ist, den ich vor Martins Büro getroffen habe. Der andere Patient, der mir angeboten hat, dass ich mich jederzeit bei ihm melden kann. Ich nehme die Karte und tippe seine Nummer in mein Handy. Dann halte ich inne. Soll ich das wirklich tun? Ich kenne ihn doch überhaupt nicht. Aber bevor ich mir selbst eine Antwort geben kann, haben meine Finger schon eine Nachricht getippt:

– Dass wir Bescheuerten zusammenhalten müssen, gilt das auch nachts um drei?

Kurz zögere ich, dann schicke ich die Nachricht ab. Sofort ist die fixe Idee wieder da. Er wird nicht aufwachen. Nie mehr. Es gibt diese Zukunft nicht mehr. Sie ist verschwunden, weil ich es gedacht habe. Ich höre mich wimmern.

– Na klar, was ist denn los?

Ich schluchze auf vor Erleichterung, als die Nachricht mit einem Pling auf meinem Display erscheint.

– Ich hatte eine fixe Idee, und jetzt kann ich nicht mehr schlafen.

Die Wartezeit auf die Antwort zieht sich in die Länge. Ist er noch da?

– Kenne ich. Was ist mit Martin?

– Es ist mitten in der Nacht.

– Ja, ich bin auch immer etwas unsicher, ob ich ihn wirklich jederzeit kontaktieren kann. Ich mag ihn, aber manchmal bin ich nicht so sicher, ob ich ihm wirklich alles erzählen sollte.

– Warum?

– Geht es dir nicht so?

Pass auf, wem du dich anvertraust.

Unwillkürlich denke ich daran, was passiert ist, als ich zugelassen habe, dass Martin mit mir an meinen Erinnerungen arbeitet. Ob er mir vielleicht doch eingeben wollte, dass ich versucht habe, mich umzubringen?

– Manchmal schon, gebe ich zu.

– Kann ich was tun?

– Kannst du diese blöde fixe Idee für mich entsorgen?

– Sicher, das ist mein Spezialgebiet. Entsorgung von Ideen aller Art und zu jeder Uhrzeit. Bis du dich zu Tode langweilst.

Ein Lächeln kämpft sich auf mein erschöpftes Gesicht.

– In den Schlaf langweilen wäre mir lieber. Ich kann kaum noch sitzen, so müde bin ich.

Wieder muss ich eine Weile auf die Antwort warten. Warum rast mein Herz so?

– Lust auf einen Spaziergang? Ich bin nicht weit weg.

Ich starre die Nachricht an. Ein Spaziergang? Jetzt?

– Ich sagte doch, ich kann kaum noch sitzen. Wie soll ich da laufen?

– Manchmal muss man sich zu etwas zwingen. ;)

Ich erstarre.

Mit jeder Sekunde, die ich die Nachricht fixiere, scheint sie auf dem Display größer zu werden, bis sie auf meinen Kopf übergreift. Ich reiße mich los, kneife die Augen fest zusammen. Ich kann nicht, will ich antworten. Aber meine Finger sind zu erschöpft, um noch zu tippen, fast wie gelähmt. Ich muss zurück ins Bett. Als ich mich an der Matratze abstütze, um mich hochzuziehen, höre ich ein Knistern. Ich schalte das Display meines Handys an, um zu sehen, was da runtergefallen ist. Eulen, Katzen und Vögel aus Papier. Sie sind von mir heruntergefallen, liegen um die Stelle herum, an der ich gerade noch gesessen habe.

Ich habe sie gefaltet. Gerade eben erst und so viele. Aber warum? Und wie, wenn meine Hände so zittern?

Kapitel 61

Lara

Die fixe Idee hatte mich die ganze Nacht im Griff. Irgendwann in der Morgendämmerung habe ich beschlossen, sie an den Kolibri zu verfüttern, und dann bin ich noch fünf Mal mit dem silbernen Auto drübergefahren. Wirklich geholfen hat es nicht. Sie geistert immer noch durch meine Gedanken, als ich die Flügeltür zur Intensivstation langsam aufschiebe und vorsichtig in den Gang dahinter spähe. Till verschwindet gerade am Ende des Flurs, und ich husche von Versteck zu Versteck, bis ich bei Thomas' Zimmer angekommen bin. Ich werfe noch einen Blick in den Gang, dann schlüpfe ich schnell durch die Tür.

Ich schließe kurz die Augen und genieße es, wieder hier zu sein. Aber irgendetwas ist falsch. Die Stille, sie ist so … leer. Ich reiße die Augen auf.

Sein Bett ist nicht mehr da.

Der Panikrhythmus setzt wieder ein, so alles verzehrend, dass mir schwindelig wird.

Er ist weg.

Ich starre einen Moment in den verwaisten Raum, dann plötzlich fange ich an zu lachen. Natürlich ist er weg. Sie haben ihn verlegt. Sie haben ihn noch einmal untersucht und beschlossen, dass er nicht mehr auf der Intensivstation bleiben muss. Diesmal sind es tanzende, fröhliche Wellen, die mich auf und davon tragen. Er ist jetzt auf einer anderen Station, weil er nicht mehr so stark überwacht werden muss. Und das bedeutet, dass es von jetzt an viel leichter sein wird, ihn zu besuchen.

Ich kann kommen, wann ich will, und länger bleiben. Er wird

aufwachen, langsam, aber stetig. Und irgendwann, bald, wird er mir vielleicht schon in die Augen schauen. Genau so, wie ich es mir gestern Nacht zuerst ausgemalt habe. Erleichtert atme ich alles aus mir heraus, die Anspannung, die Angst, die verdammte fixe Idee. Dann drehe ich mich um und laufe auf den Gang. Das Stationszimmer ist leer, aber Till kommt gerade aus einer Tür. Ich stürze auf ihn zu. »Wo ist er?«

»Verdammt, Lara …«

»Wo ist Thomas?«

Tills Augen weiten sich, dann senkt er den Kopf. Und mein Herz bleibt für einen Augenblick stehen. Es bleibt wirklich und wahrhaftig stehen, so als würde die Welt für diesen Augenblick aufhören, sich zu drehen. »Till?«, frage ich und höre selbst, wie kläglich es klingt.

Immer noch kann er mir nicht in die Augen sehen. »Sie haben ihn in den OP gebracht.«

»Was?« Ich brauche eine Weile, um seine Worte überhaupt wahrzunehmen. »Warum?«

Er sieht auf. Seine Augen glänzen. »Er hatte einen Krampfanfall. Sie forschen nach der Ursache.«

»Aber …« Ich starre ihn wie gelähmt an, dann lächle ich, weil mir plötzlich klarwird, wo der Fehler liegt. »Nein, das musst du verwechseln. Es ging ihm besser. Natürlich hast du das nicht mitbekommen …«

Er schüttelt den Kopf. »Er hatte wahrscheinlich eine Gehirnblutung. Bei so schweren Kopfverletzungen kann das jederzeit vorkommen.«

Ich höre nichts mehr, bin plötzlich blind und taub. Seine Worte vermehren sich in meinem Kopf. Gehirnblutung. Gehirnblutung. Gehirnblutung.

»Aber …«, flüstere ich, als könnte ich ihn überzeugen, wenn ich es nur oft genug wiederhole, »es ging ihm besser, er hat meine Hand gedrückt.«

Till reibt sich über die Stirn. »Ich hasse es, wenn so etwas passiert. Nachdem es endlich bergauf ging, und dann kommt so was wie aus dem Nichts …« Die Hilflosigkeit in seinen Worten ballt sich in meinem Magen zu einem scharfkantigen Angstklumpen zusammen.

»Wo ist der OP?«

Er schüttelt den Kopf. »Da darfst du sowieso nicht rein.«

»Das ist mir egal. Wo ist er?«

Er seufzt, dann erklärt er mir den Weg. Seine letzten Worte höre ich nur noch von weitem.

Vor einer riesigen, verschlossenen Metalltür bleibe ich stehen und suche nach einer Möglichkeit, hineinzukommen. Vergeblich. Es gibt auch keine Glasscheiben, durch die man hindurchsehen kann.

Ich lasse mich auf einen der Plastikstühle im Wartebereich fallen, obwohl es total sinnlos ist, hier zu warten. Ich bin nur seine Freundin. Sie werden mir keine Auskunft geben. Und wer weiß schon, wie lange die OP dauern wird? Außerdem will ich eigentlich gar nichts hören. Denn dann müsste ich der Wahrheit ins Auge sehen. Da behalte ich lieber das wirbelnde Konvolut aus Verwirrung, Angst und Erinnerungen in meinem Kopf.

Ich schließe die Augen und sehe Thomas vor mir. Wie er mich in Spanien frech anlächelt. Wie er mich vor dem Sonnenuntergang über Rom zärtlich küsst. Thomas, der besser weiß als ich selbst, was ich mir wünsche. Der einzige Mensch, der es schafft, die Worte in mir verstummen zu lassen. »Es muss doch einen Grund haben«, flüstere ich. Ich stütze das Gesicht in die Hände und wiege mich vor und zurück. Ich versuche, seine Arme zu spüren, die mich umfangen. Stelle mir vor, wie seine Lippen sanft meinen Scheitel streifen. Aber es gelingt mir nicht. Er ist nicht da.

»Hey. Hab ich dir nicht gesagt, dass du verschwinden sollst?« Die schneidende Stimme reißt mich aus meinen Gedanken.

Langsam hebe ich den Kopf. Thomas' Schwester steht vor mir,

mit weit aufgerissenen Augen, in denen die Wut mit der Angst um die Wette blitzt.

»Er ist da drin«, stottere ich.

»Ich weiß! Was ich nicht weiß, ist, was du hier zu suchen hast. Das alles geht dich überhaupt nichts an. Verschwinde.«

Sie sieht mich an, als wäre ich Unkraut, das sie am liebsten hier und jetzt aus einer Mauerspalte reißen und dann in winzige Kleinteile zerfetzen würde.

Ich versuche, Verständnis aufzubringen. Sicherlich ist sie in Sorge um ihren Bruder. »Er hat meine Hand gedrückt«, sage ich, völlig aus dem Zusammenhang gerissen. Vielleicht weiß sie ja noch nicht, was für enorme Fortschritte er gemacht hatte.

Ihr Mund wird zu einem schmalen Strich. »Wie bitte? Heißt das, du warst wieder bei ihm? Obwohl ich es verboten hatte?«

Ich bemühe mich, etwas zu erwidern, aber in diesem Moment öffnet sich die Tür zum OP-Bereich. Ein Arzt hetzt an uns vorbei, aber Thomas' Schwester hält ihn zurück. Erkennen blitzt in seinen Augen auf, und er lächelt angestrengt. »Es tut mir leid, es gibt noch keine Neuigkeiten, wir haben die Blutung lokalisiert, aber meine Kollegin operiert noch. Im Moment kann ich noch nicht einschätzen, wie die Aussichten sind.«

»Wenn es hart auf hart kommt«, beginnt seine Schwester, jetzt gar nicht mehr wütend oder streng, »wissen Sie, dass er nicht wiederbelebt werden will, oder?«

Ich erstarre. Nein, das kann doch nicht wahr sein. Will sie wirklich, dass sie ihn einfach sterben lassen?

Der Arzt mustert die Schwester. »Sind Sie sich da ganz sicher? Soweit ich weiß, hat er keine Anweisungen dazu hinterlassen, also …«

»Ich bin sicher.« Sie schaut dem Arzt ganz fest in die Augen, aber ihre Hände krampfen sich ineinander, als würde sie etwas suchen, an dem sie sich festhalten kann.

Der Arzt wirkt nicht überzeugt, und ich habe keine Ahnung, ob er im Notfall auch gegen die Anweisungen der Angehörigen entscheiden darf.

»Er will das nicht, keiner von uns will das«, behauptet seine Schwester mit Nachdruck. »Sie dürfen das nicht ohne seine Einwilligung tun.«

»Als er eingeliefert wurde ...«

Die Schwester fixiert ihn mit dunklen Augen. »Da wussten Sie ja noch nicht, dass es gegen seinen Willen ist. Aber jetzt, jetzt wissen Sie es.«

Mir wird eiskalt. Sie meint es ernst. Sie will, dass man ihn sterben lässt.

»Bitte nicht«, flüstere ich, aber es ist viel zu leise, niemand kann mich hören.

Der Arzt runzelt die Stirn. »Natürlich respektieren wir die Wünsche des Patienten.« Es ist keine Zusage, dass er Isabel Hallers Anweisung befolgen wird, aber es ist auch kein Nein. Und es macht mir schreckliche Angst. Er ist ein Mensch und verdient Respekt. Wir müssen Respekt haben vor seinen Wünschen. Aber will Thomas das wirklich so? Ich kann das einfach nicht glauben.

Der Arzt verschwindet um die nächste Ecke.

Er will nicht wiederbelebt werden. Es wäre besser für uns alle, wenn er einfach sterben würde. Respekt für seine Wünsche. Die Sätze kreisen in meinem Kopf, krabbeln mir auf die Zunge. Woher weiß sie, dass er nicht kämpfen will? Warum behauptet sie, sicher zu sein, wenn sie gleichzeitig so verunsichert wirkt? Ich schließe meine Finger um das Sandpapier in meiner Hosentasche. Ich muss mich konzentrieren. Ich muss irgendwas tun. Etwas sagen. Komm schon. Alle wollen helfen. Alle. Wenn ich seine Schwester so ansehe, kann ich das nicht glauben. Aber dann denke ich an die Physiotherapeutin. Sogar sie hat mir geholfen, und gerade von ihr hätte ich das nie gedacht. Mach den Mund auf. Mach endlich den Mund auf.

»Ich glaube nicht, dass er das wollen würde«, stoße ich hervor. Es klingt abgehackt und atemlos. Aber ich habe es getan. Ich habe es wirklich geschafft, ihr zu sagen, was ich denke.

Die Freude darüber geht in Isabels zornigem Blick unter. »Das beweist nur, dass du lügst. Wärst du wirklich seine Freundin, würdest du ihn besser kennen. Aber offensichtlich weißt du gar nichts über ihn.« Damit dreht sie sich um und lässt mich stehen.

Entsetzt starre ich ihr nach. Was, wenn sie recht hat? Angst überrollt mich, dass die Ärzte sich an ihre Anweisungen halten werden. Vielleicht muss ich mich wirklich damit abfinden, dass wir nie wieder zusammen sein werden.

Plötzlich ertrage ich es nicht mehr, die Worte in mir zu behalten. Sie strömen aus mir heraus wie Blut aus einer tiefen Wunde.

Ich drehe mich um und laufe wie von Sinnen durch die Gänge, stoße immer wieder auf Sackgassen, Treppen, Aufzüge, die viel zu lange brauchen, um mich irgendwo hinzubringen. Ich kann nicht mehr atmen, die Luft ist viel zu stickig, viel zu künstlich, viel zu tot. Immer noch blute ich Worte.

Es wäre besser, wenn er einfach sterben würde.

Schweiß läuft mir über die Stirn, während ich verzweifelt im Erdgeschoss nach einem Ausgang suche. Die Fenster sind alle verschlossen, sie haben keine Griffe, aber irgendwann finde ich eine Tür. Ich stoße sie auf, stürze hinaus in den Garten und versuche, Luft in meine schmerzenden Lungen zu ziehen. Es hilft nicht. Die Luft, die in meine Lungen soll, kommt nicht gegen die Worte an. Sie strömen nur noch heftiger über meine Lippen und begraben mich unter sich, bis ich nichts mehr wahrnehme als allumfassende Finsternis.

Kapitel 62

Lara

Er hat meine Hand gedrückt, Martin, ist das nicht toll? Die Physiotherapeutin hat mir erklärt, dass das nicht unbedingt etwas bedeutet, aber …«

»Lara.« Martin sitzt vor mir und mustert mich. »Versuch mal, dich zu konzentrieren. Weißt du noch, was gestern Abend passiert ist?«

Ich blinzle ihn an. Warum freut er sich nicht mit mir, was soll das? »Ich … keine Ahnung, aber das ist doch jetzt nicht wichtig, Thomas hat …«

»Was ist das Letzte, an das du dich erinnern kannst?«, unterbricht er mich sanft. »Von gestern Abend.«

Verdammt, diese Frage bringt mich völlig aus dem Tritt. »Ich … ich weiß es nicht mehr. Ich wollte zu Thomas, aber ich erinnere mich nicht mehr, ob ich wirklich bei ihm war.« Ich halte inne. Es ist wie ein Filmriss, da ist einfach gar nichts mehr. Unsicher sehe ich Martin an.

»Weißt du noch, wie du dich gefühlt hast?«

»Da war … Angst. Und … Wut.« Ich kralle meine Hände in die Lehne der Couch.

»Das machst du sehr gut, Lara. Dass du die Angst erkennst, ist ein großer Fortschritt. Weiter so.«

Warum hatte ich Angst? Im selben Moment sehe ich es vor mir. Zuerst zucken nur einzelne Details durch meinen Kopf. Till, der irgendetwas zu mir sagt, das Gespräch mit seiner Schwester vor dem OP. Dann ist plötzlich alles wieder da. »Thomas hatte eine Gehirnblutung, und ich … ich bin ohnmächtig geworden.«

»Der Notdienst hat dich gefunden.«

Ich springe auf. Halte mir die Hand vor den Mund. »O Gott, ich muss wissen, wie es Thomas geht, ich …«

»Es geht ihm den Umständen entsprechend gut, ich habe mich bei Dr. Bilge erkundigt«, erwidert Martin.

Bebend sinke ich wieder auf die Couch. Es geht ihm gut, ein Glück. Aber nur den Umständen entsprechend. Was bedeutet das? »Ich muss irgendetwas falsch gemacht haben. Ich habe mit ihm geredet, und er hat meine Hand gedrückt. Vielleicht war das zu viel für ihn. Vielleicht war es meine Schuld.«

»Lara. Sieh mich an.«

»Was habe ich nur getan, Martin?«

»Nichts. So etwas passiert einfach. Und er hat Glück gehabt, sie konnten die Blutung rechtzeitig lokalisieren und behandeln.«

Gehirnblutung. Es klingt immer noch genauso schrecklich wie gestern. Fast so schrecklich wie »er will nicht wiederbelebt werden«. Ich schlinge mir die Arme um die Schultern. »Ich muss etwas für ihn tun, es muss doch möglich sein, seine Schwester muss wissen, dass …« Ein brennender Schmerz in meiner Handfläche entreißt mich dem Strudel. Gutes altes Sandpapier.

»Lara«, sagt Martin ruhig. »Es ist furchtbar, was passiert ist, aber Thomas ist in guten Händen, und er ist stabil. Du kannst im Moment nichts für ihn tun, und ich finde es sehr wichtig, dass du dich jetzt auf dich selbst konzentrierst.«

Wie soll ich das schaffen, wenn ich nur an ihn denken kann? »Warum?«

»Weil ich glaube, dass du kurz vor einem Durchbruch stehst. Noch vor wenigen Tagen wäre es dir nicht möglich gewesen, eine verlorene Erinnerung so schnell wieder aufzuspüren. Jetzt hast du es innerhalb weniger Minuten geschafft. Du bist auf einem sehr guten Weg, du darfst dich jetzt nur nicht ablenken lassen. Bitte mach dir noch mal bewusst, was gestern geschehen ist.«

Ein Durchbruch? Was meint er damit? Ich bin mir nicht mal sicher, ob ich das will, aber er hat recht, ich kann Thomas jetzt nicht helfen, also krame ich in meinem Gehirn, um Martins Frage zu beantworten. »Ich … ich habe den ganzen Abend vergessen?«

Martin nickt. »Warum?«

»Ich … einfach so. Das war schon immer so, es passiert mir eben. Ohne Grund.« Aber nein, das kann nicht sein, alles hat einen Grund.

»Denk noch mal darüber nach, wie du dich gefühlt hast.«

»Da war diese Angst«, antworte ich langsam.

»Und dann? Heute Morgen? War sie noch da?«

Ich blinzle ihn an. »Nein, denn ich hatte ja alles vergessen.«

»Es ging dir also besser, weil du alles vergessen hattest?«

Endlich verstehe ich, worauf er hinauswill. »Meinst du etwa, ich hätte das absichtlich gemacht? Um mich besser zu fühlen? Aber das ist doch verrückt.«

Martin lehnt sich in seinem Stuhl zurück. »Nein, ist es gar nicht. Es ist ein Schutzmechanismus, schreckliche Erlebnisse auszublenden. Natürlich nimmst du dir das nicht bewusst vor. Du hast keine Kontrolle darüber. Es ist Teil deiner Erkrankung, dass du negative Erlebnisse einfach vergisst.«

Negative Erlebnisse? Also nur die schlechten? Bedeutet das, alles, was ich nicht mehr weiß, war furchtbar für mich? Ich denke an Spanien. Nein. Das kann nicht sein, darf nicht sein. Das ist Blödsinn! »Das stimmt nicht. Es gibt auch schöne Sachen, an die ich mich nicht mehr erinnere. Diese Krankheit, von der du da redest, die habe ich nicht. Niemand weiß, was ich habe.«

Martin zögert. »Wir wissen, was dir fehlt, Lara, schon seit du eingeliefert wurdest. Es steht sogar in der Akte des Arztes, der dich als Kind behandelt hat.«

Ich starre ihn an. »Willst du damit sagen, meine Mutter hat mich angelogen?«

»Lass es mich erst erklären, bevor wir darüber reden, ja?«, bittet er mich.

»Okay«, gebe ich zögerlich zurück.

»Du hast eine dissoziative Störung. Das bedeutet, dass du alles vergisst, was dich belastet. Du trittst einfach aus einer Situation heraus, mit der du nicht zurechtkommst. Du flüchtest sozusagen vor ihr. Manchmal körperlich, indem du einfach weggehst, aber in besonders schwierigen Situationen grenzt du dich auch geistig von deiner Umwelt ab, damit du nicht mehr mitbekommen musst, was dir so unerträglich erscheint. Manchmal geht das so weit, dass du sogar das Bewusstsein verlierst. Deine fehlenden Erinnerungen sind die letzte Stufe der Dissoziation. Sie fängt mit Kleinigkeiten an, mit denen du versuchst, die Situation auszublenden, aber wenn dir das nicht gelingt oder du die Situation nicht abwenden kannst, dann schützt du dich, indem du bestimmte Erinnerungen abspaltest und vergisst. Sie sind noch in deinem Gehirn gespeichert, du hast sie nicht völlig verloren, aber du hast keinen Zugriff mehr darauf, so, als wären sie auf einer externen Festplatte, für die du das Anschlusskabel verloren hast.«

Stumm sitze ich da und versuche zu begreifen, was er mir da erklärt. »Was für Kleinigkeiten sollen das sein?«

»Nicht mitzubekommen, was jemand sagt, einfach wegzugehen oder«, er hält inne und fixiert mich, »wenn das nicht möglich ist, selbst so laut zu reden, dass du alles andere damit übertönst. Und wenn das alles nicht hilft, dann dissoziierst du und erinnerst dich nicht mehr daran.«

Entsetzt starre ich ihn an. Laute Worte. Verletzende Worte. »Die Worte machen mich also krank?«

»Nein, Lara, nicht die Worte machen dich krank. Sie haben dich geschützt, genauso wie es dich geschützt hat, zu vergessen, was zu schrecklich ist, um es zu ertragen. Das Reden und die Erinnerungslücken haben dich lebensfähig gehalten, sie haben dich davor bewahrt, vollkommen den Verstand zu verlieren.«

Ich schüttle den Kopf, kann immer noch nicht wirklich begreifen, was er da sagt. »Und warum erklärst du mir das alles erst jetzt? Ich komme doch schon so lange zu dir. Und plötzlich behauptest du, dass du die ganze Zeit wusstest, was für eine Erkrankung ich habe? Nein, das glaube ich nicht!« Meine Stimme überschlägt sich beinahe.

»Alles, was ich dir gerade erzählt habe, Lara, habe ich dir bereits in unserer allerersten Sitzung gesagt. Bei dissoziativen Störungen ist es sehr wichtig, dass der Patient weiß, was für eine Erkrankung er hat. Deswegen habe ich es dir genau erklärt, in unserer ersten Sitzung und auch in der zweiten.« Er sieht mich lange an. »Und in jeder Sitzung danach.«

Kapitel 63

Lara

Tränen steigen mir so heftig in die Kehle, dass ich kaum einen Ton herausbringe. »Jedes einzelne Mal?«

Sein Blick ist ernst. »Immer, wenn du zur Tür hereinkommst und dich auf mein Sofa setzt, erkläre ich es dir von Neuem.«

»Auch … heute?«

Er nickt. »Versuch dich zu erinnern, was du gemacht hast, als du reinkamst.«

»Ich habe mich im Zimmer umgeschaut, habe überlegt, was ich dir sagen will, und …« Nicht zugehört.

»Und genau das hast du bisher in jeder Stunde getan«, erwidert er leise.

Er hat recht. Mein Gott, es ist wahr, ich habe wirklich diese Krankheit, von der er redet. Und es hört sich nicht so an, als wäre sie schon besser geworden. Hilflos sehe ich ihn an. »Ich dachte, ich hätte Fortschritte gemacht.«

»Du machst Fortschritte, Lara. Sehr große sogar. Seit du hier bist, habe ich dir in jeder einzelnen Sitzung dargelegt, woran du leidest. Und heute hast du zum ersten Mal darauf reagiert.« Er lächelt, aber ich sehe nur eine verzerrte Fratze.

»Du hast außerdem gelernt, Skills anzuwenden, um eine Dissoziation zu verhindern.«

Ich lache bitter, als ich an gestern Nacht denke. »Nicht immer.«

»Nein, aber das macht nichts. Es braucht Übung, das ist völlig normal. Du hast es oft genug geschafft, um es als großen Erfolg anzusehen.«

»Warum habe ich vergessen, was für eine Krankheit ich habe?«

»Das ist eine sehr gute Frage, Lara. Wenn du an deine Krankheit denkst, was kommt dir dann noch in den Sinn?«

Du bist krank. Oder dumm. Oder beides.

»Meine Mutter«, flüstere ich. »Sie wusste also die ganze Zeit über, was mir fehlt, hat es mir aber nie gesagt. Warum? Ist es … unheilbar?« Ja, so muss es sein, sie wollte mich schützen.

Allein bist du nichts.

Unter Martins ruhiger Miene zeichnet sich ein Anflug von Mitleid ab. »Nein, es ist sogar sehr gut behandelbar. Vorausgesetzt, der Patient arbeitet mit und verlässt seine belastende Umgebung.«

Sie ist deine Tochter, sie ist krank. Du kannst uns nicht verlassen!

»Lara? Wenn du dich gerade erinnerst, versuch, es mir gleichzeitig zu erzählen.« Ich höre Martins Stimme noch durch den Wutausbruch meiner Mutter hindurch. Aber dann sackt alles weg. Das Büro, die Klinik, die Gegenwart.

»Ich kauere im Schrank, habe die Hände über dem Kopf. Kinderhände. Der Geruch von altem Lavendel bringt mich fast zum Würgen. Dennoch kommen die Worte schwallartig aus mir heraus. Ich weiß nicht mehr, wie ich im Schrank gelandet bin, und will mich auch nicht erinnern. Von draußen höre ich Geschrei.

›Du darfst nicht gehen!‹, brüllt meine Mutter.

Ich rede lauter. Vergrabe den Kopf tiefer unter meinen Armen. Der Schrank wird aufgerissen, meine Mutter packt mich und zerrt mich in den Flur. ›Hier, schau sie dir an! Sie kann mal wieder nicht aufhören mit ihrem Geplapper. Sie ist krank oder dumm oder beides! Du kannst mich nicht mit ihr alleinlassen.‹

Niedergeschlagen stehe ich vor meinem Vater. Bitte bleib, will ich sagen. Lass mich nicht schon wieder hier zurück. Aber meine Kehle ist wund von all den Worten.

›Du darfst nicht gehen‹, wiederholt meine Mutter. Sie deutet auf mich. Grausiges Schweigen hängt zwischen meinen Eltern in der Luft, und darunter rasseln meine Worte.

Vater um Hilfe zu bitten, bringt nichts, auch nicht, wenn meine Mutter es tut. Aber jetzt stellt er seinen Koffer doch ab. Sein Blick ruht auf mir, und was ich darin sehe, erschreckt mich.

Wut und Hilflosigkeit.«

Langsam tauche ich wieder auf. Martin sitzt vor mir, er hat alles mit angehört. Und ich verstehe jetzt, warum meine Mutter mir nicht gesagt hat, was für eine Erkrankung ich habe. »Sie hat meine Krankheit dazu benutzt, meinen Vater zu erpressen. Und außerdem …« Nein, was ich jetzt denke, würde meine Mutter doch nie tun. Ich bringe es nicht mal über die Lippen. Verzweifelt sehe ich Martin an, und schließlich sage ich es doch. »Sie wollte nicht, dass ich gesund werde, oder? Weil meine Krankheit das Einzige war, was meinen Vater davon abgehalten hat, sie zu verlassen.« Nicht immer. Nicht jedes Mal, aber oft. Und ich wollte es vergessen, weil ich mich der Wahrheit nicht stellen wollte: dass meine Mutter froh war, ein krankes Kind zu haben.

»Das wäre möglich«, antwortet Martin. Seine Ruhe hält mich davon ab, mich vollkommen in der schwarzen Leere in mir zu verlieren.

»Aber schließlich hat er sie doch verlassen, und …« Mir fällt ein, was sie mir entgegengeschleudert hat, als ich mit Thomas nach Spanien fahren wollte.

Was, wenn er herausfindet, wie kaputt du bist? Bist du verrückt? Das wird niemals funktionieren. Wenn er es merkt, verlässt er dich, und dann bist du allein.

»Sie wollte mich nicht schützen«, stoße ich hervor. »Sie wollte nur nicht, dass ich gehe, damit sie nicht allein ist. Sie hatte Angst davor, dass ich sie auch verlassen könnte, so wie mein Vater.« Ja, es ergibt alles Sinn. Sogar, dass sie mir verboten hat, eine Ausbildung zu machen.

»Das ist sehr gut möglich.«

»Aber ich habe sie schließlich doch verlassen.« Ich bin hier. Und nicht sicher, wie ich mich damit fühle.

»Ja, und das war sehr gut so. Hier kommst du zur Ruhe. Es war sehr wichtig für dich, dass du aus der Umgebung ausgebrochen bist, die für deine Krankheit verantwortlich war.«

»Wie bitte?«, flüstere ich. »Was hast du da gesagt?« Aber ich habe es noch genau im Ohr. Die Umgebung, die für meine Krankheit verantwortlich war. »Du meinst, es ist nicht angeboren? Du meinst …« Ich verstumme, die Worte wollen wieder hochkommen, und ich möchte mich am liebsten im Schrank verstecken.

Martin mustert mich aufmerksam. »Vielleicht sollten wir lieber eine Pause machen.«

»Nein, ich will keine Pause.« Aber ich will auch nicht weitermachen. Ich weiß gar nicht mehr, was ich will. Oder doch. Ich will mich erinnern. Und dann will ich Martin davon überzeugen, dass nicht sein kann, was er da angedeutet hat.

»Okay. Dann … versuch mal, dir das allererste Mal in Erinnerung zu rufen, als du etwas wirklich Wichtiges vergessen hast. Kannst du das?«

Ich starre ihn an, will nein sagen, aber in meinen Gedanken sehe ich es vor mir. Ich war noch klein, vielleicht fünf oder sechs Jahre alt.

»Es gab Streit auf dem Flur, im Wohnzimmer, in der Küche. Über meinen Kopf hinweg. So laut. Immer wieder, jeden Tag.

Türen knallen, werden wieder aufgezogen. Schrille Stimmen.

Ihr Geschrei füllt die Luft um mich herum, sie wird schwerer und schwerer und drückt auf mich nieder, bis ich kaum noch atmen kann. Ich halte mir die Ohren zu.

›Bitte hört auf.‹ Aber mein Wimmern geht im Lärm ihres kaputten Lebens unter.

Ich flüchte in mein Zimmer, doch der Streit folgt mir überallhin. Unter das Bett, unter den Schreibtisch. In den Schrank.

Ich ziehe die Schranktüren hinter mir zu und reiße die dort hängenden Kleider auf mich runter. Der Geruch von altem, halb verrottetem Lavendel kriecht mir in die Lungen. Omas Kleider, die Mama einfach nicht wegwerfen kann, obwohl sie schon lange tot ist. Sie liegen auf mir, vermischt mit meinen eigenen Sachen.

›Du kannst mich nicht verlassen! Du musst bei mir bleiben, bei uns. Sie ist deine Tochter, du kannst sie mir nicht einfach aufs Auge drücken.‹

Ich sitze wie erstarrt. Ziehe die Kleider fester um mich.

›Schämst du dich denn gar nicht, mich mit ihr zu erpressen? Das ist krank. Aber das sollte mich nicht wundern, schließlich bist du selbst krank.‹

Es knallt laut. Die Schlafzimmertür?

Wieder schreit jemand. Mama. Sie ruft nach mir. Ich lege mir die Arme über den Kopf.

›Lara, was machst du da drin? Komm gefälligst raus.‹

Ich stelle mich tot. Wie ein Käfer, der auf dem Rücken liegt.

›Er verlässt uns! Verstehst du das? Er ist im Schlafzimmer und packt. Du musst rauskommen und ihm sagen, dass er uns nicht im Stich lassen darf.‹

Am ganzen Körper bebend, gehorche ich ihr. Ich flehe Papa an, zu bleiben, und da sehe ich zum ersten Mal diese Wut in seinen Augen. Die Wut und die Hilflosigkeit.

›Wie kannst du es wagen, dich auf ihre Seite zu stellen?‹, brüllt er.

Wieder knallt eine Tür. Diesmal die Eingangstür.

Ich renne zurück zum Schrank und vergrabe meine Nase in Omas Sachen. ›Bitte, komm zurück.‹

Ein lautes Hämmern gegen die Schranktür reißt mich aus dem Dämmerland.

›Wie kann man nur so dumm sein? Ich habe dir gesagt, dass du ihn aufhalten musst, aber jetzt ist er weg! Und ich weiß nicht, wie ich ohne ihn leben soll. Das ist allein deine Schuld. Sorg dafür, dass er zurückkommt.‹

Ich renne zum Telefon und wähle mir die Finger wund. Die

ganze Nacht. Aber er geht nicht an sein Handy. ›Bitte, komm zurück‹, schluchze ich immer wieder. Seine Mailbox ist voll davon. Irgendwann gebe ich auf.

Mutter liegt auf der Couch. Genauso wie Oma damals. Ich traue mich nicht, zu ihr zu gehen. Die Angst, sie könnte genauso leblos sein, treibt mich in den Schrank. Es ist der einzige Ort, an dem ich mich sicher fühle.

Als Mama wenig später laut gegen die Türen hämmert, atme ich vor Erleichterung auf, weil sie noch lebt.

›Dein Vater muss zurückkommen! Verstehst du mich? Allein ist man nichts wert.‹

Sie schreit auf mich ein. Hände auf die Ohren drücken hilft nicht mehr. Ich muss selbst etwas tun, muss selbst reden, um sie nicht mehr zu hören.

›Ich sitze in einem Verlies‹, murmle ich.

›Hörst du mir überhaupt zu?‹

Die Schranktür wird aufgerissen.

Ich sauge Luft in meine Lungen. ›Das Verlies ist dunkel und kalt und ich will raus.‹

Mutter zerrt mich aus dem Schrank. Sie zieht mich ins Schlafzimmer und zeigt mir die leeren Fächer, in denen die Sachen meines Vaters liegen sollten.

›Sieh nur, was du angerichtet hast! Wie dumm du bist! Hast es nicht mal geschafft, ihn aufzuhalten.‹

›Jemand kommt ins Verlies. Er zeigt mir, wie ich aus Stroh ein Seil machen kann.‹

›Was redest du da bloß? Hör gefälligst auf damit! Diese dämlichen Geschichten werden dir auch nicht helfen! Was meinst du, wie lange ich mir vorgemacht habe, dein Vater wäre ein Ritter in glänzender Rüstung? Ist er aber nicht. Märchen machen es schwerer, die Realität zu ertragen, nicht leichter!‹

Aber ich kann nicht aufhören, längst nicht mehr. Egal, wie sehr sie mich anschreit. ›Eines Tages wird jemand kommen und mir zeigen, wie ich fliehen kann.‹

›Niemand wird kommen, niemand!‹, schreit sie. ›Wer sollte dich wollen? Du bist ja zu nichts zu gebrauchen!‹

Die Worte der Geschichte sprudeln nur noch schneller aus mir heraus. So laut, dass ich ihre Vorwürfe nicht mehr höre. So laut, dass ich mich nicht mal mehr selbst höre.

›Halt endlich den Mund!‹

Eine Vase zerschellt an der Wand. Nur wenige Zentimeter neben meinem Gesicht. Ich kann nicht atmen, kann mich gar nicht rühren. Ich sehe nur noch Scherben und Wassertropfen auf dem Boden.

Eine Tür knallt zu. Stille breitet sich in der Wohnung aus. Ich renne zurück zum Schrank, vergrabe mich ganz tief in dem Berg an Kleidern. Meine Worte versiegen. Als ich mich aus dem Schrank heraustraue, ist Mutter weg. Ich bin allein. Ich suche überall nach ihr, aber sie ist verschwunden. Vater geht immer noch nicht ans Telefon, sooft ich ihn auch anrufe. Es wird dunkel, und Mutter kommt nicht zurück. Ich krieche wieder in den Schrank und erzähle mir meine Geschichte, aber irgendwann zerfällt sie zu zusammenhanglosem Gerede. Und ich bemerke nicht, wie viel Zeit vergeht. Ich vergesse meine Angst und auch, dass sie mich beide verlassen haben. Denn sonst würde ich vollkommen durchdrehen.«

Ich brauche lange, bis ich aufhören kann, zu zittern. Martin hilft mir, ganz langsam wieder in die Wirklichkeit zurückzufinden.

»Das war das erste Mal«, sage ich leise. »Ich habe einfach vergessen, dass sie nicht wie sonst im Wohnzimmer sitzt und fernsieht. Erst als sie wieder zurückkam, habe ich verstanden, dass sie mehrere Tage weg war.« Und sie war so wütend, als sie zurückkam. »Sie hat mich aus dem Schrank geholt und geschrien, ob ich jetzt endlich kapiert hätte, dass ich allein nichts wert bin.« Allein der Gedanke daran erschüttert mich bis auf die Grundfesten.

Martin wartet, bis ich mich wieder etwas beruhigt habe. »Und danach ist es immer wieder passiert, nicht wahr?«

Ich würde so gerne den Kopf schütteln, aber mir bleibt nichts anderes übrig, als zu nicken. Ich sehe plötzlich immer mehr und mehr dieser Szenen, sie stürzen auf mich ein, meine Kindheit scheint nur daraus zu bestehen. »Mein ganzes Leben lang hat sie das getan«, flüstere ich. »Und mein Vater hat mir nicht ein einziges Mal geholfen. Stattdessen hat er mir kleine Geschenke gemacht, um sein schlechtes Gewissen zu beruhigen. So wie das Smartphone. Das war kurz vor Rom. Ich wollte den Führerschein machen, aber meine Mutter war dagegen. Sie wollte nicht mal, dass ich einen Arzt aufsuche und ihn frage, ob ich fahrtüchtig bin. Also habe ich es heimlich getan und dann meine Ersparnisse zusammengekratzt. Mein Geld reichte natürlich nur für wenige Fahrstunden, und zum ersten Mal seit langem habe ich mich dazu durchgerungen, meinen Vater um Hilfe zu bitten. Aber wie immer hat er sich nicht getraut, sich meiner Mutter entgegenzustellen. Er hat nein gesagt.« Die Erinnerung daran tut sogar jetzt noch weh. »Kein einziges Mal hat er zu mir gehalten.« Ich verstumme und denke über alles nach, was ich gerade erzählt habe.

Martin atmet langsam aus und nickt. »Das hast du sehr gut gemacht, Lara.«

Gut? Was ist an solchen Erinnerungen gut?

»Wie fühlst du dich jetzt?«, fragt er sanft.

Schrecklich, will ich sagen. Denn ich weiß jetzt, dass es wahr ist, was er vorhin angedeutet hat. »Meine Mutter hat mich krank gemacht, oder?« Meine Stimme überschlägt sich fast. »Sie hat mich krank gemacht und dann dafür gesorgt, dass ich krank bleibe, damit sie mich benutzen kann.«

Ich sollte wahrscheinlich wütend sein oder entsetzt, aber ich spüre nichts außer allumfassender, düsterer Einsamkeit.

Martin fährt nachdenklich über den Rand seiner Brille. »Sie hat das alles sicher nicht mit Absicht getan. Menschen, die sich so verhalten, sind selbst nicht gesund. Ich erkenne jedenfalls einige Anzeichen dafür in deiner Erzählung. Deine Mutter hat dir die Verantwortung für ihre Beziehung übertragen, einem kleinen Kind. Sie hat dich beschimpft und tagelang allein gelassen. Sie hat dich misshandelt …«

»Nein«, unterbreche ich ihn. »Sie hat mich nie geschlagen. Nie.«

»Man muss jemanden nicht schlagen, um ihn zu misshandeln«, antwortet Martin leise.

Meine Augen werden feucht. All die Jahre habe ich mich so schuldig gefühlt. So dumm und krank und hilflos. Jetzt fühle ich mich zwar schrecklich, aber trotzdem zum ersten Mal … frei.

Martin lächelt, als wüsste er genau, wie es mir gerade geht. »Das war ein hartes Stück Arbeit, und du hast das großartig gemacht, Lara. Das solltest du dir auch sagen. ›Ich habe es großartig gemacht.‹ Versuch es.«

Mühsam öffne ich den Mund. »Ich habe es großartig gemacht«, flüstere ich. Und merkwürdigerweise zaubert es mir tatsächlich ein wackeliges Lächeln auf die Lippen.

»Das ist deine Aufgabe für die nächste Woche. Ich möchte, dass du dir jeden Abend genau vor Augen führst, was du den Tag über geleistet hast. Lob dich dafür. Und vielleicht möchtest du ja doch in die Fertigkeitengruppe kommen. Einiges davon kann deinen Heilungsprozess unterstützen.«

Heilungsprozess? »Dann kann ich also gesund werden? Es hört vielleicht irgendwann auf? Der Redezwang, die Filmrisse? Du kannst mich heilen?« Das wäre zu schön, um wahr zu sein.

»Nein.« Martin schüttelt ernst den Kopf. »Das musst du selbst tun. Aber ich helfe dir dabei. Dieses Gespräch, das wir gerade geführt haben, ist ein großer Erfolg und ein wichtiger Schritt in die richtige Richtung.«

Was so viel heißt wie: Vor mir liegt noch ein weiter Weg. Trotzdem überwiegt die Freude. Ich habe es großartig gemacht, das sage ich mir immer wieder.

Aber dann wird mir etwas klar. Und zwar, was es wirklich bedeutet, dass ich vergesse, was zu unerträglich ist, um es aushalten zu können.

»Martin?«, frage ich ängstlich. »Was ist mit den zwei Jahren, die ich verloren habe? Die habe ich doch nicht durch meine Krankheit vergessen, sondern wegen des Unfalls, oder?«

Er zögert. »Möglich.«

»Aber du glaubst es nicht?«

Er schüttelt den Kopf.

Entsetzt starre ich ihn an. Wenn er recht hat, gibt es dafür nur eine Erklärung. Irgendetwas Schreckliches muss in dieser Zeit passiert sein. Etwas, das ich vergessen wollte. Die Härchen in meinem Nacken stellen sich auf. Was könnte so schlimm sein, dass ich zwei ganze Jahre aus meinem Gedächtnis löschen wollte?

Kapitel 64

Lara

Seit er die Gehirnblutung hatte, war ich nicht mehr bei Thomas. Zwei endlose Tage und ein ganzes Wochenende. Ich habe es kaum ausgehalten ohne ihn, aber ich hatte zu viel Angst vor dem, was ich vorfinden könnte. Oder was nicht.

Jetzt habe ich mich erneut auf die Station geschlichen und zwinge mich, nicht an der Schwelle zu Thomas' Zimmer stehen zu bleiben, sondern es schnell hinter mich zu bringen. Wie immer ist er allein. Wie immer ist sein Gesicht viel zu bleich und sein Körper viel zu still.

»Ich bin hier«, flüstere ich.

Nichts tut sich, nicht mal sein Herzschlag beschleunigt sich. Meine Augen brennen. Sind etwa all die Fortschritte, die Thomas bisher gemacht hatte, durch die Gehirnblutung zunichtegemacht worden? »Ganz egal, was mit dir ist. Ich helfe dir da raus.« Verzweiflung und Trotz sprechen aus mir. Niemand weiß, wie es ihm wirklich geht und welche neuen Schäden die Gehirnblutung vielleicht verursacht hat, auch wenn sie behaupten, er hätte Glück gehabt.

Ich gehe um sein Bett herum, setze mich an die gewohnte Stelle, so dass man mich von draußen nicht sieht, und nehme seine Hand. »Es tut mir leid, dass ich so lange nicht hier war. Aber ich … ich musste erst mit allem klarkommen.« Nicht, dass mir das schon gelungen wäre. Vor allem die Frage, was wohl in den zwei Jahren Schreckliches passiert sein muss, lässt mich nicht los. Nur dank Jobe bin ich noch nicht völlig verrückt geworden. Ich habe in den letzten Tagen gelegentlich mit ihm Nachrichten geschrieben. Er hat so eine ruhige Art. Es tut mir nur leid, dass er Martin nicht so vertrauen kann wie ich. Ich habe ihm erzählt, was für eine tolle Entwicklung ich dank Martin gemacht habe, aber das scheint seine Zweifel nicht beruhigt zu haben. Im Gegenteil. Er findet nicht gut, dass Martin gleich mit mir über die zwei verlorenen Jahre reden will, anstatt mir erst Gelegenheit zu geben, alles andere zu verdauen. Aber es dauert sowieso noch, bis ich wieder einen Termin bei Martin habe. Jetzt bin ich erst mal hier bei Thomas.

»Vielleicht kann ich ja durch die Geschichte herausfinden, was in diesen zwei Jahren passiert ist.« Wenigstens bin ich dann nicht allein, sondern habe ihn an meiner Seite. Auch wenn er nicht reden kann, gibt mir seine Nähe Zuversicht. Ich versuche, mich daran zu erinnern, wo ich mit meiner Geschichte aufgehört hatte. Vor der Gehirnblutung, nein, bevor er meine Hand gedrückt hat.

»Er hat mich gebeten, zu ihm zu ziehen«, erzähle ich und lächle. »Ich weiß noch, wie glücklich ich darüber war, endlich von meiner Mutter wegzukommen und immer mit ihm zusammen zu sein. Es war der perfekte Abschluss des Urlaubs in Spanien. Dort hatte er mich in unseren gemeinsamen Nächten von der Dunkelheit abgelenkt. Und als wir zurück waren, hat er mir geholfen, mich gegen meine Mutter durchzusetzen. Er hat mich den grauenhaften Streit mit ihr vergessen lassen und danach nicht darauf bestanden, dass ich mir sofort eine Arbeit suche oder ein Studium anfange. ›Du hast jetzt mich‹, hat er gesagt. ›Ich sorge für dich, bis du etwas gefunden hast.‹

Zum ersten Mal in meinem Leben habe ich mich unbeschwert und wirklich und wahrhaftig geliebt gefühlt.« Wenn es nur wieder so werden könnte. Dafür würde ich alles geben.

»Aber er wollte noch mehr. Seit er wusste, dass mit mir etwas nicht stimmt, wollte er mir helfen, damit es mir bessergeht.

›Hab keine Angst, Lara.‹ Er küsst mich auf die Schläfe. Ich liege in seinen Armen, umklammere seinen Hals und dränge mich an ihn. Lockend. Bittend. Er lacht leise. ›Ich würde mir so gerne weiterhin jede Nacht mit dir um die Ohren schlagen, aber das geht nicht. Morgen muss ich arbeiten und brauche wenigstens ein bisschen Schlaf. Ich habe ein massives Defizit aufzuholen.‹ Er lächelt schief, und mein Herz schlägt schneller.

›Natürlich, das verstehe ich.‹

›Mach dir keine Sorgen, du wirst die Nacht überstehen. Auch ohne dass ich dich die ganze Zeit ablenke.‹

Ich nicke, nur ihm zuliebe. Die Zeit bis zum Morgen scheint sich unendlich vor mir auszudehnen. Ich atme abgehackt ein und greife nach meinem Handy. Es ist besser, ich fange damit an, bevor die Worte überhaupt eine Chance haben, sich in mir zu sammeln und mir auch das Handy nicht mehr helfen kann.

Die Nachttischlampe flammt auf. Thomas mustert mich prüfend, dann beugt er sich zu mir rüber, küsst mich sanft und nimmt mir behutsam das Smartphone aus den Händen.

Mein Atem beschleunigt sich. ›Hast du es dir anders überlegt?‹

Er schüttelt den Kopf und starrt nachdenklich mein Handy an. ›Du fürchtest dich vor der Dunkelheit, weil dann die Worte kommen, oder nicht? Das hast du mir erzählt. Und auch, dass du das ändern willst.‹

Ich nicke langsam, aber mein Mund wird trocken. ›Es ist doch schon viel besser geworden.‹

Das liebevolle Leuchten in seinen Augen lässt alle Anspannung von mir abfallen. ›Und ich bin so stolz auf dich, dass du das geschafft hast.‹

›Das habe ich nur dir zu verdanken. Besonders gut hilft es mir, wenn du mich küsst‹, sage ich mit einem unsicheren Augenaufschlag. Wieder lacht er leise. Ich liebe dieses tiefe, dunkle Geräusch, es kribbelt auf meiner Haut. Ich lehne mich nach vorn und streife seine Lippen mit meinen.

›Ich kann dich aber nicht immer küssen‹, flüstert er an meinem Mund. ›Auch wenn ich es gern würde.‹

›Das ist wirklich ein Jammer‹, hauche ich und drücke mich an ihn.

Sanft, aber bestimmt bringt er ein wenig Abstand zwischen uns. ›Es macht mich nervös, dass du ohne mich nicht zurechtkommst. Ich glaube, dass du für den nächsten Schritt bereit bist. Ich vertraue auf dich.‹

Ein warmes Gefühl macht sich in mir breit, weil er so an mich glaubt. Vielleicht hat er sogar recht. Seit Spanien hatte ich keinen schlimmen Anfall mehr. ›Was schlägst du vor?‹

Er denkt darüber nach. ›Kein Handy, kein Licht. Du hältst es aus, solange es dir möglich ist. Und wenn es gar nicht mehr geht, bin ich ja da.‹

Ich starre ihn an. Weiß er überhaupt, was er da von mir verlangt? ›Was … was hältst du davon, wenn ich mich erst einmal daran gewöhne, dass du mich im Dunkeln nicht mehr ablenkst? Also die ersten paar Tage benutze ich noch das Handy. Und ab nächster Woche probiere ich es dann ohne.‹ Bei der Vorstellung krampft sich mein Magen zusammen, und das Luftholen fällt mir plötzlich schwer. Aber es sind ja noch ein paar Tage. Wer weiß schon, was bis dahin passiert.

›Du hast in Spanien nie nachts das Handy benutzt. Es ist sicher besser, wenn du es dir nicht wieder angewöhnst.‹

Das Blut rauscht in meinen Ohren. ›Bitte, Thomas, ich brauche es heute Nacht.‹ Warum will er es jetzt so unbedingt? Wo es doch schon schwer genug für mich ist, die Finsternis ohne seine Berührung auszuhalten.

›Natürlich musst du das nicht tun. Ich sage nur, was ich für das Beste halte. Ich will dir bloß helfen.‹

In diesem Moment summt mein Handy auf seinem Nachttisch. Mein Blick zuckt dorthin. Thomas greift danach, drückt es mir in die Hand und steht dann auf, um ins Bad zu gehen. Seine Worte hallen in meinen Gedanken wider. Alles, was er gesagt hat, klingt total logisch und vernünftig. Während ich darüber nachdenke, rufe ich die Nachricht auf.

– Ziehen mit den Mädels um die Häuser, willst du mitkommen? Dann kannst du auch Sina kennenlernen. Ich hab dir doch von ihr erzählt. Das Mädchen aus dem Internet.

Um die Häuser zu ziehen, wäre auch eine Möglichkeit, mich abzulenken. Aber ich habe das Gefühl, Thomas würde das sofort durchschauen.

– Nein, heute nicht.

– Was heißt das, heute nicht? Seit du richtig mit ihm zusammen bist, habe ich dich kein einziges Mal gesehen.

– Jetzt tu nicht so. Wenn du einen neuen Freund hast, sehe ich auch nie was von dir.

– So extrem war es bei mir nie. Du gehst ja nicht mal ans Handy, wenn ich dich anrufe. Sina findet das auch komisch, und sie freut sich schon auf dich. Ich habe ihr so viel von dir erzählt. Bitte, komm doch.

Ich weiß nicht, was ich darauf antworten soll. Thomas fällt es immer noch schwer, mir zu vertrauen. Er fühlt sich immer schrecklich einsam und unruhig, wenn ich ohne ihn ausgehe, und ich möchte es ihm so gerne leichter machen. Wir müssen uns doch gegenseitig helfen.

– Tut mir leid, ich kann nicht.

– Okay, dann eben nicht. Auch egal. Kannst du wenigstens mein Safety Net sein? Ich hab da gerade einen Typen aufgetan, er hat eine Wohnung in der Nähe. Ich schreib dir die Adresse. Wenn ich mich bis eins nicht melde, rufst du dann an? Wenn ich nicht rangehe, musst du mich suchen lassen.

Ich starre auf das Display. Es hat Tradition, dass ich das für sie tue. Manchmal hat sie es auch schon für mich machen wollen, aber ich habe es mir jedes Mal anders überlegt und nie durchgezogen. Ich muss lachen, wenn ich daran denke, wie sie dann immer mit den Augen gerollt hat.

Ich höre Thomas aus dem Bad kommen. Er sagt nichts, wirft mir auch keinen vorwurfsvollen Blick zu, sondern legt sich nur auf seine Seite des Bettes, beugt sich zu mir herüber und küsst mich zärtlich auf die Lippen. In seinem Kuss schmecke ich sein Vertrauen in mich und seinen Wunsch, dass ich endlich gesund werde. Entschlossen atme ich ein.

– Tut mir leid. Ich kann heute nicht. Ich hab heute Nacht mein Handy nicht.

– Wie meinst du das, du hast dein Handy nicht?

– Ich will lernen, ohne auszukommen.

– Wirklich? Aber du hasst doch die Dunkelheit, wie soll das gehen?

– Er glaubt, dass ich es schaffe.

Lange nichts. Dann:

– War das seine Idee?

– Ja, aber ich finde es gut. Und ich will es auch. Wirklich.

– Tu nichts, was du nicht willst (sagt Sina auch!).

Ärger steigt in mir auf. Sie erzählt dieser Sina von unseren Gesprächen?

– Mache ich nicht, keine Sorge.

Wieder lange Funkstille. Dann:

– Du musst es ja wissen. Over and out.

›Weiß ich auch‹, murmle ich.

›Wie bitte?‹, fragt Thomas.

›Sie glauben nicht, dass ich es schaffen kann.‹

›Sie?‹

›Jenny und diese Sina.‹

Er runzelt die Stirn. ›Sina? Wer ist das?‹

›Keine Ahnung, ich kenne sie nicht.‹

›Woher weiß sie dann, was gut für dich ist und was du schaffen kannst? Lass dich doch von einem Mädchen, das du nicht mal kennst, nicht runterziehen.‹ Er küsst mich wieder.

Ich zwinge mich zu einem Lächeln, dann reiche ich Thomas mein Handy. ›Es reicht mir, dass du an mich glaubst.‹

Er sieht mich wieder mit diesem Blick an, als könnte er nicht fassen, dass ich wirklich so etwas zu ihm sage. Es zerreißt mir das Herz. Ich muss wieder an seine Ex-Freundin denken, die ihn so betrogen hat.

›Das bedeutet mir sehr viel‹, raunt er.

Noch einmal küsst er mich, dann dreht er sich um, schaltet das Licht aus und legt mein Handy mit einem leisen Klacken auf seinen Nachttisch.

Wenig später höre ich an seinen regelmäßigen Atemzügen, dass er eingeschlafen ist. Eine Weile liege ich nur da und starre in die Finsternis. Mein Mund ist genauso leer wie mein Kopf. Und ich genieße es, dass Thomas recht hatte. Doch dann spüre ich sie aufsteigen.

Ich finde, es ist Zeit für den nächsten Schritt.

War das seine Idee?

Ich glaube, es ist besser, wenn du es dir gar nicht wieder angewöhnst.

Bitte, Thomas, nicht heute Nacht.

Ich finde, es ist Zeit für den nächsten Schritt.

War das seine Idee?

Keuchend fahre ich hoch. Thomas schläft neben mir weiter. Unwillkürlich drehe ich den Kopf zu seinem Nachttisch. Ich möchte hinübergehen und mein Handy holen, solange die Worte noch nicht zu stark sind, um sie damit aufzuhalten. Aber ich kann ihn doch nicht enttäuschen und bei der ersten Schwierigkeit aufgeben. Langsam lege ich mich wieder hin. Sofort sind die Gedanken zurück. Ich presse mir die Hand auf den Mund. Es hilft nicht. Meine Lippen bewegen sich an meinen Fingern. Egal wie fest ich dagegen drücke. Ich höre ein leises Wimmern. Bin ich das? Es klingt so weit entfernt.

›Ist ja gut. Ich bin da.‹

Thomas. Er hält mich in seinen Armen und streichelt mich. Langsam finde ich zurück. Es bin tatsächlich ich, die wimmert. Es wird lauter, als er sanft meine Hand von meinem Mund zieht. Ich spüre seine Lippen fest und ruhig auf meinen.

›Du hältst das aus‹, raunt er zärtlich in mein Ohr. ›Du musst dich nur daran gewöhnen. Natürlich ist es am Anfang schwer. Es ist, als wärst du auf Entzug.‹

Langsam hört das Wimmern auf. Die Worte purzeln immer noch aus meinem Mund, aber sie werden weniger, leiser, und auch das Wimmern lässt nach. Thomas hält mich fest, bis ich wieder ruhiger werde. Ich erwarte, dass er bei mir bleibt und mich weiter im Arm hält, aber stattdessen rückt er wieder von mir ab.

›Lass es uns morgen weiter probieren, ja?‹, flehe ich. ›Für heute reicht es mir.‹

›Bist du sicher? Morgen musst du wieder ganz von vorn anfangen. Vielleicht solltest du einfach mal eine Nacht durchhalten.‹

Allein die Vorstellung, so etwas wie eben noch mal durchleben zu müssen, treibt mir einen kalten Schauder über den Rücken. ›Bitte, nicht mehr heute. Ich kann nicht mehr.‹

Er lächelt zärtlich. ›Ich will dir nur helfen. Meinst du, für mich ist es nicht genauso schrecklich wie für dich?‹

Ich starre ihn an. Denkt er das wirklich?«

»Schon wieder du.« Die schneidende Stimme drängt sich zwischen die Worte meiner Geschichte. Langsam öffne ich die Augen, finde zurück in Thomas' Krankenzimmer. Seine Schwester steht vor mir. Ich atme auf und wundere mich im selben Moment. Warum bin ich erleichtert, dass sie mich erwischt hat?

»Was machst du nur immer hier?«, fragt sie.

Anscheinend will sie die Antwort wirklich hören, daher ringe ich mich dazu durch. »Ich rede mit ihm. Das hilft ihm, aufzuwachen.«

»Was, wenn er das gar nicht will?«

»Manchmal muss man Menschen zu ihrem Glück zwingen«, flüstere ich langsam, ohne so recht zu wissen, wie ich darauf komme. Aber schon in dem Moment, in dem ich es ausspreche, fühlt es sich falsch an.

Isabel Haller verzieht verächtlich das Gesicht. »Herzlichen Glückwunsch. Wenn du so etwas sagst, dann glaube ich dir doch glatt, dass du tatsächlich seine Freundin bist.«

Kapitel 65

Thomas

Mein Schädel bringt mich um. Und warum habe ich so einen pelzigen Geschmack im Mund? Bunte Flecken tanzen vor meinen Augen. Lichter oder Gesichter. Ich weiß es nicht. Geräusche, Piepsen, Stimmen und Verzweiflung.

»Manchmal muss man Menschen zu ihrem Glück zwingen.«

Ein Zischen. »Das muss man nicht. Das darf man nicht.« Ist das Isabel?

Du bist ja vollkommen besessen.

Sie hatte recht. Ich konnte an nichts anderes mehr denken als die Therapie für Mutters Krankheit. Monatelang habe ich Tag und Nacht recherchiert, Ärzte kontaktiert, Informationen eingeholt. Meine Freunde verstehen nicht, warum ich nicht aufhören kann. Dabei ist es so einfach. Diese Suche ist das Einzige, was mich daran hindert, vollkommen durchzudrehen. Sie lässt mich dieses schreckliche Wort vergessen.

Endstadium.

»Komm schon, es ist doch die Abschlussfeier. Ein einzelner Abend wird doch wohl kaum was ausmachen«, will sogar Cem mich überzeugen. Aber das stimmt nicht, denn mit jeder Minute, die verstreicht, verringern sich ihre Chancen.

»Es ist aussichtslos, warum siehst du das nicht ein?«, hat meine Ex gefragt, bevor auch sie mich aufgegeben hat. Meine verzweifelte Wut war zu viel für sie.

Aber ich hatte Erfolg.

Hätte ich doch damals schon den Preis gekannt. Hätte ich an jenem Tag, als ich Mutter von der Studie erzählt habe, doch nur schon gewusst, worauf das hinauslaufen würde. Hätte ich doch nur eingelenkt, als Isabel mich davon abbringen wollte.

»Es ist die einzige Möglichkeit«, habe ich stattdessen gesagt. »Ich finde, sie sollte es tun.«

»Das ist nicht deine Entscheidung«, schreit Isabel mich an. »Wie konntest du ihr das vorschlagen, ohne Papa und mich zuerst zu fragen? Du kannst mich nicht einfach übergehen, nur weil ich wegen meiner Ausbildung so selten hier bin.«

»Es wäre ein großes Glück, wenn sie einen Platz in dieser Studie bekäme«, erwidere ich. Meine Kehle ist wund von unserem Streit.

»Wer entscheidet, was Glück ist? Du etwa?«

Mutters Gesicht leuchtet in der Dunkelheit. Schmerz tropft aus jeder ihrer Poren. Eine Welle der Scham überrollt meinen Alptraum. Ich bin daran schuld.

Ohne zu wissen, was Glück ist, habe ich alles noch schlimmer gemacht.

Kapitel 66

Lara

Isabel Haller lächelt kalt. »Offensichtlich hat er dich schon dazu gebracht, so zu denken wie er. Es ist seine Spezialität, Menschen zu etwas zu drängen, was sie nicht wollen.«

Das ist nicht wahr, will ich widersprechen. Aber dann muss ich wieder an diese grauenhafte, finstere Nacht denken, in der er mich dazu bewegen wollte, das Handy nicht zu benutzen. »Er meint es nur gut.«

Sie lacht bitter. »Ja, damit kann man so gut wie alles entschuldigen, nicht wahr?«

Die Härchen in meinem Nacken stellen sich auf. Was meint sie damit? Will sie etwa deshalb, dass er stirbt? Weil irgendetwas zwischen ihnen vorgefallen ist, das sie ihm nicht verzeihen kann? Ich möchte ihr gern sagen, dass sie ihm doch deswegen nicht die Hilfe verweigern darf, die er so dringend braucht, aber ihr zorniger Blick auf Thomas erstickt jedes bisschen Mut, das ich dafür aufbringen könnte.

Sie sieht mich an, als ob sie erwarte, dass ich jetzt endlich verschwinde, und meine Füße wollen am liebsten loslaufen. Aber ich bleibe. Immerhin, das gelingt mir.

Isabel Haller schüttelt den Kopf. »Du kannst ja noch nicht lange mit ihm zusammen gewesen sein. Warum bist du immer noch hier?«

Mit ihm zusammen gewesen sein. Als wäre er schon tot. Das Schlucken fällt mir plötzlich schwer. »Ich …« Ich liebe ihn eben. Es liegt mir auf der Zunge. Aber dann zuckt eine Erinnerung durch meine Gedanken. Nur ein kurzes Fragment, ein einziger Satz.

»Ich habe es ihm versprochen«, flüstere ich.

»Und natürlich muss man sich an ein Versprechen halten, egal, in welcher Situation man es gegeben hat und vor allem, wem«, sagt Isabel. Ihr verächtlicher Tonfall bohrt sich wie ein Stachel in meine Brust.

Gleichzeitig kommt die Erinnerung langsam, aber sicher zurück. Ich höre den Satz in meinem Kopf, den ich zu Thomas gesagt habe. Immer und immer wieder. Ich bleibe bei dir. Aber warum sollte ich ihm so etwas versprechen? Das war, lange bevor er ins Koma gefallen ist. Er stand vor mir, hat mich durchdringend angesehen. Eine Ahnung von Verzweiflung hängt in der Luft. Da ist auch diese merkwürdige Sina in meiner Erinnerung. Und warum starre ich so entsetzt auf den Hausschlüssel in meiner Hand?

»Dass er im Koma liegt, macht ihn nicht zu einem besseren Menschen, weißt du?« Isabel Hallers Worte dringen kaum zu mir durch. Ich kann nichts anderes tun, als sie anzustarren, während die Erinnerung langsam in mir aufzieht wie düstere Wolken.

Sie seufzt. »Dann mach doch, was du willst. Bleib meinetwegen, besuch ihn, wenn du es nicht lassen kannst. Ich glaube sowieso nicht, dass es jetzt noch eine Rolle spielt, nach dieser Gehirnblutung.« Sie dreht sich um und verschwindet.

Ich sehe ihr nach, bemerke Till in der Tür. »Wir müssen Geduld haben. Nicht nur mit Thomas.« Er lächelt gequält. »Dieses ständige Auf und Ab ist sicher verdammt schwer für sie.« Er macht einen Schritt auf mich zu.

Sofort weiche ich zurück. Er hebt beschwichtigend die Hände. »Keine Sorge. Ich werfe dich nicht mehr raus. Das hat sich für mich nach einer eindeutigen Erlaubnis seiner Schwester angehört, findest du nicht?« Schon wendet er sich wieder zum Gehen, um sich um die anderen Patienten zu kümmern.

Ich sinke auf Thomas' Bett. *Manchmal muss man Leute zu ihrem Glück zwingen.* Warum kriege ich das jetzt nicht mehr aus dem Kopf? Und dazu die Schlüssel und Sina und mein verzweifeltes

Versprechen, ihn niemals zu verlassen. Während ich noch versuche, die Erinnerungsfetzen zu sortieren, verselbständigen sie sich schon. Alles, was ich tun kann, ist, sie nicht laut auszusprechen. Bevor ich Thomas erzähle, was passiert ist, will ich erst wissen, warum diese Erinnerung so ein mieses Gefühl in mir auslöst.

Ich bin in Thomas' Wohnung, Spanien liegt lange zurück. Es muss fast ein Jahr vergangen sein, seit ich bei ihm eingezogen bin.

Ich kann meine Hausschlüssel nicht finden. Auch nicht meinen Geldbeutel oder mein Handy. »Verdammt«, fluche ich. Ich bin spät dran. Jenny wartet bestimmt schon. Und Sina auch. Sina, die ich inzwischen notgedrungen kennengelernt habe und eigentlich nicht noch mal treffen will.

Komm schon, sie ist nett und sie mag dich. Das hat Jenny gesagt.

Sie mustert mich immer so merkwürdig und stellt komische Fragen. Das habe ich geantwortet.

Aber dann habe ich doch nachgegeben, Jenny ist meine Freundin, und ich kann nicht jedes Mal nein sagen.

Ich höre die Eingangstür, Thomas ist zurück. Sofort laufe ich zu ihm. »Weißt du, wo meine Sachen sind? Geld, Handy, ich finde sie einfach nicht, und ich muss weg.«

Er öffnet die Schublade, in der wir die Wintersachen aufbewahren. Ganz obenauf liegen meine Sachen.

»Aber … wie kommen die dahin?«, frage ich.

Er zuckt mit den Schultern. »Du hast sie dahin gelegt, ich hab dir noch gesagt, dass du sie da nie wiederfinden wirst.«

»Nein, daran würde ich mich doch erinnern.«

Er hebt eine Augenbraue. »Wirklich?«

Mein Magen zieht sich schmerzhaft zusammen. Wie oft entfallen mir Dinge? Wie oft fehlen mir Stunden, manchmal sogar ganze Tage? Trotzdem, diesmal bin ich sicher. Aber wie sonst sollen sie dorthin gelangt sein? Hat er sie da hineingelegt? Nein, warum sollte er das tun?

»Ich glaube, du wolltest diese Sina gar nicht treffen und dein Unterbewusstsein hat dir bei der Entscheidung geholfen, indem du vergessen hast, wo deine Sachen sind.«

Das passt so beängstigend gut zu mir, dass ich ihm glauben will. Ich durchforste mein Gehirn nach der Wahrheit, aber es ist alles so verschwommen. Ich habe ein paar Stunden verloren. Schon wieder. Aber warum passiert das so oft? Es macht mich verrückt.

»Wie soll es nur weitergehen?«, flüstere ich. »Ich habe das Gefühl, es wird immer schlimmer. Mit jedem Tag, den wir zusammen sind.« Ich lasse zu, dass er mich in seine Arme zieht.

»Schon gut. Ich bin ja da.«

Ich bin ja da. Das sagt er immer. *Du brauchst diese Sina und die anderen nicht, die nur dafür sorgen, dass du dich schlecht fühlst. Du hast mich. Ich kümmere mich um dich.*

Es stimmt. Sina ist nett, aber sie bedrängt mich. Sie fragt mich ständig über Thomas aus, und jedes Mal fühle ich mich mies. »Vielleicht hast du recht«, gebe ich zurück.

Er streicht mir mit der Hand übers Haar.

Ich bin ja da. Irgendetwas wecken diese Worte in mir. *Du hast jetzt mich.* Ich erstarre in seinen Armen. Er hat diese Worte geschrien, kurz bevor er gegangen ist. Da ist noch mehr, aber es ist alles ein Strudel aus Worten, Bewegungen und Gefühlen. Doch dann sehe ich es vor mir.

Ein Streit. Ein grauenhafter, schrecklicher Streit, der mir entfallen war.

Ich schiebe Thomas weg. »Nein, du … du hast mir die Sachen weggenommen, damit ich mich nicht mit Sina treffe. So war es doch?« Meine Stimme überschlägt sich fast. Das kann nicht wahr sein. So etwas würde er doch nie tun! Aber es ist jetzt ganz deutlich. Ich schlinge die Arme um mich. »Wie konntest du nur? Und dann … hast du behauptet, ich hätte vergessen, wo sie sind.« Es war nicht mal eine Lüge. Ich hatte es vergessen. Aber er hat es ausgenutzt.

Meine Knie werden weich, ich muss mich an der Wand abstützen, um nicht umzukippen. »Warum tust du so was?«

Thomas stürzt zu mir, hält mich fest. »Es tut mir so leid. Aber ich wusste nicht, was ich sonst machen sollte. Es war eindeutig, dass du nicht hingehen wolltest und nur zugestimmt hast, weil Jenny dich dazu gedrängt hat. Ich habe versucht, dir klarzumachen, dass du nicht gehen musst, wenn du es nicht willst. Ich habe doch gemerkt, wie sehr es dich belastet hat.« Er ist kreidebleich, und Verzweiflung zuckt über sein Gesicht. »Verdammt, Lara, ich … ich weiß, dass das falsch war. Aber ich habe das nur für dich getan. Ich kann einfach nicht mehr klar denken, wenn es um dich geht.« Sein Entsetzen nimmt meiner Wut den Stachel. Er hat es getan, weil er sich um mich sorgt. Und nicht wollte, dass ich mich genötigt fühle, etwas zu tun, was ich nicht möchte.

»Ich will nicht, dass du dir wegen mir solche Gedanken machst.«

Er ist immer noch weiß wie die Wand und steht vollkommen starr vor mir. Als würde er sich nicht trauen, mich anzufassen, als ob er Angst hätte, dass ich ihn bis in alle Ewigkeit hasse. Ich mache einen Schritt auf ihn zu und lege eine Hand auf seine Wange. Er schließt die Augen. Was er getan hat, war falsch. Aber er hat es eingesehen, und er hat es aus Liebe zu mir getan. Wie kann ich ihm da böse sein? Ich gehe auf die Zehenspitzen und küsse ihn sanft auf die Lippen. »Ich verzeihe dir.«

Der Selbsthass, der plötzlich in sein Gesicht geschrieben steht, erschreckt mich. Im gleichen Moment schiebt er mich weg. »Das solltest du nicht. Was ich getan habe, ist unverzeihlich. Gottverdammt, ich bin wirklich kaputt. Und ich … ich weiß nicht, ob ich dir jemals so vertrauen kann, wie du es verdienst.«

Angst schlägt über mir zusammen. »Was meinst du damit?« Aber ich ahne es längst.

»Du verdienst etwas Besseres als mich. Vielleicht solltest du …«

»Nein! Wir gehören zusammen, ich liebe dich. Du hast die Worte in mir zum Schweigen gebracht. Glaubst du wirklich, dass ich so schnell aufgebe?« Ich werfe ihm die Arme um den Hals und drücke mich ganz fest an ihn. Vergrabe mein Gesicht an seinem Nacken und lasse nicht los, bis er die Arme hebt und sie langsam um mich schließt. So, als könnte er kaum glauben, dass ich immer noch da bin.

»Ich mache es wieder gut. Das wird nie wieder passieren, ich verspreche es dir.«

Mein Herz rast wie verrückt, während seines merkwürdig ruhig klopft. »Das weiß ich doch«, flüstere ich.

Lange stehen wir so da, bis das Klingeln meines Handys mich aus der heißen, verzweifelten Umarmung reißt. Ich fluche leise. »Ich muss rangehen, tut mir leid. Das ist sicher Jenny, sie will wissen, wo ich bleibe.«

Ich nehme den Anruf an.

»Lass mich raten, er will nicht, dass du kommst.«

Ich öffne den Mund, um etwas zu erwidern, schließe ihn dann aber wieder. Was soll ich sagen? Es stimmt. Aber das werde ich Jenny bestimmt nicht auf die Nase binden, denn sie wird es nur Sina weitererzählen, und wenn ich mir nur deren wissenden Gesichtsausdruck vorstelle, wird mir schon schlecht. »Es geht ihm nicht gut. Ich will ihn jetzt nicht allein lassen.«

Jenny schnaubt verächtlich. »Na klar.« Es klickt in der Leitung, und die Verbindung ist weg.

Hilflos sehe ich Thomas an. »Sie hat aufgelegt. Einfach so. Wie kann man nur so eifersüchtig sein? Warum versteht sie nicht, wie wichtig es für mich ist, mit dir zusammen zu sein? Warum muss sie alles schlechtmachen?«

Thomas nimmt mich wieder in den Arm. »Ich glaube nicht, dass Jenny schuld ist. Sie mag dich eben, und sie vermisst dich. Es klingt für mich so, als ob es diese Sina ist, die ihr so merkwürdiges Zeug einflüstert.« Er streichelt über meine Haare und küsst mich auf den Scheitel. Wie sehr ich es liebe, wenn er das tut.

»Aber warum? Sie kennt mich doch gar nicht und ich sie auch nicht. Was für einen Grund sollte sie haben, Jenny so gegen mich aufzuwiegeln?« Noch während ich das sage, wird es mir schon klar. »Sie will Jenny für sich. Aber das ist doch verrückt. Mit dem, was sie da tut, könnte sie unsere Beziehung zerstören. Wenn ich ihr glauben würde. Und dich nicht so sehr lieben würde. Sie riskiert, zwei Menschen auseinanderzubringen, die sie gar nicht kennt und die ihr nichts getan haben, nur um eine Freundin ganz für sich allein zu haben?« Das ist krank.

»Jenny hat ihr eben viel von dir erzählt, vielleicht zu viel. Das bestätigt nur, was ich mir bereits seit dieser Sache mit meiner Ex-Freundin sage: Pass auf, wem du dich anvertraust. Du weißt nie, was der andere mit den Informationen anstellen wird, die du ihm gibst.«

Ich nicke. Dann kuschle ich mein Gesicht an seine Brust und lausche auf sein Herz, das immer noch so wunderbar ruhig und gleichmäßig schlägt.

»Ich kann nicht glauben, dass du mir wirklich verzeihst. Ich weiß selbst nicht, wie ich überhaupt auf so eine dumme Idee kommen konnte. Es hat mich einfach überkommen, so wie damals bei meiner Ex, ich glaube, sie hat mich irgendwie … kaputt gemacht.«

Besänftigend streichle ich über seine Brust, meine Finger fangen wie von selbst an, die Konturen seiner Muskeln nachzuzeichnen. »Also ich finde gar nicht, dass du kaputt bist. Im Gegenteil, ich finde es wunderschön mit dir. Na gut, dein Kopf hat einen leichten Knacks abbekommen.« Ich lächle schief. »Aber das kriegen wir auch noch hin.« Ich fasse nach dem Saum seines T-Shirts und schiebe es nach oben, aber er hält meine Hände fest.

»Ich weiß nicht, was ich ohne dich tun würde.« Seine Stimme ist heiser, und der verzweifelte Tonfall darin trifft mich bis in die tiefste Faser meiner Seele.

»Das musst du auch nicht wissen«, wispere ich. »Denn ich werde dich nie verlassen. Ich werde immer bei dir bleiben, das verspreche ich dir.«

Während ich aus der Erinnerung herausdämmere, merke ich, dass ich die letzten Sätze laut gesagt habe. Ich bin froh, dass ich es geschafft habe, den Rest für mich zu behalten, denn ich hatte mir ja vorgenommen, ihm nur Schönes zu erzählen. Und schön war dieser Tag wirklich nicht. Es wundert mich nicht, dass ich ihn vergessen wollte. Ich spüre jetzt noch, wie weh es getan hat, dass Thomas mich so mies behandelt hat. Es ist, als hätte sich damals ein winziger Riss in meiner Seele geformt.

Aber ich habe ihm verziehen, weil jeder Mensch mal einen Fehler macht und eine zweite Chance verdient, und ich werde bei ihm bleiben. Auch jetzt und hier, egal wie schlecht seine Aussichten sind.

Wenn er doch nur die Therapie bekommen würde. Natürlich ist das kein Allheilmittel, aber es würde seine Chancen ein klein wenig verbessern, aus dieser ständigen Dunkelheit zu erwachen. Wie schrecklich muss es für ihn sein, so allein und verloren.

Ob es sich für ihn wohl ähnlich anfühlt wie für mich damals im Schrank? Ich habe die Ohnmacht so sehr gehasst und mich so sehr danach gesehnt, dass mir jemand hilft. Aber es war ja niemand da.

Nein, das stimmt nicht. Es war jemand da. Mein Vater. Der nicht ein einziges Mal für mich Partei ergriffen hat. Schmerz überfällt mich, lähmt mich regelrecht. Vielleicht hatte er selbst Angst. So wie ich, wenn ich nur daran denke, Thomas' Schwester meine Meinung zu sagen.

Meine Finger schließen sich um Thomas' Hand. Ich dachte, er ist allein, genau wie ich es war. Aber das stimmt nicht. Ich bin da. Und ich darf nicht zulassen, dass es ihm genauso ergeht wie mir. Ich atme tief durch. Atme die Angst in mir weg. Ich bin da. Und ich werde Thomas nicht das Gleiche antun, was mein Vater mir angetan hat.

Kapitel 67

Thomas

Auch wenn sie nicht redet, spüre ich, dass sie da ist. Ihre Nähe ist wie ein kühler Fluss an einem heißen Sommertag. Ich habe mein Bike am Ufer fallen gelassen und mich in ihr Schweigen gestürzt. Ich treibe darin, bis es alle Gedanken und Erinnerungen abgewaschen hat, die ich mit mir herumschleppe.

Danach lasse ich mich im Gras von der Sonne trocknen. Wir liegen auf dem Rücken, ihre Hand liegt in meiner, und wir schauen uns an.

Sie lächelt. »Ich werde immer bei dir bleiben.«

»Bist du sicher?«, frage ich. »Das kann ziemlich anstrengend werden.« Berge rauf, Berge runter. Immer unterwegs. So stelle ich mir das vor. Wie schön es wäre, dabei nicht alleine zu sein.

»Ich verspreche es dir«, flüstert sie.

Endlich weiß ich, was Glück ist. Gnädiges Vergessen mit ihr hier am See. Könnte ich diesen Moment doch nur haben.

Ihre Finger bewegen sich in meinen.

»Wenn das Leben ein Computerspiel wäre«, sage ich, »könnte man einfach noch mal von vorne anfangen.« Dann würde ich einen anderen Weg einschlagen, einen, der genau hierherführt, zu diesem Augenblick mit ihr.

Sie schweigt, aber es ist ein Schweigen, das Hoffnung macht. Sie ist hier und sie will bleiben. Ihre Nähe lässt mich glauben, dass alles möglich ist. Wiedergutmachung. Vielleicht sogar Vergebung.

Und dann ein Neuanfang.

Kapitel 68

Lara

Zwei Tage musste ich warten, bis Isabel Haller wieder zu Besuch gekommen ist. Natürlich kann ich hier nicht meine ganze Zeit verbringen, ich muss ja meine Gruppenstunden besuchen, aber Till hat mir Bescheid gegeben, dass sie da ist. Jetzt stehe ich in der Tür des Zimmers und versuche, mich dazu zu überwinden, sie anzusprechen.

Komm schon, tu es. Ich denke an meinen Vater und daran, wie sehr ich mir gewünscht habe, dass er sich nur einmal für mich einsetzt. Und mache einen Schritt nach vorn.

»Entschuldigung … ich …«

Sie fährt zu mir herum. Ich erwarte, dass sie mich wieder anschreit. Oder noch einmal sagt, wie unbedingt sie möchte, dass Thomas sterben soll. Ich hebe das Kinn, um mich mutig und selbstsicher zu geben, aber ich fürchte, es gelingt mir nicht wirklich. »Ich glaube, er würde kämpfen wollen.« Da, ich habe es ausgesprochen.

Isabel Haller sieht mich verständnislos an.

Noch mal hole ich tief Luft. »Die Therapie. Ich glaube, er würde sie haben wollen.«

Erstaunlicherweise schreit sie mich nicht an, weil ich es wage, mich einzumischen. Sie sieht mich nur ruhig an. »Und was sollte das bringen?«

»Eine bessere Chance«, entgegne ich. »Die Gehirnblutung muss nicht alle Fortschritte zunichtegemacht haben …«

»Er reagiert auf nichts«, wirft sie ein.

»Ja, ich weiß, aber das muss nichts heißen. Vielleicht braucht er nur ein paar Tage, um sich wieder zu fangen …«

Sie schnaubt. Ich verstehe sie, ich kann ja selbst kaum glauben, was ich da sage, auch wenn ich mir mehr als alles andere wünsche, dass es wahr ist. »Bitte. Er würde kämpfen wollen, das glaube ich ganz fest, das hat er doch immer getan.«

Sie schließt die Augen und holt tief Luft, dann fixiert sie mich. »Das ist ja genau das Problem. Er konnte noch nie aufgeben. Er hat immer bis zum Letzten gekämpft, egal, um welchen Preis.« Ihre Finger krampfen sich so fest um seine Hand, dass ich schon Sorge habe, sie könnte ihm weh tun. Ich will etwas dagegen unternehmen, ihre Hand wegreißen, aber dann denke ich, wie schrecklich schön es wäre, wenn er das spüren würde. Überhaupt irgendetwas. Also halte ich mich zurück.

»Es ist doch gut, wenn er kämpft. Das ist die beste Voraussetzung, damit er wieder gesund wird.«

»Nur leider weiß er nicht, wann es sinnlos ist.«

Sinnlos. Sie glaubt also wirklich, dass er nie wieder aufwachen wird.

»Er konnte einfach nicht aufhören. Hat immer weitergemacht.« Sie sieht mich an, und diesmal stehen in ihren Augen nur Hass und Bitterkeit. »Kämpfen ist nicht immer etwas Gutes. Nicht so, wie er es getan hat. Ohne Sinn und Verstand. Wenn man dabei die Leben von anderen Menschen zerstört.«

Entsetzt starre ich sie an und versuche zu verarbeiten, was sie da sagt. Leben zerstören? Nein, das kann doch nicht wahr sein. Aber dann fällt mir die unterschwellige Traurigkeit auf Thomas' Blog wieder ein. Zwischen all seinem Humor schimmert sie hier und da durch. Ob es damit etwas zu tun hatte? Hat er sich Vorwürfe wegen seiner Schwester gemacht? Aber was muss da nur Schreckliches passiert sein, damit sie sich wünscht, dass er stirbt? War es vielleicht ihr Leben, das er zerstört hat?

»Hasst du ihn deshalb so sehr?« Ich lege mir die Hand auf den Mund, aber es ist zu spät. Ich kann es nicht mehr zurücknehmen.

Isabel Haller sieht mich mit einer Mischung aus Überraschung und Schmerz an. »Ich hasse ihn doch nicht. Nicht … wirklich. Ich hasse nur das, was er getan hat. Ich will, dass er endlich einsieht, wie falsch es war …« Sie verstummt und hält sich die Hand vor den Mund. »O Gott.«

Dann springt sie vom Bett auf und läuft im Zimmer umher. »Ich dachte, nach allem, was passiert ist, müsste er doch endlich begreifen …« Sie bleibt stehen. »Was hab ich nur getan? Hab ich wirklich so für ihn entschieden, weil ich glaubte, dass er es so wollen würde?« Sie stützt das Gesicht in die Hände.

Hilflos stehe ich daneben, weiß nicht, ob ich sie in den Arm nehmen oder sie allein lassen soll.

»Jedes Mal, wenn ich herkomme, habe ich entsetzliche Angst, dass sein Zimmer leer ist. Und gleichzeitig wünsche ich mir, dass genau das eintritt. Als er die Gehirnblutung hatte, da dachte ich, es wäre ein Segen, wenn er …« Sie verstummt, ihre Augen weit aufgerissen, selbst erschrocken über das, was sie fast gesagt hätte.

Es wäre ein Segen, wenn er sterben würde.

»Aber warum denn nur?«, flüstere ich.

Sie sieht auf, ihre Augen sind rot und ihre Worte kaum verständlich. »Oh. Du weißt es nicht, oder? Nein, natürlich nicht. Sie würden es dir nicht sagen, du bist ja keine Angehörige.«

Die Härchen in meinem Nacken stellen sich auf. »Was weiß ich nicht?«

Sie beißt sich auf die Lippe, sieht zu Thomas, dann wieder zu mir. »Die Ärzte sagen, selbst wenn er wieder aufwacht, wird er wahrscheinlich nie wieder richtig gesund. Er hätte einen langen Weg vor sich, viele Schmerzen, viele Enttäuschungen, er würde sich jahrelang durch die Reha quälen müssen, und am Ende …« Ihre Stimme überschlägt sich. »Sie sagen, er könnte vielleicht nie wieder laufen, nicht sehen. Vielleicht nicht mal mehr richtig sprechen.«

Entsetzt starre ich sie an. Mir sackt der Boden unter den Füßen weg, und ich fühle mich, als würde ich unaufhaltsam in endlose Tiefe fallen. Mein Blick zuckt zu seinem Gesicht, und ohne es zu wollen, sehe ich ihn lächelnd auf seinem Mountainbike vor einer gewaltigen Bergkulisse. Dieses wunderschöne Lächeln, das ich so gerne bald wiedersehen will.

»Das wusste ich nicht«, wispere ich. Dumm, wie dumm. Ich hätte es mir doch denken können. Ich keuche auf, als die Worte so heftig in mir hochkommen, dass mir schlecht wird. Ich wehre mich dagegen, aber sie sind zu stark, sie würgen mich, knebeln mich, drücken mir die Luft ab.

Sandpapier. Stechender Schmerz. Angenehmer Schmerz.

Nie wieder laufen. Nie wieder sprechen. Nie wieder sehen. »Hey, Lara, alles okay?« Till hält mich. »Isabel hat mich geholt. Was ist los? Soll ich Martin anrufen?«

»Hast du es gewusst?«, frage ich bebend. »Wie schlecht seine Chancen wirklich sind?«

Er schweigt. Mir ist noch nie aufgefallen, wie riesengroß seine Augen sind.

»Ist es die Wahrheit?«

»Es tut mir leid. Ich wollte es dir erst sagen, wenn du stabiler bist, um deine Genesung nicht zu gefährden.«

Nie wieder laufen. Nie wieder sprechen. Nie wieder sehen. Das Lächeln in den Bergen.

»Till, wie konntest du nur«, flüstere ich.

»Komm, beruhige dich erst mal. Es ist besser, ich bringe dich …«

»Nein. Ich gehe ganz sicher nicht.« Ich schiebe ihn weg, nehme Thomas' Hand. Streichle darüber. Aber ich bringe kein Wort heraus. Ich sinke auf die Knie, lege meine Stirn an seinen Handrücken und versuche, die Worte in mir drin zu behalten. Ich küsse seine Hand, so wie damals im Auto. Sie ist feucht von meinen Tränen. Ich drücke meine Nase an seine Haut, atme tief seinen Geruch ein. Ganz langsam lösen sich die Worte in mir auf. Irgendwann hebe ich den Kopf. Isabel ist immer noch da. Sie ist weiß wie eine Wand.

»Er wollte eine Weltreise machen«, sagt sie leise. »Wusstest du das? Er wollte weg von zu Hause, ganz endgültig alles hier zurücklassen.« Sie wischt sich über die Augen. »Jetzt wird er das niemals können. Er wird für immer von anderen abhängig sein. Nie wieder frei. Und ich … ich weiß nicht mehr, warum ich wollte, dass er nie wieder aufwacht. Weil ich ihm nicht verzeihen kann, was er uns angetan hat, oder weil ich ihn zu sehr liebe, um ihn zu diesem schrecklichen Leben zu verdammen, das ihm bevorsteht.«

Kapitel 69

Thomas

Ich falle in endlose, tiefe Schwärze.

Dieses schreckliche Leben. Ich will das nicht.

Dieses schreckliche Leben. Sie will das nicht. Verstehst du das nicht?

Verschwommene Bilder fressen sich in die Schwärze wie Wasserfarben, die ineinanderlaufen. Grünes Gras, blaugraues Wasser, gelbe Seerosen. Und dazwischen scharfer, silbriger Stahl. Die Räder eines Rollstuhls.

»Lass mich dich nach Hause bringen.« Grau marmoriertes Schwarz fließt zwischen die bunten Farben. Mein Vater legt eine Hand auf die Schulter meiner Mutter. Sie hebt den Kopf und lächelt ihn an. Es ist ein erschöpftes Lächeln. Und ein Ja zeichnet sich darin ab.

»Das geht nicht!«, sage ich. Auch ich klinge müde. Mit achtzehn sollte man noch nicht so am Ende sein. »Als Teilnehmerin der Studie darfst du das Krankenhaus nicht verlassen, Mama.«

Vater sieht mich gar nicht an. Auf seiner Stirn entsteht eine steile Falte. »Vergiss die Studie.«

Isabel sagt nichts, aber ich sehe an ihren zusammengepressten Lippen, dass sie das Gleiche denkt. Sind denn alle gegen mich? Bin ich der Einzige, der noch glaubt, dass es einen Ausweg gibt? Vielleicht sogar einen Weg zurück, damit alles wieder so wird, wie es mal war? »Wenn sie jetzt aufgibt, hilft das niemandem!«

Vater dreht sich widerwillig zu mir um. »Es hilft ihr.«

Ich öffne den Mund. Mutter kommt mir zuvor. »Thomas hat recht.« Tiefe Linien der Erschöpfung zeichnen sie.

»Wir haben alle so viel dafür geopfert, dass ich hier sein kann. Es sind doch erst ein paar Wochen …« Die Kraft zu sprechen verlässt sie. Sie schließt die Augen, konzentriert sich ganz auf das Atmen. Auf das Leben. Auf das Nicht-Sterben.

Warum kann ich nicht einfach aufgeben?

Meine Brust zieht sich zusammen. »Die Ärzte haben mir damals gesagt, dass es nicht so schnell geht. Man muss Geduld haben. Jetzt abzubrechen, wäre unverantwortlich.«

Vater kommt auf mich zu. Seine Hände sind zu Fäusten geballt. Er ist ein friedlicher Mann, aber jetzt scheint seine Geduld am Ende zu sein. »Unverantwortlich ist, wie du sie dazu überredet hast, an dieser verdammten Studie teilzunehmen.«

Ich weiß nicht, was ich erwidern soll, denn er hat recht. Wochenlang habe ich auf sie eingeredet, bis sie schließlich ja gesagt hat.

Ein leises Wimmern unterbricht ihn. »Bitte, nicht … streiten«, bringt Mutter mühsam hervor. Isabel stürzt zu ihr und hält ihre Hand.

Ich will Mutters Wunsch respektieren, aber ich habe Angst. Was, wenn es Vater doch gelingt, sie zum Aufgeben zu überreden? Er probiert es schon die ganze Zeit.

»Nur wegen dir hat sie so lange gezögert«, schleudere ich ihm entgegen. »Hätte sie gleich zugestimmt, dann hätte sie viel bessere Chancen gehabt.«

»Gehabt?«, entgegnet Vater. »Du gibst also zu, dass du sie nur weiter quälst, weil du nicht aufgeben kannst?«

Manchmal hasse ich ihn fast mehr als mich selbst. »Das will ich doch nicht, ich …«

Ein leises Rasseln unterbricht unsere Worte. Mutters Augen sind weit aufgerissen. Sie klopft auf die Lehne ihres Rollstuhls. Das macht sie immer, wenn sie wütend ist und nicht mehr sprechen kann.

Scham sammelt sich in meinem Bauch und fließt wie ätzende

Säure durch meinen ganzen Körper. Ich stürze zu ihr. »Du musst den Ärzten vertrauen. Sie wissen, was sie tun. Sie würden uns doch sagen, wenn sie denken, dass es keinen Sinn mehr hat.«

Wieder dieses bittere Lachen meines Vaters. Ich glaube, in seinem Inneren sitzt ein Geschwür aus Hass und blutet in jedes seiner Worte hinein. »Diese Quacksalber? Die wären schön blöd, wenn sie uns das verraten würden. Dann würden sie ja unser Geld nicht mehr bekommen.«

»Nicht jeder denkt immer nur an Geld!« Es ist unfair, aber ich ertrage es nicht mehr. Es ist nur Geld. Es sollte nicht zwischen meiner Mutter und ihrem Leben stehen. Und diese experimentelle neue Behandlung ist jeden Cent wert, wenn sie ihr nur eine winzige Chance verschafft. Natürlich weiß Mutter nicht, wie viel diese Therapie kostet. So viel, dass mein Vater erst das Haus und dann seine Firma beleihen musste, denn die Krankenkasse zahlt so etwas nicht. Und schon gar nicht bei jemandem wie meiner Mutter.

Endstadium. Das Wort steht meinem Vater so deutlich ins Gesicht geschrieben, wie es meiner Mutter in die müden Gesichtszüge gemeißelt ist.

»Du hättest dafür sorgen müssen, dass sie es sofort tut«, zische ich. »Du hättest sie eben zu ihrem Glück zwingen müssen!«

»Und wer entscheidet, was ihr Glück ist?«, herrscht Isabel mich an. »Du etwa?«

Die Finger meiner Mutter schließen sich um meine.

»Vielleicht … einsehen … vorbei.« Ihre Stimme ist durch die Schmerzen entstellt. Trotzdem höre ich den Trost darin. Und die Sehnsucht danach, endlich loszulassen und aufzugeben.

Aber ich kann nicht. Ich habe zu hart dafür gekämpft. Habe zu vielen Menschen weh getan. Wenn sie die Therapie jetzt abbricht, war alles umsonst. Ich sinke vor ihr auf die Knie. Lege meinen Kopf auf ihre Oberschenkel. Ich bin wieder der kleine Junge, der sich zwischen den Füßen seiner Mutter versteckt. Wie damals fährt ihre Hand durch meine Haare. Die Welt ist für einen winzigen Augenblick lang in Ordnung. Könnte es doch nur immer so sein.

»Schon gut«, flüstert sie angestrengt. Mehr nicht. Aber ich atme erleichtert auf. Sie wird weitermachen, zumindest so lange, bis Vater wieder versucht, sie vom Gegenteil zu überzeugen.

Isabel packt mich am Arm und zieht mich von unseren Eltern weg. »Diese Behandlung zieht ihr Leiden nur in die Länge, siehst du das denn nicht?«

Ich will es nicht sehen, aber irgendwann bleibt mir nichts anderes mehr übrig. Wir alle können nur noch hilflos zuschauen, wie sie uns Stück für Stück genommen wird. So lange, bis auch Isabels Leben daran zerbricht. Ich will glauben, dass es die vielen Fahrten in die Klinik und die ständige Sorge sind, die Isabel alles nehmen, was ihr wichtig ist. Aber ich weiß genau, dass es vor allem das langsame Leiden unserer Mutter ist.

Isabel wird dünnhäutig, kann es nicht ertragen, ohnmächtig daneben zu stehen. Schließlich bricht sie mitten in einem Seminar zusammen. Den Beruf, den sie sich so sehr erträumt hatte, wird sie nie ausüben dürfen. Denn aus einem Nervenzusammenbruch wie ihrem führt kein Weg ins Cockpit eines Flugzeugs.

»Bist du jetzt zufrieden?« Ihre Worte ätzen die Schuld noch tiefer in meine Seele. »Du hast mein Leben zerstört«, schreit sie. »Unser aller Leben, nur weil du dich besser fühlen wolltest.«

Ich suche nach einer Rechtfertigung, einer Entschuldigung. Aber da ist nichts. Denn sie hat recht. Alles, was ich getan habe, hat nur dazu gedient, diese schreckliche Hilflosigkeit loszuwerden.

Ich sehe Mutters Gesicht vor mir. Sie konnte so liebevoll lächeln und so ausgelassen lachen. Während ich sie anschaue, wird ihre Haut grau, und ihre Wangen fallen ein. Ihr Gesicht ist irgendwann gar nicht mehr richtig da vor lauter Schmerz. Und Vater steht im Schneematsch an ihrem Grab, so blass, als wäre auch er nicht mehr da. Irgendwann während meines Kampfs um ihr Leben hat er nicht nur sie aufgegeben, sondern auch sich selbst.

Endstadium. Das Wort vervielfältigt sich in meiner unendlichen Schwärze. Manchmal muss man jemanden zu seinem Glück zwingen. Das habe ich früher mal geglaubt. Aber jetzt würde ich alles dafür geben, es rückgängig zu machen.

»Ich kann das nicht glauben.« Laras Stimme fließt in meine Erinnerung, und ihre Verzweiflung vermischt sich mit meiner.

Nie wieder laufen, nie wieder sprechen, nie wieder sehen.

Dieses schreckliche Leben, das mir bevorsteht. Vielleicht habe ich es geahnt.

»Ich wünschte, du könntest uns mitteilen, was du willst.«

Was ich will, Lara? Ich möchte dich in den Arm nehmen und küssen, bis deine Worte versiegen. Ich möchte für dich da sein. Ich möchte Isabel helfen und Vater das Geld zurückzahlen. Aber jetzt werde ich das nie können.

»Du hältst mich sicher für ein Monster, weil ich ihm nicht verzeihen kann, obwohl er so schwer verletzt ist.« Isabel klingt, als würde ihre Unversöhnlichkeit wie ein hässlicher Splitter im Getriebe ihrer Seele stecken.

»Nein. Ich weiß nicht. Ich weiß gar nichts mehr.« Lara spricht aus, was ich nicht sagen kann. Ich weiß nichts mehr. Vor allem nicht, wofür ich kämpfen soll, wenn ich am Ende doch nie in der Lage sein werde, alles wieder in Ordnung zu bringen. Wenn meine Hölle einfach weitergeht, nur auf andere Art, wofür dann leben?

Tränen klumpen sich in mir zusammen, aber ich kann sie nicht weinen. Lara tut es für uns beide. Sie hat genau wie ich verstanden, dass ein Neuanfang unmöglich ist.

Kapitel 70

Lara

Als sie ihn nach der Gehirnblutung in den OP gebracht haben, da dachte ich …«, Isabel schnieft. »Ich dachte, es wäre seine letzte Möglichkeit, seinem Schicksal zu entkommen.«

Betroffen lasse ich ihre Worte sacken. Ich beneide sie nicht um ihre Aufgabe. Bisher war ich mir ganz sicher, dass Thomas kämpfen wollen würde, aber jetzt weiß ich es nicht mehr.

»Es tut mir leid, ich … ich war unfair«, stammele ich. Ohne alle Fakten zu kennen, dachte ich, besser Bescheid zu wissen als sie. Scham ballt sich in mir zusammen.

»Am Ende hat er zugegeben, dass Mutter nur wegen ihm so lange gelitten hat. Deswegen dachte ich, dass er das nicht wollen würde, wenn er selbst in dieser Situation wäre. Ich dachte, ich hätte aufgrund der Fakten so für ihn entschieden. Aber jetzt bin ich nicht mehr sicher. Warum muss gerade ich für ihn bestimmen? Ich will das nicht, das ist falsch. Jemand wie ich, der ihm immer noch nicht verzeihen kann, sollte nicht für ihn entscheiden müssen.«

Nein, ich beneide sie wirklich nicht. »Gibt es denn niemand anderen, der das übernehmen könnte? Jemand, mit dem er mal über dieses Thema gesprochen hat?«

Sie schüttelt den Kopf. »Nein. Unser Vater kann das nicht. Er ist ja nicht mal in der Lage, ihn zu besuchen oder auch nur darüber nachzudenken. Jedes Mal, wenn ich auch nur Thomas' Namen erwähne, rastet er halb aus vor Trauer und Wut. Seit Mutters Tod erträgt er keine Krankenhäuser mehr. Allein der Geruch macht ihn beinahe wahnsinnig. Nein, es gibt niemanden, der wüsste, wie er sich entscheiden würde.«

Damit hat sie wohl recht. Niemand kann wissen, was er wirklich will.

Isabel fixiert mich. »Denkst du jetzt immer noch, dass er kämpfen würde? Selbst in so einer schrecklichen Situation? Um so ein Leben?«

Ich schlucke schwer. »Ich weiß es nicht.« Aber dann fällt mir etwas ein. Ich hole mein Handy heraus und rufe Thomas' Blog auf. »Vielleicht kann er selbst es uns sagen.« Ich halte ihr mein Handy hin.

Isabels Augen laufen über, als sie den Titel des Artikels liest. Sie hält sich die Hand vor den Mund und wendet das Gesicht ab. »Lies vor«, flüstert sie. »Bitte. Ich kann das nicht.«

Es fällt mir nicht leicht, meine Stimme unter Kontrolle zu bringen. »Wie du doch noch gewinnen kannst, wenn du eigentlich schon verloren hast«, lese ich leise die Überschrift vor. Dann sehe ich auf. »Es geht um einen Trail-Wettbewerb, an dem er teilgenommen hat. Es lief ziemlich schlecht, er hatte so große Probleme, dass er schon überlegt hat, alles hinzuwerfen. Er schreibt: ›Es hängt alles davon ab, wie du Gewinnen und Verlieren für dich definierst. Es gibt gute, mittelmäßige und schlechte Tage. Das ist normal. Aber dann gibt es noch die richtig miesen Tage. Die, an denen man kaum aus dem Bett kommt und jeder Schritt eine einzige Tortur ist. An solchen Tagen kann es schon ein Sieg sein, einfach nicht aufzugeben.‹« Isabels Blick ist starr auf Thomas gerichtet, während sie zuhört.

»Er hat sich durchgekämpft bis zum Schluss«, fahre ich fort. »Er hat nicht aufgegeben. Und das hat sich für ihn am Ende mehr wie ein Sieg angefühlt als so mancher erste Platz.«

Isabel schweigt lange, bevor sie etwas erwidert. »Das heißt aber nicht, dass er das jetzt auch so sehen würde.«

»Nein«, gebe ich ihr zögerlich recht. »Aber nach allem, was wir über ihn wissen …«, wage ich anzufügen und sehe zu Thomas hinüber, »frage ich mich: Falls er beschließt zu kämpfen, sollte er dann nicht die bestmöglichen Chancen haben, es für sich in einen Sieg zu verwandeln?«

Kapitel 71

Lara

Isabel hat lange darüber nachgedacht, wie Thomas sich wohl entscheiden würde. Dann hat sie schließlich eingelenkt und dafür gesorgt, dass er doch die Therapie bekommt, und wenn er von der Intensivstation verlegt werden kann, will sie für ihn die bestmögliche Unterstützung. Aber bis dahin ist es noch ein weiter Weg. Vor allem jetzt. Seit Tagen schon ist er wieder vollkommen weggetreten. Es ist, als wäre er gar nicht mehr richtig da.

»Martin hat vorgeschlagen, dass ich mich noch mal mit dem Unfall auseinandersetze«, flüstere ich und sehe ängstlich auf Thomas' Herzfrequenz. Sie steigt immer noch an, wenn ich mit ihm rede, aber ich habe jetzt jeden Tag Angst, dass sie es nicht mehr tut. »Ich … ich kann mich nur nicht dazu durchringen.« Ich erzähle ihm das alles, um mich abzulenken. »Es läuft gerade so gut. Die Gruppenstunden helfen mir sehr, die Einzelgespräche mit Martin auch. Solange wir den Unfall nicht antasten. Dann bekomme ich jedes Mal Herzrasen und kann kaum noch atmen.« Manchmal frage ich mich, ob ich Angst davor habe zu erfahren, dass ich an dem Unfall schuld war. Was, wenn Thomas wegen mir in dieser schrecklichen Lage ist? Ich weiß, es ist feige, aber ich glaube, dieses Wissen könnte ich nicht ertragen. »Ich fürchte mich davor.«

Thomas' Herzfrequenz steigt, als wollte er mir Mut zusprechen. »Ja, Martin denkt auch, es ist ein großer Fortschritt, dass ich das aussprechen kann.«

»Lara?« Ich zucke zusammen und fahre herum.

Till hat ein Talent dafür, wie aus dem Nichts im Raum aufzutauchen. »Ich wollte dir schon länger was sagen.« Er wirkt ziemlich zerknirscht. »Tut mir leid, dass ich dir anfangs nicht geholfen habe.«

Müdigkeit hängt mir plötzlich in den Knochen. Ich schüttle den Kopf, wende mich wieder Thomas zu. »Schon gut, immerhin hätte es dich deinen Job kosten können.«

»Es hätte Thomas das Leben kosten können.«

Hätte? »Du sagst das, als wäre er über den Berg. Aber das ist er nicht, und vielleicht wird er es nie sein.« Ich vergrabe mein Gesicht in meinen Händen.

Till kommt mit sachten Schritten zu mir. Vorsichtig nimmt er meine Hände von meinem Gesicht, sieht mich mitfühlend an und drückt mich dann behutsam an sich. Zuerst fühlt es sich komisch an, von jemandem, den ich gar nicht richtig kenne, umarmt zu werden. Aber dann spüre ich eine sanfte Vibration, die von Till ausgeht. Wärme. Zuversicht. Sie strömt in mich hinein und verdrängt die Mutlosigkeit.

»Thomas' Werte sind gut, es besteht durchaus Grund zur Hoffnung.« Till löst sich von mir, stellt sich neben mich an Thomas' Bett.

»Dann glaubst du, dass er aufwachen wird?«

Es dauert, bis er antwortet. »Ich weiß nicht. Die Statistik …«

»Die Statistik interessiert mich nicht. Du bist jeden Tag hier. Hast ein Gespür dafür. Was denkst du? Was sagt die Atmosphäre?«

Er lächelt. »Also gut. Ich glaube, es ist möglich, dass er es schaffen wird.«

»Aber?«

Er sieht aus, als hätte ich ihn ertappt. »Nichts aber. Du darfst nur nicht aufgeben, okay?«

Nein, ich gebe nicht auf. Ich habe nur manchmal keine Kraft mehr für Hoffnung.

Till geht. Wir sind wieder allein. Thomas liegt da, still wie immer. Aber nein, nicht ganz wie immer. Ich weiß genau, wie er sonst aussieht. Ich weiß es viel zu gut, weil es so lange unverändert war. Seine Arme liegen immer noch an der gleichen Stelle und auch seine Beine, den Kopf hat er nicht bewegt, trotzdem sehe ich, dass sein ganzer Körper verkrampft ist. Da ist eine Linie um seinen Mund. Ein Schatten um seine Augen. Ich nehme seine Hand in meine. Sie ist angespannt. Es kommt mir vor, als wären seine Finger leicht angewinkelt.

»Keine Sorge. Ich gebe dich nicht auf, hörst du? Niemals. Ich habe es versprochen.«

Ohne dass ich es will, kommen mir die Worte von Thomas' Schwester wieder in den Sinn. *Und natürlich muss man sich an ein Versprechen halten, egal, in welcher Situation man es gegeben hat und vor allem, wem.* Ihr verächtlicher Tonfall sitzt wie ein Dorn in meinem Herzen, trotz allem, was inzwischen passiert ist. Ich wünschte, sie könnte Thomas verzeihen, so, wie ich es getan habe. Aber das scheint für sie nicht im Bereich des Möglichen zu sein.

»Vielleicht hörst du mich nicht, aber merkst trotzdem unterbewusst, dass ich hier bin.« Nichts verändert sich. Er wirkt immer noch wie versteinert. Was, wenn Till recht hat? Wenn er wirklich aufwacht? Vielleicht versucht er gerade, sich an die Oberfläche seines Bewusstseins zu kämpfen und findet den Weg allein nicht. Ich zermartere mir das Hirn. Wie kann ich ihm nur helfen? Ich rede ja schon die ganze Zeit. Ich halte seine Hand, aber vielleicht braucht er mehr.

Ich tue das Einzige, was mir einfällt. Ich lege mich zu ihm ins Bett, so, wie ich es schon einmal getan habe, nur diesmal nicht unter die Decke. Ich lege einen Arm vorsichtig um seine Schultern, um ja keinen der Schläuche zu berühren, und drücke meinen Körper ganz fest an seinen.

Meine Stirn liegt an seiner Schläfe, meine Augen sind geschlossen. Für einen kurzen Moment genieße ich es einfach, ihm so nahe zu sein. Doch dann, ohne dass ich es wirklich will, kommt mir jene

Nacht in den Sinn. Die Nacht nach der Sache mit den Schlüsseln. Ich glaube, ich habe ihn noch nie so berührt, noch nie so gespürt wie in jener Nacht.

»Vielleicht hilft es ja, wenn ich es dir erzähle und du dich daran erinnerst, wie sich unsere Zärtlichkeiten angefühlt haben.« Meine Finger schließen sich etwas fester um seine Hand, während ich versuche, einen Anfang für die Erzählung zu finden.

»Er hat mich um Verzeihung gebeten, weil er meine Schlüssel und mein Handy versteckt hatte. Ich habe so getan, als ob ich ihm verzeihe. Mein Verstand wollte es auch. Aber tief in mir drin war dieser Riss quer durch meine Seele. Nicht, weil er meine Sachen versteckt hatte. Sondern weil er meine Krankheit gegen mich ausgespielt hat. Er hat es getan, weil er verzweifelt war. Weil er mich liebt. Aber den Riss in meiner Seele interessiert das nicht. Ich kann nicht einfach beschließen, Thomas zu verzeihen, und schon verheilt er wieder. Er ist da und tut weh. Und als ich in Thomas' Gesicht schaue, wird mir klar, dass er es weiß. Mit einem bittenden Blick streckt er die Hände nach mir aus. Ich zögere nur kurz. Wenn ich ihm verzeihen will, dann muss ich es sofort tun. Denn mit jeder Sekunde, die ich zögere, wird der Riss größer, und bald werden die Erinnerungen sich hindurchquetschen. Schon jetzt vermehren sie sich in meinem Kopf, und der Riss in meiner Seele schmerzt wie eine entzündete Wunde. Hastig strecke ich die Arme aus, ignoriere Thomas' Hände, werfe mich stattdessen in seine Arme und umklammere seinen Hals. ›Küss mich, bitte.‹ Mach, dass ich es vergesse.

›Lara‹, flüstert Thomas rauh an meinem Ohr. Seine Lippen finden meine, zärtlich zuerst, fragend. Sein Atem mischt sich mit meinem, während er sanft meine Mundwinkel küsst. Ich seufze unter seinem Kuss, der plötzlich härter wird, fordernder, rücksichtsloser. Im ersten Moment tut es weh, aber das macht mir nichts aus, denn es überdeckt den Schmerz in meinem Inneren. Als Thomas mich gegen die Wand drängt und mein Oberteil unsanft nach oben schiebt, schießt eine Hitzewelle in meinen Unterleib. Mit bebenden Fingern streicht er über meine Brüste, reizt die Brustwarzen, bis sie sich schmerzhaft zusammenziehen. Er drängt sich zwischen meine Beine und schiebt meinen Rock hoch, während er mich immer noch küsst. Erregung rast durch meinen Körper, als er seine Hose öffnet, aber sie bringt eine merkwürdige Unruhe mit sich. Ich vergrabe meine Hände in Thomas' Haaren, ziehe ihn zu mir herunter, damit er mich noch fester küsst und den Riss in meiner Seele mit seinen Lippen verschließt.

Als er hart in mich eindringt, zerbricht meine Welt zu unendlich vielen Wortscherben. Ein Sturm wirbelt sie durcheinander, bis niemand sie mehr versteht. Nicht einmal ich selbst. Thomas ist das Einzige, was noch wirklich ist. Das Einzige, woran ich mich festhalten kann.«

Mein eigener Atem klingt laut in meinen Ohren. Meine Finger haben sich mit seinen verschränkt, und seine Haut ist seltsam kühl an meiner Stirn. Ich schweige, spüre den Nachhall der Erinnerung. Und meine Wangen werden heiß bei der Vorstellung, dass Thomas mich wirklich gehört haben könnte. Wie dumm. Er war ja dabei, er hat es selbst miterlebt. Warum sollte ich mich vor ihm schämen? Meine Finger wandern über seine Hand, meine Fingerspitzen streifen seine. Ich taste jeden Zentimeter seiner Haut ab, als wäre es sein ganzer Körper. Ich liebkose seine Lebenslinie, den Handballen, verspüre plötzlich den unwiderstehlichen Drang, ihn dort zu küssen.

»Ich liebe dich.« Ich wiederhole es immer und immer wieder und sage mir, dass ich es tue, damit er meine Stimme hört. Aber in Wirklichkeit tue ich es, damit ich ihn nicht spüren muss. Den Riss in meiner Seele.

Er ist immer noch da.

Kapitel 72

Thomas

Es wäre so einfach, loszulassen und ins Nichts zu fallen. Es ist still dort, und die Slideshow gibt Ruhe. Und doch zieht es mich zum Lärm, den ich hasse, und zu der Helligkeit, die sich in meine Augen frisst. Denn dort ist das Einzige, was jetzt noch zählt.

»Ich liebe dich«, flüstert sie, und alle anderen Geräusche verblassen. Nur für sie halte ich durch. Auch wenn ich nicht verstehe, warum sie immer noch kommt. Unser Leben kann nie mehr so werden, wie es mal war.

»Bitte, zeig mir, dass du noch da bist«, drängt sie mich verzweifelt. »Wenn du gehst, bin ich allein, und allein bin ich nichts wert, hat sie immer gesagt«, haucht Lara.

Ich erinnere mich daran. Und ich möchte ihr so gerne sagen, was für ein großer Blödsinn das ist. Sie ist so viel wert. Sie ist alles für mich.

Wie gern würde ich sie jetzt trösten.

»Was war das?« Sie klingt aufgeregt. »Thomas. Mach das noch mal. Wenn du mich hörst, dann zeig es mir.«

Natürlich höre ich dich. Und wenn ich wüsste, wie ich es dir zeigen kann, hätte ich es längst getan.

»Hier, kannst du das fühlen? Ich streichle deine Hand.«

Ich versuche es ja. Ich bin nur so müde. Es fällt mir schwer, die Wärme und das Kribbeln festzuhalten.

»Oder soll ich dich noch mal küssen, war es das? Wenn du willst, dass ich dich wachküsse, dann kannst du das haben. Aber dann musst du damit leben, dass ich dich von jetzt an Dornröschen nenne.«

Lachen. Es blubbert durch meinen Körper wie kochendes Wasser in einem Topf, auf den man den Deckel drückt. Nichts dringt nach außen. Oder?

»Bitte sag, dass ich mir das nicht eingebildet habe. Da war doch was. Ein Geräusch.«

Wirklich?

»Schwer zu sagen«, spricht Till meine Gedanken aus. Wäre toll, wenn er das immer machen könnte.

»Komm schon, Thomas. Du kannst das. Das gerade war vielleicht wieder nur ein unbewusstes Zucken. Aber ich weiß, dass du mich hörst.«

Du bist so eine schlechte Lügnerin. Wie sehr ich mir wünschte, ich könnte deine Hand drücken.

»Da! Seine Finger haben gezuckt! Komm schon, Till, du musst es doch gesehen haben.«

Till schweigt, aber irgendwo in mir ist eine Pfütze aus Wärme. Wenn ich nur nicht so müde wäre. Wenn diese verdammte Schwärze nicht so undurchdringlich wäre.

»Vielleicht«, antwortet Till schließlich.

Ich höre Lara leise schniefen. Aber ich weiß, sie wird mich nicht aufgeben. Und solange sie das nicht tut, darf ich es auch nicht.

Kapitel 73

Lara

Zum ersten Mal, seit ich hier bin, bin ich froh, endlich aus Martins Büro rauszukommen. Früher wollte ich immer so lange wie möglich bei ihm bleiben, jetzt will ich jedes Mal nur noch weg. Nicht nur, weil ich es kaum erwarten kann, zu Thomas zu gehen. Sondern auch, weil ich das Gefühl habe, nicht vorwärtszukommen. Natürlich bin ich selbst schuld daran. Jedes Mal, wenn Martin an dem Unfall arbeiten will, blockiert alles in mir.

Wenigstens macht Thomas Fortschritte. Nach jenem ersten frustrierenden Nachmittag letzte Woche geht es für Thomas jetzt in winzigen Schritten bergauf. Manchmal öffnet er sogar kurz die Augen. Natürlich ist das nur ein Reflex, aber es macht mir Hoffnung. Vielleicht mehr, als es sollte, denn ich weiß genau, dass es trotz allem nicht so gut aussieht für ihn. Aber es ist schwer, realistisch zu bleiben und nicht auf ein Wunder zu hoffen, jetzt, da seine Hand sich immer wieder bewegt. Dann möchte ich aufspringen vor Freude, auch wenn ich nicht sicher bin, ob er es bewusst macht. Es läuft so gut, dass es schon Pläne gibt, ihn bald auf eine andere Station zu verlegen. Beschwingt laufe ich den Gang zur Intensivstation entlang.

Mein Handy piepst. Es ist Jobe.

– Warst du bei Martin?

– Ja, komme gerade raus.

– Und, war es gut?

– So lala.

– Wieso, was ist los?

– Er will, dass ich über den Unfall rede, aber ich mag nicht.

– Na ja, wenn du Martin nicht genug vertraust, kannst du mit mir reden.

– Nein! Ich will am liebsten gar nicht daran denken.

– Warum nicht?

Wie soll ich die Angst, dass ich schuld sein könnte, in so eine kurze Nachricht verpacken? Wie soll ich tippen, dass es Thomas vielleicht wegen mir so schlechtgeht? Ich kann es nicht.

– Wegen meinem Freund, antworte ich nur.

Lange tut sich nichts.

– Wegen deinem Freund?

Wusste er etwa nicht, dass ich einen Freund habe? Ich grüble nach, ob wir darüber geredet haben. Aber ich glaube, ich habe es tatsächlich nie erwähnt. Hat er sich etwa Chancen bei mir ausgerechnet? Aber das wäre ja lächerlich. Wir kennen uns überhaupt nicht, und da war auch nichts zwischen uns, kein Funke oder so was. Aber dann bleibt der Gedanke zwischen meinen Gehirnwindungen hängen wie ein Zug auf einer blockierten Strecke. Nein, es gab keinen Funken, aber irgendwie mochte ich seine Stimme sehr gern. Irgendetwas war da schon zwischen uns, und vielleicht war es für ihn mehr als für mich, und ich habe es bloß nicht kapiert. Ich seufze.

– Ja, mein Freund.

Ich hoffe, ich muss nicht noch deutlicher werden. Aber zu meiner Erleichterung herrscht jetzt Funkstille. Auch als ich auf der Intensivstation ankomme, ist noch keine neue Nachricht da. Er hat es wohl verstanden. Mit leichtem Bedauern stecke ich das Handy weg.

Thomas ist allein, als ich in sein Zimmer komme.

»Hey«, flüstere ich, um ihn nicht zu erschrecken. Ich weiß nie, ob er schläft oder nicht. Seine Augen sind immer noch meistens geschlossen. Und er liegt immer noch nur da. Vorsichtig streife ich mit den Fingerspitzen über seine Handfläche. Sofort zucken seine Finger. Er ist wach.

»Hallo. Wie geht es dir heute?« Es ist merkwürdig, ihn das zu fragen, so, als würden wir uns in einem Café gegenübersitzen. »Gut?«

Seine Fingerspitzen streifen meinen Handrücken, eine Berührung, so zart, als würde sich ein Schmetterling auf meiner Haut niederlassen. Richtig drücken kann er meine Hand nicht, er kann auch keine Handzeichen geben, wie manche andere Patienten das können, aber seine Finger zucken. Wärme flutet meine Sinne. Ein Anflug von Glück. Thomas wacht auf, ganz langsam, aber sicher. Und ich?

»Kannst du dir vorstellen, dass wir vielleicht bald hier rauskommen?«, frage ich und schiebe den Gedanken weg, dass vielleicht nur er hier rauskommt und ich nicht. »Bald ist vielleicht das falsche Wort. Aber gemessen an der Zeit, die wir schon hier sind, ist es nicht mehr so lange hin. Einigen wir uns auf absehbar. Die Worte kommen fast gar nicht mehr. Ist das nicht toll? Wir beide werden gesund. Und dann …« Meine Kehle ist so eng, dass ich kaum weitersprechen kann. »Und dann fahren wir wieder nach Rom, du und ich. Wir gehen noch einmal zur Villa Borghese und küssen uns im Sonnenuntergang. Wir fangen noch mal ganz von vorn an. Wir können alles noch mal erleben. Okay, nicht alles. Den Unfall natürlich nicht. Und sicherlich bräuchtest du noch weiter Physiotherapie, aber das könnte ich ja übernehmen.«

Thomas' Finger streifen meine.

Ich drücke seine Hand ganz fest. »Ja, das hättest du wohl gern. Aber denk ja nicht, dass du dann Streicheleinheiten von mir kriegst. Oder gar …« Ich räuspere mich. »Das wird dann ernst zu nehmende Gymnastik und so'n Kram.«

Seine Finger zucken ganz schnell, fast so, als würde er mir wirklich antworten. Ich muss grinsen.

Als ich hinter mir Schritte höre, drehe ich mich zur Tür. Till steht dort und beobachtet uns.

»Manchmal wirkt es so, als ob er alles versteht, was ich sage.«

»Er macht auf jeden Fall gute Fortschritte, das Wachkoma hat er ziemlich schnell durchlaufen. Vielleicht war er auch nie richtig drin, das ist schwer zu sagen, aber es spielt auch keine Rolle. Jetzt ist er jedenfalls draußen. Wenn er langsam anfängt, zu kommunizieren, befindet er sich wahrscheinlich im sogenannten Minimally Conscious State, das ist eine wesentlich leichtere Bewusstseinsstörung.«

Eine leichte Bewusstseinsstörung. Im Vergleich zum Koma ist das fast gar nichts. Till nickt mir zu und geht.

Ich zucke zusammen, als mein Handy pling macht. Es ist Jobe.

– Hey. Sorry, dass ich nicht mehr geantwortet habe.

– Schon gut.

– Dein Freund … bist du noch mit ihm zusammen?

– Ja, und das wird sich auch nicht ändern, tippe ich.

– Bist du da sicher?

Beinahe muss ich lachen trotz allem. Er versucht nicht mal mehr, seine Absichten zu verstecken.

– Ja. Ich habe es ihm versprochen. Dazu stehe ich.

– Wirklich? Wer weiß, was in den Erinnerungen zutage kommt ;)

Die Erinnerungen.

Ich sehe Thomas an. Er liegt vor mir, blass und still, und doch ist da wieder diese Ruhe. Diese Sicherheit. Und das winzige, aufgeregte Flattern in meinem Bauch.

– Ich bin sicher. Es ist schon genug zutage gekommen, um das zu wissen.

Der Riss in meiner Seele schmerzt, während ich es schreibe. Trotzdem ist es die Wahrheit. Es gibt nur Thomas für mich. Jobe antwortet nicht mehr, aber ich bin auch viel zu beschäftigt damit, Thomas zärtlich zu mustern.

Wie hart er gekämpft hat, und wie weit er gekommen ist. Es ist unglaublich, was er überwunden hat. Und ich? Ich schaffe es nicht mal, an dem Unfall zu arbeiten. Stattdessen halte ich Thomas immer noch diesen uralten Fehler vor, obwohl ich behaupte, ihm verzeihen zu wollen.

Wieder zuckt seine Hand, als wollte er sich versichern, dass ich noch da bin. Ich drücke sie sanft, dann stehe ich auf. Martin hat gesagt, ich soll einfach vorbeikommen, wenn ich über den Unfall reden will. Er hat heute keine weiteren Termine. Und ich will. Es wird Zeit, mich der Wahrheit zu stellen.

Kapitel 74

Lara

Gerade als ich gehen will, öffnet Thomas die Augen. Ich zucke zusammen, keuche auf. Sie sind diesmal weiter offen als jemals zuvor. Sein Blick ist leer. Trotzdem hebe ich eine Hand und bewege sie vorsichtig vor seinem Gesicht.

»Siehst du das?«

Keine Reaktion. Natürlich nicht. Er kann nichts sehen. Er wird vielleicht nie wieder etwas sehen. Ich rücke näher zu ihm heran. Und endlich, endlich erkenne ich seine Augenfarbe. Graublau. Wie der Sturmhimmel über dem Meer.

»Ich wusste, dass du wunderschöne Augen hast«, flüstere ich mit erstickter Stimme.

Wieso würde man solche Augen vergessen wollen? Wieso würde man den ersten Kuss vergessen wollen, die erste gemeinsame Nacht?

Ich lege meine Stirn an seine. »Ich werde es herausfinden, damit wir endlich Bescheid wissen und es hinter uns lassen können«, wispere ich. »Dann wachst du auf, wirst gesund, und wir können zusammen sein.«

Dumm und naiv. So warst du schon immer.

Thomas' Herzschlag beschleunigt sich. Seine Finger zucken mehrfach hintereinander. Er wirkt unruhig, als ob ihn etwas quält. Till hat mir erklärt, dass das normal ist, je wacher die Patienten werden. Trotzdem will ich ihn so nicht allein lassen. Mein Gespräch mit Martin muss noch etwas warten.

Ich lege einen Arm um Thomas und schmiege mich an ihn. Dann rede ich auf ihn ein, sage irgendetwas, das ich selbst nicht richtig verstehe. Bedeutungslose Worte, die ihn entspannen sollen.

Aber immer noch zucken seine Finger, und ich tue das Einzige, von dem ich weiß, dass es hilft.

»Weißt du noch, damals am See, nach der Sache mit meinen Schlüsseln? Du hast ein Picknick vorbereitet, wir waren ganz allein, es war ein wunderbarer Abend. Du hast mir zärtliche Worte ins Ohr geflüstert und mich auf Händen getragen. Du hast mich alles vergessen lassen, alles. Nur eines nicht. Wie sehr du mich liebst.« Meine Stimme schwankt gefährlich. »Ich hatte dieses miese Gefühl im Bauch wegen der Sache mit den Schlüsseln und wegen Sina, die dich schlechtmachen wollte. Und zu dem miesen Gefühl kamen wieder all diese Wörter. An jenem Abend hast du es wiedergutgemacht. So wie immer.«

Wie immer? Warum denke ich das gerade jetzt? Ich schüttle den Kopf, aber ein Bild zuckt vorüber, es ist eigentlich mehr ein Gefühl als ein Bild. Die Sehnsucht danach, von jemandem festgehalten zu werden, wenn man allein in der Dunkelheit liegt. Hände auf meinem Körper, die mich nicht beruhigen, sondern das miese Ziehen in meinem Bauch noch stärker machen. Wie jemand meine Beine auseinanderdrückt, und ich nicht nein sage, weil es mir irgendwie gefällt.

Ich weiß eben, was du willst.

Ich atme tief durch, versuche, diese Erinnerung wegzuschieben. Aber plötzlich sehe ich es so deutlich vor mir, dass ich mich frage, wie ich es überhaupt vergessen konnte. Er hat mich nicht gezwungen in jener Nacht, aber er hat ignoriert, dass ich mich dabei nicht wohl gefühlt habe.

Nein, vielleicht hat er es gar nicht gemerkt.

Ich weiß eben, was du willst. Wie oft er das gesagt hat. Und mit wie viel Nachdruck. Als müsste er sich selbst ebenso davon überzeugen wie mich.

Also wusste er es doch?

»Nein, das ist doch Blödsinn«, hauche ich. »Ich kann meiner

Erinnerung sowieso nicht trauen. Und selbst wenn, woher hättest du wissen sollen, dass ich mich nicht wohl gefühlt habe, wenn ich den Mund nicht aufmache? Das kann man wirklich nicht erwarten.«

Oder?, fragt eine fiese kleine Stimme in mir. Und sie sagt noch etwas anderes. *Manchmal muss man jemanden zu seinem Glück zwingen.* Dunkelheit überfällt mich. Einsame Dunkelheit, ohne die Möglichkeit zur Flucht. Es muss jene Nacht sein, in der er mich gezwungen hat, ihm mein Handy zu geben. Aber nein, was denke ich da? Er hat mich doch nicht gezwungen. Ich habe das freiwillig getan. Genauso, wie ich ihm in Spanien freiwillig alles über meine Krankheit erzählt habe.

Sinas Stimme schleicht sich in meinem Kopf.

Wirklich? Hat er nicht gesagt, dass er es hasst, angelogen zu werden? Hat er dir nicht von seiner Ex erzählt, so lange, bis du nachgegeben hast? Und wer hat vorgeschlagen, dass du es mal nachts ohne Handy probierst?

»Es war meine Idee«, sage ich laut zu Thomas, der wie erstarrt vor mir im Bett liegt. Jeder seiner Muskeln ist angespannt.

Stimmt das wirklich? Wieder Sinas Stimme in meinem Kopf.

»Nein«, erwidere ich langsam. »Ich habe nur zugestimmt. Er hat davon angefangen. Aber er hat gesagt, dass er es nicht von mir verlangt.«

Er hat dich manipuliert. Kaltblütig. Siehst du das denn nicht?

Was macht diese verdammte Sina in meinem Kopf? Und warum versucht sie ständig, Thomas schlechtzureden?

»Weshalb sollte er mich manipulieren?«

Ich will dich für mich allein. Ich will dich nicht verlieren. Ich habe das nur getan, weil ich dich so sehr liebe. Das sagen sie alle, Lara. Alle Männer, deren Frauen zu mir in die Gruppe kommen. Wieder Sinas Stimme. Ich erinnere mich jetzt. Jenny hatte mich endlich zu einem der Treffen überredet, die Sina leitet. Eine Gruppe für junge Frauen, die von ihren Partnern unterdrückt werden. Sie hatte mir erzählt, dass sie Sina kontaktiert hat, weil sie sich Sorgen um mich macht. Wegen meinem Freund.

Es ist nur zu deinem Besten. Es tut mir mehr weh als dir.

Ich springe auf. »Nein!« Ich presse mir die Hand vor den Mund. Die Worte müssen drinbleiben. Sie dürfen nicht wahr sein.

Langsam weiche ich von Thomas' Bett zurück.

Ich spüre Autoschlüssel in meiner Hand. Für sein Auto. Nackte Füße, der Schlafanzug.

»Ich kann meiner Erinnerung nicht trauen«, flüstere ich verzweifelt. »Sie macht mir doch schon die ganze Zeit etwas vor. Das ist auch wieder nur so ein Hirngespinst.«

Ich sitze auf dem Fahrersitz. Das Gaspedal drückt sich unangenehm in meine nackte Fußsohle. Ich kann nicht gut Auto fahren, aber ein paar Fahrstunden hatte ich, das muss reichen, um es zu versuchen. Vor Nervosität brauche ich mehrere Anläufe, um den Schlüssel ins Schloss zu stecken. Als der Motor läuft, trete ich aufs Gaspedal, und das Auto macht einen Satz nach vorn. Ich keuche auf, reiße am Lenkrad, schaffe es gerade noch, das Auto anzuhalten. Die Straße ist eisglatt. Mein Herz klopft wie verrückt, aber ich kann nicht umdrehen. Ich kann nie wieder zurück.

Es ist nur zu deinem Besten. Es tut mir mehr weh als dir. Kalte Finsternis.

»Du warst das«, würge ich hervor. »Wer sonst. Du, Thomas, mein Freund.«

Ich höre das Piepsen, sehe seine Finger zucken, und wieder ist da dieses laute Atmen, das wie ein Stöhnen klingt. Ich bemerke all diese Dinge, aber sie kommen nicht richtig bei mir an. Sie verblassen gegen die Erinnerung, die sich in winzigen Bruchstücken vor meinem inneren Auge abspielt.

Finger, die sich in mein Handgelenk graben, ein heftiger Schmerz in meinem Arm. Meine Knie schlagen auf Fliesen auf. Eine Tür wird ins Schloss gezogen. Dunkelheit.

Es ist nur zu deinem Besten.

Nur am Rande bemerke ich Schwestern, die an mir vorbeilaufen. Sie schieben mich sanft zur Seite, während sie überprüfen, ob mit Thomas etwas nicht in Ordnung ist. Seit seiner Gehirnblutung sind sie noch vorsichtiger geworden.

Es wirkt alles wie in Zeitlupe. Es ist wie ein Film, den man online anschaut und der ruckelt, weil man zu wenig Bandbreite hat. Mein Gehirn hat keine Kapazitäten mehr frei. Es versucht immer noch zu begreifen, was diese Erinnerungsfetzen zu bedeuten haben, die jetzt immer schneller hochkommen.

Er darf dich nicht so behandeln. Wieder sind Sinas Worte in meinem Kopf. *Was er da macht, ist nicht normal. Er benutzt deine Krankheit, um dich kleinzuhalten, damit er dich unter Kontrolle hat.*

Das Auto gerät ins Rutschen. Kracht in den Altglascontainer. Blut läuft mir über das Gesicht. Ich steige aus. Renne davon.

Kapitel 75

Thomas

»Du warst das. Thomas. Mein Freund.«

Nein, nein, was redet sie da?

Lara? Geh nicht, sag mir, was ich getan haben soll!

Ich habe so viele Leben zerstört, aber doch nicht deins, niemals deins.

Erinnerungen kommen hoch, die Slideshow spielt verrückt. Sie zeigt mir Isabel und Mutter, Vater und Cem. Meine Ex-Freundin.

Ich will dich nie wiedersehen.

Man muss Leute zu ihrem Glück zwingen.

Und wer entscheidet, was Glück ist, du etwa?

Wie unglücklich Mutter aussieht. Nur wegen mir. Weil ich sie bedrängt und mit Gewalt versucht habe, sie zu heilen.

So wie Lara? Ich weiß nicht mehr, was die Wahrheit ist.

Lara ist fort. Nur die Schuld ist noch da. Schuld, vor der ich nicht davonlaufen kann. Nie mehr. Einmal zu oft habe ich es versucht.

Streit. Glatteis. Wut.

Cem.

Nichts ist mehr übrig. Kein Leben mehr. Nur noch ein Rest, den keiner will.

Kapitel 76

Lara

Ich renne. Aber die Worte sind mir auf den Fersen. Sie lauern in der kalten Nachtluft. Kommen näher, wenn ich langsamer werde. Ich laufe in die Dunkelheit des Krankenhausparks, über die verschlungenen Pfade, immer tiefer in das kleine Wäldchen.

Aber ich kann die Worte nicht abhängen. Sie überrollen mich. Sie wollen so laut sein, dass die Erinnerung neben ihnen verblasst, und wollen alles, was ich gerade erfahren habe, unter sich begraben. Und ich würde so gerne nachgeben.

Es wäre so wunderbar, einfach wieder das Mädchen zu sein, das nach einem Unfall einen Gedächtnisverlust erlitten hat. Das Mädchen, das nicht weiß, wer es ist, und einem fremden Jungen eine Geschichte erzählt.

Er war das. Er hat mir das angetan. Sina hatte die ganze Zeit recht.

Der Riss in meiner Seele wird größer und größer. Die Worte drängen hindurch, bis er auseinanderklafft wie eine gewaltige, tödliche Wunde.

Wieso hat er mir so etwas angetan? Aber nein, ich will es gar nicht wissen. Ich greife in meine Haare und ziehe daran, bis der Schmerz kaum noch auszuhalten ist. Diese verdammten Erinnerungen sollen verschwinden. Ich will sie mir am liebsten einfach aus dem Kopf reißen.

Kalte Feuchtigkeit steigt meine Beine hinauf. Ich sehe an mir herunter, merke, dass ich bis zu den Oberschenkeln im Wasser stehe. Eis schwimmt auf der Oberfläche. Es tut gut. Die Kälte lähmt meine Zunge und meine Lippen. Ich gehe in die Knie, sinke hinein in das kalte Wasser, spüre, wie die Kieselsteine des Ufers sich in meine Schienbeine bohren. Die Kälte kriecht an meinem T-Shirt entlang, über meine Brüste, meine Arme. Ich tauche ganz unter, als wollte ich die Worte ertränken. Aber selbst jetzt noch steigen sie in kleinen Bläschen um mich herum auf.

Luftblasen. Viele Luftblasen. Erstaunlich, wie viele Luftblasen ein Schrei hat.

Ich durchbreche die Wasseroberfläche, höre mich keuchen. Die Worte sind immer noch da, aber ich bin es schon fast nicht mehr. Ich werfe mich auf die Kieselsteine am Ufer. Sie bohren sich in meine Haut, überall an meinem Körper, senden stechende Schmerzen in meinen Kopf. Ich drücke mich noch fester gegen sie, damit ich noch mehr davon spüre.

Sand. Kieselsteine. Sie stechen in meine Haut. Ritzen. Schmerzen. Übertünchen den Riss.

Ich höre mich schreien. Jemand redet auf mich ein.

»Martin, hilf mir.«

Bald bin ich nur noch ein Riss mit ausgefransten Kanten. Und in mir ist nur noch Schwärze.

Du hast es großartig gemacht.

»Du hast es großartig gemacht!«, flüstere ich atemlos immer wieder. Ich krächze es, heule es, schreie es. Aber der Riss in mir wird immer größer. Er füllt sich mit den Bildern aus Spanien. Mit dem Gefühl, ihn in mir zu haben, obwohl ich noch nicht bereit dafür bin. Mit dem Schmerz in meiner Brust, weil er mich gezwungen hat, mit den Worten im Dunkeln allein zu sein.

»Das war doch nicht ich. Das ist nicht mir passiert.« Und es war nicht Thomas. Er kann es nicht gewesen sein. Das ist nur mein durchgeknallter Kopf, der sich das eingebildet hat. Ich will mit ihm zusammen gesund werden. Will ein neues Leben anfangen. Ich fühle mich so sicher bei ihm.

Aber die schwarzen Flecken in meiner Erinnerung weichen der Wahrheit. Ich wollte fliehen. Vor ihm. Und habe es nicht geschafft.

Es ist alles wahr. Mein durchgeknallter Kopf ist es, der mir einreden will, dass es jemand anderem passiert ist. Einem anderen Teil von mir, einem Teil, den ich mir am liebsten aus der Seele reißen würde.

»Du hast es großartig gemacht«, murmle ich verzweifelt.

Sand, überall auf meinem Körper. Er sticht in meine Haut, reibt unangenehm. Ich kralle meine Finger hinein. So lange, bis es weh tut. Ich bin hier. Nur hier. Meine Erinnerungen haben keine Macht. Alles, was zählt, ist, dass ich hier bin. Im rauhen Sand. Ganz langsam lässt die Panik nach.

Und die Worte gerinnen in mir wie altes Blut.

Kapitel 77

Lara

Kannst du dich noch daran erinnern, was gestern passiert ist?« Martin sieht mich freundlich an, er hat die Finger aneinandergelegt und wartet auf meine Antwort.

»Ja«, antworte ich mit gesenktem Kopf. »Ich weiß alles noch.«

»Kein schwarzer Fleck? Kein einziger?«

Ich schüttle den Kopf.

»Wie fühlt sich das für dich an?«

»Entsetzlich«, flüstere ich. »Die Worte waren so schlimm wie noch nie. Ich wollte sie loswerden, damit ich nichts mehr weiß und endlich alles aufhört.« Erschrocken halte ich inne. »Ich habe nicht versucht, mich umzubringen, das musst du mir glauben. Ich wollte nur die Worte ertränken.« Und das furchtbare Wissen, warum ich die zwei Jahre mit Thomas vergessen wollte.

Martin nickt. »Ich weiß, dass du dich nicht umbringen wolltest.«

Ungläubig sehe ich auf. »Warum? Ich lag auf den Steinen, halb im Wasser.«

»Eben weil du auf den Steinen lagst, nur halb im Wasser.« Er lächelt. »Weißt du, was du da getan hast gestern Nacht?«

»Ich bin völlig durchgedreht.«

»Ja, und dann bist du zum See gelaufen. Zum kalten Wasser mit den spitzen Steinen. Du hattest nicht mehr die Kraft, mich anzurufen, wahrscheinlich warst du überhaupt nicht mehr in der Lage, auch nur daran zu denken, jemanden um Hilfe zu bitten. Also hast du das Einzige gemacht, was dir in dieser Situation helfen konnte. Du hast dich mit Hilfe von starken Reizen selbst befreit.«

»Du meinst, ich habe die Worte wirklich ertränkt? Und das war richtig so?«

»Nun ja«, er wiegt den Kopf hin und her, »normalerweise versuche ich, meinen Patienten Selbsthilfemaßnahmen an die Hand zu geben, mit denen sie sich nicht versehentlich schaden können. Trotzdem. Du hast nichts von dem, was geschehen ist, vergessen, hast dich der Situation gestellt und es geschafft, dich daraus zu befreien. Das ist ein großer Schritt für dich.«

Ich wende das Gesicht ab und sehe aus dem Fenster. Vielleicht hat er recht. Trotzdem kann ich mich nicht darüber freuen.

»Möchtest du jetzt über das reden, was diesen Anfall ausgelöst hat?«, fragt Martin sanft.

Ich schüttle heftig den Kopf. »Ich wünschte, ich hätte mich nicht erinnert.« Verzweifelt sehe ich Martin an. »Ich kann einfach nicht glauben, dass er das getan hat. Wieso hat er mich so behandelt? Das muss doch einen Grund haben!«

»Lara«, unterbricht Martin ruhig meinen beginnenden Teufelskreis. »Merkst du, was geschieht, wenn du nach dem Grund suchst?«

Ich versuche, mich auf diese Frage zu konzentrieren, aber der Teufelskreis in meinem Kopf dreht sich zu heftig. Martin drückt mir ein Coolpack in die Hand. Verständnislos starre ich darauf. Warum kein Sandpapier?

»Es … hilft mir, nach dem Grund zu suchen. Es beruhigt mich.«

Er hebt eine Augenbraue. »Ich habe eher das Gefühl, dass es für dich zu einem Auslöser geworden ist.«

Könnte das wahr sein? »Ich verstehe das nicht, früher hat es mir immer geholfen, mir zu sagen, dass alles eine Ursache hat. Ich habe schon immer ganz fest daran geglaubt. Aber in letzter Zeit …«

»… hat es das Gegenteil bewirkt, nicht wahr?« Er lächelt traurig. »Du hast da wohl selbst ein Skill entwickelt, ohne zu wissen, was das ist. Genau wie mit den Geschichten. Du hast versucht, dir damit zu helfen, bis …«

»Meine Mutter es mir ausgetrieben hat.«

»Deswegen hat dir das Geschichtenerzählen auch jetzt so gut geholfen, weil es schon immer gut zu dir passte. Und was die Suche nach dem Grund angeht – das hilft vielen Patienten, eine Dissoziation zu verhindern. Nur leider verlieren manche Skills mit der Zeit ihre Wirkung, und dann kippen sie ins Gegenteil um.«

»Du meinst, ich habe das zu oft angewendet?«

»Ja, du hast es immer nur dann getan, wenn du in eine unangenehme Situation geraten bist. Und irgendwann hast du angefangen, die Suche nach einer Ursache mit den unangenehmen Situationen in Verbindung zu bringen, so dass die Frage danach selbst zum Auslöser wurde und alles noch schlimmer machte.«

»Deswegen auch das Coolpack statt Sandpapier?«

Er nickt. »Es ist besser, immer mal wieder zu wechseln.«

»Also sollte ich versuchen, nicht mehr nach einem Grund zu suchen?«

»Glaubst du denn wirklich, dass es immer einen gibt?«

Unwillkürlich schließe ich die Hände fester um das Coolpack. »Es muss einen geben«, flüstere ich verzweifelt. »Es kann doch kein Zufall sein, dass diese Dinge immer gerade mir passieren. Irgendwie habe ich sie wohl verursacht. Irgendetwas habe ich getan.«

»Nein, Lara, so solltest du nicht denken. Wie deine Eltern dich behandelt haben, war nicht deine Schuld. Und auch nicht, wie dein Freund mit dir umgegangen ist.« Er fixiert mich. »Du hast das nicht verdient. Niemand hat so eine Behandlung verdient. Es gibt dafür keine Entschuldigung und keinen akzeptablen Grund.«

Meine Augen brennen. Versteht er denn nicht, wie unbedingt ich glauben muss, dass alles eine Ursache hat? »Bitte, sag das nicht. Wenn das alles Zufall ist …« Das Coolpack rutscht mir aus den Fingern. »Wie soll ich mich dann davor schützen?«

Es ist nur zu deinem Besten.

Ich muss doch daran schuld sein, dass er das getan hat. Wie

könnte ich sonst verhindern, dass mir das immer und immer wieder passiert?

Ein stechender Schmerz in meiner Handfläche bringt mich zurück. Martin hat mir das Sandpapier in die Hand gedrückt, und ich habe angefangen, es zu falten. Nicht gerade angenehm, aber es hilft. Noch.

»Es gibt nicht für alles einen Auslöser, Lara, aber du hast dein Leben selbst in der Hand. Du kannst zwar nicht verhindern, dass dir solche Dinge passieren, aber du bestimmst, wie du damit umgehst. Du kannst lernen, die Kontrolle zu haben.«

Ich nehme seine Worte wahr, doch mein Gehirn verarbeitet sie nicht. Stattdessen liegt mir eine Antwort auf der Zunge, schon seit er den Mund aufgemacht hat. »Als ich Thomas zum ersten Mal hier im Krankenhaus gesehen habe, da habe ich sofort diese Verbindung gespürt. Ich wusste, dass da etwas zwischen uns ist. Wusste, dass wir zusammengehören. Und dann hat er nur auf meine Stimme reagiert. Natürlich. Egal, wie unsere Beziehung geendet hat, irgendwann haben wir uns geliebt. Und lieben uns immer noch, auch wenn es keine gesunde Liebe ist, und …« Meine Stimme überschlägt sich, und ich brauche ein paar Sekunden, bevor ich weiterreden kann. »… und ich nicht weiß, wie es weitergehen soll. Ich habe Thomas erkannt und er mich, weil er mein Freund ist. Wir saßen bei dem Unfall gemeinsam in dem silbernen Auto, deswegen wurden wir auch am selben Tag hier ins Krankenhaus eingeliefert. Und ich habe ihn auf der Intensivstation entdeckt, damit ich uns beiden helfen kann. Das alles war kein Zufall.«

Martin antwortet lange nicht. Zuerst nehme ich an, dass er darüber nachdenkt, doch als er immer noch schweigt, sehe ich auf. In seinem Gesicht kämpfen Überraschung, Entsetzen und Ratlosigkeit um die Vorherrschaft.

»Was ist?«, frage ich ängstlich. »Hatte ich wieder einen Aussetzer?«

»Nein«, sagt er langsam. »Aber ich glaube, dass es jetzt wirklich an der Zeit ist, den Unfall aufzuarbeiten.«

Ich schlucke schwer. Alles in mir schreit nein, aber ich weiß, dass er recht hat. Langsam nicke ich.

»Ich möchte, dass du dich noch einmal ganz genau daran erinnerst. Wie hast du dich gefühlt?«

»Panisch vor Angst«, gebe ich zurück. »Wegen ihm.« Ich beiße mir auf die Lippe. Ich sehe es vor mir, aber ich kann Thomas einfach nicht in dieser Erinnerung unterbringen. Es ist, als würde mein Herz sich immer noch weigern zu verstehen, dass er mir so etwas antun konnte. »Ich habe den Schlüssel genommen und bin rausgerannt. Ich bin zum Parkplatz gelaufen, habe mich ins Auto gesetzt und bin losgefahren.«

»Du bist losgefahren?«

Natürlich, will ich erwidern. Das habe ich doch gesagt. Aber die Worte bleiben mir im Halse stecken.

Ich bin losgefahren.

Ich. Natürlich. Ich habe es ja auch in der Erinnerung so vor mir gesehen. Nur habe ich bis jetzt nicht verstanden, was es bedeutet.

»Thomas war nicht bei mir«, flüstere ich heiser.

Martin sieht mich abwartend an.

»Aber er wurde am gleichen Tag eingeliefert wie ich. Also … habe ich ihn angefahren, weil er runtergelaufen kam und mich aufhalten wollte?«

»Versuch, nicht mit dem Verstand zu erraten, was sich ereignet hat. Versuch, der Wahrheit auf die Spur zu kommen. Geh noch mal zurück zu der Szene, kurz bevor du aus dem Haus gerannt bist.«

Er sieht mich an, als ob er darauf warte, dass ich endlich eins und eins zusammenzähle.

»Was willst du damit sagen?« Aber noch während die Worte aus meinem Mund kommen, sehe ich endlich die Wahrheit vor mir. Sehe sie vor meinen Augen vorüberzucken wie ein Fotobuch, dessen

Seiten man viel zu schnell umblättert. Die Tatsache, dass Thomas eigentlich nie Fotos für seinen Blog gemacht hat, wenn ich dabei war. Das Haus in Spanien, das seiner Familie gehört. Einer Familie, die so wenig Geld hat, dass er sich sein Studium mit zwei Jobs finanzieren muss. Und diese wunderschöne, große Wohnung, in der wir gelebt haben. Obwohl ich doch auf seinem Blog gelesen habe, dass er in einem chaotischen WG-Zimmer wohnt.

Ich berühre meine Lippen mit den Fingerspitzen. Der erste Kuss. Unser Kuss, an den ich mich nicht erinnern konnte.

Ich stehe auf. Höre kaum noch, was Martin sagt. »Lara, ich denke, wir sollten darüber sprechen.«

»Ja«, hauche ich. »Aber nicht jetzt. Jetzt … muss ich erst … nachdenken. Sehen.« Ja. Ich muss es sehen.

Kapitel 78

Lara

Die ganze Zeit habe ich versucht, zu fliehen. Zuerst in die Worte, damit sie meine Erinnerung auslöschen. Dann mit dem silbernen Auto. Und auch jetzt fühlt es sich wie eine Flucht an, so schnell ich kann in Richtung Intensivstation zu laufen. Aber es ist mir nicht gelungen, ihm zu entkommen. Weder damals noch heute. Ich weiß es, als ich in der Ferne einen braunen Haarschopf erkenne. Wie gelähmt halte ich an.

Braune Haare. Nicht schwarze.

Er steht halb hinter einer Treppe verborgen. Martins anderer Patient, der nicht will, dass man sein Gesicht sieht. Jobe. So viele Male habe ich ihn getroffen, mit ihm geredet, mit ihm Nachrichten getauscht. So viele Male hat es nichts in mir ausgelöst. Aber nein, das stimmt nicht ganz. Da war etwas, das ich auch jetzt wieder spüre. Ein mieses Gefühl, das in mir aufsteigt, und ein Zucken in meinen Beinen, das mir sagt, dass ich davonlaufen sollte. So wie jedes Mal, wenn ich ihn gesehen habe. Ich habe es nur nicht gemerkt. Weil ich es nicht merken wollte.

In diesem Moment hebt er den Kopf, dreht ihn nach rechts und links, ein prüfender Blick, der ihm vollkommen in Fleisch und Blut übergegangen ist. Dann sieht er mich.

Langsam zieht er seinen Schal nach unten und die Mütze vom Kopf.

Mir stockt der Atem, und ich weiß, ich sollte so schnell wie möglich verschwinden. Aber ich kann mich nicht bewegen. Keinen einzigen Muskel kann ich rühren, auch nicht, als er auf mich zukommt.

Braune Augen. Nicht graue.

Und plötzlich ist alles wieder da.

Es ist, als fiele ich durch einen Tunnel in der Zeit, zurück in die letzten Stunden vor dem Unfall. Ich sitze in unserer Wohnung. Mein Handy brummt, eine Nachricht. Ich schaue auf das Display. Wer schreibt mir da? Ich habe alle meine Kontakte geblockt, Alex, Jenny, einfach alle. Per Mail und auf WhatsApp. Die Handynummern von allen, die mir ständig reinreden wollten. Ich will sie nicht mehr sehen, genauso wenig wie meine Eltern. Ich mag nicht an sie erinnert werden. Ich habe mich von meinem Instagramaccount abgemeldet und sogar alle Fotos auf meinem Handy gelöscht. Aus Versehen sogar die von Spanien und Rom, auf denen sie gar nicht drauf waren. Sie sind alle weg.

– Jenny hat mir deine Nummer gegeben.

Sina. Ich will sie auch blocken, aber da erscheint schon die nächste Nachricht. Ich sollte sie nicht lesen, doch ich kann nicht anders.

– Mach das nicht, Lara, das ist ein großer Fehler.

– Lass mich, ich weiß schon, was ich tue.

Jetzt klingelt mein Handy. Als ich abnehme, redet Sina sofort drauflos.

»Weißt du eben nicht! Bitte, Lara. Die wichtigste Regel von allen: Stell ihn niemals zur Rede. Es hilft dir nicht. Es wird ihn nicht ändern. Du bringst dich nur in Gefahr.«

»Aber man soll sich seinen Ängsten stellen, das heißt es doch immer«, gebe ich stur zurück. Wer ist sie, dass sie glaubt, uns zu kennen?

»Den Ängsten soll man sich stellen, aber nicht dem Mann, der für sie verantwortlich ist. Bitte, Lara. Ich habe das oft genug erlebt. Am eigenen Leib und dann bei den anderen Mädchen in meiner Gruppe. Bitte, glaub mir …«

»Er liebt mich. Er tut das nicht aus Bosheit.«

»Vielleicht nicht aus Bosheit, aber ganz bewusst. Und dass er dich liebt, ist keine Entschuldigung.«

Ich starre auf das Display. Er war mein Halt, mein einziger Trost, so oft schon. Er war für mich da. Hat mich wieder aufgebaut. Hat die Worte zerfallen lassen.

»Das kann ich ihm nicht antun«, flüstere ich. »Egal, was er getan hat, er hat es nicht verdient, dass ich ihm davonlaufe, als wäre er ein Schwerverbrecher. Er weiß nicht, was er da macht. Er will das bestimmt nicht. Nach allem, was er für mich getan hat, muss ich ihm wenigstens eine Chance geben. Und dafür muss ich es ihm ins Gesicht sagen.«

Du verletzt mich, wenn du mich beschimpfst. Du brichst mir das Herz, wenn du behauptest, ich würde dich betrügen, obwohl ich immer nur dich wollte. Du machst mich hilflos, wenn du mich wie ein Kind behandelst, das nichts allein kann. Am schlimmsten ist, dass du meine Liebe zu dir zerstört hast. Ich habe noch nie jemanden so geliebt wie dich. Ich habe dich angebetet. Habe alles für dich gemacht. Würde es immer noch tun. Warum bist du so grausam zu mir? Was habe ich dir je getan?

»Lara«, sagt Sina sanft. »Ich weiß, wie es sich anfühlt, glaub mir. Du hoffst, dass er sich ändern kann, wenn du ihm nur sagst, wie falsch sein Verhalten ist, und dass dann alles anders wird.« Sie schluckt hörbar, ihre Stimme ist belegt. »Aber das funktioniert nicht. Bitte, glaub mir.«

»Ich habe ihn geliebt«, flüstere ich. »Liebe ihn immer noch. Ich kann ihn doch nicht aufgeben.«

»Du gibst ihn nicht auf, du rettest dich selbst. Bitte, Lara. Hör auf mich. Geh einfach. Geh und schau niemals zurück.« Kurz ist es still in der Leitung. »Weißt du was? Ich hole dich. Ich komme, jetzt sofort. Okay? Du kannst ein paar Tage bei mir bleiben.«

»Nein!«, entgegne ich fast erschrocken. »Was, wenn er …?« Ich verstumme. Was, wenn er …? Dass ich überhaupt einen Satz so angefangen habe, erschreckt mich. Betäubt mich für eine Sekunde und lässt mich dann mit voller Wucht in der Wirklichkeit aufschlagen.

Das Wissen, dass er es sich nicht gefallen lassen wird, wenn Sina mich einfach wegholt, klumpt sich in meinem Magen zu einer schrecklichen Angst zusammen, von der ich nie wahrhaben wollte, dass ich sie empfinde.

Angst vor Jo. Dem Mann, den ich liebe.

Ich umklammere mein Handy mit zitternden Fingern. »Okay. Ich sag dir was. Ich packe. Jetzt gleich. Und dann …«

Ich zucke zusammen. Die Wohnungstür fällt ins Schloss. Meine Kehle zieht sich zusammen, so dass ich kaum noch einen Ton herausbringe. »Später«, krächze ich. »Ich … melde mich später bei dir.«

»Lara? Warte, was …?«

Ich lege auf.

Jo steckt den Kopf zur Tür rein. »Na, meine Süße, alles in Ordnung?« Als er mich auf dem Boden sitzen sieht, umwölkt sich seine Stirn. Er stürzt auf mich zu, geht neben mir in die Knie und nimmt mich in die Arme. »Was ist los? Ist irgendwas passiert? Deine Eltern? Was …?«

Wärme umfängt mich. Seine liebgewonnene Stimme klingt tröstlich in meinen Ohren. Und ich höre, was ich in Sinas Gruppe gesagt habe, als Jenny mich dorthin geschleift hat.

Ich glaube, ich bin hier falsch. Mein Freund tut so was nicht. Er schlägt mich nicht. Was er macht, das ist doch keine Misshandlung.

Ich lehne mich an ihn, umklammere seinen Hals, sauge seinen Geruch tief ein. Und spüre, wie seine Haut nass wird von meinen Tränen.

Ihr wollt mir das nur einreden, weil ihr nicht versteht, wie es ist, einen Freund zu haben, der sich wirklich kümmert. Ihr habt keine Ahnung, wie es sich anfühlt, allein auf der Welt zu sein und dann plötzlich jemanden zu haben, der einfach immer da ist.

Abgehackt atme ich ein und versuche, zu vergessen, was sie darauf geantwortet haben.

Vorsichtig schiebt er mich von sich weg. »Erzähl mir doch, was passiert ist.«

Ich senke den Kopf. Sehe auf meine Hände hinunter, die immer noch mein Handy umklammern.

»Ich … ich …« Ich finde keinen Anfang. Was soll ich sagen, wenn ich nicht mal weiß, was ich tun soll? Auf Sina hören? Weglaufen? Ihm alles erzählen oder nicht?

»Ist ja gut. Einfach raus damit.« Immer noch ist seine Stimme sanft, aber ich höre eine leichte Ungeduld. Zu oft schon musste er es aushalten, dass ich einfach nicht mit einem Satz sagen kann, was ich meine. Zu oft musste er die Worte ertragen, die nichts aussagen.

»Du warst so lange weg. Ich …«

»Du wolltest packen«, unterbricht er mich, ohne mir wirklich zuzuhören. »Habe ich gehört. Wofür?«

Ich krampfe die Hände ineinander. »Weil … Sina und ich, also … sie wollte mich abholen, und wir wollten ein Wochenende zusammen …«

»Verdammt, Lara«, zischt er.

Ich zucke zusammen.

»Darüber haben wir doch schon gesprochen. Du kannst doch nicht einfach so was ausmachen, ohne mit mir zu reden.«

»Bitte, werd jetzt nicht wütend«, flüstere ich. »Lass mich erklären …« Dass ich dir weglaufen wollte. Dass ich es nicht aushalte, wenn du so mit mir sprichst. »Ich hätte es dir gesagt …«

»Wann? Wenn du schon bei ihr im Auto sitzt?«, brüllt er.

»Bitte, Jo, schrei nicht so. Du machst mir Angst.«

Er packt mich am Arm, zerrt mich hoch und stößt mich aufs Bett. »Und wer ist schuld daran, dass ich mich so aufregen muss? Meinst du, mir macht das Spaß? Du bist es doch, die mich immer wieder in diese Situation bringt.«

»Es tut mir leid«, flüstere ich und reibe mir den Arm. Noch nie hat er mich so grob angefasst. Ich starre auf die roten Abdrücke auf meiner Haut.

Er hat mich nie geschlagen. Das habe ich ihnen gesagt.

Noch nicht. Haben sie geantwortet.

»Bitte, Jo, hör auf. Das ist doch verrückt«, flehe ich. Bitte. Lass sie nicht recht behalten. Wir sind nicht so. Du bist nicht so. Du würdest so etwas doch nie tun.

»Verrückt? Du findest es also verrückt, dass ich gerne wissen möchte, wo sich die Frau gerade aufhält, die ich liebe und für die ich alles tue? Du findest es zu viel verlangt, dass ich, wenn ich nach der Arbeit nach Hause komme, nicht allein sein möchte? Dass ich gefragt werden möchte, bevor du mich ein ganzes Wochenende allein lässt?«

Unter meinen wirren Haaren hervor starre ich ihn an und erkenne ihn kaum wieder. Wie konnte es so weit kommen? Und warum rastet er gerade jetzt so aus? Spürt er es vielleicht? Ich keuche auf. Natürlich, er weiß es. Er fürchtet, dass ich ihn verlassen will. Deswegen führt er sich auf wie ein verletztes Tier, das besinnungslos um sich beißt. Er kann nichts dafür, dass es so ausgeartet ist. Es ist meine Schuld.

Dumm, du bist dumm. So dumm.

»Bitte, Jo, ich dachte ja nur, ein Wochenende. Ich wollte nur etwas Spaß, aber … das ist doch jetzt nicht wichtig. Ich bleibe natürlich. Wir können ein andermal fahren. Oder gar nicht. Es spielt ja keine Rolle. Wirklich. Es macht mir nichts aus, hierzubleiben. Ich bleibe gern. Du musst dich nicht mehr aufregen. Ich weiß auch gar nicht, warum Sina das plötzlich vorgeschlagen hat, aber ich sage ihr gleich ab, und …«

»Verdammt«, zischt er. »Halt endlich den Mund. Es geht nicht immer nur um dich und das, was du willst, verstehst du das nicht? Kannst du dir nicht vorstellen, wie ich mich fühle, wenn du nur bei mir bleibst, weil du denkst, es sei deine Pflicht?«

Sein verletzter Tonfall durchbohrt meine Brust wie ein Splitter. Mühsam atme ich den Schmerz weg. »Nein, so meinte ich das doch nicht. Ich liebe dich. Ich bin gerne bei dir. Schau, ich rufe Sina gleich an und sage ihr, dass …«

Bevor ich mein Handy hochhalten kann, packt er brutal meine Hand und entreißt es mir. Er schleudert es auf die Fliesen im Gang, wo es mit einem hässlichen Krachen aufschlägt. Als ich zusammenzucke, sieht er mich noch wütender an. »Ich will nicht, dass du diese Sina noch mal anrufst. Vergiss sie am besten. Merkst du nicht, was sie tut? Sie drängt sich zwischen uns. Sie macht mich schlecht, damit du deine Zeit mit ihr verbringst anstatt mit mir. Wie oft habe ich dir schon gesagt, dass du aufpassen musst, wem du dich anvertraust? Siehst du jetzt endlich ein, dass ich recht hatte?«

»Jo«, flehe ich. »Bitte, hör auf. Sei nicht mehr böse. Ich wollte doch nicht …«

Er starrt mich mit so einem gekränkten und gleichzeitig wütenden Blick an, dass ich verstumme. Dann packt er mich an der Hand. »Es tut mir leid, meine Süße. Mir tut das mehr weh als dir. Aber ich muss noch mal in die Kanzlei, und diese Sina … ich traue ihr nicht über den Weg.«

Er zieht mich auf die Füße und zerrt mich auf den Flur. Im Vorbeigehen will ich nach meinem Handy greifen, aber er zerrt mich grob weiter, auf das andere Ende der Wohnung zu.

»Was soll das? Was machst du?«, rufe ich, und meine Frage an Sina kommt mir wieder in den Sinn. Was, wenn er …?

Er bleibt nicht stehen, zieht mich weiter. »Ich will das nicht, glaub mir«, flüstert er rauh. Dann stößt er die Tür zum Bad auf und schubst mich rein. Er zieht den Schlüssel ab und die Tür zu.

Entgeistert rapple ich mich auf. »Was machst du da, spinnst du?« Ich zerre an der Klinke, aber er hält sie von außen nach oben gedrückt. »Lass mich raus.« Ich hämmere mit den Fäusten gegen die Tür. »Hast du sie noch alle?«

Ich höre ihn hantieren, dann dreht sich der Schlüssel im Schloss. Er hat mich eingesperrt.

»Jo!«, schreie ich. »Jo, was soll das? Jo, bitte!«

Als ich eine leise Bewegung an der Tür wahrnehme, verstumme ich. Sehe vor mir, wie er sich heftig atmend die Haare aus der Stirn streicht. »Tut mir leid, meine Süße, aber das ist nur zu deinem Besten. Damit du verstehst, dass wir beide wichtiger sind als irgendeine dahergelaufene Sina. Damit du lernst, wie ich mich fühle, wenn du so was machst. Du tust mir weh damit, Lara, verstehst du das nicht?«

Die Verzweiflung in seiner Stimme trifft mich tief. Und ein anderer Satz von Sina kommt mir in den Sinn.

Dass er dich schlägt, ist nicht das, was am meisten weh tut.

»Du mir auch«, flüstere ich. Und in dem Moment weiß ich, dass es vorbei ist. Wir tun uns beide nicht gut, er und ich. Was auch immer der Grund dafür ist, solange wir zusammen sind, werden wir uns immer weh tun.

»Du zwingst mich dazu.« Seine Antwort dringt heiser durch die Tür, und zum ersten Mal verstehe ich etwas, was Sina mir nie erklären konnte. Er tut es nicht aus Bosheit. Aber er glaubt wirklich, dass er das Recht hat, mich hier einzusperren, weil ich mich nicht so verhalten habe, wie er es verlangt. Ich sinke gegen die Tür, lehne mich mit dem Rücken dagegen und lege den Kopf auf die Knie.

Ein leises Klicken ertönt. Das Licht ist aus. »Jo«, rufe ich. »Das Licht, du hast es ausgemacht!«

Keine Antwort. Verzweifelt klopfe ich gegen die Tür. Er muss gedacht haben, dass das Licht aus ist, und wollte es anmachen, damit ich wenigstens nicht im Dunkeln hocke. Aber jetzt sitze ich in der Finsternis, das Bad hat kein Fenster, und das kleine Licht am Spiegelschrank ist schon lange kaputt.

Die muffige Dunkelheit des winzigen Raumes scheint sich um mich herum zusammenzukrümmen, sie legt sich um mich, drückt mir auf die Brust und drängt die Worte aus mir heraus.

»Jo«, schreie ich. »Mach wenigstens das Licht wieder an. Bitte!« Er muss schon weg sein. Hört mich nicht mehr.

Aber dann kommen leise Worte von der anderen Seite der Tür. »Es ist zu deinem eigenen Besten.« Seine Schritte entfernen sich.

Als er nach einer gefühlten Unendlichkeit nach Hause kommt, bringt er mich ins Schlafzimmer. Ich wähle den Schlafanzug mit dem rosa Oberteil aus, weil man nicht erkennt, dass es ein Pyjama ist. Dass ich ihn anhabe, macht Jo nicht misstrauisch, und ich kann ihn auf der Straße tragen, ohne dass sich jemand wundert. Als Jo eingeschlafen ist, nehme ich die Autoschlüssel.

Die Erinnerung verblasst.

Vor mir auf dem Krankenhausflur steht Jo. Seine Miene ist besorgt. »Deinem entsetzten Gesichtsausdruck entnehme ich, dass du dich erinnerst.«

Ich schließe die Augen. Anders halte ich es nicht aus. Diese sanfte, dunkle Stimme, die mein Herz berührt. Dieses warme Leuchten in seinen Augen, das mir von Anfang an das Gefühl gegeben hat, bei ihm sicher zu sein.

»Endlich«, flüstert er.

Ich öffne die Augen. »Endlich?«

Er lächelt. Es ist ein unsicheres Lächeln, keins, das man von einem Mann erwartet, der seine Freundin auf so hinterlistige Art kontrolliert. Es lässt mich wieder an allem zweifeln, an mir selbst und an meinen Erinnerungen. Ein bisschen an Martin.

»Es war ziemlich hart, mich von dir fernzuhalten. Ich wollte nicht, dass du mein Gesicht siehst, damit die Erinnerungen nicht zu plötzlich zurückkommen.«

Ich wollte ihn ja gar nicht erkennen. Denn er ist der Grund dafür, dass mir zwei Jahre fehlen. Zwei Jahre, die ich fast nur in seiner Gesellschaft verbracht habe und die ich genau deshalb vergessen wollte. Wahrscheinlich hätte ich ihm direkt ins Gesicht schauen, seine Stimme ungefiltert hören können und hätte ihn trotzdem für einen Fremden gehalten. Wäre es nicht so gewesen, hätte mich vielleicht schon sein Nickname misstrauisch gemacht. Jobe. Johannes Berger. Oder auch nicht. Er hat sich wirklich Mühe gegeben, damit ich ihn nicht erkenne. Offensichtlich weiß er nicht, wie gründlich ich jemanden vergessen kann, wenn ich es wirklich will.

»Bist du deswegen damals vor mir davongelaufen, die ersten paar Male, als ich dich gesehen habe?«

Er nickt. »Martin wollte nicht, dass wir uns begegnen, aber ich konnte einfach nicht anders, ich wollte dich wenigstens sehen. Tut mir leid.«

Das Blut gefriert in meinen Adern zu Eis. »Martin wusste von dir?«

Betreten verzieht er das Gesicht. »Du solltest davon nichts wissen. Aber bevor du jetzt etwas Falsches denkst, es hatte einen Grund.« Er stockt und holt tief Luft, als würde ihm sehr schwerfallen, was er als Nächstes sagen will. »Ich habe Martin gebeten, mir zu helfen. Uns zu helfen. Ich weiß, dass ich vieles falsch gemacht habe, und das tut mir leid.« Er streckt eine Hand aus und will meine nehmen, aber ich weiche einen Schritt zurück.

Traurig lässt er die Hand sinken. »Es tut mir so leid, Lara. Ich habe das alles nicht mit Absicht gemacht, das musst du mir glauben. Ich wusste überhaupt nicht, was ich da eigentlich tue. Wusste nicht, wie sehr ich dich damit verletze. Und das mit dem Bad … damals habe ich wirklich Angst vor mir selbst bekommen.«

Wieder streckt er die Hand nach meiner aus, und diesmal lasse ich zu, dass er sie nimmt. Es ist eine winzige Berührung, aber ich spüre sie in meinem ganzen Körper. Das konnte er schon immer. Mir dieses Gefühl geben, dass nichts mehr eine Rolle spielt, wenn er bei mir ist. Dass die ganze Welt mir nichts mehr anhaben kann, wenn er mich festhält. Ich erwarte, dass er mich an sich zieht, so, wie er es früher getan hat. Wünsche es mir sogar. Aber er hält nur weiter meine Hand.

»Ich will das nicht mehr. Nie wieder. Deswegen bin ich zu Martin gegangen, damit er mir hilft.« Seine Augen glänzen verräterisch, und unter den Tränen lese ich eine Bitte. Eine verzweifelte, hilflose Bitte, die so sehr zu dem Tumult passt, der in mir wütet. »Ich schaffe das nicht ohne dich, Lara. Bitte. Komm zu mir zurück. Hilf mir, diesen Weg zu gehen.«

Ich schließe die Augen, damit ich diese Verzweiflung nicht mehr sehen muss. Wie kann ich ihm das abschlagen? Ich lasse zu, dass er mich in seine Arme zieht. Dass er mich umfängt wie ein schützender Mantel. Die Welt um uns herum existiert nicht mehr, da sind nur noch wir. Er und ich.

Du glaubst, dass du ihn ändern kannst, aber das funktioniert nicht. Nie.

Mein Atem beschleunigt sich. Plötzlich wird mir in seiner Umarmung eiskalt.

Bitte, mach das Licht an.

Es ist nur zu deinem Besten.

Als ich ihm davongelaufen bin, habe ich geglaubt, dass ich ein neues Leben anfangen könnte, ein Leben ohne ihn. Aber ich bin so abhängig von ihm, dass ich einem Fremden unsere Liebesgeschichte erzählt habe, um ihm nahe zu sein. Und diese Geschichte hat meine Worte zerfallen lassen. So, wie Jo es schon immer getan hat.

Einem Fremden. Thomas. Er ist nicht mein Freund und war es nie. Ich kannte ihn gar nicht, bevor ich ihn hier auf der Intensivstation entdeckt habe. Atmen. Ich muss atmen. Aber es tut so weh, dass das alles nur eine Illusion gewesen sein soll. Die Nähe, die ich gespürt habe. Die Sicherheit, die er mir gegeben hat. Die Liebe, die ich für ihn empfinde. Ja. Ich liebe ihn, aber es ist nicht echt. Alles, was er mir gegeben hat, war eine einzige große Lüge, die ich mir selbst erzählt habe, um Jo nahe zu sein. Um die Teile unserer Beziehung zurückzubringen, die ich geliebt habe, und die anderen zu vergessen, die so quälend waren.

»Lara, alles wird wieder gut. Wir schaffen das. Bitte. Gib mir eine Chance. Komm mit nach Hause. Jetzt gleich.«

Ich ersticke beinahe an dem Wunsch, nachzugeben. Denn ich werde nie frei sein von ihm. Nicht, solange ich allein bin und mir die Sicherheit wünsche, die seine Kontrolle mir gibt. Nicht, solange die Worte in mir sind.

Aber statt mit ihm zu gehen, stehe ich einfach nur da und denke an Thomas. Ich kann ihn nicht im Stich lassen. Nein, Blödsinn. Er ist nicht darauf angewiesen, dass ich ihn weiterhin besuche. Seine Schwester ist jetzt für ihn da. Und mich kennt er gar nicht. Warum tut es so verdammt weh, dass jemand, der ein völlig Fremder für mich ist, mich nicht mehr braucht? Es war nicht echt, verdammt. Nichts davon. Den Kuss im Sonnenuntergang über Rom werden wir nie wiederholen. Denn er hat von Anfang an nicht Thomas und mir gehört.

Der Riss in mir wird größer. Nur mühsam halte ich ihn zusammen.

Jo beugt sich zu mir herunter und küsst mich. Eine einzige, flüchtige Berührung unserer Lippen. Eine Entscheidung.

»Also gut«, sage ich leise. »Ich komme mit dir.«

Kapitel 79

Lara

Ich hake mich bei Jo unter und gehe einfach los. Er folgt mir, ohne zu fragen, wohin ich will. Offensichtlich ist er zufrieden mit meinem Versprechen, dass ich zu ihm zurückkommen werde.

»Ich bin so froh, Lara. Schon als du mir geschrieben hast, dass dir alles wieder einfällt und du trotzdem zu deinem Freund halten willst, das … das hat mir so große Hoffnung gemacht.«

»Was?« Er glaubt, ich hätte in meinen Nachrichten ihn gemeint? Während ich es denke, wird mir klar, dass es natürlich so ist. Ich habe ja nur geglaubt, ich würde von Thomas reden. In Wirklichkeit war es immer Jo. Und Thomas' Namen habe ich ihm gegenüber nie erwähnt.

Thomas, ich wünschte, du wärst hier. Wie absurd, sich so sehr nach jemandem zu sehnen, den man gar nicht kennt. Ich sehe zu Jo auf. Es ist richtig, mit ihm zu gehen. Er kümmert sich um mich, gibt mir Sicherheit.

Allein bist du nichts.

Mit Jo bin ich nicht mehr allein. Aber warum zittere ich dann?

Wie fühlst du dich jetzt?, würde Martin fragen. Ich würde sagen: Ich habe Angst. Es ist gut, dass du das erkennst, Lara, würde Martin antworten. Wovor hast du Angst?

Angst, allein zu sein. Nicht zurechtzukommen, würde ich flüstern.

Ohne Jo bin ich nichts. Ich kann nichts, bin nicht stark genug, um allein zu sein. Martin hat geglaubt, dass ich gesund werden kann, aber er hatte unrecht. Ich bin immer noch ich, immer noch abhängig von Jo und schwach.

Stimmt das wirklich?, würde Martin fragen.

Ich denke darüber nach. Mir fällt ein, wie ich mich überwunden habe, eine Geschichte zu erzählen, trotz meiner Angst. Für Thomas. Ich erinnere mich, wie ich mich dazu durchgerungen habe, Isabel zu konfrontieren. Um Thomas zu helfen. Und schließlich wollte ich mich sogar dem Unfall stellen für ein neues Leben mit ihm.

Nein. Ich bin nicht schwach. Und ich bin nicht nichts. Ich habe Fortschritte gemacht. Habe mich entwickelt und mich Dinge getraut, die ich früher nie gewagt hätte. Ich habe für Thomas gekämpft. Und wenn ich für ihn kämpfen kann, dann kann ich es auch für mich.

Ich sehe zu Jo auf. Ich möchte nicht, dass jemand anders über mich bestimmt.

Als ich bei der Tür der Intensivstation ankomme, lasse ich Jo los und klingle. Till runzelt die Stirn, als er mich sieht. Sein Blick zuckt fragend zu Jo. Ich muss fast lachen, weil er so herrlich verwirrt guckt.

»Es tut mir leid, ich weiß, dass mein Freund nicht mit reindarf«, ich sehe ihn vielsagend an, »aber kannst du eine Ausnahme machen?«

»Nein«, erwidert er langsam, und es klingt wie eine Frage.

»Schade«, gebe ich hastig zurück und nicke kaum merklich. Dann wende ich mich an Jo. »Tut mir leid, aber da ist jemand, den ich immer besucht habe, und bevor ich gehe, möchte ich mich von ihm verabschieden.«

Er guckt skeptisch, aber bevor er sagen kann, dass er das nicht gut findet, schlüpfe ich schon an Till vorbei durch die Tür und ziehe sie ins Schloss.

»Was war das denn?«, fragt er.

»Erkläre ich dir später, ja? Aber danke. Wirklich.«

Man soll seine Angst konfrontieren, aber niemals den Mann, der sie verursacht hat. Sinas Worte.

Till bleibt noch kurz vor mir stehen, aber als ich mein Handy raushole, wähle und es an mein Ohr halte, entfernt er sich mit einem ratlosen Blick.

»Psychiatrische Station, Notdienst?«

»Lara Hoffmann. Ist Martin da?«, frage ich atemlos.

»Er ist in einer Sitzung.«

»Bitte, ich brauche ihn dringend. Jetzt sofort. Sagen Sie ihm: Er ist hier. Ich bin auf der Intensivstation, und er steht draußen. Ich weiß nicht, was ich machen soll. Ich habe ihm versprochen, mit ihm zu gehen. Martin wird es verstehen.« Ich lege auf und bleibe ratlos stehen.

Die Sehnsucht, zu Thomas zu flüchten, schnürt mir die Kehle zu. Ich möchte ihn sehen, seine Hand nehmen, möchte spüren, wie er mir mit einem winzigen Zucken seiner Finger so viel Rückhalt geben kann. Aber es war alles nicht echt. Ich schließe die Augen, sinke an der Wand nach unten und warte.

Stimmen lassen mich aufschrecken. Ich höre nicht, was sie sagen, aber sie klingen aufgeregt. Zwei Männerstimmen. Sofort springe ich auf und öffne die Tür.

»Ich habe dir gesagt, dass du dich ihr nicht nähern sollst.« Wut blitzt aus Martins Augen, nur schlecht maskiert von seinem bemüht professionellen Therapeutengesicht.

»Tut mir leid, ich konnte nicht anders.« Jo wirkt ehrlich zerknirscht.

Martin schnaubt. Noch ein Zeichen dafür, dass seine Wut die Oberhand gewinnt. »Natürlich nicht.« Er kommt langsam auf mich zu und tastet mich förmlich mit Blicken ab, als wollte er sichergehen, dass es mir gutgeht.

Jo drängt sich zwischen uns. »Du brauchst sie gar nicht so anzusehen, ich habe ihr nicht weh getan, das habe ich noch nie.« Er wirkt verletzt.

Die Druckstellen auf meinem Arm fallen mir wieder ein.

Martin sieht ihn fest an. »Doch. Das hast du ständig getan.«

Auch in Jos Augen funkelt jetzt Wut. Er ballt die Fäuste, und für einen Moment habe ich Angst, dass er Martin an die Kehle gehen wird. Aber er hält sich zurück.

Martin greift an mir vorbei, drückt die Tür der Intensivstation, die ich immer noch festhalte, wieder weiter auf und schiebt mich hindurch. »Es ist besser, du wartest hier, bis der Sicherheitsdienst kommt.«

»Du hast den Sicherheitsdienst gerufen?« Ich schiebe mich an Martin vorbei nach draußen und schaue den Gang entlang. Die Tür fällt ins Schloss. »Aber ich …« Plötzlich bin ich mir nicht mehr so sicher, was ich eigentlich will. Ich möchte nicht mehr abhängig sein und auch nicht, dass er mich kontrolliert, aber dass er wie ein Verbrecher abgeführt wird, kommt mir auch nicht richtig vor. »Er hat gesagt, dass er eine Therapie bei dir macht, und …« Es klingt abgehackt. »Er will sich ändern. Ich möchte ihm so gerne glauben.«

»Das verstehe ich gut.« Martin sagt nicht, dass ich Jo nicht glauben sollte. Sagt nicht, dass er sich nie ändern wird. Stattdessen dreht er sich einfach zu Jo um. »Du möchtest eine Therapie bei mir machen?«

Jo öffnet überrascht den Mund. »Aber wir hatten doch schon einige Sitzungen.«

Martin lächelt. »Nein, das stimmt nicht. Du warst einmal bei mir, um mich über Lara auszufragen. Du wolltest wissen, wie du ihr helfen kannst, und hast angeboten, sie mit nach Hause zu nehmen. Ich habe dir erklärt, dass es besser ist, wenn sie hierbleibt, weil es in ihrem Fall besonders wichtig ist, dass sie aus ihrer gewohnten Umgebung rauskommt. Nur dann kann die Therapie Erfolg haben.«

Er spricht ganz ruhig, und er richtet seine Worte an Jo, aber ich weiß genau, dass er sie für mich sagt. Und ich ahne auch, worauf es hinausläuft.

»Du hast zugestimmt. Später hast du vorgeschlagen, dich ihr zu nähern, damit sie dein Gesicht sieht und sich erinnert. Ich habe dich gebeten, abzuwarten, bis sie stabil ist, weil ich nicht sicher war, welche Reaktionen dein Gesicht in ihr auslösen würde. Wahrscheinlich hätte sie dich gar nicht erkannt. Aber es ist nicht gut, wenn Erinnerungen zu schnell zurückkommen. Erst muss der Patient lernen, wie er damit umgehen kann. Da … ahnte ich das ganze Ausmaß noch nicht, sonst hätte ich dir gleich gesagt, dass du dich nie wieder hier blicken lassen sollst. Ein weiteres Gespräch hat zwischen uns nicht stattgefunden.«

Jo hat mich also angelogen. Schon wieder.

»Du darfst ihm nicht glauben, Lara.« Ich zucke zusammen, als Jo auf mich zukommt und meine Hand nimmt. Martin verspannt sich, ich sehe ihm an, dass er dazwischengehen will. Stattdessen sieht er sich in alle Richtungen um.

»Es ist nicht wahr, was er sagt. Ich war immer hier im Krankenhaus, um die Therapie zu machen, bei ihm.«

»Nein, du warst hier, um Lara im Auge zu behalten«, erwidert Martin angespannt. »Du wolltest ihr Vertrauen gewinnen und sie fortlocken, bevor ihre Erinnerung zurückkehrt und sie mir erzählt, was du ihr angetan hast.«

Natürlich. Deshalb hat er mich gebeten, jetzt gleich mit ihm zu kommen. Damit ich Martin nicht noch mal begegne.

Am Ende des Gangs hören wir laute Schritte. Martin atmet erleichtert auf, Jo lässt meine Hand los und weicht zurück. Der Sicherheitsdienst biegt um die Ecke, und zwei Männer bringen sofort etwas Abstand zwischen Martin und Jo.

»Bitte, Lara, siehst du denn nicht, was er da tut? Er will uns auseinanderbringen, genau wie diese Sina, aber das darf er nicht. Ich möchte mich ändern, wirklich. Ich will diese Therapie machen. Du musst mir glauben.«

»Ist das ein Patient von dir, Martin?«, fragt einer der Sicherheitsmänner.

Martin schüttelt den Kopf. Die Sicherheitsmänner greifen nach Jos Oberarmen und führen ihn langsam fort. Jo dreht sich noch einmal zu mir um. »Bitte, Lara, lass das nicht zu.« Wieder ist da diese sanfte dunkle Stimme und dieses Leuchten in den Augen, wieder dieses Gefühl, dass ich nur bei ihm wirklich sicher bin.

Unwillkürlich folge ich ihnen ein paar Schritte. Wie kann ich zulassen, dass sie ihn so behandeln? Ich bleibe stehen und sehe mich nach Martin um. »Er hat doch nichts getan«, flüstere ich und schildere Martin hastig, was in jener Nacht passiert ist. Vielleicht kann er den Sicherheitsdienst noch aufhalten.

Aber Martins Miene verfinstert sich immer mehr. »Nach all den kleinen Puzzle-Teilchen, die sich aus deinen Erinnerungen ergeben haben, hatte ich so etwas befürchtet. Er hat dich ins Bad gesperrt, Lara. Das ist nicht nichts. Das ist Freiheitsberaubung. Dafür kann er vor Gericht verurteilt werden.«

Mühsam sauge ich Luft in meine Lungen, strecke die Hand aus, weil meine Knie mich nicht mehr tragen. Sofort hält Martin mich fest und führt mich zu einer der Plastikbänke an der Wand.

Du hast es großartig gemacht.

Diesmal muss er es erst gar nicht sagen, und trotzdem höre ich es.

»Es war sehr klug von dir, ihn in Sicherheit zu wiegen, bis ich da war.«

Ich nicke. Aber habe ich nicht trotz allem überlegt, mit ihm zu gehen? »Ich wollte ihm so gerne glauben. Er ist der einzige Mensch, der meinen Redefluss stoppen kann.«

»Ist das wirklich wahr?«, fragt Martin.

Ich muss fast lächeln, weil es dem Gespräch so ähnelt, das ich gerade mit ihm im Geiste geführt habe.

Ich denke an die Geschichte, die ich Thomas erzählt habe. An die Skills, die ich gelernt habe. »Nein«, entgegne ich zu meinem eigenen Erstaunen. »Das kann ich jetzt selbst.« Dann werde ich wieder unsicher. Was, wenn Jo es doch ernst meint? »Er hat behauptet, dass er nicht wusste, was er mir antut, und dass er das nicht will. Was, wenn das stimmt? Ja, er hat gerade gelogen, schon wieder, aber was, wenn er es genauso wenig unter Kontrolle hat wie ich die Worte?«

Martin zieht die Augenbrauen zusammen. Es dauert lange, bis er etwas sagt. »Das Problem ist, Lara, dass du nie wissen würdest, ob er es ernst meint.«

»Aber er will eine Therapie machen, wenn er das wirklich tut …«

»Dann heißt das leider noch gar nichts. Viele Männer behaupten das, und viele tun es sogar. Aber die meisten von ihnen benutzen die Therapie als weiteres Instrument, um ihren Partner zu kontrollieren. Am Anfang wird er sich vielleicht wirklich Mühe geben. Dann wird er jedoch schnell merken, wie viel es dir bedeutet, dass er die Therapie macht. Er wird anfangen, dich damit unter Druck zu setzen, dass er auch wirklich zu den Sitzungen geht. Vielleicht«, fügt er noch hinzu.

»Vielleicht. Das heißt, es gibt eine Chance.«

»Es gibt immer eine Chance. Aber sie ist sehr, sehr gering. Leider.«

»Verdient er nicht eine Chance? Er liebt mich. Und ich …«, Ich verstumme. Denke darüber nach. Denke an schwarze Haare und graue Augen. Es schmerzt in meiner Brust. »Liebe bedeutet doch, dass man zueinanderhält. Ich kann ihn doch jetzt nicht verlassen. Nicht, wenn er mich so dringend braucht.«

»Natürlich, jeder verdient eine zweite Chance. Und ich will dir nicht vorschreiben, was du tun sollst. Aber zu jemandem zu halten und sich von ihm benutzen zu lassen, sind zwei verschiedene Paar Schuhe. Und es kommt immer darauf an, wer sie trägt.«

Er muss mir nicht erklären, was er damit meint. Ich bin krank. Und zwar sehr. Jede Situation, die andere Menschen nur ein wenig aus dem Gleichgewicht bringt, wirft mich völlig aus der Bahn.

»Du musst das nicht sofort entscheiden, Lara. Im Gegenteil, es wäre jetzt ein sehr schlechter Zeitpunkt. Bevor du so eine Entscheidung treffen kannst, solltest du selbst so gesund wie möglich sein. Und dafür musst du von allem fort, was dich belastet.«

»Fort? Von hier? Nein. Auf keinen Fall.«

»Ich muss zugeben, dass ich selbst in einem ziemlichen Zwiespalt stecke. Wir beide sind endlich auf einer Stufe angelangt, auf der wir anfangen können, deine Krankheit richtig zu behandeln. Es war nicht leicht, an diesen Punkt zu kommen. Natürlich liegt die Wahl bei dir, aber ich denke, es wäre das Beste für dich.«

Schwarze Einsamkeit schließt sich um mich. Wenn ich tue, was er sagt, dann habe ich mit einem Schlag niemanden mehr. Ich wäre allein. Vollkommen allein. Plötzlich bin ich nicht mehr sicher, ob die Entscheidung gegen Jo richtig war. Alles dreht sich um mich, ich kann nicht mehr.

Martin steht auf und hält mir die Hand hin. »Komm, ich begleite dich zurück.«

Ich schüttle den Kopf. Nein, ich will hierbleiben, ich weiß nicht mal genau, warum.

»Es kann sein, dass er wieder reinkommt, der Eingang ist Tag und Nacht offen, und die Sicherheitsleute sind auch nur Menschen. Also lass dich von mir zur psychiatrischen Station bringen, ja?«

Das klingt, als würde er das Schlimmste von Jo annehmen. Oder von mir. Vielleicht sogar viel mehr von mir.

Kapitel 80

Lara

Zwei Tage später sitze ich an Thomas' Bett. Keine Worte ballen sich in mir zusammen, in mir ist nur Leere. Ob er weiß, dass ich da bin? Es wirkt, als ob er schläft. Seine Augen sind zu, seine Finger bewegen sich nicht, und sein Mund ist geschlossen und entspannt.

Mein Blick wandert über sein Gesicht, das mir so unglaublich vertraut geworden ist, meine Finger liebkosen seine Hand, von der ich jede einzelne Linie so genau kenne.

Ich spüre die Wärme seiner Haut und schließlich das Zucken seiner Finger. In seinem Gesicht regt sich etwas, ich habe ihn aufgeweckt. Vielleicht lauscht er jetzt und erwartet, dass ich mit ihm rede. Aber ich will nicht. In der Stille zwischen uns liegt zu vieles, was ich nicht zerstören will. Es sind zu viele mögliche Geschichten, unter denen ich niemals die richtige finden werde, weil es sie nicht gibt. Und die eine, die ganz kurze Geschichte, die die Wahrheit ist, will ich ihm nicht erzählen.

»Ich wünschte, ich könnte dir unsere gemeinsame Zukunft in den schönsten Farben ausmalen, aber ich kann nicht.«

Thomas' Finger zucken. Natürlich versteht er nicht, was ich sagen will, und ich würde es ihm so gerne ersparen. Aber es muss sein.

»Ich würde dir gern versichern, wie sehr ich an unsere Liebe glaube, aber auch das geht nicht.« Ich muss aufhören, feige drum herumzureden. Er hat die Wahrheit verdient. »Ich kann dir all das nicht sagen, weil unsere Liebe nicht existiert. Denn ich … ich bin nicht deine Freundin, und alles, was ich dir erzählt habe, ist nie geschehen. Nicht zwischen uns beiden.« Meine Stimme versagt mir den Dienst, aber da ist noch so viel mehr, das er erfahren muss. »Du bist mir nie nach Rom gefolgt, hast mich nie in den Katakomben vor der Dunkelheit beschützt und … mich nie in der Villa Borghese geküsst. Ich habe all das erlebt, aber nicht mit dir.«

Meine Stimme zerbricht an dem übergroßen Wunsch, der plötzlich zwischen uns hängt. Wie wunderbar es wäre, wenn all diese schönen Momente mit ihm die Wahrheit wären und die schlimmen Erlebnisse mit Jo nur ein Alptraum.

Thomas macht die Augen auf, aber wie immer sieht er mich nicht an. Ich lege ihm meine Hand auf die Wange und drehe seinen Kopf sanft ein wenig zu mir. Seine Lippen öffnen sich, aber natürlich sagt er nichts. Wahrscheinlich sind beides nur wieder Reflexe, doch gerade jetzt will ich das nicht glauben. Viel lieber will ich annehmen, dass er den Mund geöffnet hat wie jemand, der wohlig seufzt, weil ein geliebter Mensch ihn streichelt. Vielleicht ist das ja sogar die Wahrheit.

Aber nein, wie sollte er mich lieben können?

Er kennt mich noch weniger als ich ihn. Ich hatte wenigstens seinen Blog, um etwas über ihn zu erfahren. Sein Humor in den Texten hat mich zum Lachen gebracht, und durch die Fotos in seinen Artikeln habe ich mich in sein freches Lächeln verliebt. Ich weiß sogar, wie seine Lippen sich anfühlen. Aber natürlich ist das alles nur eine Illusion. Eine, die ich mir ganz schnell aus dem Kopf schlagen muss, jetzt, da ich die Wahrheit kenne.

»Du bist nicht mein Freund, und ich bin nicht das blonde Mädchen auf deinem Blog«, fahre ich unbarmherzig fort. Er soll das ganze Ausmaß kennen. »Jo ist mir nach Rom nachgereist, nicht du. Er hatte das ganz genau geplant, nichts davon war Zufall. Er und ich sind uns in Rom begegnet, aber …« Ich halte inne. »Aber nicht in den Thermen«, beende ich meinen Satz. Ganz langsam fällt es mir wieder ein. Ich habe Jo zum ersten Mal beim Nationaldenkmal getroffen.

Die Begegnung in der Therme muss ich mir komplett ausgedacht haben. Nur mit Hilfe von Thomas' Blogartikel und der Fotos, die er davon gepostet hat. Jetzt wird mir klar, dass es auch in meinen anderen Geschichten immer wieder Dinge gab, die nicht zwischen mir und Jo passiert sind, sondern die ausschließlich auf Passagen aus Thomas' Blog beruhen.

Freude will in mir aufsteigen, weil Thomas und ich auf die Art doch etwas haben, das nur uns gehört. Ein paar wenige gestohlene Träume, die ich der Wirklichkeit abgetrotzt habe. Aber wenn ich versuche, mir diese Momente noch mal vor Augen zu führen, sehe ich immer nur Jo. Alle meine Geschichten sind von der Erinnerung an ihn befleckt.

Nur die allererste Begegnung, die in den Thermen, die gehört Thomas und mir allein. Und sie fühlt sich immer noch so unglaublich echt an. Es ist die eine falsche Erinnerung, die sich nicht auflöst, weil ich weiß, wenn wir uns dort getroffen hätten, wäre es genau so abgelaufen.

»Ich wünschte so sehr, ich wäre gleichzeitig mit dir dort gewesen«, flüstere ich. »Auch wenn wir uns nicht begegnet oder nur aneinander vorbeigelaufen wären, ohne uns wahrzunehmen, hätten wir wenigstens einen echten gemeinsamen Moment gehabt. Unsere Leben hätten sich schon einmal berührt, bevor ich dich hier im Krankenhaus entdeckt habe. Wenigstens einer unserer Träume hätte ein bisschen Wirklichkeit in sich getragen.«

Thomas' Finger bewegen sich an meiner Hand. Es kitzelt auf meiner Haut, und ich würde am liebsten für immer so sitzen bleiben. Sogar jetzt noch, wo ich doch weiß, dass er ein Fremder für mich ist.

»Warum du?«, flüstere ich. »Warum hast gerade du mich so angezogen, dass ich mich nur zu dir setzen wollte?«

Ich hätte mich auch zu irgendwem anders setzen können, zu jemandem, der keinen Blog hat und über den ich nichts hätte in Erfahrung bringen können. Zu jemandem, zu dem ich nie so eine

Verbindung hätte aufbauen können, auch wenn sie nur in meiner Fantasie existiert. Was für ein riesengroßer Zufall das gewesen ist.

Doch dann denke ich daran, wie ich an jenem ersten Tag über die Station gelaufen bin und in die Zimmer gesehen habe. Ich erinnere mich an die erwartungsvolle Stille und daran, wie sicher ich wusste, dass er es ist, der auf mich wartet. Tief in mir suche ich nach dem Gefühl von jenem Moment, als ich mich zum ersten Mal an sein Bett gesetzt habe.

Nähe. Unfassbare, wunderbare Nähe.

Es gibt keine Erklärung für dieses Gefühl, genau wie es keine Erklärung dafür gibt, dass zwei Menschen sich in der U-Bahn anschauen und sofort wissen, dass sie zusammengehören. Nur dass diese Menschen die Chance auf etwas haben, das Thomas und ich nie haben werden. Denn die Liebe, die mich in den letzten Wochen am Leben gehalten hat, war nur eine Illusion.

»Wie kann sich etwas, das gar nicht existiert, so unglaublich echt anfühlen?«, frage ich leise.

Kapitel 81

Thomas

Zuerst konnte ich nicht glauben, dass sie die Wahrheit sagt, aber dann habe ich es tief in mir gespürt. Alles, was sie mir erzählt hat, habe ich so nie erlebt. Sie ist nicht meine Freundin, und wir sind uns nie zuvor begegnet. Als ich damals in Rom war, hatte meine Freundin mich schon längst verlassen. Das blonde Mädchen, deren Haare in mein Foto geweht sind, war nur eine Passantin, die ein Foto von mir gemacht hat. Nein. Ich habe Lara noch nie im Leben gesehen, ich kenne ihr Gesicht nicht, weder ihre Augen noch ihren Mund. Ich habe sie nie geküsst, nie mit ihr geschlafen, und trotzdem ist sie mir so nah wie niemand zuvor in meinem Leben.

»Wie kann sich etwas, das gar nicht existiert, so unglaublich echt anfühlen?«

Ich weiß es nicht, ich weiß nur, dass es stimmt. Aber für mich ist es natürlich anders als für sie. Sie kennt nur meinen Blog, nicht mich. Ich hingegen habe zwar noch nie ihr Gesicht gesehen, aber sie ist mir trotzdem kein bisschen fremd. Sie hat mir in ihrer Geschichte ihre schlimmsten Ängste anvertraut. Sie hat Dinge mit mir geteilt, die ihr vor anderen wahrscheinlich peinlich sind. Nichts hat sie mir verheimlicht, nichts zurückgehalten. Sie hat ihre Seele vor mir ausgebreitet. Ich glaube nicht, dass ich jemals einen Menschen so gut kannte wie sie. Und ganz bestimmt war ich noch niemandem so nah.

Ich wünschte, ich könnte lächeln und über ihre Wange streichen. Ich wünschte, ich hätte meine verdammte, nutzlose Hand wenigstens genug unter Kontrolle, um Lara irgendwie mitzuteilen, was ich fühle. Aber ich kann nur mit den Fingern zucken, und das nicht mal bewusst. Wieder spüre ich ein Kribbeln, aber diesmal nicht auf meiner Hand, sondern auf meinen Lippen. Wie sehr ich hoffe, dass sie das ist, die mich küsst. Und noch viel mehr wünschte ich, ich könnte ihren Kuss erwidern.

Vielleicht ist das zwischen uns für dich nicht echt, Lara, und wahrscheinlich kann es das auch gar nicht sein. Aber für mich war es die ganze Zeit meine Wirklichkeit.

Kapitel 82

Lara

Hallo, Lara.«

Ich drehe mich um. Isabel Haller steht in der Tür. Mein Mund wird staubtrocken. Auch ihr muss ich endlich die Wahrheit sagen.

Sie kommt auf mich zu, mit einem wackeligen Lächeln auf dem Gesicht. »Habe ich das gerade richtig gesehen?«, fragt sie. »Hat er …? Haben seine Finger sich bewegt? Macht er das bewusst?«

Ich nicke. »So halb, glaube ich zumindest. Er kann keine Zeichen geben oder so was, aber es ist wohl mehr als ein Reflex.«

»Das ist ja unglaublich.« Langsam kommt sie näher und starrt wie hypnotisiert auf seine Hand. Vorsichtig berührt sie seine Fingerspitzen mit ihren. Ich sehe, dass sie den Atem anhält und wartet. Nichts tut sich.

»Wie hast du das gemacht?«, fragt sie fast empört, dass er es bei mir tut, aber nicht bei ihr. Was mein Vorhaben, ihr alles zu beichten, nicht gerade einfacher macht.

»Du musst etwas sagen oder ihm eine Frage stellen. Nur dann reagiert er. Ich glaube, er spürt nicht so richtig, wenn man ihn berührt. Noch nicht.« Ich ringe mir ein Lächeln ab. Die Ärzte haben mir erklärt, dass er die Bewegung seiner Finger wahrscheinlich zustande bringt, indem er sie sich ganz stark vorstellt, nicht so unmittelbar, wie wir es können.

Sie erwidert nichts, wendet nur ihrem Bruder den Blick zu und sagt leise: »Thomas. Hörst du mich?« Wieder nichts.

»Du musst länger mit ihm reden. Ich glaube, manchmal schläft er oder dämmert vor sich hin, und dann dauert es, bis er wahrnimmt, dass jemand da ist.«

Sie hält sich die Hand vor den Mund. Dann deutet sie auf Thomas' Finger. Sie zucken. »Aber er spürt fast nichts und sieht nichts, immer noch nicht«, gibt sie zu bedenken.

Ob sie es wohl bereut, in die Therapie eingewilligt zu haben? »Ab und zu öffnet er schon die Augen. Der Rest kommt auch noch. Er macht viel mehr Fortschritte, als sie erwartet haben.« Und ich mir große Hoffnungen, dass er irgendwann wieder ein normales Leben führen kann. Aber das sage ich lieber nicht laut.

Eine Träne hängt in Isabels Augenwinkel, aber sie wischt sie nicht fort, sondern nickt nur. »Ich bin so froh, dass mein Zögern ihm nicht geschadet hat. Danke, dass du mir bei der Entscheidung geholfen hast.«

Ich schlucke schwer. Jetzt sollte ich es ihr wohl beichten. Komm schon, du schaffst das. Du hast doch inzwischen gelernt, den Mund aufzumachen, nicht nur, um Leute vollzulabern, sondern auch, um das zu sagen, was wirklich wichtig ist. Aus Gewohnheit greife ich nach Thomas' Hand, wie um mich an ihm festzuhalten. Aber dann lasse ich sie los. Ich habe kein Recht dazu, eigentlich dürfte ich gar nicht hier sein.

»Du hattest recht«, stoße ich mühsam hervor. »Ich bin gar nicht seine Freundin und war es auch nie.« Bevor sie etwas erwidern kann, erzähle ich ihr alles. Einfach alles. Am Ende sitze ich mit gesenktem Kopf vor ihr und warte darauf, dass sie mich anschreit und fortschickt.

»Du …«, beginnt sie, und ihre Stimme bricht. Ich ducke mich unwillkürlich zusammen. »Du hast all das für ihn getan, obwohl du ihn gar nicht kanntest?« Ihr fassungsloser Ton lässt mich aufsehen. Sie wirkt nicht wütend oder angewidert. Nur vollkommen erschüttert.

»Das wusste ich ja nicht, ich dachte wirklich, er wäre mein Freund.«

»Trotzdem. Du … du warst für ihn da. In einer Zeit, als ich es nicht konnte«, flüstert sie mit erstickter Stimme. »Ich hätte das tun sollen, was du gemacht hast, aber ich habe es einfach nicht geschafft. Stattdessen hast du dich um ihn gekümmert. Eine völlig Fremde. Und jetzt ist es auch zu großen Teilen dein Verdienst, dass es ihm bessergeht.«

Dankbarkeit überkommt mich. »Dann verzeihst du mir also?«

Sie nickt nur.

»Und ihm?«, frage ich leise. Sofort ist es mir unangenehm. »Entschuldige, das geht mich ja gar nichts an. Ich sollte mich da nicht einmischen, ich …« Ich will aufstehen, aber sie schüttelt den Kopf.

»Ich will es ja, aber ich kann einfach nicht vergessen, was zwischen uns vorgefallen ist. All die hässlichen Streitigkeiten. Auch lange nach Mutters Tod noch. Es war so hart, mit anzusehen, wie Vater sich weiterhin damit gequält hat, weißt du? Er hat sich Vorwürfe gemacht, weil er sich damals nicht mehr für meine Mutter eingesetzt hat. Er war fast so weit, sich selbst die Schuld dafür zu geben, dass sie die Behandlung bis zum bitteren Ende über sich ergehen ließ, nur weil Thomas es so wollte. Und Thomas … er kam vorbei und wollte über das Geld reden. Immer nur über das Geld.« Sie schüttelt den Kopf. »Wir hatten Streit, und dann … ist er einfach gegangen. So wie immer. Sein Freund hat ihn abgeholt, und sie sind zusammen verschwunden, anstatt dass er endlich mal zugibt, was er uns allen angetan hat.«

Sie verstummt.

Sie tut mir schrecklich leid, und ich weiß nicht, was ich ihr sagen soll. Ich habe sofort das Bedürfnis, Thomas zu verteidigen, aber wie? Ich kenne ihn ja gar nicht wirklich, und ich habe keine Ahnung, was genau vorgefallen ist. Alles, was aus meinem Mund kommt, ist eine unwichtige, belanglose Frage: »Dieser Freund, warum kommt der ihn eigentlich nie besuchen?«

Kapitel 83

Thomas

Es war der schlimmste Streit, den Isabel und ich je hatten. Es war lange nach Mutters Tod. Die Schuld in mir ist immer noch frisch. Noch nagender sogar wegen Vater.

Er wird mir nie verzeihen, das kann er gar nicht. Und die Geldsorgen erdrücken ihn mit jedem Tag mehr. Wenigstens damit will ich helfen.

»Wie denn?«, schleudert Isabel mir vor die Füße. »Mit deinem Blog? Lächerlich. Lass ihn einfach in Ruhe.«

Vielleicht hat sie recht. Jedes Mal, wenn ich vorbeikomme, regt er sich auf. Es wird immer schlimmer. Aber was soll ich denn sonst tun?

»Lass wenigstens ihn in Ruhe, wenn du es bei Mutter schon nicht geschafft hast.«

Ihre Worte entwaffnen mich. Was soll ich dazu noch sagen? Ich stehe einfach nur vor ihr, mit hängenden Armen, auf der vereisten Straße. Aber ich kann doch nicht einfach so gehen. Was ich angerichtet habe, muss doch irgendwie wiedergutzumachen sein. Oder wenigstens leichter.

Mein Handy macht pling. Es ist Cem.

Wie läuft es, alles okay?, fragt er.

Cem. Ich erinnere mich jetzt.

Wag es ja nicht, einfach abzuhauen, Alter.

»Und?«, fragt Isabel wütend. »Was willst du jetzt tun?«

Es rückgängig machen. Alles. Denn alles, was ich getan habe, hat zu diesem Moment auf der winterlichen Straße geführt. Zu dem Streit mit Isabel, weil ich Mutter gedrängt habe und Vater weh getan.

Und dazu, dass ich abgehauen bin, mit Cem in die Berge. Weil er mich ablenken wollte.

Ich hätte nein sagen sollen.

Zehn ziemlich dämliche Arten, draufzugehen.

Glatteis. Auf dem steilen Trail. Und auf dem Asphalt.

Ziemlich dämlich, auf der vereisten Bergstraße zu stürzen, nachdem man den Trail überstanden hat. Aber so ist es immer. Man hat das gefährliche Stück geschafft. Dann lässt die Aufmerksamkeit nach. Man rutscht weg.

Metall auf Asphalt. Die Lichter eines Lastwagens.

Die Bikes nur noch Schrott. Und Cem …

Hör auf. Das hat keinen Sinn. Er ist tot.

Cem.

Es tut mir so leid. Ich habe zugelassen, dass du mich ablenkst, trotz der Gefahr. Ich hätte nein sagen sollen. Für dich. Den besten Freund, den ich je hatte.

Kapitel 84

Lara

»Sein Freund ist noch am Unfallort gestorben.« Isabels Augen glänzen verräterisch. »Sie konnten nichts mehr für ihn tun.« Ihr Blick ruht auf Thomas. Ob sie wohl denkt, dass Thomas' Freund es besser erwischt hat als er?

»Wie schrecklich«, flüstere ich.

»Ich habe ihnen noch gesagt, sie sollen bei dem Wetter nicht fahren, aber wir waren beide so wütend, und … sie sind trotzdem losgezogen. Wie sehr ich mir wünsche, sie hätten wenigstens einmal auf mich gehört.« Ihre Stimme verläuft sich zwischen ihren Tränen. »Er ist immer so stur. Und arrogant. Er weiß immer alles besser. Ich würde ihm so gern verzeihen, wirklich, aber ich kann einfach nicht vergessen, wie egoistisch er sich verhalten hat. Die Meinung von anderen hat ihn nicht interessiert, und es ging nur noch darum, dass er eine Heilmöglichkeit findet. Es wurde ein richtiggehender Wahn. Er hat nichts anderes mehr gemacht, hat alle seine Freunde vor den Kopf gestoßen, und seine damalige Freundin hat irgendwann nicht mehr ausgehalten, wie besessen er war. Er ließ sich nichts sagen und wurde wütend, wenn man Zweifel äußerte.« Sie schüttelt den Kopf. »Alles nur, damit er sich besser fühlen und behaupten konnte, er hätte alles versucht. Wie es uns damit gegangen ist, war ihm völlig egal. Er hat uns einfach so lange unter Druck gesetzt, bis wir nachgegeben haben.«

Wieder will ich Thomas unbedingt in Schutz nehmen. Ich kann mir einfach nicht vorstellen, dass er wirklich so ist, und die Tatsache, dass Isabel ihn so sieht, so ganz anders, als ich ihn gerne sehen möchte, tut mir weh. Aber wie soll ich ihn verteidigen? Ich kenne ihn ja nicht.

»Ich weiß, wie man sich fühlt, wenn man zu etwas gedrängt wird, was man nicht will«, sage ich langsam, und Jo erscheint vor meinem inneren Auge. Aber ich kann und will einfach nicht glauben, dass Thomas genauso ist wie er. »Wie hat er das denn genau gemacht?«, frage ich vorsichtig.

Isabel zuckt die Schultern. »Immer wieder darauf bestanden, dass Mutter diese furchtbare Therapie nicht beenden darf.«

Ich schlucke schwer. »Hat er gesagt, dass es ihn umbringen würde, wenn sie damit aufhört? Hat er sie unter Druck gesetzt, so dass sie sich nicht getraut hat, nein zu sagen?«, frage ich und denke an Jo und seine Bitte, ihn nicht anzulügen. »Hat er sie gezwungen, zur Behandlung zu gehen, obwohl sie es nicht wollte?«

Isabel sieht mich überrascht an. »Nein, so etwas würde er nie tun, aber …«

»Habt ihr sie überhaupt gefragt, was sie wollte?« Ich sehe die Nacht in Spanien vor mir, in der ich gerne gefragt worden wäre. »Hätte sie nein sagen können?«

Schweigen schlägt mir entgegen, und ich schrecke aus meinen Erinnerungen auf. Isabel funkelt mich plötzlich wütend an, und ich befürchte, dass ich es mir nun doch mit ihr verdorben habe. Aber ich will einfach nicht, dass sie Thomas für einen Mistkerl hält, wenn er gar keiner ist.

»Er hat sie gedrängt, er war egoistisch. Er hat nur an sich gedacht.«

»Aber hast du nicht gerade aufgezählt, was er alles verloren hat, weil er für sie gekämpft hat?«, werfe ich trotz ihrer Wut ein. Mein eigener Mut überrascht mich. »Er hat es sich mit seinen Freunden verdorben, mit seiner Familie, er musste mit ansehen, wie seine Mutter noch schlimmer und länger leidet. Und er war allein dabei, denn seine Familie war gegen ihn. Er selbst hatte nichts davon, rein gar nichts. Wie kann das egoistisch gewesen sein?«

Isabel starrt mich an, und ich überlege, ihr zu erzählen, was ich durch Martin über Jos Verhalten erfahren habe. Jedes Mal, wenn er mich verletzt oder ausgenutzt hat, hat es sich für ihn ausgezahlt. Zum Beispiel, mich mit seiner früheren Beziehung unter Druck zu setzen, damit ich ihm sein Fehlverhalten nicht vorwerfe. Ich erinnere mich sogar daran, wie ruhig sein Herzschlag damals ging, obwohl er so verzweifelt wirkte. Er wusste genau, was er tat. Auch als er mich Stück für Stück von meinen Freundinnen isoliert und mir eingeredet hat, dass nur er mir helfen kann. Er hat mich auf Händen getragen, um mich das, was er mir immer wieder angetan hat, vergessen zu lassen. Jo hat mich kontrolliert, weil er davon etwas hatte. Mich. Eine gehorsame Freundin, die ihm immer zur Verfügung stand und ganz allein für ihn da war. Aber Thomas hat sein Verhalten nichts als Schmerz und Einsamkeit gebracht. Und als alles vorbei war, unerträgliche Schuldgefühle. »Thomas hat sich so verhalten, weil er es für das Richtige hielt, da bin ich mir sicher.«

Isabel schnaubt. »Hast du nicht selbst gerade noch zugegeben, dass du ihn gar nicht kennst?«

Ihre Worte versetzen mir einen Stich. »Ja, aber nach allem, was du mir erzählt hast und was ich über ihn gelesen habe, glaube ich einfach nicht, dass er ein schlechter Mensch ist. Auf mich wirkt er warmherzig und humorvoll und … Du hast erzählt, er wollte auf Weltreise gehen. Das kann man auch ohne viel Geld. Mit Work & Travel oder so. Aber anstatt abzuhauen, ist er geblieben. Dein Vater will ihn nicht mehr sehen, und es wäre so einfach für Thomas gewesen, sich davonzustehlen und sich damit zu rechtfertigen, dass er es ja schließlich versucht hat. Aber Thomas kommt immer wieder. Er hat schreckliche Fehler gemacht, aber nur, weil er den Menschen helfen wollte, die er liebt. Und vielleicht …« Ich denke an Sina, die mich ebenfalls gedrängt hat, aber auf andere Art, und wie froh ich jetzt bin, dass sie nicht aufgegeben hat, weil ich nur durch ihre Beharrlichkeit und Unterstützung den Mut aufgebracht habe, von Jo wegzugehen. »Vielleicht war eure Mutter sogar froh, dass er für sie gekämpft hat, weil sie nicht mehr die Kraft dazu hatte, es selbst zu tun.«

Kapitel 85

Thomas

Die Slideshow hält an. Lara hat sie zum Stillstand gebracht. Ihre Worte fressen sich in meine Schuld, bis sie ein wenig kleiner geworden ist. »Er hat schreckliche Fehler gemacht.«

Ja, das habe ich. Und wie gerne würde ich sie rückgängig machen. Aber das kann ich nicht, und ich habe mich selbst gehasst dafür. Arrogant, egoistisch. Ja, ich dachte, so bin ich.

»Er ist warmherzig und humorvoll. Er wollte den Menschen helfen, die er liebt.«

Nie hätte ich gedacht, dass jemand mich so sehen könnte. Jetzt wünsche ich mir sogar noch mehr, sie würde mich kennen. Dann dürfte ich vielleicht glauben, was sie sagt.

»O Gott, Thomas, meinst du, sie hat recht?« Isabel. Sie klingt ganz nah. »Hast du Mutter je gefragt, was sie will? Oder haben wir …« Langes Schweigen. »Haben wir einfach beide nur angenommen, wir wüssten es? Ich habe immer nur daran gedacht, wie sehr Mutter gelitten hat, und war mir sicher, dass sie das doch nicht wollen kann. Sie wirkte so erschöpft, so gequält, und Vater … ich wollte es uns ersparen, verstehst du?«

Habe ich Mutter je gefragt? Ich weiß es nicht mehr. Ich weiß nur, dass sie nie nein gesagt hat. Nicht ein einziges Mal.

»Hätte sie nein sagen können?«, flüstert Isabel.

Ich denke daran, was Vater immer gesagt hat, wenn der Krankenhausgeruch ihn beinahe zum Würgen brachte. »Deiner Mutter macht der Geruch nichts aus. Sie ist stark.« Ja, sie war stark. Er hat sich auf sie gestützt, wir alle haben das getan. Und ohne sie sind wir gefallen.

Sie hätte nein sagen können, ganz sicher. Aber hätte sie es auch getan?

»Vielleicht war ich insgeheim sogar die ganze Zeit froh darüber, dass du sie angetrieben hast, nicht aufzugeben«, flüstert Isabel weiter. »Und Vater auch. Er hat ja gehofft, dass es klappt. Vielleicht hat er deswegen immer nachgegeben, deswegen immer mehr Kredite aufgenommen …«

Sie klingt jetzt so, wie ich mich fühle. Voller Selbsthass und Schuld.

»Und ich? Ich konnte mich ja nicht mal dazu durchringen, meine Ausbildung abzubrechen, um Zeit mit ihr verbringen zu können oder mich um sie zu kümmern.«

Ihre Stimme bricht. So wie damals, als sie in die Klinik kam und Mutter nicht mehr da war.

»Ich war so wütend und verletzt, weil ich sie nicht noch ein letztes Mal sehen konnte, und ich dachte die ganze Zeit, ich hätte dich gehasst. Aber ich glaube, in Wirklichkeit habe ich mich selbst noch mehr gehasst. Weil du für sie gekämpft hast und ich nicht. Und du … wie allein musst du dich gefühlt haben? Wie verzweifelt. Vater war sicher keine Hilfe, genauso wenig, wie er es jetzt für mich ist. Und ich war nie da. Nicht für sie, nicht für dich.«

Lange höre ich nichts mehr außer meinen eigenen Gedanken. Ja, ich habe mich allein gefühlt. Verzweifelt und im Unrecht. Das war ich auch. Ich hätte Vater und Isabel nicht übergehen dürfen. Ich hätte über meine Zweifel mit ihnen sprechen müssen. Und vor allem hätte ich Mutter nicht drängen dürfen.

Was ich getan habe, lässt sich nicht ungeschehen machen. Ich kann Cem sein Leben nicht zurückgeben.

Meine ganz private Hölle ist immer noch da.

Aber vielleicht kann ich sie jetzt ertragen.

Kapitel 86

Lara

Zögerlich betrete ich Thomas' Zimmer. Letztes Mal, als ich hier war, bin ich gegangen, damit Thomas und Isabel Zeit zu zweit haben. Dieses Mal habe ich gewartet, bis wir alleine sind. Heute will ich ihn ganz für mich haben.

Ich bringe es kaum über mich, auf ihn zuzugehen. Aber dann stehe ich neben ihm und mustere sein Gesicht, das ich so liebgewonnen habe. Es trägt immer noch die Spuren des Unfalls, und das wird wahrscheinlich auch so bleiben. Aber ich finde nicht, dass es ihn entstellt, ein paar Kratzer zu haben. Unwillkürlich hebe ich eine Hand, um zärtlich über eine fast verheilte Narbe auf seiner Stirn zu streicheln. Aber dann lasse ich die Hand wieder sinken. Es steht mir nicht zu, ihn zu berühren, egal, wie vertraut er sich für mich anfühlt.

Ich dachte, ich würde ihn gar nicht kennen, aber das stimmt nicht. Im Gespräch mit Isabel habe ich gemerkt, wie viel ich über ihn weiß. Vielleicht sogar mehr als über Jo, der mich immer nur angelogen und mir nie sein wahres Gesicht gezeigt hat. Auf jeden Fall weiß ich genug über Thomas, um mir mit aller Macht zu wünschen, ihn kennenzulernen. Weil er vielleicht jemand ist, den ich lieben könnte. Und das macht das, was ich jetzt tun muss, ungleich schwerer.

Ich setze mich zu ihm ans Bett und nehme seine Hand. »Ich bin gekommen, um mich zu bedanken«, beginne ich und weiß, dass ich feige bin. Ich sollte es hinter mich bringen, aber ich kann nicht. »Auch wenn wir uns nicht wirklich kennen, verdanke ich es vor allem dir, dass es mir nun endlich bessergeht.« So lange habe ich geglaubt, Jo könnte mich heilen, weil er die Worte in mir zerfallen lassen konnte. Und nachdem ich Thomas hier entdeckt hatte, dachte ich, er wäre es, der die Worte in Schach hält. Dank Martin weiß ich jetzt, dass niemand mich heilen wird, das kann ich nur selbst tun. Aber während Jo mich immer kleingehalten und meine Krankheit gegen mich benutzt hat, hat Thomas mir die Möglichkeit gegeben, zu wachsen. Natürlich nicht bewusst, aber dennoch. Seine Anwesenheit hat mich auf den richtigen Weg geführt. »Ohne dich hätte sich für mich nie etwas geändert. Nur weil ich dir helfen wollte, habe ich auch gelernt, mir selbst helfen. Nur weil ich wissen wollte, wer du bist, habe ich herausgefunden, wer ich bin. Oder zumindest, wer ich nicht bin. Ich bin nicht mehr das kleine Mädchen, das darauf wartet, von jemandem gerettet zu werden. Und dieses Mädchen will ich auch nie wieder sein. Also danke, dass du für mich da warst. Vielleicht … war es für dich ja auch so schön wie für mich.«

Ich starre auf seine Hand, als ob ich darauf warte, dass er antwortet. Ich habe die Hoffnung schon aufgegeben, als seine Finger zucken. »War das ein Ja?«

Seine Finger bleiben still. Aber das macht nichts. In mir drin fühle ich, dass es zwischen uns eine Verbindung gibt. Ein tiefes Band, das es mir so unglaublich leicht gemacht hat, mir einzubilden, dass er mein Freund ist und ich ihn liebe.

»Es ist schon merkwürdig, dass eine Illusion von Liebe einem das Leben retten kann«, flüstere ich und sammle meinen Mut, um endlich auszusprechen, weshalb ich gekommen bin. »Aber jemandem das Leben zu retten, ist erst der Anfang.« Nur mühsam halte ich meine Stimme unter Kontrolle. »Danach ist derjenige noch schwach und krank. Er kann jederzeit einen Rückfall haben. Er braucht Zeit, um sich zu erholen, und viel Kraft, um gesund zu werden. Denn das will ich. Ich möchte lernen, ein ganz normales Leben zu führen. Ich wünsche mir so sehr, irgendwann mit meinen Eltern ins Reine zu kommen. Aber hier kann ich das nicht. Jo hat mich hier gefunden, ich fühle mich nicht mehr sicher, das habe ich in den letzten Tagen gemerkt. Martin hat recht: Ich brauche eine sichere Umgebung. Nur dann kann ich es schaffen. Ich muss an einen Ort, an dem Jo mich nicht finden kann und der weit weg ist von hier. Und das bedeutet«, meine Stimme schwankt fürchterlich, und ich drücke Thomas' Hand so fest, dass ich schon Angst habe, ich könnte ihm weh tun, »weit weg von dir.«

Ich wische mir über die Augen, während ich versuche, in mir die Kraft zu finden, weiterzusprechen.

»Ich wünschte, ich könnte dir sagen, dass ich dich besuchen werde.« Die Worte sind kaum verständlich unter meinen Tränen. »Ich würde dir so gerne versprechen, dass wir uns irgendwann wiedersehen und uns kennenlernen können. Aber ich kann es nicht. Das Risiko, Jo hier zu begegnen, ist zu groß. Er ist der Hauptgrund für meine schlimmsten Anfälle. Jede Begegnung mit ihm ist eine Gefahr für mich, zumindest, solange ich nicht ganz stabil bin.«

Thomas' Finger bewegen sich nicht, aber sein ganzer Körper verändert sich, so, wie er es früher immer getan hat, wenn ihn die Geräusche gequält haben.

»Ich weiß, dass du mich gerade jetzt vielleicht brauchst, wo du auf dem Weg der Besserung bist, und es fühlt sich so schrecklich falsch an, dich zurückzulassen. Es kommt mir vor, als würde ich dich verraten. Aber es ist das einzig Richtige für mich. Es tut mir so leid.«

Ich verstumme und halte mich immer noch an Thomas fest. Die Sehnsucht danach, mich noch ein letztes Mal zu ihm ins Bett zu legen und ganz eng an ihn zu drücken, so dass ich seinen ruhigen Herzschlag spüren kann, frisst mich beinahe auf. Aber natürlich darf ich das nicht.

»Ich wünschte, es gäbe eine andere Lösung«, flüstere ich.

Thomas' Hand zuckt.

»Wahrscheinlich denkst du, dass ich hierbleiben soll.«

Lange passiert nichts, dann zuckt seine Hand wieder. Entgeistert starre ich darauf. Antwortet er mir etwa? Ich beuge mich nach vorn. »Thomas? Kannst du mir antworten? Einmal für Ja, zweimal für Nein«, hauche ich.

Seine Finger zucken einmal.

Fassungslos starre ich ihn an. Er gibt mir Handzeichen zum ersten Mal. Gerade jetzt, in dem Moment, indem ich ihn verlassen muss. Und dann zieht sich alles in mir zusammen. »Du willst nicht, dass ich gehe, oder?«

Seine Hand zuckt zweimal. Meine Tränen tropfen auf seine Haut. Ich will etwas sagen, aber dann bewegen sich seine Finger einmal. »Nein und ja?«, frage ich. »Was meinst du damit?« Aber natürlich kann er darauf nicht antworten.

»Du willst nicht, dass ich gehe?«, frage ich noch mal.

Seine Finger zucken zweimal.

»Aber du willst mir sagen, dass es trotzdem okay ist?«

Lange passiert nichts. Dann, ganz langsam, schließen sich seine Finger um meine. Nur ein einziges Mal.

Kapitel 87

Thomas

Natürlich will ich nicht, dass sie geht. Sie war mein Licht, meine Wärme, meine Rettung aus meiner ganz privaten Hölle. Und wenn ich daran denke, ohne sie zu sein, dann scheint die Dunkelheit wieder um mich zusammenzurücken und mich nach unten zu ziehen.

Aber sie war so lange für mich da, jetzt muss sie sich um sich selbst kümmern.

Seit ich ihr geantwortet habe, schweigt sie. Ich lausche ihrem Atem. Man sollte meinen, es wäre ein langweiliges Geräusch, so wie das der Geräte. Aber ihr Atmen ist nicht eintönig. Ich kann so vieles darin lesen. So wie jetzt – unendlichen Schmerz.

Ich schicke den Wunsch in meine Hand, dass sie sich noch mal bewegen soll, ich spüre auch irgendwas, ein merkwürdiges Ziehen, mehr nicht. Immer noch weiß ich nicht genau, wie ich es vorhin geschafft habe, ihr zu antworten.

Lara keucht auf. Offensichtlich hat es auch diesmal geklappt. »Du musst mir etwas versprechen, Thomas«, sagt sie mit zitternder Stimme. »Du musst weitermachen. Schritt für Schritt, egal, wie schrecklich es sich manchmal für dich anfühlen wird. Ich will, dass wir zusammen kämpfen, okay? Auch wenn jeder von uns es für sich allein tun muss.« Ein Kribbeln auf meiner Stirn und schließlich auf meinen Lippen reißt mich zurück. Ist es echt? Könnte es bedeuten, dass ich wirklich wieder anfange, etwas zu spüren? Das Bett quietscht leise. Sie steht auf.

Die Finsternis scheint über mir zu kollabieren. Sie begräbt mich unter sich, bis ich das Gefühl habe zu ersticken. Wie soll ich ohne Lara klarkommen?

Es kribbelt jetzt auf meiner ganzen rechten Gesichtshälfte, als würde sie ihr Gesicht an meins drücken.

»Ich weiß, du wirst es großartig machen.« Es ist ein letztes Flüstern. Worte, schwer vom Abschied. Und nach ihnen kommt nichts als Schweigen.

Lara ist fort. Diesmal für immer.

Noch nie habe ich meine Hilflosigkeit so sehr gehasst wie in diesem Moment. Es ist schlimm genug, sich selbst nicht zu spüren und von anderen so abhängig zu sein. Aber nicht verhindern zu können, dass einem das Einzige genommen wird, was einem wirklich etwas bedeutet, ist das Allerletzte. Unendliche, ätzende Machtlosigkeit. Doch mir wird klar, dass ich gar nicht so machtlos bin. Ich habe eine Wahl. Ich kann daran verzweifeln, dass sie fort ist. Ich könnte in die Schwärze abtauchen, für immer, um nicht mehr sehen zu müssen, wie sehr Vater immer noch unter dem leidet, was ich getan habe. Ich könnte vielleicht sogar vergessen, dass mein bester Freund nicht mehr lebt.

Dann kommt mir mein Traum in den Sinn. Der Nebel, der graue Fluss und die Höhle. Wie grauenhaft es dort war. Aber selbst dort, in der schlimmsten Finsternis, gab es etwas Schönes. Den Kolibri. Ich weiß jetzt, dass das wahrscheinlich Laras Stimme war, die Einzige, die zu mir durchgedrungen ist, sogar bis in meinen Traum. Und ich bin ihr gefolgt. Ich wollte sehen, wohin sie mich führt, und das will ich auch jetzt. Dieses Leben hier ist nicht das, was ich wollte. Es ist fremd und ungewohnt und wahrscheinlich wird es verdammt oft meiner Hölle ähneln. Trotzdem will ich erst wissen, was es mir zu bieten hat, bevor ich es wegwerfe. Und – wem will ich was vormachen? – ich will wenigstens die Chance haben, den Kolibri wiederzusehen.

Epilog

14 Monate später

Lara

Ein Jahr habe ich gebraucht, um den Führerschein zu machen. Ich glaube, es war das schlimmste Jahr meines Lebens. Es war nicht leicht, die Therapie weiterzumachen und gleichzeitig zu lernen, auf eigenen Füßen zu stehen. Es hat ewig gedauert, einen Job zu finden, mit dem ich über die Runden komme, bis ich mich entschieden habe, was ich mit meinem Leben anfangen will.

Aber dafür habe ich mich noch nie so gut gefühlt wie jetzt, da ich mein erstes eigenes, klappriges Auto auf den Parkplatz der Klinik lenke. Seit ich mich von Thomas verabschiedet habe, hatte ich diesen Traum. Ich habe es immer wieder vor mir gesehen, wie ich mit dem Auto auf den Parkplatz fahre und er mir entgegenläuft. Er lacht sein sympathisches Lachen. Für einen Moment empfinde ich meine Vorstellung als so echt, dass ich vollkommen verwirrt bin, weil der Parkplatz leer ist. Niemand ist hier. Es ist ein Wochentag, vormittags, die meisten Leute sind auf der Arbeit. Ich steige aus, sperre das Auto ab, was wahrscheinlich unnötig ist, denn so eine Rostlaube würde sowieso keiner klauen. Ich streiche dem Auto zärtlich über die Motorhaube, bevor ich auf die Klinik zugehe. Für mich ist es so viel mehr als eine Rostlaube. Unabhängigkeit. Freiheit.

Es erinnert mich daran, was ich erreicht habe in diesem letzten Jahr. Ich habe wieder Kontakt zu Jenny und Sina. Vielleicht bringe ich irgendwann den Mut auf, Jo anzuzeigen für das, was er getan hat. Ich kann mir sogar vorstellen, wieder mit meinen Eltern zu sprechen. Dann werde ich meiner Mutter ins Gesicht sagen, dass ich vielleicht allein bin, aber nicht nichts. Und dass meine Geschichten nicht unnütz sind, sondern Thomas und mir das Leben gerettet haben.

Als ich an der Tür der Intensivstation klingle, bin ich erleichtert, Tills Stimme aus dem Lautsprecher zu hören. Ich sage ihm meinen Namen, und er zieht scharf die Luft ein. Der Summer ertönt. Ich gehe durch die Schleuse und begrüße ihn. Frage ihn nach Olesja, und er erzählt mir, dass sie entlassen wurde, inzwischen bei ihm eingezogen ist und ihn wahnsinnig macht mit ihren ganzen Videos.

Er will wissen, wie es mir ergangen ist, und ich nehme mir die Zeit, es ihm zu erzählen, obwohl die Ungeduld mich beinahe auffrisst. Jetzt, nach so langer Zeit, halte ich es kaum noch aus. So viele Monate war ich geduldig und habe mir gesagt, dass es besser ist, noch etwas zu warten, bevor ich ihn besuche. Bis ich wirklich stabil bin. Nicht gesund, das werde ich vielleicht nie sein. Aber stabil. Und in der Lage, mir selbst zu helfen, wenn irgendetwas Unvorhergesehenes passiert.

»Wie geht es Thomas?«, platzt es schließlich aus mir raus. Meine Hände krallen sich so fest ineinander, dass es weh tut.

Tills Gesicht verdüstert sich. Und mein Herz bleibt für einen Augenblick stehen. Bitte nicht.

»Es tut mir leid, aber das darf ich dir nicht sagen, das weißt du doch.«

»Bitte. Ich weiß nicht, wer mir sonst Auskunft geben könnte. Auf seinem Blog ist immer noch nichts zu lesen, nach all der Zeit noch nicht. Und auch so finde ich im Internet rein gar nichts über ihn.«

Till sieht mich mitleidig an, dann seufzt er. »Nun ja, ich bin ja heute schon ziemlich lange hier. Es war eine echt anstrengende Schicht, da kann es schon mal passieren, dass einem etwas runterfällt.« Ohne eine weitere Erklärung dreht er sich um, geht zum Stationszimmer und kommt einige Augenblicke später mit ein paar Akten wieder heraus. Er nickt mir noch einmal zum Abschied zu, dann geht er den Gang runter. Noch während ich mich frage, ob er mich vielleicht vergessen hat, segelt ein weißer Zettel zu Boden. Ich stürze hin, kann ihn vor Aufregung kaum lesen. Und dann lächle ich. Darauf steht eine Adresse.

Thomas

Isabel kommt mich so oft besuchen, wie sie es einrichten kann. Sie redet mit mir, schleicht um mich herum, während ich mich abrackere, um gesund zu werden. Immer wieder fragt sie mich, ob mein Leben lebenswert ist. Aber ich glaube, eigentlich will sie wissen, ob ihr Leben es noch ist.

Kann man aus so vielen scharfkantigen Scherben einer Existenz etwas Neues erschaffen, in dem man sich wohl fühlt? Ist es möglich, einen so heftig geträumten Traum zu begraben und trotzdem glücklich zu sein? Ich habe keine Antwort für sie. Vielleicht gibt es keine.

»Es ist nicht gut, dass er hier sein muss. Immer in diesem grauenhaften Geruch. Es riecht wie im Krankenhaus.«

Vaters Stimme. Knorrig wie ein alter Baum. Wie ich sie geliebt habe. Vor dem Endstadium.

»Ich weiß, Papa.«

»Es riecht nach Tod«, brummt er. »Es hängt in den Mauern. Kriegt man nicht weg.«

Immer wieder schafft Isabel es, ihn hierherzulocken.

Er schweigt. Ich weiß, es ist schwer für ihn, und ich werfe ihm nicht vor, dass er schon bald wieder flüchtet. Doch jedes Mal bleibt er ein bisschen länger, jede Minute ringt er sich mühsam ab. Er kämpft, genau wie ich.

»Ganz ruhig, langsam, lass dir Zeit«, sagt der Therapeut, während er mir bei den Übungen hilft.

Ich schnaube. Zeit. Wie ich sie hasse. Es gibt zu viel davon, sie ist zu lang, vor allem an Tagen, an denen mir gar nichts gelingt, erscheint sie mir wie eine Ewigkeit. Cem fällt mir wieder ein und wie schrecklich lang die Ewigkeit ohne ihn ist. Und dann möchte ich am liebsten aufgeben. Aber Lara hat gesagt, ich soll nicht aufgeben, und daran halte ich mich.

Ich kämpfe darum, irgendwann zumindest versuchen zu können, alles wiedergutzumachen. Ich möchte irgendwann in der Lage sein, Isabel bei der Suche nach etwas zu helfen, das ihr Leben wieder lebenswert machen kann. Und ich möchte Vater wenigstens einen Teil des Geldes zurückzahlen. Aber am allermeisten wünsche ich mir, nach Lara suchen zu können. Auch wenn ich nicht mehr daran glaube, dass wir uns jemals wiedersehen werden.

Ich sage mir, dass es keine Rolle spielt. Ich kämpfe nicht für sie, sondern für mich. Der Gedanke an sie hilft mir nur dabei, durchzuhalten. Jeden Tag wieder und wieder erzähle ich mir diese Lüge. Denn natürlich spielt es eine Rolle. Wenn sie jemals erfahren würde, dass ich aufgegeben habe, würde sie sich das nie verzeihen. Sie würde glauben, dass sie schuld ist, weil sie mich zurückgelassen hat.

Also kämpfe ich zwar nicht nur für Lara, aber ich tue es auch nicht allein für mich. Und was mich durchhalten lässt, ist der Wunsch, ihr nur ein einziges Mal sagen zu können, wie viel sie mir bedeutet.

Lara

Die Rehaklinik ist völlig anders als das Krankenhaus. Was nicht unbedingt besser ist, denn sie erinnert an ein Altenheim. Trotzdem erscheint sie mir im Moment wie das schönste Gebäude auf der Welt. Thomas ist hier. Und ich werde ihn wiedersehen. Endlich. Dann kommt er mir eben nicht auf dem Parkplatz entgegen, sondern auf dem Flur der Klinik. Sicher kann er noch nicht so gut laufen, sonst wäre er nicht hier. Aber unser letztes Treffen ist über ein Jahr her, und zum Schluss hat sich sein Zustand ja rapide verbessert. Als ich ihm Lebewohl gesagt habe, konnte er Handzeichen geben. Wenn ich ihn richtig einschätze, dann hat er alles darangesetzt, schnell wieder gesund zu werden. Ja, er wird mir entgegenlaufen, er wird mich sehen, wird meine Hand nehmen, und ich werde zum allerersten Mal seine Stimme hören.

Meinen Namen aus seinem Mund.

In der Rehaklinik sind die Besuchsregeln nicht so streng. Ich werde nicht einmal gefragt, wer ich bin, allein, dass ich weiß, dass Thomas hier ist, reicht aus, damit sie mir sagen, wo er ist. In seinem Zimmer. Er hat gerade eine Therapie hinter sich und ruht sich aus.

Bei seinem Zimmer angekommen, bleibe ich stehen. Ich hebe die Hand, aber es fällt mir unheimlich schwer, zu klopfen. Wie lächerlich. So lange habe ich diesen Moment herbeigesehnt, und jetzt habe ich plötzlich Angst davor. Schließlich überwinde ich mich doch.

»Herein«, ertönt eine dunkle Stimme aus dem Zimmer.

Ein Kribbeln erwacht in meinem Bauch, es ist das erste Mal, dass ich ihn sprechen höre. Er klingt anders, als ich es mir vorgestellt hatte, aber sympathisch. Ich schiebe die Tür auf und betrete das Zimmer.

Thomas kommt mir nicht entgegengelaufen, er sitzt auf dem

Bett, an ein paar Kissen gelehnt. Sein Blick zuckt zu mir, aber er sagt nichts. Fast als ob er mich nicht erkennt. Ich schimpfe mich eine dumme Kuh. Natürlich erkennt er mich nicht. Er hat mich ja nie gesehen. Woher sollte er wissen, dass ich das Mädchen bin, das so lange an seinem Bett gesessen hat?

Ich nähere mich ihm zögerlich, bin nicht sicher, wie ich mich verhalten soll. Soll ich mich ihm vorstellen?

»Hallo«, sagt die Stimme von vorhin.

Ich zucke zusammen und fahre herum. Vor mir steht ein Pfleger, er ist gerade aus dem Bad gekommen. Mit einem merkwürdigen Gefühl im Bauch drehe ich mich wieder zum Bett um. Mache noch einen Schritt darauf zu.

Immer noch ist nur Leere in Thomas' Gesicht. Aber dann, ganz langsam, leuchtet etwas in seinen Augen auf. »Lara«, flüstert er.

Tränen schießen mir in die Augen, und ich nicke. Jetzt weiß ich noch viel weniger, was ich tun soll. Ich würde mich am liebsten in seine Arme werfen, aber er gibt mir durch nichts zu verstehen, dass er das auch möchte. Also bleibe ich einfach, wo ich bin.

»Du bist also Lara?« Der Pfleger tritt neben das Bett, legt Thomas eine Hand auf die Schulter und lächelt mich an.

»Ja.«

»Es ist schön, dass du gekommen bist. Wirklich. Er freut sich sehr, dich zu sehen.«

Ich runzele die Stirn. Warum sagt er das so? Und warum sagt Thomas nichts? Warum steht er nicht endlich auf und begrüßt mich? So langsam müsste er seine Überraschung doch mal überwunden haben.

»Dein Name ist das einzige Wort, das er sagen kann.« Der Pfleger strahlt mich an, aber für mich sieht es aus wie eine schreckliche Fratze.

Meine Freude, hier zu sein, erstarrt in mir zu Eis. »Das einzige Wort?« Das kann doch nicht sein. Darf nicht sein.

»Das erste ist immer das Schwerste. Es hat ihn viele Wochen gekostet. Aber er hat nicht aufgegeben.«

Wochen. Er hat Wochen gebraucht, um zu lernen, meinen Namen auszusprechen? Mir wird schwindelig, zum Glück steht neben mir ein Stuhl, auf den ich mich fallen lasse. Thomas beobachtet mich. Er bewegt sich überhaupt nicht, sagt auch nichts mehr. Schaut mich nur an.

Verdammt, er sieht mich gerade zum ersten Mal. Das sollte ein schöner Moment sein. Aber das ist es nicht. Es ist schrecklich. Denn er wird nicht aufstehen, wird mir nicht entgegengelaufen kommen, er wird mir nicht die Autotür aufmachen und mir nicht die Hand reichen.

Nach über einem Jahr sagt er gerade mal ein Wort. Meinen Namen.

Ich schließe die Augen, dann öffne ich sie langsam wieder und versuche, der Realität ins Auge zu sehen. Ich versuche, diesen Moment so anzunehmen, wie er ist, und nicht dem Augenblick nachzuweinen, den ich mir gewünscht hatte. Ich sehe Thomas wieder an und lächle. Mein Gott, so wenige Fortschritte in so langer Zeit. Wie schrecklich muss das für ihn sein, wie unglaublich hart muss er um jeden einzelnen davon gerungen haben.

Ich stehe auf und gehe zum Bett, lege meine Hand in seine, so, wie ich es damals immer gemacht habe. Seine Finger schließen sich um meine. Nicht so schwach wie damals, sondern ganz bewusst und fest.

Der Pfleger verabschiedet sich, aber ich nehme es kaum wahr. Ich sehe nur noch Thomas und den Blick in seinen Augen.

»Du hast gekämpft«, flüstere ich. »Und du hast es großartig gemacht.« Ich kann meine eigenen Worte kaum verstehen, so verzerrt sind sie von meinen Tränen. Ich komme mir furchtbar vor, weil ich vor ihm die Fassung verliere. Aber ich hatte mir so viel mehr für ihn gewünscht. Für uns.

Er drückt meine Hand. »Lara.« Er kann vielleicht nur dieses eine Wort aussprechen, aber das hat er unwahrscheinlich gut geübt. Denn aus diesem einen Wort höre ich so viel heraus.

Ja, es ist schrecklich, scheint er zu sagen. Aber so ist es eben jetzt. Und dann ist da noch etwas anderes. Trost. Wie absurd, dass er mich tröstet. Meine Tränen versiegen, aber die Nase läuft weiter. Ich stehe auf, um mir ein Taschentuch zu holen. Verheult und mit roter Nase setze ich mich schließlich wieder zu ihm ans Bett. Immer noch ruht sein Blick auf mir.

»Du hast recht, ich sollte nicht heulen. Immerhin habe ich dich gefunden. Und das Beste ist, du kannst immer noch nicht vor mir weglaufen. Du musst mir zuhören, ob du willst oder nicht.«

Ein leises Lachen kommt aus Thomas' Mund. Und in diesem Moment vergesse ich, was ich erwartet hatte. Ich höre nur dieses Lachen, und Freude rauscht durch meinen Körper wie eine Flutwelle. Wochenlang habe ich an seinem Bett gesessen und fast nichts von ihm zurückbekommen. Und jetzt hat er über meinen Witz gelacht. Alle Zeit, die dazwischenliegt, implodiert in diesem einen Moment.

Ich lächle immer noch, aber er ist wieder ernst geworden. Ich spüre, dass ihn etwas belastet, sein ganzer Körper ist angespannt, sein Blick ängstlich.

Natürlich, er fürchtet sich davor, dass ich wieder gehe. Die Wahrheit ist, dass ich nicht weiß, was ich machen soll. Es herrscht eine merkwürdige Stille zwischen uns, angefüllt mit vielen Fragen und völlig ohne Antworten. Wenn ich jetzt bleibe, was soll dann aus uns werden?

Irgendwie habe ich immer gehofft, dass wir uns richtig kennenlernen können, wenn wir beide gesund sind. Und vielleicht sogar mehr als das. Ich habe uns beide in Rom gesehen. Wie wir uns endlich den Kuss nehmen, der uns schon immer hätte gehören sollen.

Thomas bewegt den Arm und rutscht etwas zur Seite. Zuerst

denke ich, dass er aufstehen will, und Hoffnung steigt so heftig in mir auf, dass es mir die Sprache verschlägt. Aber nein, er steht nicht auf, und jetzt bin ich sicher, dass er es wirklich nicht kann. Er ist nur zur Seite gerutscht, damit ich mich zu ihm aufs Bett setze. Wie gelähmt stehe ich da und überlege, was ich tun soll. Aber dann beschließe ich, dass Nachdenken völlig sinnlos ist. Alle Fragen, die sich jetzt vor mir auftun, werde ich mit Logik nicht beantworten können. Das Einzige, was ich tun kann, ist, auf mein Herz zu hören. Und das sagt mir, dass ich mir noch nie etwas so sehr gewünscht habe, wie in seinen Armen zu liegen. Ich lege mich neben ihn und muss mich an ihn drängen, weil das Bett sehr schmal ist. So wie damals.

Für einen Moment sind wir beide vollkommen verspannt. Es ist ein merkwürdiges Gefühl, ihm so nah zu sein, wenn er wach ist. Er dreht mir den Kopf zu, und wieder bewundere ich, dass er das jetzt kann. Damals wäre es mir wie ein Wunder vorgekommen, und ich hätte alles dafür gegeben, dass er mich ansieht und meinen Namen sagt. Warum sollte es weniger wunderbar sein, nur weil seitdem so viel Zeit vergangen ist?

Ich schließe die Augen und kuschle meinen Kopf an seine Schulter. Er legt den Arm richtig um mich, und ich spüre, wie viel Kraft ihn das kostet. Sein ganzer Körper bebt, aber als er es geschafft hat, löst sich seine Anspannung auf. Ich lausche seinem Herzschlag. Ich spüre seine Hand auf meiner Schulter und seine Lippen, die sich an meinem Scheitel bewegen. Alles fällt von mir ab und ich lasse es einfach los. Die Erwartungen, die Enttäuschung, die Traurigkeit.

Endlich kann ich seinen Blick erwidern. Er sieht auf mich herunter mit einem Leuchten in den Augen, das so ganz anders ist als das von Jo. Und um seinen Mund liegt ein Lächeln. Unglaublich, wie viel Glück in so einem kleinen, winzigen Lächeln stecken kann.

Die Narbe an seiner Unterlippe fällt mir auf, und ohne nachzudenken, streiche ich sanft mit dem Daumen darüber. Zum ersten

Mal fühlt es sich nicht verboten an, ihn so zu berühren, sondern richtig.

»Lara«, flüstert er, und es klingt, als würde er in dieser Sekunde die ganze Quälerei der letzten Monate vergessen. Als hätte sich alles gelohnt, nur für diesen einen Moment. Und das hat es auch. Er hat nicht umsonst gekämpft, und er wird weitermachen. Und auch wenn ich jetzt noch nicht sagen kann, wie die Zukunft für uns aussehen wird, so weiß ich doch eines ganz sicher: Es gibt nicht immer für alles einen Grund, aber es gibt immer eine Chance.

»Ich möchte dir etwas erzählen«, sage ich. »Eine neue Geschichte, die du noch nicht kennst. Deine und meine.

Und sie fängt gerade erst an.«

Ein Hauch Magie, ein großes Geheimnis und ganz viel Gefühl

Susanna Ernst

Der Herzschlag deiner Worte

Roman

Nach dem plötzlichen Tod seines Vaters kann der junge Musiker Alex bei seiner schwerkranken Patentante Jane mit ihrer scheinbar unbekümmerten Lebensfreude neuen Mut schöpfen. Und so verliebt er sich Hals über Kopf in die junge Autorin Maila. Doch warum lässt sie weder in ihren Geschichten noch im eigenen Leben ein Happy End zu? Und wieso wird Alex das Gefühl nicht los, dass Jane etwas verheimlicht?
Alex begibt sich auf Spurensuche und fördert behutsam zutage, was viel zu lange unausgesprochen war. Kann er Maila überzeugen, dass doch noch alles gut wird?

KNAUR